ザ・ハント

アリスン・ブレナン
安藤由紀子 訳

JN266120

集英社文庫

ザ・ハント

主な登場人物

ミランダ・ムーア……モンタナ州ギャラティン郡保安官事務所救難課課長
クインシー（クイン）・ピータースン……FBI特別捜査官
ニック・トマス……ギャラティン郡保安官
サム・ハリス……副保安官
ランス・ブッカー……保安官代理
リチャード・パーカー……裁判所判事で地域の有力者
ディライラ・パーカー……リチャードの妻
ライアン・パーカー……リチャードの息子
デヴィッド・ラーセン……野生生物学者
ビル・ムーア……ミランダの父親。ロッジを経営
ベン・〝グレー〟・グレーホーク……ロッジを手伝うビルの親友
オリヴィア・セントマーチン……FBI研究所研究員。ミランダの友人
シャロン・ルイス……12年前の犠牲者。ミランダの友人

本書をダンに捧げる。

謝辞

フットボール・コーチのアラ・パーシアンが言った。「優秀なコーチは、プレーヤーをして自身の現在の能力ではなく潜在能力に目を向けさせる」となれば、私はまず担当編集者のシャーロット・ハーシャーに感謝しなければなるまい。彼女は私にこの物語に潜在する可能性を示してくれただけでなく、結末までの道のりを私がみずから発見するよう導いてくれた。

カリフォルニア州魚類鳥獣類管理局の準会員である野生動物学者ケヴィン・ブレナンには、ハヤブサの生態に関する豊富な体験談や情報を提供してもらい、野生生物学者の責任についても教えられた。彼は鳥たちを愛称**ではなく**、無線周波数で呼んでいた。

鑑識捜査、とりわけ小火器や生物学的証拠の隠滅方法については、本書でも再びクライムシーンライターズのウォリー・リンドの知識からいろいろ学ばせていただいた。もし著者の解釈なり表現なりに間違いがある場合、彼に責任はいっさいない。

夫のダンは、常識はずれな時間の執筆作業を理解してくれただけでなく、車のエンジンはどう動くのかとか、燃料フィルターはどうしたら詰まるのかとかの質問に対して（どんな時間だろうが）説明してくれた。もしもそうしたことに関して間違っている箇所があれば、それはあくまで私の機械オンチが原因である。

モンタナ州立大ボーズマン出身のダンはまた、記憶と写真によってギャラティン郡の相貌をありありと見せてくれた。

最初の読者となってくれたキャシア、ミシェル、ジャン、エイミー、そしてシャロンにも感謝の意を表したい。スピード・リーダーのキャリンとエディーは職務の域をはるかに超えて、本書の仕上げに力を貸してくれた。そしてもちろん、以前ほどピザが好きでなくなった子どもたちにも感謝を伝えたい。

プロローグ

死にたくない。

口を大きく開けて強引に空気を引きこんでは押し出しているのに、呼吸が浅い喘ぎになっていた。吸って。吐いて。走れ、ミランダ、走れ！　でも静かに。左足。右足。左足。これ、スース博士の絵本だったかしら？　ヒステリックな笑いが喉までこみあげたが、声がもれないようにぐっとこらえた。静かに。とにかく呼吸を静かに。

ミランダは後方から聞こえる苦しそうなうめき声に顔をしかめた。親友の口から嗚咽がもれている。**シャロン、静かに！**　思いきり怒鳴りつけたかった。**あいつに聞こえるじゃない！　殺されるわよ！**

シャロンとの間隔がなお大きく開いてはしまうが、どんどん速度を上げていく。日の光が薄らいできた。日没まではせいぜい一、二時間か。

それまでに川へ出なければ、あいつに見つかってしまう。

死にたくない。まだ若すぎる。神さま、お願い、まだ二十一です。死なせないで！　こんな場所で、こんなふうには。

汗が目に入り、視界がぼやけた。岩場でバランスを崩すのを恐れ、顔を拭いはせず、そのまま走りつづけた。一歩ごとに裸足が痛い。冷たさのあまり足の感覚はなくなっているのに、それでもなお鋭い岩だけは切るような痛みを伝えてくる。**足もとに気をつけて！　一歩間違えば脚を折り、あいつに見つかってしまう……**

聞き覚えのある響きがかすかに聞こえてきた。いったん立ち止まって耳をすましたかったが、あえてペースを落とすことは避けた。さらに三十メートルほど走りつづけると、その音がなんなのか、はっきりとわかった。

水だ！　流れる水の音。

川にちがいない。シャロンに約束したとおり、これで自由への道が開けた。心の中でオースティン教授と退屈でたまらなかった地質学の講義に感謝した。あの講義を聞いていなかったら、どこをどう走ったらいいのかわからず、川が近づいたことを示す兆候も判断できなかったはずだ。すでに数キロを走ったと思われるが、ついに川に出ようとしていた。

後方で甲高い悲鳴があがった。

シャロンの驚愕の叫びにさすがのミランダも足を止め、心臓を恐怖にわしづかみにされたまま、さっと振り返った。固い地面にぺしゃんと突っ伏したシャロンの姿は下草に隠れて半分しか見えない。すすり泣きが痛みを訴えてくる。

「立って！」ミランダはパニックに襲われながら急きたてる。

「もうだめ」シャロンが腐りかけた落ち葉に顔をうずめ、すすり泣いた。

「お願いよ」ミランダが懇願した。来た道を引き返したくなかった。後方には自由への道が見えた。川まであと少しだ。

ミランダはシャロンを見ながら唇を噛んだ。あの男はそのあたりにいるはずだ。もし彼女を助けるためにぐずぐずしていれば、二人とも殺されるかもしれない。

ミランダは川に向かってつぎの一歩を踏み出した。罪の意識が背筋をむずむずと走りぬけた。ひとりならなんとか逃げきれそうな気がしていた。

「行って」シャロンが言った。

ほとんど聞き取れないような声だ。それが意味するところに気づき、ミランダは目を大きく見開いた。「いやよ。あなたを置き去りにはできない。さ、立って！」

しばしのあいだ、シャロンにはこちらの声が聞こえていないのではないかと思った。聞こうとしていないのか、あるいは距離がありすぎるのか。だがまもなく、シャロンが手足を地面につき、のそのそと起きあがろうとしているのがわかった。シャロンの恐怖に怯えた目と目が合った。**お願いよ、ほら、シャロン、お願い。**ミランダは念じた。**時間がどんどん過ぎていく。**

シャロンがひょろひょろした若木につかまって立ちあがった。「もう大丈夫。大丈夫だから」シャロンが言った。

震える足でまた一歩を踏み出したシャロンを見て、ミランダは安堵のため息をついた。また川の方向を向き、自由に向かって進もうとしたそのときだ。

バシッ、バシッ！

銃声が森にこだました。驚いて飛び立つ鳥の羽音と鳴き声が静寂を破る。ミランダが見ている前で、シャロンの胸が口を開けた。黄昏《たそがれ》のせいでいっそう深みをました深紅が泥だらけの白いシャツに広がる。生と死のはざまの一瞬、シャロンの動転の表情が至福のそれへと変化するのをミランダは見て取った。苦しみからの解放。

死は苦しみよりましなのだ。

「シャロン！」手を口に当てると、腐葉土の味とにおいがした。銅に似た血のにおいがあたりに漂った。シャロンの体は胸をひくひくさせながら地面にくずおれた。

「逃げろ」

あの声だ。抑揚のない低音に血が凍りついた。食事を与えるときも、鞭打つときも、体に触れるときも、レイプするときも変わることのない非情な律動が伝わってきた。

がたがた震えていると、男のシルエットが見えてきた。迷彩ズボンに厚い黒のコートのいでたちで、木々のあいだに立っている。顔はキャップと暗くなってきた空のせいではっきりとは見えない。距離は百メートル？　五十メートル？　もっと近い？　逃げきれそうもない。死ぬほかないのか。

銃声が山腹にこだまする。男がライフルを抱えて一歩前進し、銃床を肩の高さまで上げて構えた。

ミランダは走った。

1

十二年後。

ニック・トマスはまばゆい黄色の防水シートにおおわれたきゃしゃな遺体の輪郭に目を凝らした。鼻梁をつまみ、こみあげる怒りをぐっと抑えこんだ。おぞましい死臭に思わず顔をそむける。

腐乱がはじまった二十歳のレベッカ・ダグラスの遺体発見から一時間、まだ遺体の写真を撮っているところだ。

「保安官？」

ニックが顔を上げると、保安官代理ランス・ブッカーが近づいてきた。恰好のよい優秀な警官だが、まだどこか未熟なところがうかがえ、十二年前、殺人現場にはじめて呼び出されたときのニックを髣髴《ほうふつ》させる。「なんだい？」

「ジムから連絡があり、ＦＢＩ捜査官を名乗る男が道路の検問所を通せと言っているそうです。名前はクインシー・ピータースン」

クイン。ニックは彼に何年も――正確には十年も――会っていなかったが、三年あまり前に保安官に選出されてからはずっとｅメールのやりとりをしてきた。クロフト姉妹の遺体が発見された直後のことだ。

これで七人の若い女性が殺された。警察が知りえただけで七人。

「通すように伝えてくれ」

「はい」ブッカーは顔をしかめながらも無線機を通じて指示を伝えた。管轄内で起きた事件について、警察関係者は一般に外部の干渉を嫌い、ニックもふだんは例外ではなかった。先週のうちにクインに連絡し、なるべく早く来てくれるよう要請したのが自分だということは言わずにおいた。

ニックはブッカーをその場に残して防水シートから離れ、レベッカ・ダグラスの最期の足跡がはっきりと残っている道を下りはじめた。もはや証拠として使いものにはならなくなった足跡のそばにしゃがみこんだ。濡れた泥が固まりかけている。レベッカの最期の一歩かもしれなかった。あるいは殺人犯の。この二日間で八十ミリ近い雨が降った。寒く湿ったモンタナの冬からようやく回復したばかりの地表をまた飽和状態にする土砂降りだった。今朝は雲が切れ、空は鮮やかなブルー、空気は新鮮そのもので、もしもこうして殺人現場に呼び出されなければ、爽快な朝だったはずだ。

目を閉じて、ギャラティン渓谷の澄みきった清々しい空気を吸いこんだ。モンタナという土地を愛していた。どこまでもつづく山々の美しい景観と荘厳さ、急流、緑の谷、大きな空。人びともまた善良で、地に足がついている。隣人を愛し、大切にする。レベッカ・ダグラスの失踪が発表されたときも、何百という男女——その多くは彼女が通っていた大学の関係者だった——がボーズマンとイエローストーンの原生林での捜索に参加してくれた。

ニックは歯を食いしばって怒りを抑えた。善良な人びと。唯一犯人を除いては。レベッカ、そして過去十五年間にレベッカ以外にも少なくとも六人の女性を殺した犯人。今なお失踪中の女性もいる。果たして彼女たちの遺体を発見することはあるのだろうか？　モンタナの厳しい気候あるいは肉食動物が、遺体を跡形もなく消し去ってしまうのでは？　ペニー・トンプスンの遺体を発見したときのことはけっして忘れない。遺体とはいっても、頭蓋骨とそこここにちらばった骨しかなかった。歯型が歯科医の診療記録と一致し、彼女だと判明した。

ニックはあたりを丹念に調べた。高いマツの木は主として下り勾配の側にあり、山頂に向かう側では木々はまばらになっていく。ここまで車を走らせてきた、昔からある草ぼうぼうの道は地図には載っていない。かつては伐木搬出用の道だったのだろうか、道はこのさほど広くはない天然の開墾地で途切れているようだ。この開墾地の端にレベッカの遺体は横たわっていた。

これからこの地域一帯の地図に碁盤の目を入れてしらみつぶしに捜索し、何かしら犯人につながりそうな手がかりを見つけるつもりだが、もしまた同一犯の仕業だとすれば、おそらく何も出てこないはずだ。やつの手口はみごとなまでに巧妙で、たったひとりだけ生存する目撃者からもほとんど何も聞き出せていない。ニックの胸に敗北感が重くのしかかってきたが、彼はけっしてあきらめない人間だ。

ときどき自分の仕事が大嫌いになる。

石ころや泥の塊を四個のタイヤが跳ね飛ばす音がして、SUVが開墾地に入ってくる気配に振り向いた。フロントガラスに反射する陽光がまぶしく、ニックは額に手をかざして、近づいてくるクインをじっと見た。

SUVはニックが乗ってきたダークグリーンの警察トラックの後ろにガタンと停まり、運転席のドアからクインシー・ピータースンが飛び降りてきた。すぐにドアを閉め、ニックに近づいてくる。最後に会ったときとあまり変わっておらず、FBI捜査官歴十五年のベテランというよりはあいかわらず雑誌の表紙モデルのようだ。ニックは立ちあがり、無意識のうちにジーンズについた汚れを払った。

「レベッカ・ダグラスか？」クインがシートのかかった遺体に向かって顎をしゃくった。無表情だが、焦げ茶色の目にはニックが感じているのと同じ怒りと悲しみがうかがえる。

「ああ。正式に身元確認する必要はあるが――」行方不明の女性に間違いなかった。クインをちらっと見たニックが、左目の上の絆創膏を見て眉をきゅっと吊りあげた。「バーで殴り合いでも？」冗談まじりに訊いた。

クインは怪我のことなど忘れていたかのように絆創膏に手をやった。「この数日間はそりゃいろいろあって大変だったんだ。あとで話すよ」あたりにちらちらと目をやる。「で、現場検証は？」

「おれとしてはまずきみに見てもらいたくて、うちの連中をハイウェーに待機させている」

このFBI捜査官になぜこれほど劣等感を感じるのか、ニックは自分でもわからなかった。

おそらくはクインがただよわせる静かな自信のせいだろう。ささいなことから状況を見抜き、つねに物事の核心に迫る術を心得ているからだ。あるいはひょっとすると、殺人現場をはじめて目のあたりにしたとき、ニックが吐いてしまったからかもしれない。クインシー・ピータースンはむろん、吐くはずもなかった。

あるいはまた、ニックの愛する女性がクインに恋をしているからかもしれない。

しかし、あれやこれやあるにもかかわらず、ニックにとって特別捜査官クインシー・ピータースン以上に信頼できる人物はいなかった。

クインはその場にかがみこみ、ラテックス製手袋をはめてシートを持ちあげた。遺体のようすが目に入るや、角張った顎に力が入り首筋の静脈がぴくぴくと動いた。

レベッカはきれいな子だった。なのに今、ブロンドのロングヘアはくしゃくしゃにもつれ、泥がこびりついて固まっている。何千枚というチラシに印刷されていた幸せな笑顔も消えていた。ふくれあがり、痣《あざ》だらけで、グロテスクというほかない死体。最近降った雨が全裸の遺体から泥を一部洗い落とし、青白い肌がのぞいていた。

頸部を切られている。鋭いナイフで深く切りつけられているが、血痕はごく少量しか認められない。大部分は大雨によって洗い流され、そのほかにも何かあったかもしれない証拠となる痕跡とともに地面に吸い取られてしまった。遺体に暴力ないしは拷問を受けた形跡はある。皮膚をおおうさまざまな形や色合いの紫斑や挫傷。乳房はクリップのようなもので締めつけられたようだ。その奇妙なしるしは多くの人間の目にはとまらないものだが、過去にこのあたりの森林で殺害された女性六人に関する、検屍官による報告書をすべて読んでいるニックとクインは、この殺人者の手口に通じていた。

クインが被害者の下肢を調べようとシートをはがした。ニックも現場に到着したとき、まず最初に同じことをしていた。左脚は折れ、曲がっていた。足には破れたまめや深い切り傷がいっぱいだ。逃げたときにできた傷。

痩せ細り、蒼白で、中身は空っぽ。捜査官も保安官も、やつれた皮膚から大量の出血を見て取った。失血死。即死に近い。頸動脈をこれほど深く切り開かれたあと、長い時間生きていられる人間はいない。恐怖の一週間を生き抜いた彼女にとってせめてもの慰めか。

クインは遺体にシートを掛けた。「検屍官に連絡は？」

ニックがうなずく。「十二時には到着するはずだ。少し前に北の尾根で発見されたハイカーの検屍解剖中だった」

「ところで、遺体の発見者は？」

「三人の少年だ――マクレーン兄弟とライアン・パーカー。パーカー家はここから五、六キロのところに広大な土地を所有している。子どもたちは今日、馬二頭に乗って、二二口径でウサギや何かを撃ちにきたんだ」ニックが肩をすくめてつけくわえた。「今日は土曜だからね」

「その子たちは今どこに？」

「保安官代理に家まで送らせた。おれが行くまでパーカー邸から一歩も出ないように言っておいた」

　クインがうなずきながら、ニックが黄色と黒のテープを張りめぐらした現場にじっくりと視線をめぐらした。開墾地、古い小道、木々も細かいところまでチェックする。

「見たところ、彼女、おそらくそっちの低木の茂みから這いあがってきたんじゃないかな」

ニックがその方向を示した。「あたりを調べはしたが、まだ道をたどって下りてはいない」

「道と呼べるかどうかはともかく」クインが茂みを見て顔をしかめた。「きみがチームを呼び寄せるあいだにざっと見ておくよ。チームは何名編成？」

「当面はおれの直の部下だけだから十二名。そこにあとから現場のスペシャリストが加わることになってる。ボランティアも必要になるだろうな、徹底的に捜査するためには」

「同感だ。たしかにたくさんの目があったほうがいいが、熱血漢はかんべんしてくれ。無鉄砲なことをやらかされてはたまらないからな」

　クインはニックの肩に手を置いた。「エレンとエレイン・クロフトの遺体発見のあと、あいつがくたばってくれたらときみが願った気持ちはよくわかってる。あのときはここまで来られなくて申し訳なかった。だが、ソーン捜査官はなかなか優秀だ。何かあれば、発見できたはずだよ」

　ニックもそうは思っていたが、それでもどこか心細かった。ザ・ブッチャーはニックの監視態勢の下で殺人をつづける唯一の凶悪犯である。「あれから三年だよ！　三年おいてまた殺した。三年前はまるでお手上げだった——手がかりらしきものも、容疑者らしき人物もいっさい出てこなかった」

「なのに失踪中の若い女性が何人かいる」クインが念を押すまでもなかった。失踪中の女性たちはニックの夢の中にも姿を現しているほどだ。

「遅々としてはいるが、証拠も集めてはいる。薬莢、弾丸、エレイン・クロフトのロケットの一部。絶対に捕らえてやるさ」背を向けて小道を下りていくクインの後ろ姿にニックは見入った。自信満々のあの口調。なぜおれはああいう気分になれないんだろう？

レベッカ・ダグラスの輪郭にちらっと目を落とした。少なくともしかるべき形で埋葬ができそうだ。家族にとってはそれで幕引きとなるが、彼にとってはそうはいかない。

ミランダのことが頭に浮かんだ。

自分が乗ってきたトラックのほうへと歩きはじめた。手すきの警官はすべてこの現場に向かうようにとの連絡をすませたところだ。そのとき、でこぼこの山道を跳ねるように進んでくる、独特だが耳慣れたジープの音が響いてきた。近づいてくるジープが誰のものかは見ないでもわかった。

「くそっ」

赤いジープがクインシーのレンタカーの後ろにぴたりとつけ、停まるか停まらないかのうちにミランダ・ムーアが勢いよく飛び降りてきた。がっちりしたブーツと颯爽とした歩きかたと泥が不釣合いだ。ブッカー保安官代理が近づくが、彼には無言のまま一瞥《いちべつ》を投げただけで、赤いダウンベストを黒いフランネル地のシャツの上に着こむ。こんな状況でなかったなら、ブッカーの及び腰にニックも苦笑を隠せなかったはずだ。

そのとき、ミランダがブルーの目を眼光鋭くニックに向けた。

ニックは心臓がばくばくし、胃のあたりがむかついた。この場にやってきて当然の彼女なのだから、もう少し心の準備をする時間があったならと悔やまれた。彼女がこちらに向かっているとの連絡でも受けていれば、顔を合わせる瞬間にそなえることができたはずだ。

「ミランダ」近づいてくる彼女に声をかけた。「あのさ――」

「ひどいわ、ニック！」ミランダが彼の胸を指でつついた。「ひどすぎる！」ミランダは怖いものなしだ。女性にしては背が高い――少なくとも百七十七、八センチはある――が、彼は身長で十五センチ、体重で四十五キロほど上回っている。彼女のつらい体験を考えれば、彼だけでなく、どんな男にも恐怖感を抱いておかしくないところだが、とんでもなかった。彼女はサバイバー。恐怖感などおくびにも出さない。

「ミランダ、きみに電話するつもりだったんだ。でもレベッカかどうか、まだ確信がなかったし、きみがまたつらい思いをするかと思うと――」

ミランダの目が暗く翳《かげ》りをおびると、彼への不信感が伝わってきた。「嘘ばっかり。**もういいわ！**　電話くれるって**約束**したくせに」ミランダは彼の横をすりぬけ、シートにおおわれた遺体につかつかと歩み寄った。両手を拳に握り、緊張に肩をこわばらせている。

ニックは彼女を止めたかった。もうこれ以上、若い女の死体を見ずにすむよう守りたかった。言うなれば、彼女自身の生きかたから彼女を守りたかった。

だが、彼女はニックのそんな保護者意識をつねにはっきりとはねつけてきた。

ミランダは必死でこらえた。いくらニックにわめきちらしてはならないとわかってはいても、それでもむかついていた。**約束したくせに。**レベッカを捜しつづけた七日間、ミランダはようやく確保した数時間の眠りを悪夢に破られていた。遺体が発見されたら、そのときは誰よりもまず彼女に知らせると約束したニック。

ミランダもニックもレベッカが生還するとは思っていなかった。

周囲は落ち着いたアースカラー、その中心に位置する派手な色のシートをじっとにらみつけたあと勢いよく息を吸いこむと、気管が熱い怒りとあらずもがなの凍りつくような恐れにひりひりと痛んだ。握った拳にはなおいっそう力がこもり、爪が手のひらに食いこんだ。そこに横たわるのがレベッカ・ダグラスであることはもうわかっていた。だが、自分の目で確認しなければならなかった。ザ・ブッチャーの新たな犠牲者をどうしても見なければ。強くなるために。勇気を得るために。

復讐のために。

指の長い手にラテックス製手袋をはめ、静かに横たわるレベッカのかたわらにひざまずいてシートのへりを指でつまんだ。「レベッカ」ミランダがささやいた。「あなたはひとりぼっちじゃないわ。約束する、あいつを見つけ出すって。あなたをこんな目にあわせた償いをさせてやる」

唾をぐっとのみこみ、一瞬ためらったのちシートを引きあげて、この一週間というもの、一日二十四時間態勢で捜しつづけてきた若い女の姿を目のあたりにした。

ふくれあがった顔、搔き切られた喉、雨が泥を洗い流したせいではっきりそれとわかる無数の切り傷はすぐには見えてこなかった。ミランダの頭の中にある二十歳のレベッカは生きていたときのままに美しかった。

親友のキャンディーによれば、レベッカが笑うと周囲もついつい引きこまれて笑うことがよくあったそうだ。恵まれない人びとへの思いやりにあふれ、週に一度は夜、教会の養護施設に読み聞かせのボランティアにでかけていたと、大学で就職相談を担当するロン・オーエンズから聞いていた。生物学講師のグレッグ・マーシュによれば、学業成績は全Aで、獣医志望だったという。

レベッカに非の打ちどころがなかったというわけではないが、失踪中耳にしたのはきらきら輝くような話ばかりだった。

その彼女が死んだ今、もう誰もそんな話を繰り返すこともないだろう。

やがてミランダの目にも、捜索中ずっと胸に抱いていたレベッカの姿がだんだんと目の前にある無残な死体に変身しはじめた。

「あなたは自由よ。ついに自由になったのよ」

シャロン。ほんとにごめんなさい。

「もう誰もあなたを傷つけることはできないわ」

ミランダは手を伸ばしてレベッカの髪に触れ、泥で固まった側頭部をかすめて頬を手のひらで包んだ。

抑えて。

マントラにも似たその言葉を繰り返し唱えた。こんなことをこれから何度耐え忍ばなければならないのだろうか？　何人の若い女性が死に、埋葬されるのだろうか？　これほど苦しいとは思いもよらなかったが、感情をきっちりと抑えこんでおかないかぎり、まんまと殺人を続行するザ・ブッチャーのとてつもなさ――そして彼を止めることのできないわが身の不甲斐なさ――にぶちのめされてしまいそうだった。

レベッカの顔を再びシートでおおった。そうするのがいやでたまらなかった。遺体をおおうたび、同じように発見されたほかの女の子たちの遺体が頭に浮かぶのだ。もちろん、シャロンもふくめて。

シャロンの遺体発見現場に案内された朝はひどく寒く、いくら五、六枚と重ね着をしていても震えが止まらないほどだった。ミランダは自分が救出された翌日にそこへ引き返したかったのだが、病院を出ることは許されなかった。自力で歩こうとがんばってはみたが、怪我を負った足が思うように動かなかった。

感覚が麻痺しているせいで泣けず、疲れているせいで自分なりの主張もできなかった。必死で記憶をたどり、自分たちが連れていかれた地点を地図上で示したにもかかわらず、捜索チームはシャロンを発見できなかった。

友だちの遺体が野ざらしにされていることを思うと、たとえひと晩であってもミランダに

は耐えがたかった。あのままではハイイログマやクーガーやハゲワシの餌食になってしまう。そこで救出の翌々日の朝、脚の痛みをこらえて捜索チームと警官隊の先頭に立ち、シャロンが倒れているはずの地点へと向かった。最後にもう一度だけシャロンに会わなければと。

おそらくはショック状態にあったのだろう。医師にはそう言われた。だがとにかく人の助けを借りて歩いた。シャロンが倒れた場所はわかっていた。忘れるはずがなかった。一行を先導したその場所にシャロンが横たわっていた。ザ・ブッチャーに撃たれて倒れたそのままの姿で。

鳥や動物までもが人間とともに追悼の意を表すかのように、沈黙があたりをおおった。春風さえもが息を押し殺し、木の葉一枚すら音をたてないその静寂の中で、誰もがようやくミランダとシャロンがどんな目にあったのかを正確に把握した。

突然あがったワシの鳴き声が静寂を引き裂き、風が穏やかに吹きはじめた。

医師がシャロンの遺体を明るいグリーンのビニールシートでおおい、保安官以下チームの面々が証拠を探しはじめる。ミランダはシートから目が離せなかった。シャロンがその下で死んでいる。ビニールシートにおおわれた肉塊に変わり果てた姿で。ありえない！　むごすぎる！

そのときはじめてミランダは取り乱し、泣き叫んだ。

ＦＢＩ捜査官が彼女を抱え、道路まで五キロ弱の道のりを運んだ。捜査官の名はクインシー・ピータースン。

2

ミランダの姿が見えたとき、クインの足がぴたりと止まった。呼吸が苦しくなり、彼女から見えないようにと木々がより密に茂る陰へと身をひそめた。

最後に会ったときから十年がたっているというのに、その衝撃はまったく同じだった。まず最初に畏怖と敬意——顔を合わせるときにミランダほど決意を要する相手はいまだほかにはいなかった。つぎに来るのが愛情とプライド。だが、あっという間に怒りと苛立ちがそれに取って代わる。あれこれ絡みあい、きわめて複雑だ。感情は蛇口をひねるようには止められない。なのにどうして彼女はああもたやすく彼を遮断できたのだろう？　恋人だった彼に弁明のチャンスすら与えず、去っていくことができたのだろう？

彼は今も希望を抱いてはいた。彼女がザ・ブッチャーに対する妄執を捨てて、彼のもとに戻ってきてくれる可能性はあった。だが、その希望も時間の経過とともに薄らいでいった。今、彼が恐れているのは、彼女がみずからの身の安全を顧みずに命を落としはしないかということだ。

ミランダはニックに背を向けていたため、表情に刻まれた苦悩はクインにしか見えなかった。

そのままじっと見守っていると、ミランダが目を閉じてかぶりを振った。悪夢、あるいは記憶を振り払うかのような仕種。やっとのことで地面から立ちあがると、前腕で目のあたりを拭いながら遺体の足もとのほうへと移動した。シートにおおわれたままの遺体をたっぷり一分は見つめたあと、かがみこんでシートの隅を持ちあげる。

ミランダが目を凝らしているものがなんなのか、彼女の横に立っていなくても手に取るようにわかった。レベッカの下肢。逃げるときに泥がこびりついた足。折れた脚。どこかから飛びおりた証拠だ。

「死後どれくらい？」

十五メートルほど離れた、全貌が見わたせる彼の立ち位置からでも、ミランダの声にこもる怒りと苦悩が聞き取れた。くるりと向き直った彼女がニックをにらみつけた。必死で歯を食いしばり、苦悩を抑えこんでいる。

いつもながらの抑制だ。世界中の苦悩を一身に背負いながらも神経をやられずにいるのはまさに奇跡だ。

「八時間？　十時間？」

ニックの返事は聞こえなかったが、ミランダの推測はおそらく当たっているはずだ。

「なんてこと、ニック！　あいつはこの子を八日間縛りつけていたのよ。この子、あともう少しで自由になれるところだった。道路までほんの数キロよね。あと六キロ。でも脚が折れた。するとあいつが現れて――」ミランダが口をつぐみ、ニックから顔をそむけた。

懸命に感情を抑えこもうとするミランダを見つめながら、クインは自分がのぞき魔のような気がしていたたまれなかった。彼女のところへ行き、以前のようにしっかりと抱きしめたかった。彼女にもう大丈夫と言ったことはなかった。苦悩もいずれは軽くなると言ったこともなかった。クインはただ**そばに**いただけだ。二年間、ただ彼女のかたわらにいて、命と力を取り戻すのに手を貸した。

しかし、それではまだ足りなかった。

「ドク・エイブラムズがこっちに向かっている」ニックが言った。「彼が来ればもっと詳しいことがわかるさ」

「あなた、約束したわよね、ニック」ミランダはラテックス手袋をはずし、ポケットに押しこんだ。鼻梁をぎゅっとつまみ、保安官ににじり寄る。

クインもいつまでも彼女を避けているわけにはいかないが、顔を合わせるのが怖かった。

「わたしを守ろうとなんかしてほしくないのよ、ニック」ミランダがそう言ったとき、クインが彼女の背後に達した。

「ニックを責めるなよ、ミランダ。きみには連絡するなと言ったのはぼくなんだから」

ミランダの耳に懐かしい声が届いた。低く、あたたかく、溶かしたバターのように滑らかな声。

心臓の鼓動が二倍速、三倍速で打ちだした。しばらくのあいだ――しばらくというには長すぎる時間――ミランダは口がきけなかった。その声と声の主をずっと夢に見てきたのだ。

くるりと後ろを向いた。

クイン・ピータースン。

一瞬――今度は本当にほんの一瞬――彼女は十年前に二人のあいだに起きたことをすべて忘れ、自分をやさしく包みこんでくれた彼の腕と耳もとでささやいてくれた慰めの言葉の亡霊がよみがえるのを感じた。

あの事件以来、本当に心が休まるのは唯一クインの腕の中にいるときだけだった。

あのとき彼は変わった――なのに十年前のままだ。たしかにダークブロンドの髪のところどころに銀色がのぞいてはいる。頭頂部あたりの髪は少々長すぎるくらいだが、それが目の上に貼られた絆創膏を部分的に隠していた。あいかわらずすべてお見通しという印象の焦茶色の目だが、かすかなしわが目尻から扇状に広がっている。体形は今も変わらずに引き締まり、モンタナの森にはそぐわないきれいな服。もう十年会っていないというのに、ミランダはまだ彼のキスの味を憶えていた。

降り注いでくる思い出が恨めしかったし、クイン・ピータースンを見れば思い出す、自分が強さと勇気を必要としていた最悪の時期がそれ以上に恨めしかった。

「どうしてそんなこと！」声の震えに気づいて自分を叱った。

「自分を苦しめて楽しんでいるのはわかっているが、ミランダ、そんなきみは見たくなかったんだ」クインはさらに近づき、彼女からほんの三十センチほどのところまで来た。ミランダはあとずさりたい衝動をぐっとこらえた。あとへ引くつもりはなかった。今度こそ。

クインの顎がぴくりと引きつった。それは彼が怒ったとき、あるいは不安なときだということはしっかりと記憶にあった。

「ここで何してるの？」ミランダの声はさっきより力強かったが、もっと何か言える自信はなかった。

「おれが電話した」ニックが言った。

ミランダが振り向き、親友と顔を合わせた。「あなたが？」

ニックはよほど居心地が悪いらしく、背筋をぐっと伸ばした。「保安官になってからずっと、クインには報告を入れていたんだよ。今回も彼の協力と情報が必要だ」

「あなたが**彼**と連絡を取りつづけていたなんて――」ニックがはじめて保安官に選ばれたときを思い出し、ミランダは思わず両手を上げた。「**三年前から！**　わたしには何も知らせずに？　それ、どういうこと？　あなただけはわかってくれていると思っていたのに」

「ミランダ、おれもきみに負けないくらいやつを挙げたいと思ってる」

クインが割って入った。「ぼくは犯人を捕らえにここへ来た。言うまでもなく、ＦＢＩは保安官事務所より多くの情報を持っている。それに関して異論があるなら、きみは降りてもかまわないが」

クインの鋭い目がレーザー並みの正確さでミランダの防護壁を切り裂いた。じろじろ見られたミランダがみるみる落ち着きを欠いていく。彼が彼女の恐怖、不安を分析し、屈服し服従するのを待っているとわかっているからだ。けっして弱みを見せてはならない。動揺を悟られてはならない。強さと支えを求めて彼に頼ったことが過去には何度となくあった。彼の腕の中で泣いたこともあれば、思っていること、感じていること、信じていることをすべて吐露したこともあった。ありすぎた。

　彼はそうした事実を利用して、彼女をＦＢＩアカデミーから追い出した。

くじける時間ならあとからたっぷりとれる。今夜ひとりになってから。

「このエリアならどの保安官代理よりもわたしのほうがよく知っているわ」怒りやその他の感情をぐっと抑えこんで言ったものの、声が割れた。心の奥深くまで探りを入れるようなクインの視線ひとつで、ミランダはもう全身が神経過敏でぴりぴりしていた。

　意識を再びニックに戻し、勇気を振りしぼった。「あなたは証拠を探して、それからボランティアを招集して。あなたにはわたしが必要だし、わたしもここにいる必要がある。捜査に立ち会う必要があるのよ。ほかの人には見えないものがわたしには見えるから。わたしなら――」

「もうわかった」クインが二人のあいだのわずかな隔たりを一歩で詰め、ミランダの肩に手を置いた。その手をぴしゃりと払いのけたい思いと彼の腕の中に倒れこみたい思い、二つの思いが手を見つめるミランダの胸でせめぎあう。

　ミランダはクインをじろりとにらみつけ、彼は手を離した。

「きみは睡眠をとったほうがいい」クインが穏やかな声でつづけた。「一週間、レベッカを捜しつづけていたんだろ。自分のための時間はどれくらいとった？　どうせコーヒーとジャンクフードしか口にしていないんだろう。いったん家に帰るんだ」

「いやよ。いや！」朝からずっとこらえてきた涙が一気にあふれそうな気がして、クインから顔をそむけた。

今はだめ。クインの前ではだめ。

「ミランダ、これからチームを招集するが」ニックが言った。「どうしても二時間はかかるだろうし、ドク・エイブラムズも遺体を調べる時間が必要だし。あとでまたここに戻ってきたらどう」

「ニック、そうじゃなくって――」クインが割りこんだ。

ミランダが彼をさえぎる。

「ボランティアにはわたしから話をするわ。二時間後にここね」クインの顔を見ることはできなかった。感情が露骨に顔に表れそうで。

ニックの横を歩き過ぎながら彼の腕に手を触れた。「わたしのことは心配しないで」その言葉が彼のためなのか、自分のためなのか、あるいはクインへの当てつけなのかはわからないが、大きな声で言ったことで、表情や態度に出かけていた恐怖を内にとどめることができた。クインの出現がザ・ブッチャーの新たな殺人に負けないくらい彼女を動揺させていた。

クインは愛用のジープで走り去るミランダを見送った。彼女への接しかたを間違えた。昔はこんなふうじゃなかった。こうなったのは、FBI捜査官になれればすべてがうまくいくと彼女が思いこんでからだ。それまでは彼女に何を言うべきか、いつスキンシップすべきか、いつスペースを与えるべきかをはっきりとわかっていた。

だが、いざクアンティコのＦＢＩアカデミーにやってくると、ザ・ブッチャーに対する妄執が彼女にとって生活のすべてとなった。あるいは以前からそうだったのに、彼にはそれが見えていなかっただけなのかもしれない。

なぜ**彼女には**見えないのだろう？

「なぜあんなことを？」クインがニックに尋ねた。「彼女、証拠収集なんかできる状態じゃないだろう。遺体を見ているときの彼女、見ただろう？　どうにかなりそうな顔をしてた」

ミランダのきれいだがげっそりした顔に浮かんだ苦悩を思うと胸が痛かった。まるでレベッカ・ダグラスの最期の数分を頭の中で追体験しているかのようだった。

「それは違うな、クイン。ミランダはきみが思っているより強いよ」

「彼女は生き残った自分を罰しているんだ」

「それはどうだか――」ニックが反論しかけた。

「いや、ぼくにはわかってる。ミランダは生き残った者の罪悪感を抱え、それが時とともにふくらんでいるんだ。女の子がひとり誘拐されるたび、まるで自分のせいであるかのようにその子の死に責任を感じている」

「たしかに彼女が個人的な理由から参加したがっているのは知っているが、チームにとって彼女の存在は強みなんだよ」

「ミランダは〝チーム〟って言葉の意味をわかっていない」

「この十年間、きみは彼女と組んで仕事をしてきたわけじゃないだろう。彼女は精神的にまいったりしないよ。しっかりしてる」

「そんなことを言うのは、きみの私的感情が常識を阻んでいるからさ」クインはわれながらうんざりした。これではまるで嫉妬しているように聞こえる。くそっ。たしかに彼は嫉妬していた。ニックの関係をはじめて知ったときの痛みは自分でも認めたくないほど強烈だった。ミランダとニックが離れてからの歳月を考えれば、もう彼女のことは乗り越えたものと思っていたのだ。しかし、ミランダが目の前から去って以来、数人の女性とつきあってはみたものの、あくまで表面的で短期間の関係に終わった。クインの心の中ではこれからもミランダがたったひとりの女性でありつづけるはずだ。

ニックがクインに鋭い視線を向けた。「自分が何を言ってるのかわかってないだろう」保安官はトラックに向かって歩きだした。

「逃げるなよ、ニック。きみはミランダとのつきあいが長すぎて客観的な判断ができなくなってる。彼女に翻弄されてるんだ。彼女はそういうことにかけちゃ手だれなんだよ」

ニックが振り返ってクインを見た。「ミランダとは二年前に別れたよ」

ニックの表情から察するに、彼はその結果には不満があるらしく、口調もかなり非難めいていた。ニックとミランダがもう恋人同士ではないと知り、クインは驚くと同時にうれしくもあった。だがつぎの瞬間、そんなことで浮かれる自分を叱っていた。たとえどんな状況であろうが、ミランダに彼とよりを戻そうなどという気はないのだ。

「どうして教えてくれなかったんだ？」

「そんな必要ないだろう。でも、もうすぐまたこっちを向かせるさ。チャンスがないわけじゃない」ニックはミランダのジープが通っていった道に目をやった。「きみさえいなければの話だが」

「彼女はぼくを憎んでる」いや、〝憎んでる〟ではきれいすぎる。忌み嫌う、虫酸《むしず》が走る、唾棄すべき男だと思っている、そんな表現のほうがぴったりくるかもしれない。

「そりゃそうだ」ニックがクインに一瞥を投げた。「卒業前日にＦＢＩアカデミーを追い出されたら、おれならきみを憎んだだろうな。だが、彼女は違う」

クインにはそのへんのことはよくわからなかったが、何も言わずに黙っていた。

ニックがつけくわえた。「もしきみを憎んでいたら、とっくにおれのよめさんになってたはずだよ」

3

ミランダはありとあらゆる交通法規を破りながら、ボーズマンにあるモンタナ州立大学めざして車を走らせた。レベッカ死亡の事実を捜索ボランティアの面々に告げるのが怖かった。ニックの言うとおり、ザ・ブッチャーを捕らえるにあたってはＦＢＩからの情報がなんとしても必要だ。だが、全米に数えきれないほどいる捜査官の中からなぜよりによってクイン・ピータースンなのか？

何年も前の彼の裏切り行為などもう乗り越えたと思っていた。今の仕事が大いに気に入っていたし、心地よい家庭と自分を愛してくれる家族があり、心から信じられる友だちもいる。そんなとき**彼**と再会した。そして今、ミランダは愛に対してずっと頑なになっていた胸の奥の奥の隅っこのどこかで、まだ彼への想いが強く疼いていることに気づかされた。

どうして彼のように平然とすましていられないのだろう？　クインにキャリアと恋心の両方をめちゃくちゃにされたことなどちっとも気にかけていないような顔をしていたいのに。

キャンパス内のあちこちにある駐車場のひとつに車を停めてハンドルをぎゅっと握ると、指の付け根がぴんと張って白くなった。シフトレバーを乱暴にＰに入れ、エンジンを切った。クインのことは、何年間もずっと押しこんでおいた頭の隅っこにまた突っこんでしまいたいのに、こちらの思いどおりに隠れてはくれなかった。

深く息を吸いこみ、学生会館に設置した捜索本部のほうに歩いていく女子学生の一団を眺めた。つづいて二人組の女子学生。そのあとからは教授の一団。

誰もひとりでは歩いていない。ザ・ブッチャーの存在を頭に叩きこまれているあいだはそうなのだ。だが、しばらくするとみんなまたのんきになる。一か月先？　二か月先？　あるいは一年先？　ミランダはけっして忘れない。日々の生活の一分一分にあいつが忍びこんできては、彼女を嘲り痛めつけてくる。

捜索ボランティアによる活動を調整するため、学生会館の大きな部屋の使用許可が学生部長から下りていた。ミランダは保安官事務所の中のこぢんまりとした救難課に所属しているが、そこには集まってくれた人びとが電話をしたりチラシをコピーしたり地図を配布したりするスペースがない。そこで、これまでも女子学生が失踪したときの例にならい、大学が必要なスペースを提供してくれた――スペース以外にもさまざまな協力を。悲劇の中で学生と教員も手を組んだ。

なぜ死を目のあたりにしなければ命の重さを知ることができないのだろう？

最後の殺人事件から三年がたっていた。**発覚したかぎりでは**最後の。

ほかにもいる姿を消した女子学生をミランダは忘れることができなかった。去年のこの時季はコリンヌ・アトウェルだった。ギャラティン・ゲートウェーの手前、ハイウェー一九一号線沿いの排水溝の中で車が発見されて以来、彼女を見た人はいない。彼女もザ・ブッチャーの犠牲者なのか？　それとも別の殺人者の？　あるいは家出？　だが現実的には、コリンヌはザ・ブッチャーの餌食となり、彼の狩り場であり、ミランダの夢にも頻繁に現れる、ボーズマンとイエローストーンのあいだに広がる何百万エーカーかの原生林のどこかで朽ち果てている可能性がもっとも高い。

そうした考えが頭に忍びこんでくると、ミランダは不眠症に襲われる。

ビシッ！　バシッ！

鞭が一度、二度とすでに皮のむけた肌に鋭く振りおろされた。悲鳴をあげようとするが、声はとっくに失っており、ただ黙って涙するほかなかった。シャロンの懇願の声があたりにこだまする。

懇願は、彼女たちに責め苦を与える、顔の見えない怪物にとってはなんの意味ももたなかった。彼が立ち去ったときの安堵はすぐさまとてつもない恐怖に変わった。彼に依存するほかない状況になっていたのだ。食料も水も彼から与えられていた。もしも彼が永久に戻ってこなければ、彼女たちはいずれは死ぬ。人里離れた山奥の小屋で、床に鎖でつながれ、全裸で。

だが彼はまたやってきた。彼女たちを解放するために。そして彼女たちは残酷なゲームの獲物の役を割り振られる。ハンターと獲物ごっこ。

ザ・ブッチャーを捜し出すことには正義以上の大きな意味がある。誰を殺したかを語れる者は彼しかいないからだ。遺された者の悲しみも彼が支配している事実、ミランダはつねにそれに苛まれていた。

レベッカはあの殺人狂の下で八日間生き延びた。もう少しで脱出が果たせるところだった。あとほんの少しで。

シャロンのときもだが、〝あとほんの少し〟は死んでしまえば無意味だ。

駐車場に停めた車の中にすわったまま深呼吸をした。目を閉じ、両手で抱えた頭を深く沈めた。ハンドルを肘掛け代わりにして。

涙が堰を切ったようにあふれだし、怒りと苛立ちが熱く煮えたぎる塩辛い細流となって頬を伝った。数日間におよぶ厳しい捜索活動ですでに痛くてたまらなかった全身が、クインとの再会の緊張からなおいっそう痛くなった。体を揺さぶり激しく泣きじゃくってはいるが、荒々しく息を吸いこむ音以外に声は聞こえなかった。悲しみをなんとか抑えこむまでに数分を要した。いったん気持ちを静めてからも冷静さを保つのがむずかしかった。バックミラーに映る自分の顔を見ると、そこには死が見えた。

女子学生の遺体との対面はこれで七回目。しかし、今なお九人の女子学生が失踪中で、おそらく骨以外何も残っていない遺体がこの原生林のどこかにちらばっている。クマやクーガーは人間の尊厳に無頓着だし、ユダヤ教やキリスト教の埋葬のしきたりにもこだわらない。

わたしはなぜ？

これほど多くの人が殺されたというのに、わたしはなぜ生き延びたのだろう？　そもそも彼はなぜわたしを選んだのか？　なぜレベッカ・ダグラスであり、クロフト姉妹だったのか？　まったくわからない。当時もわからなかったし、その後十二年をかけて、自分の誘拐につながるありとあらゆる事柄、あの荒れ果てたワンルームの拷問小屋で耐え忍んだありとあらゆること、逃げきったあとに起きたありとあらゆる事柄を調べに調べたが、いまだにわからない。

逃げきれたのは父のおかげだと思っていた。もし父が、子どものころ大嫌いだったハンティングに無理やり連れていってくれなかったなら、自分が通った痕跡を消す術やハンターを欺く術を知ることはなかっただろう。獲物になりはしたが、父が狙っていたシカやクマとは違い、彼女は高い知能をそなえた人間だった。追っ手の裏をかきながら隠れては逃げ、逃げては隠れ、最後には川に飛びこんだ……たとえ凍るように冷たい水で死んだとしても、それでも自分の勝ちにかわりはない。

どう逆立ちしようが、彼には殺せなくなる。狩猟記念の獲物を彼の手にわたさなければ逃げきったも同然だ。

彼女は勝負に勝っただけでなく、生き延びた。

もしレベッカが転んで脚を折らなければ、あの子は生き延びただろうか？　道路までたどり着けただろうか？　レベッカは、モンタナではないが、カリフォルニア州クインシーという小さな山間のコミュニティーで生まれ育っていた。似たような地形――ミランダの思考がレベッカからそれた。

なんでまたクインシー。頭にくるわ。どうして彼から逃れられないのよ。

涙で濡れた顔を拭き、もう一度バックミラーをのぞいた。クインが彼女に捜査は無理だと思ったとしても不思議はない。ひどい顔。なかなか痩せられなかったのに、今はげっそりしていた。メイクも焦げ茶色の髪もいっさいかまわなかったため、清潔なのにくたんとしている。

あれっ、何を考えていたんだったかしら？　なぜクイン・ピータースンがどう思ったかなんてことを気にかけているんだろう？　二人のあいだの絆を彼が断ち切ったのははるか昔。彼女の精神状態はきわめて危ういと思うと彼が断言したときだ。

彼女は彼の間違いを指摘したが、彼は聞く耳もたなかった。だけど、どう、彼が間違っていたこと、ちゃんと証明してみせたでしょ？　人間としてきちんと機能している。クイン・ピータースンのような人間がいなくてもすべて順調にいっている。

責任ある仕事に就いているし、今は捜索活動終結の知らせをボランティアに告げるのが彼女の任務だ。これはちょっと特殊な任務で腰が引けていたが、だからこそ自分ひとりでなんとかやってのける必要があった。

深く息を吸いこむと、安全地帯であるジープを離れて、にわか仕立ての捜索本部へと歩きだした。数人の学生が電話で情報を受けたり、捜索に役立つ詳細な情報を伝えたりしていた。チームはちょうど、ミランダが地図に引いた方眼のつぎの区画に進んだところだ。

何もかもがどうでもよくなった。

おさまったかに思えた涙がまたこみあげてくると、ミランダは鼻梁をぎゅっとつまんだ。涙をぐっとのみこむ。**今はまだだめ。**

女子学生のひとりから首を絞められたような悲鳴があがり、ミランダはさっと声のほうを向いた。

「いやよ。いや！」

レベッカのルームメートだったジュディー・ペイン。金曜の夜にレベッカが帰ってこないと警察に連絡を入れた子だ。捜索本部開設からずっとここに張りついて、電話を受け、eメールを送受信し、何千枚ものチラシをコピーしていた。その彼女が今、手紙を折りたたむ手を止め、目を大きく見開いてミランダを凝視していた。

「ジュディー」ミランダは部屋を横切り、すわったまま体を震わせている女子学生に近づいた。

「だめよ、いや、お願い」ジュディーは涙を流しながら、ミランダの目に真実以外の何かを探した。

ミランダは若く美しいブロンドの女子学生の隣にしゃがみこみ、両手を取った。この何年かを振り返ると、活動は年々楽になってきていた。捜索は周到に計画され、それをそのまま実行に移すことができるようになり、ボランティアは訓練を受けて立派に役割を果たしてくれるようになり、警官も熱心かつ意志強固になってきた。だが、これだけは以前にもましてきつくなっている。毎回そのきつさがましている。失踪した女の子はみな、ミランダから魂の一部を奪って墓の中に持っていく。

「残念だわ」ほかにどう言ったらいいのだろう？　残念ではあまりに不適切だし、あまりにむなしい。

ジュディーがミランダの腕の中にくずおれてきた。ミランダは彼女をぎゅっと抱きしめ、ゆっくりと揺すりながら耳もとでささやきかけた。ほとんど意味はないが、慰めになればいいと思う言葉を。

部屋にいたそのほか何十名かの人びとには何も言う必要はなかった。ジュディーの姿が全員に伝えるべきことを代弁してくれた。たとえしばらくでも、レベッカは生還すると信じていた男女の顔を涙が伝い落ちた。

若い大学助手のカール・キーンが二人のほうに歩いてきた。ミランダが顔を上げると、彼の目もうるんでいた。彼にも、ジュディーにも、そしてそこにいる全員にも何かしら慰めの言葉をかけたかったが、ぴったりの言葉が浮かんでこなかった。ジュディーの悲しみの重さがミランダの肩にどっかりと乗ってきた。この人たちをどう慰めることができるというのだろう？　**今度こそ**警察が犯人を探し出してくれるとでも？　**今度こそ**犯人はなんらかのミスを犯したはずだからとでも？

またしても女子学生を死に至らしめた極悪非道な犯行、そして犯人に関する手がかりはまったくない状況を思うと大声で叫びたかった。

それをぐっと抑え、カールの腕に手を伸ばしてぎゅっとつかんだ。

「彼女はぼくが」彼が言い、泣きじゃくる女子学生の肩に腕をまわした。

ミランダは目をしばたたいて涙を押し戻し、カールがジュディーを抱きかかえるようにして外へ連れ出す光景を見守った。ほんの一瞬、誰かがわたしを抱きしめてくれたらと思った。抱きしめて、慰めて、もう大丈夫だよと言ってくれたらと。嘘でもいいから。ときにはそんな嘘も信じたかった。

だが、クインは彼女を見限り、ニックは彼女が仕向けたとおり彼女のもとを去り、彼女には誰もいなかった。

二人が出ていったあと、室内にいたほかの人びとが自分をじっと見ていることに気づいた。ミランダは咳払いをひとつし、話をはじめた。声がかすれていた。

「トマス保安官が今朝の四時ごろ、チェリー・クリーク道路の西およそ六キロ、八四号線の南十五キロの地点でレベッカの遺体を発見しました。現在、保安官代理たちがあたり一帯で証拠を探していますが――」

「ザ・ブッチャーですか？」

ミランダは説明をさえぎった人物のほうに顔を向け、すぐにうつむいた。グレッグ・マーシュ。レベッカに生物学を教えていた、縁なし眼鏡のずんぐりむっくりした教師だ。

「それは――わたしからはなんとも。わたしは――」ミランダが言いよどんだ。

「答えられるでしょう。現場に行ったんだから」彼がミランダの足もとを指さした。ミランダは目を落とし、われながら驚いた。それまで気づかなかったが、靴に泥がこびりついていた。

「グレッグ、わたしからは何も言えるはずないでしょう」

「それじゃ言わなくてもいい」グレッグはくるりと背を向け、部屋を出ていった。

残った人びとはミランダを見すえたままだ。ひとりになりたいが、この部屋にいる全員に対する義務がある。生きているとはいえ、彼らもまたザ・ブッチャーの犠牲者に変わりはない。罪の意識が喉のあたりにじわじわと広がってくると、こうしたときに犠牲者たちに責任を感じないでいられるようになりたいと真剣に願った。犠牲者の生死に関係なく。グレッグ、ジュディー、そのほかの人たちにどんな言葉をかけて慰めたらいいのやら。

レベッカがどんな目にあったかは知っている。ザ・ブッチャーが人を殺すたび、その悲劇を詳細にわたって新聞が報道するおかげで、誰もが知っている。慰めの言葉などあるわけがなかった。レベッカは拷問を受け、レイプされ、動物よろしく狩りの獲物にされたのだ。

ミランダがまったく同じ目にあったことも周知の事実だ。

胸中にわきあがる屈辱、苦悩、恐怖がにじんだ怒りをぐっとのみこむ。彼女自身が誘拐されて脱出した一件について何か言ってくる人はもはやほとんどいなくなった。陰で噂されていることは知っているが、無視している。そうするほかないからだ。人びとが自分のことをどう思っているのかを考えたり知っていたりするせいで、悪夢への対処がなおいっそうむずかしくなっていた。

ミランダが安堵のため息をついたのは、目をうるませた人びとが部屋の隅に集まり、小声で言葉をかわしあっていたからだ。彼らはミランダの話の先を聞きたがってはいなかった。慰めの言葉を待ってもいなかった。ザ・ブッチャーが逮捕されるまで大丈夫な状況などないにもかかわらず、もう大丈夫ですと語らせたところで意味がない。

ミランダは捜索が行われた地域の地図の前に行った。彼女が作成したものだ。ギャラティン郡を四分割したが、山岳地帯なので線はまっすぐではない。各四半分がまたそれぞれ何十もの区画に区分けされている。

先週の土曜からまだ二つ目の四半分も捜索しきれてはいなかった。

肉眼でようやく見える程度の六個の赤い点が、六人の女子大生の遺体が発見された地点を示していた。ミランダは震える手でポケットから極細の赤いペンを取り出し、レベッカが死んだ地点にしるしをつけた。七人目の犠牲者。ううん、こちらが**知りえたかぎりで**七人目の犠牲者、と心の中で訂正した。

彼女自身は遺体の発見場所を知るのに赤い点など必要なかった。犠牲者が最後に目撃された地点を知るのに青い点も必要なかった。自宅兼オフィスの壁に同じ地図——もっとずっと詳しい——を貼っていた。女性を獲物に狩りをするこの凶悪犯について何か——なんでもいい——何かが浮かんでこないかと、ベッドの上にどっかりとすわって地勢図の点や線、あるいは自分で引いた方眼に目を凝らした夜も数えきれないほどあった。

嗚咽が喉もとまでこみあげてくるのを感じ、あわてて両手で口を押さえた。レベッカの発見地点から南東の方角にある点に意識を振り向け、手を触れた。シャロンの発見場所。

そろそろ山に引き返さなければならないが、たったひとつ引っかかるのは、そこにクインがいること。

十二年前、クインは岩のごとくしっかりと彼女を支えてくれた。さまざまな意味で彼に救われたと、ミランダは今でも思い出すことがある。ベッドでひとり、静かな涙だけが話し相手のようなときに。

シャロンが殺された場所に保安官率いる捜索チームを案内した翌日、病院で彼と顔を合わせたときのことは忘れられない。

前日におよそ五キロの道のりを抱きかかえて移動してくれたというのに、気が動転していたためにきちんと紹介しあってもいなかった。彼の名前すら知らなかった。病院のベッドに横たわる彼女に話しかけるとき、ありがたいことに彼は心身の衰弱に関する話題をもちださなかった。

看護師たちのようにご機嫌取りもしなかった。父親のように泣きもしなかった。前日、尋問に来た保安官のドナルドスンのように、神経をぴりぴりさせながらすり足で歩きもしなかった。

クイン・ピータースンはただただ堅固に、高く強くそこに立ち、揺らぐことはいっさいなく、目にも同情の色をまったくのぞかせなかった。

全身が痛かった。足の切り傷は抗生物質と鎮痛剤を使っても刺すように痛かった。全身に負った切り傷は、縫わなければならないものや一生傷痕が残りそうなものも多かった。乳房の傷も手がつけられないほどだったが、医師らがなんとか温存させた。

彼女は生き延び、シャロンは死んだ。皮膚についた傷痕の数々も、罪悪感が胸をずたずた

に引き裂く痛みに比べればなんでもなかった。

「その必要はないよ」シャロンと自分が閉じこめられていた場所まで案内すると言いだしたとき、クインシー・ピータースン特別捜査官は言った。

「いいえ、ピータースン捜査官、あります」二人して病院をあとにしながら、ミランダは言った。「わたしにはあなたをあそこへ連れていく義務があるんです」

痛みなど眼中になかった。今はまだ。シャロンを殺した男を捜し出すためなら、なんでもするつもりだった。なぜなら、親友のシャロンは死に、彼女は生き残ったからだ。

必要とあらば、地獄にも似た七日のあいだ監禁されていた場所にもう一度行くのもやぶさかではなかった。ネズミに荒らされた、カビだらけの、あの朽ち果てかけた小屋に。

「わかった」彼の返事を彼女は信じた。それまで彼女に話しかけてきた人はみな、どこか機嫌を取ろうとしている感じだったが、彼だけは違った。「クインと呼んでもらえないかな？ピータースン捜査官じゃあまりに堅苦しいよ」

「はい」

地図でおよその位置を特定し、一行は乗り入れが可能なところまで車で行ったが、その先のほぼ五キロは徒歩で進むほかなかった。

もし反対の方向に逃げていたなら！　そうすれば細いながらも道に出られたのだ。たとえ細くとも道は道だ。だとしたら二人の運命は変わっていただろうか？　シャロンはまだ生きていただろうか？

「わたし、ふた手に別れたほうがいいと言ったんです」ピータースン捜査官――クイン――と二人だけになったとき、ミランダがつぶやいた。

「名案だったと思うよ」

「でも、シャロンがいやがって。とにかく二人とも怖くてしかたがなかったから、わたしも反論しなかったんです。だって――」言葉がとぎれた。

「だって？」

「あの男がなぜわたしたちを解放したのか、その理由がわからなくて。でも銃を見て、はっきりとわかりました。あの男がわたしたちを動物に見立てて狩りをしたがっているってことが。そんなこと想像もつかなかったし、もちろんシャロンともひと言もそんな話はしてません。そんな時間はなかったから。すると、あの男が逃げろと命令したんです」

　逃げろ。逃げろ！

「そのときになって、あの男がどうするつもりなのかがようやくはっきりわかったんです。わたしたちを殺すつもりなんだと。手負いの獲物を」ミランダがつらそうに笑った。

　歩いているあいだずっと、クインは彼女の横にいた。そして穏やかに的確な質問を投げかけた。慰めの言葉などはいっさい口にせず、機嫌を取ることもなく、もっと違う行動を取っていればよかったのにというたぐいのことも言わなかった。そんなことはギャラティン川の岸で発見されてからの七十二時間にさんざん自問自答してきた。

　彼女は一行を、モンタナの誰も知らない山奥に立つおんぼろ小屋までみごとに案内してみせた。自由を求めて川に飛びこんだ地点から十キロ弱西に位置する。その場しのぎでこしらえたとしか思えない小屋は板が古びて腐り、トタンの波板の屋根をようやく支えているようだった。ミランダは小屋の外観に目を凝らした。小屋を外から見たのは、シャロンと二人で逃げる前のほんの一瞬だけだった。それにひきかえ、小屋の内部は頭に焼きついていた。

中には入れなかった。土の上にすわりこんで泣いた。

クインは中に入り、保安官事務所の面々が彼の指示で証拠収集をおこなった。引退を目前にしたドナルドスン保安官は、有終の美を飾りたいがためになんとしてでも犯人を逮捕したかった。そこで前日に応援を求めたＦＢＩ捜査官の助言に全面的にしたがった。

それがすむと、クインはミランダと並んで地面にすわった。

「そんなことしたらすてきなズボンが汚れるわ」ミランダにはそんなことしか言えなかった。たしかに彼の服装はトレッキング向きではなかったが、彼は高級な靴がすれたり汚れたりすることもいっこうに気にかけてはいないようだった。

「こいつは必ず捜し出す。約束するよ。きみとシャロンにしたことの償いをさせてやる」

ミランダは彼をじっと見つめ、焦げ茶色の目に同情、嫌悪感、あるいは不快感といったものが浮かんでいないか探したが、そこにあるのはただ、力強さ、共感、そして怒りだけ。

「わたしにできることはなんでもします」

ミランダも激しい葛藤の末、最後にはがんばって小屋に戻り、あたりの森林一帯の捜索によって、ザ・ブッチャーの最初の犠牲者のものである可能性が高い人骨を発見もしたが、犯人逮捕はできなかった。犯人特定の糸口は何ひとつなかった。証拠もわずかだし、手がかりもほとんどなく、容疑者ひとりいなかった。

二か月後、クインはシアトル支局に呼び戻された。もう二度と再び彼に会うことはないだろうと思うと、彼を心から好きになっていたミランダの胸は痛んだ。

しかし、それでは終わらなかった。一か月後、クインはまたやってきた。ただ彼女に会うためだけに。

ミランダの傷が癒えはじめたのはそのときからだ。

4

ミランダが八歳のとき、母親が卵巣ガンで死んだ。ワシントン州スポケーンでマーケティングの仕事で成功していた父親ビル・ムーアは、妻の病状に関する突然の告知、短い闘病生活、そして死に打ちのめされ、娘を連れてモンタナ州のギャラティン渓谷に引っ越した。ボーズマンからウエスト・イエローストーンへとつづく道路を三十分ほど行ったところ、ビッグスカイ近くにくたびれたロッジを買い、苦心して美しく改装した。ミランダは十歳になったころにはもう、古いペンキをはがしたり、サンドペーパーで磨いたり、ニスを塗ったりの作業がお手のものになっていた。山荘の一階の床はすべて、彼女がひとりで仕上げたようなものだ。

二十五年前、悲しみのどん底にあった父娘の痛みを、深い峡谷、息をのむような眺望、果てしなく広がる空が和らげ、そのときと変わらない環境がザ・ブッチャー事件のあと、そしてさらにもう一度、クアンティコでの一件のあとのミランダを救った。そしてまた、レベッカ殺害とシャロンの亡霊が心に重たくのしかかる今、彼女はギャラティン・ロッジへ急ぐ必要を感じていた。必要なものを取ってこなくちゃと自分に言い聞かせながら、そのじつただ父親に会いたいだけだとわかってもいた。

ビル・ムーアは受付デスクの向こう側にすわり、あちこちにちらばる書類の整理をいやいややっていた。巨大なヘラジカの頭――二十五年前にはじめて見たとき、ミランダはこれにブルースと名前をつけた――がこのロッジのマスコットである。見張り番よろしくデスクの上方に据えられたブルースと父のコンビを見るたび、ミランダの口もとに思わず笑みがこぼれる。

だが、こんな日は例外だ。

ミランダが入っていくと、ビルはちらりと顔を上げただけでまた下を向いた。見たところは平均的な五十七歳だ。髪はまだ豊かだが、白髪がまじってごま塩だし、血色のよい顔にはしわができ、あれほど逞しかった体にもかすかに衰えが見えはじめている。ミランダは胸が痛んだ。淡い色をした父親の目に日々うかがえる苦悩の原因は娘である自分なのだ。娘への愛が日々彼を苛んでいた。それを知っているから――知りながらも、自分の人生が向かう方向を変えることができないから――彼女の胸にはなおいっそうの罪悪感がのしかかってくるのだ。

「パパ」ほかには何も言う必要がなかった。

「ランディー（ミランダの愛称）、おいで」ぶっきらぼうな物言いだ。

父がデスクを離れると、ミランダは彼に歩み寄り、心地よい腕の中に入っていく。父親はハグをけちったりはしなかった。「やっぱりあいつだった」ミランダがささやいた。

父親の両腕は娘をしっかりと抱きしめた。アフターシェーブのいい香り、コーヒー豆の豊かな香り、そしてパイプ・タバコのにおいがいりまじった独特のにおいを吸いこむ。彼はいつだって、家庭と愛情とそのほか彼女の人生の中のすばらしいものを集めたにおいがした。

「また行くのか」

「しかたないわ」ミランダは一歩あとずさって深く息を吸いこむと、父を安心させる笑顔であってほしいと思う表情を彼に向けた。

「サンドイッチをつくってやるから持っていくといい。捜索は何人で？」

「二十人か二十五人。ニックがボランティアを招集して、部下とペアを組ませるらしいわ。今、そのトレーニング中。ゆっくりはしていられないの」

「だったら荷造りしてきなさい。みんなで食べられるものを何か用意しておくよ」

「愛してるわ、パパ」

ビルは娘の頬をなでたあと、くるりと背を向けてキッチンへと行った。

ミランダはできることなら時計を巻き戻したかった。十二年前、娘がめちゃくちゃにされ、うつろな状態で家に帰ってきたとき以来、父親が耐え忍んできたさまざまな苦悩をあじわわせたくなかった。父の目には今もまだ、川岸に横たわる水死寸前の全裸の娘が見えるのだろうとミランダはときどき思うことがある。痛めつけられて傷だらけのうえ、憔悴しきったあの姿を。

しかし、命は取りとめた。

レベッカにはそうは言ってやれなかった。シャロンにも。ペニー、スーザン、カレン、エレン、エレインにも。それだけでなく、過去十五年あまり、春のあいだに跡形もなく失踪した九人の女子学生たちにも。

自分専用のキャビンへとつづく曲がりくねった砂利道をのんびり歩くときも、いつもとは違って楽しめなかった。十年前、クアンティコのＦＢＩアカデミーから戻ってきた彼女のために父親が建てさせ、いわく、「ランディー、おまえにもひとりになれる家が必要だろうが。町に出ていかれたら寂しくてかなわん」

ビル・ムーアはけっして寂しくなどなかったはずだ。ギャラティン郡の人びとみんなに好かれ尊敬されていたし、ロッジには夏は観光客、冬はスキーヤー、さらに地元の人びとが一年を通して夕食や日曜のブランチを楽しむためにやってきて経営も順調だった。ロッジは二階にスイート形式の客室が八室、そのほか数にしてその二倍ほどのキャビンが、ビルの所有する八十エーカーあまりの土地に点在していた。昔からのなじみ客も多い一方で、はじめての客も家族のように歓迎される。それがビルのやりかただった。

ミランダは自分のキャビンのホットタブにつかり、ピクチャーウインドーから外を眺めたかった。真っ赤にふやけ、熱くて我慢できなくなるまで湯の中にいたかったし、涙が涸れるまで泣きたかった。

だが彼女の取った行動といえば、身につけていた四五口径オートマチックの予備の弾丸をつかみとり、ショットガンも準備することだった。父親が食料を用意してくれているというのに、彼女が荷造りしているのはサバイバル用品だ。三日分の乾燥食品と水、ナイフ、照明弾を打ちあげる銃、マッチをバックパックの下半分に詰めこんだあと、ライナー付きのゴアテックス製ジャケット、着替え、保温性毛布とともに弾丸も入れた。

用意周到にしないと気がすまないたちだ。

十五分後、ロッジの業務用につくられたキッチンに行ってみると、父親とベン・〝グレー〟・グレーホーク——シェフであり、便利屋でもあり、親友でもある——がアイスボックスに水のボトルと一人前ずつ包み分けたサンドイッチを詰めていた。少なくとも四十食はありそうだ。六本の魔法瓶を入れた箱には、スタイロフォームのカップとグリーンのゴミ袋まで入っている。

ミランダはバックパックをドアのところに置き、両手を大きく広げて父親に抱きついた。

「ありがとう、パパ」グレーにも感謝をこめて微笑みかけた。

「おやじさんは絶対に言わないだろうから代わりに言っとくが、気をつけるんだよ、お嬢ちゃん。バックパックなしで森に入っちゃいけない。ヒーローにはなるな。賢くなれ」

「気をつけるわ」ミランダはグレーが大好きだ。たとえ心配ばかりする人であっても。父親より数歳年上で、一本に編んでまとめた長い銀色の髪、高い頬骨、平面的な顔から先住民族の血が流れていることがわかるが、グリーンの目はヨーロッパ人の母に似ていた。ボーズマンで生まれ、十代のころにいったんここを離れたが、軍人として三度ベトナムに行ったあと、また戻ってきた。

銃のことを教えてくれたのはグレーだ。

三人は食料と飲み物をミランダのジープに運んだ。乗りこもうとする彼女の腕を父親がぎゆっとつかんだ。ミランダよりやや淡いブルーの目が、心配と不安をたたえてうるんでいた。

「ランディー、気をつけるんだぞ」

ミランダはこっくりとうなずいたが、何も言えなかった。大学で弱気になったときからずっと、ぎりぎりのところでこらえてきた涙があふれそうで怖かったからだ。勢いよく運転席に飛び乗ると、手を振ってから車を発進させた。

ビルはジープが、〝ようこそ、ギャラティン・ロッジへ〟と書かれた看板の少し先にある角を曲がって見えなくなるまで見送り、そのあとバンダナを取り出して鼻をかんだ。

グレーが大きな手で親友の肩をぐいっとつかんだ。「あの子なら大丈夫さ、ビリー。芯の強い子だ」

「わかってるよ。わかってるんだ」ビルが深く息を吸いこむと、清々しい山の空気が気持ちを和らげてくれた。「あの子には幸せになってもらいたい。こんなにも愛してるあの子が、つぎからつぎとつらい目にあうのを見るのはもうごめんだよ」

「あの子の運命さ。あんたの思いどおりにしようたって無理だ。あのニックだって思いどおりにはさせられなかったじゃないか」

ビルがグレーをちらっと見た。「クイン・ピーターースンから部屋の予約が入った」

「貸してやるのか？」

「ああ」

「ミランダはあんまり喜ばないだろうな」

「さあ、どうだろう」それについては埋め合わせをしなくてはと考えていた。とりあえずはそのことを知ったミランダが許してくれることを願うばかりだ。

イライジャ・バンクスはもう信じてもいない神に感謝した。ついにツキがめぐってきた。ミズーラにあるガゼット紙本社の通用口のドアを力まかせに押し開け、錆の出たピックアップ・トラックに飛び乗った。腕時計に目をやると、自宅アパートメントに大急ぎ立ち寄ってオーバーナイトバッグを取ってくる時間はあった。

ザ・ブッチャーがまたやった。レベッカ・ダグラスの遺体が一時間前に発見され、保安官は箝口令《かんこうれい》を敷いてはいるものの、イーライ（イライジャの略称）のシックス・センスはザ・ブッチャーの仕業だと言っている。

女子学生が一週間前に行方不明になり、遺体で発見された。ザ・ブッチャー。くそっ、もっと早く現地に行くべきだったが、編集長はそんな時間の余裕をくれなかった。月曜と火曜はヘレナへ行き、よくある警察の収賄事件裁判を傍聴して記事を書き、この三日間はアイデンティティーを奪われた高齢者たちへのインタビューでついやした。

ああ、退屈だ、退屈だ、退屈だ。

だが今、フォローすべき遺体が発見され、編集長が彼に行ってこいと命じた。警察内の連絡員からの詳細情報はごくわずかだった。女性の遺体が発見され、トマス保安官は無線封止を命じ、検屍官を呼んで、現在は州間道路の南、チェリー・クリーク道路をちょっとはずれた尾根にいるという。

ここをひとつうまく処理すれば一躍脚光を浴び、このしけた山間の町をあとにして、本物の都会にある本物の新聞社で本物の記者になれるかもしれない。

アパートメントは新聞社から八百メートルほどしか離れていない。エンジンはかけっぱなしのまま二階に駆けあがり、バックパックに着替えとシェービング道具を投げこんだ。テープレコーダー、予備の鉛筆、レポート用紙、そして日誌も。

十二年前、イーライはザ・ブッチャー捜査に関するありとあらゆることを書き留めるための日誌をつくった。ミズーラに出てからも、女子学生が誘拐されるたび、遺体が発見されるたびに書きつづってきた。

ボーズマン・ブッチャー。ミランダ・ムーアの一件が明るみに出たとき、最初の記事で彼は犯人をそう命名した。第一候補ではなかった。〝ウーマン・ハンター〟としたかったのだが、クロニクル紙の編集長だったブライアン・コリーのばか野郎が、ハンティング団体の機嫌を損ねたくないからという理由で、ほかの名前を考えろとけちをつけた。犯人の手口を考えるとブッチャーはそぐわない。獲物を追ったあと、射殺するか喉を掻き切るかしているのだからハンターだ。だが、このニックネームが根づいた。

コリーはボーズマンの安っぽい地方紙の編集長より上を狙うなんて大志は抱いていなかったから、あいかわらずずるずるとボーズマンにいた。イーライは違う。ボーズマンに見切りをつけ、ミズーラに来た。当時は完璧な始めの一歩に思えた。まずはミズーラ、つぎにシアトル。そのあとはニューヨーク。

計画はミズーラで失速していた。だが、今——今、ここから抜け出せないまま、残りの一生をみじめったらしく送らずにすむかもしれない望みが見えてきた。

五分後、車は田舎町ボーズマンめざして州間道路へと入った。いつもなら長距離ドライヴというだけでうんざりだが、今日の彼は血湧き肉躍っていた。

大新聞の華やかな職場を狙うにはセンセーショナルな記事を書くしかない。あばよ、ミズーラ。いざニューヨーク・シティーへ。

5

　クインは、ニックのSUVのダッシュボードを指先でコツコツ叩いていた。助手席は苦手だ。どこへ行くにも二倍かかる気がする。

「先週の電話ではあまり詳しいことは教えてくれなかったが、あのレベッカ・ダグラスって子が誘拐されたのは金曜の夜？」

「ルームメートから警察に電話が入ったのは土曜の午前一時ごろ。州間道路からちょっとそれたところにある〈ピザ・シャック〉でバイトしていたんだが、時間になっても寮に帰ってこなかった。応対した巡査が駐車場で彼女の車を発見した。助手席にキーがあった」

「財布は？」

「なかった」

　女の子たちの所持品はほとんど見つかっていない。ということは、犯人がそれを記念品にしている可能性があるとクインは考えていた。獲物たちのトロフィーとして。

「一般の失踪者と違ってすぐに協力を要請したのは、直感でザ・ブッチャーだとわかったからだ」

「車が細工されてた？」

「いや」

「手口が変化したわけか」クインはなぜだろうかと考えた。これまでザ・ブッチャーの被害者はみな、道端で立ち往生していた。どの車も燃料タンクに糖蜜を入れられて走行不能だったことが証拠から明らかになっている。糖蜜が燃料フィルターを詰まらせ、その結果、ガソリンがエンジンまで達しないのだ。被害者の車はきまって、最後に停まっていた場所から三、四キロのところでエンコしていた。

十五年前、ペニー・トンプスンの車は急勾配の谷底で発見された。ハンドルに血痕があったものの、犯罪かどうか確証はなかった。当時捜査にあたった人びとは、彼女は車から出て歩きだし、頭部に傷を負っていたせいもあって道に迷ったらしいと考えたが、捜査を打ち切りにはしなかった。

三年後、ミランダの車がギャラティン・ゲートウェーと父親のロッジとの中間地点あたりの道端で発見されたとき、保安官事務所は素早く点と点をつなぎ、ＦＢＩに連絡を入れた。

クインの人生はその日以来、取り返しがつかないほど大きく変わった。

「今回はザ・ブッチャーじゃないと言う人もいたが――」

「きみの直感は当たってた」

「残念だが」

「明らかに有利な要因が二つある」とクイン。「まず第一に、手口の変化だ。車に細工をしなかった。時間がなかったのか、その場の衝動で行動したか。あるいは、ひょっとしてレベッカ・ダグラスが彼を知っていて、近づいてきても怖がらなかったか」

「その線も考えたが、今のところ聞き込みからはおよそなんにも出てこない」

「メモを見せてもらいたいんだが」

「ああ、なんでもどうぞ」ニックがしばし間をおいた。「で、もうひとつの有利な要因ってのは？」

「遺体がこんなに早く見つかった。昨夜の雨はどうしようもなかったが、おそらく検屍官が容疑者につながる何かを見つけてくれるはずだよ。体毛、服の繊維、なんでもいいが、そうしたものを」クインはさっき遺体をざっと検分し、捜査に有効な証拠が出てくることにあまり期待はしていなかったが、科学は日々進歩しており、もし何か見つかれば捜査は大きく展開するとの確信はあった。

「やつが彼女を監禁していた小屋を見つけることができれば、今回はそこにまだ有力な証拠が残ってるって可能性は高いな」

「たしかに」これまでは、たとえ犯人が被害者を原生林に放つまで監禁に使った荒れ果てた小屋を発見したところで、どんな証拠もめちゃくちゃに損なわれ、使いものにならなかった。湿気、カビ、腐食が生物学的なサンプルのほとんどを使いものにならなくしたため、ＤＮＡも指紋も採取できなかった。唯一、ごく一部のみ採取可能な指紋があったものの、ＡＦＩＳ（米軍情報サービス）のデータベースに該当する指紋はないことが判明、容疑者には結びつかなかった。

　クインが十二年前に準備したプロファイルは、犯人の加齢を考慮して年々更新されてきた。当時、ザ・ブッチャーは白人男性で、年齢は二十五歳から三十五歳と推論したが、あれから十年あまりが加わった現在では、若くても三十五歳から四十歳になっているはずだった。体力があり、几帳面——実際、忍耐と不屈の精神をもって事の計画にあたる点に関しては異常なまでだ。自信たっぷりである。だから、逃がした女性を捕らえることができなかったらとの疑念は抱いたことすらない。原生林の中を逃げる全裸で裸足の女性のあとを追うのがさほどむずかしくはないとしてもだ。

当時、手がかりはまったくなく、証拠もほとんどなかったため、クインは事件の二か月後に捜査からはずれるようにとの命令を受けた。ほかに失踪した女性がいるわけでもないときに、ただでさえ人手不足だというのに、シャロン殺しの犯人捜しに彼をずっと張りつけておくわけにはいかないと上層部が判断したのだ。

ザ・ブッチャーはそのあと三年待ってから、また二人の女子学生を誘拐したが、二人の遺体はまだ発見されていない。犯行からつぎの犯行までそんなに辛抱強く待てる連続殺人犯はまれだが、国内のここ以外の場所に目を転じても類似する犯罪は一件も報告されていない。連続性を欠いた散発的な犯行のせいで、警察はほとんど何も手を打たずに今日まできた。

クインがダッシュボードを拳でがんと叩いた。「絶対に捕まえてやる」

ニックは無言のまま運転をつづけ、車は**パーカー牧場**と書かれたアーチをくぐって砂利道へと入った。

クインは前回ザ・ブッチャー事件を捜査していたとき、リチャード・パーカーにどこかのオフィスで会ったことを漠然とだが思い出した。地元の、民選による何かしらの役職についていて、州政府に大きな影響力を持ち、連邦政府にも顔のきく人物。たしか郡政執行官だったと思う。

リチャード・パーカーは被疑者だったわけではない。クインの記憶では横柄なうるさ型だったが、郡の予算が逼迫《ひっぱく》した状況にあって、保安官事務所の捜査費用への上乗せを喉から手が出るほど欲しがっているようすだった。

パーカー邸を前に、クインはポンテローザ（一九六〇年代に大ヒットしたTVドラマ「ボナンザ～カートライト兄弟～」で、主人公一家の大牧場があるネバダ州の町）を連想した。ベン・カートライト（カートライト三兄弟の父親）がドアを開けて出てくるのをあやうく期待しそうになったくらいだ。

「やあ、保安官」リチャード・パーカーが大きなドアを開けた。いい感じに歳を重ねている。もう五十歳くらいだが、ブロンドの髪はまだグレーになりかけてもいなければ、焦げ茶色の目の周囲のしわもほとんど気にならない。身長は百八十三センチほどあって細身、牧場の仕事をこなしているだけあって肩幅は広く、筋肉は引き締まっている。

パーカーがクインのほうを見た。「これはこれは、ピータースン特別捜査官、だったかな？」

クインはうなずいた。「すばらしい記憶力ですね、ミスター・パーカー」

パーカーはかすかに笑みを浮かべた。「今はパーカー判事だが、ま、そんな堅苦しい呼びかたは必要ない。リチャードと呼んでくれたまえ」

判事か。クインはニックのほうをちらっと見やり、政治的に面倒な状況をなぜまえもって教えてくれなかったのかとの苛立ちをのぞかせた。クインは政治的な駆け引きが大嫌いだった。

「どうも」

二人はパーカーのあとについて渋い色合いの羽目板を張った幅広の玄関ホールを抜け、広いリビングへと入った。東と南に面した窓と二か所の細長い天窓から射しこむ光で室内は明るい。

何もかもが整然と配置されていた。まるで『ハウス・ビューティフル』誌の取材クルーでも待っているかのような部屋だ。淡い色の壁を飾っているのは、狩猟記念品とアウトドア派好みの風景の版画をおさめた額。いかにも重たそうな特大サイズのパイン材の家具がシンプルかつ機能的だ。唯一女性の存在を感じさせるのが、ダークな色合いの布張りの長椅子と椅子に置かれた花柄クッション。一方の壁際には銃を収納した飾り棚がこれみよがしに置かれ、その上方には〝シロチョウザメ・三十二キロ・クートネー川・一九九一年六月十日〟と書かれた銘板とともに巨大な魚が飾られている。

「子どもたちは馬の世話をしてこいと言って納屋に行かせたよ」パーカーが言った。「何か飲み物を持ってこようか？　コーヒー、それともソーダ？　真っ昼間からスコッチもないだろうからな」二人に手ぶりで椅子を勧める。

「ゆっくりはしてられないんでね」ニックが言った。「保安官代理を全員招集して、あたり一帯で証拠探しをやってもらうためのボランティアも集めました。長い一日になりそうですよ」

「そうだな。子どもたちはかなり動揺していたから、お手柔らかに頼むよ」

「もちろんです」ニックが言った。

「馬が必要だろう？　ジェドに六、七頭用意させよう。必要なら、牧場の連中に午後はそっちを手伝うように言ってもいいが」

「ありがとうございます。ですが、証拠になるかもしれないものを損なったりするといけないので、作業は全部徒歩でやらないと」

パーカーがうなずいた。「ああ、そうか。そりゃ当然だな」目をつぶり、しきりに首を振った。「まさかなあ――もう終わったものとばかり思っていたのに」

そんなこと、思ってもいませんよ、とクインは思った。「連続殺人犯はぶちこまれるか死ぬまで殺しつづけますから」

「しかし、三年間は何もなかったじゃないか」

クインが首を振った。「どう考えても、コリンヌ・アトウェルもザ・ブッチャーの毒牙にかかったとしか思えません。去年の五月に失踪でしょう。原生林の自然は厳しいですからね。動物、天候、地形。犯人が実際には何人の女の子を殺しているのか、つかみようもありません」

「今回はまた、どうしてＦＢＩまでが関心を？」パーカーが眉をきゅっと吊りあげた。「双子の姉妹が発見されたときはここまで足を運んではこなかったようだが」

「それは違います」ニックが横から訂正した。「クロフト姉妹誘拐の直後ともう一度、コリンヌ・アトウェルの失踪が明らかになったときに、ソーン特別捜査官が来ています。ピータースン捜査官についていては、彼がこの事件に詳しいので、先週ぼくから電話で協力を要請しました。こう言ってはなんですが、連邦政府は郡に比べて情報も人材もはるかに豊富ですから」

クインはそんな世間話につきあう気はなかった。犯罪を目撃したり証拠を発見した子どもからは、できるだけ早く話を聞く必要があった。よけいなことを考える時間を与えたらもう手遅れになる。子どもの頭の中で事実が空想――テレビで見たものがほとんどだが――に置き換わってしまうのだ。「お子さんたちはどこですか？」

「納屋だよ」パーカーはクインにすわるようにと手ぶりで勧めた。「呼びにいってこよう」

「いえ、その必要はありません。手を動かして何かしているのでしたら、そのほうが緊張せずに答えられるでしょうから。馬の世話でしたら、おあつらえ向きです」

「それじゃ、こっちへ」

パーカーが歩きだしたあと、ニックはクインを二メートルほど間隔があくように押しとどめ、ひそかに話をしたがった。「馬の蹄を見たいんだ」子どもたちが嘘をついているとは思えないが、供述の真偽を手堅い証拠で確認したかった。

厩《うまや》は家の裏手百五十メートルほどのところに立っており、子どもたちの話し声が中から聞こえてきた。

「ライアン！　トマス保安官からきみたちに話があるそうだ」

ライアン・パーカーはまもなく十一歳で、ブロンドの髪と茶色の目が父親そっくりだ。この年齢の少年にしてはとびぬけてハンサムで、マクレーン兄弟に比べると大人びている。世慣れていると言ってもいい。

「ライアン」ニックが話を切りだした。「こちらはクインシー・ピータースン特別捜査官だ。FBIから来てもらった」

ライアンがきらきらと目を輝かせた。「FBI？　ほんとに？　バッジ、見せてもらえる？」

「ライアン」パーカーがいかめしい顔をのぞかせた。

クインはパーカーを無視し、その場にしゃがみこんで少年たちを見あげた。「いいよ」上着のポケットから札入れを取り出し、ぱっと開いてバッジと身分証明書を興味津々の子どもたちに見せた。

ライアンは手こそ触れなかったが、並々ならぬ関心を示した。「特別捜査官になるためには特別な学校に行かなくちゃならないの？」

「大学に四年間通ったあと、クアンティコにある特別な養成所で十六週間の訓練を受けた。ぼくの場合はそれからもう一年間大学に行って、犯罪学の修士号も取った」

「それってむずかしいの？」

「まあね。連邦捜査官になりたいの？」

ライアンが父親にちらっと目をやったとき、その目をかすめた怯えをクインは見逃さなかった。おそらく父親は息子が自分のあとを継いでくれればと期待しているのだろう。わからないわけではない。彼の実家では、彼が〝ピーターースン医師〟ではない事実があいかわらず両親を悩ませていた。

「まあね」ライアンが当たりさわりのない返事を返してきた。

「トマス保安官とぼくからきみたちにいくつか質問があるんだが、いいかな？」

「女の人の死体のこと？」

「ああ、そうだ」

ショーンとティミー・マクレーンは馬にブラシをかけていたが、全身が耳になっていることは間違いなかった。その証拠に、弟のブラシは馬に触れてはいなかった。

「きみたちもこっちへ来てくれないか」クインが声をかけた。

兄弟はブラシをバケツに放りこむと、クインたちのところへ駆けてきて自己紹介した。兄のショーンは偉そうに構え、弟のティミーはあれこれ知りたそうに目をまんまるくし、落ち着きを欠いていた。ライアンが立ち、マクレーン兄弟がその後ろに積んだ干草の上にすわるのを見て、この三人組のリーダーシップはライアンがとっているとクインは判断した。判事面したリチャード・パーカーにそばに立っていられたくなかったが、これを未成年者に対する非公式の事情聴取と考えれば、父親に退席を願うわけにもいかなかった。とりわけ父親が法律家である場合は。

「ライアン、まずはきみたちが今朝何をしていたのかを、きみの口からじかに話してくれないかな。ティミー、ショーン、何かつけくわえることがあったら、いつでも割りこんでかまわないから。答えが合っているとか間違っているとかはない質問だからね。それに、すべてを記憶している人間などいないから、ひとりが憶えていても、ほかの二人は忘れていることがよくあるんだ。わかるね？」

三人がそろってうなずくと、クインとニックはメモ帳を取り出した。ライアンが話しはじめた。「ぼくたち、今朝は七時に馬を連れて出発したんだ。ショーンとティミーは昨日の夜はうちに泊まった。二人の家は町だし、朝が早いからね」

「週末はママが仕事なんだよ」ティミーが頭を上下に動かした。「だからぼくたち、よくここに来るんだ」

「牧場に泊まるなんて楽しいだろうな。馬もだが、ほかにもいろいろおもしろいことがあるだろう」クインが笑顔を見せた。

ティミーがこっくりとうなずいた。「うん、そうなんだよ。ぼくたち――」兄のショーンが弟の腕を強く叩いた。

「黙れよ。この人たちが知りたいのは女の人の死体のことだけなんだから」

ティミーがおどおどした。

「いや、かまわないんだよ」クインが弟に話しかけた。「何が捜査の役に立つかは誰にもわからないんだから」

少年たちは早朝に牧場を出発し、牧草地を東へと向かった。北の尾根にある、その昔、先住民族の墓場だった場所を探すため、草が生い茂る山道をたどったという。

「そんなところに行ってはいかんと言ってあるはずだ」パーカーが注意した。「あの道は危険だ。馬が脚を折らずに戻っただけでも運がいいと思いなさい」

「ごめんなさい、パパ」ライアンがうつむいた。

「さ、先をつづけて」クインは促した。怯えた子どもと喧嘩腰の父親。「きみたちが探していたその墓場っていうのはどこにあるんだい？」

「知らないよ。だから探してたんだもん。グレーが言ってたけど——グレーは知ってる？ 向こうにあるロッジの管理人なんだけど——」ライアンは南の方向を指さす。「モシー・クリークの上のほう、北の尾根にあるんだって。あの人もどこなのかはよく知らないけど、あることはたしかだから、ぼくらで探そうってことになったんだ。去年も夏のあいだずっと探したけど、見つからなかったんだよ。先週はずっと雨だったでしょう。だから今日、ようやくまた探しにいけると思っててでかけたんだ」

グレーのことならクインも憶えていた。シャロン・ルイス殺害事件捜査でギャラティン・ロッジに滞在していたときのことは忘れられるはずもない。その後、個人的にミランダに会いにきた週末のことも。

かぶりを振ってミランダのことを頭から追い出した。頼んでもいないのに彼女に勝手に入ってこられて戸惑ったが、とにかく仕事に集中しなければ。

彼の仕事はザ・ブッチャーを止めることだ。

そのとき、ニックが言った。「モシー・クリークまでは行かなかったんだね」

ライアンがうなずいた。「近づいただけで馬が怖がりはじめたし、怖い動物の声も聞こえてきたんだ。だから方向転換して開墾地に出たら、ハイイログマがなんかのにおいをかいでるのが見えたんだよ。だからぼくはライフルを撃って、そいつを追っ払った。そのときだよ、あの女の人が見えたのは」

ライアンとティミーがその場に残り、ショーン――十二歳の彼が三人の中で最年長だ――がひとり、伐木搬出用の道を取って返し、広い道路に出たところから馬を駆って、およそ五キロ先の公衆電話まで行った。

「遺体には手を触れた？」

三人はそろって大きく首を振った。「近くまでは行ったけど」とライアン。「五、六十センチくらいかな。はじめは本物だと思えなかったけど、そのうちに、ほら、行方不明になったあの女の人だと気がついたんだ。ショーンが連絡しにいったあとだったけど、ぼくはあの場所を離れちゃいけないと思った。だって、そうでしょ？　またクマが戻ってくるかもしれないし。だからあそこを離れたくなかったんだよ」前でぎゅっと組んだ両手に目を落とす。

クインが手を差し伸べ、ライアンの肩をぎゅっとつかむと、まもなく彼が顔を上げてクインの目を見た。「きみたちのやりかたは正しかったよ」

クインは立ちあがったが、あまりに長くしゃがんでいたせいで膝の関節が音を立て、この秋で四十になることをいやでも思い知らされた。「ありがとうございました、判事」そう言いながらリチャード・パーカーのほうを向いた。

鮮やかなグリーンの目をしたブロンドが、一分の隙もない服装でパーカーの隣に無表情で並んだ。パーカーの妻か？　驚いたことに、足音はまったく聞こえなかった。

「ミセス・パーカー？」そう訊きながら手を差し出した。

女はその手を取って握手した。華奢《きやしゃ》に見える女性にしては意外なほど力強く握ってきた。朝早く遺体を検分したころに比べればずっとあたたかくなってきたというのに、彼女の手は氷のように冷たかった。「ディライラ・パーカーです」静かな声だ。

「ピータースン特別捜査官です。よろしく」

「キッチンにレモネードとバナナブレッドを用意しましたから、よろしかったらどうぞ」

クインが遠慮しようとしたとき、ニックが言った。「ごちそうになります。すみませんね、いろいろ」

彼女がニックに笑顔を向けた。「それじゃ、あちらに用意しておくわ」急ぎ足で家へ戻っていく。

クインはパーカー判事のあとについて家に向かいながらも気が重く、足取りものろのろしていた。「そろそろ現場に戻らなくちゃならないだろう」

「断れないものもあるんだよ。たとえば、パーカー夫人のもてなしとか」

「政治的な駆け引きか」クインが皮肉まじりにつぶやいた。

「十分の我慢で何か月かの頭痛の種が解消できるんだよ。信じなくてもいいが、ぼくも最初は断った」ニックが目をぐるりと動かした。

パーカー家の人びとをどうとらえたらいいものやら、クインは見当もつかなかった。判事も二人とともにダイニングテーブルに着きはしたものの、妻とはほとんど言葉をかわさないことに気づいた。

パーカー夫人がありあわせで手早く用意したという料理は驚くほど手がこんでいた。レモネードはクリスタルグラスに注がれ、バナナブレッドは真っ白な磁器の皿にホイップクリームを添えて供された。その堅苦しさがクインにはたまらなく居心地悪く感じられたが、ニックは気楽に受け入れているらしい。美しいお宅ですね、とお世辞を言うと、にっこりと笑顔が返ってきた。モンタナ版『ステップフォードの妻たち』（夫たちの陰謀により妻たちが美しく従順なロボットにすりかえられるSF映画）か、と思い、思わずこみあげた苦笑を隠した。

ニックは言葉どおりに行動した。十分後には二人は腰を上げ、納屋で馬の蹄からサンプルを採取したのち、パーカー牧場をあとにした。

「パーカーの奥さんっていつもああなの？」クインはニックのSUVの助手席に乗りこみ、ドアを閉めながら尋ねた。「昼前の軽食にしては、ちょっとばかりフォーマルすぎるとは思わないか？」

ニックは肩をすくめてエンジンをかけ、パーカー牧場から主要道路につづく長く曲がりくねった道を走りはじめた。「客をもてなすのが好きなんだよ。ぼくは何年か前、牛が二頭盗まれたときにはじめてここに来たんだが、そのときは断った。だが、保安官に選任されたあと、パーカー判事からこう言われたんだ。妻は客へのもてなしをきわめて大切なことと考えている。だから今後はけっして断ったりしないように頼むと」

「会う前にパーカーは判事だと教えておいてくれなきゃ。ぼくは彼が弁護士だったことすら忘れていたんだから」

「当時は開業していなかったか。郡政執行官だったからな。今じゃ、モンタナ州上位裁判所の判事だ。上訴裁判所への昇格もありそうだって噂もある」

「大躍進だな」

ニックが肩をすくめた。「お偉方に友人が多い」

「すばらしいことで」クインが皮肉る。

ニックがクインをちらっと見た。「リチャード・パーカーがこの女子学生誘拐殺人に何か関係があると思ってはいないよな？」

クインはしばし無言だった。「さあ、どうだろう」率直に答える。「目撃者はひとりもいないし、ミランダだって犯人の姿形がぼんやりとわかったって程度だ」

ザ・ブッチャーの被害者たちは床に鎖でつながれていただけでなく、目隠しもされていた。ミランダは犯人をにおいで判別できると豪語しているが、人間のにおいで有罪判決が勝ち取れるはずはない。どうしても確たる証拠が必要となる。

今日ミランダに会ってはじめて、自分がどれほど彼女に会いたかったかに気づいた。彼女の体に手を触れて、これもまたよく見る夢のひとつではなく、生身の彼女がそこにいることをたしかめたかったくらいだ。

「彼女が監禁されていた小屋に案内してもらったよ」ニックが話をつづける。「クロフト姉妹が閉じこめられていた小屋も彼女が探し出した。ミランダのおかげで、きみやぼくだけでは気づかなかった証拠が見つかっている」

それはクインも知っていたし、その理由もわかっていた。ミランダがＦＢＩ捜査官になっていたらとびきり有能だっただろうと思われる理由は、彼女がみずからの命を落としかねなかった理由と同じだった。

ミランダは感情的に追いつめられながら、揺らぐことのない信念をもって犯人を追っている。しかし、ザ・ブッチャーに取りつかれているとも言える。この事件にのめりこむあまり、燃え尽きそうな懸念がある。それでもクインは彼女を責めてはいなかった。そんなことはできるはずもない。彼女の人生をさんざんに踏みにじった悪党である。以来彼女は、レンガを一個一個積みあげるように人生を再構築してこなければならなかった。そしてとんでもなく強い女性への成長ぶりには目を見張るものがあった。もはや犠牲者ではなく、その立ち直りの力にクインはただただ感服していた。

レイプや拷問の被害者にはこれまで数々出会ってきたが、彼女はその誰よりもうまく乗り越えたというのに、生き残った者特有の罪悪感はどうにも拭いきれなかった。シャロンが殺されたことで自分を責め、ＦＢＩをめざしたのも、捜査官になりたいというよりはシャロンの仇討ちをしたかったからだった。そして最後の最後で、適性テストに復讐への執着が色濃く出てしまった。クインは彼女のために何度となく上申したが、ミランダを繰り返し診た精神科医の診断書を前にしては、彼女はまだ心の準備ができていないことに同意するほかなかった。

クインは顔をこすり、目を閉じた。ミランダを愛していたし、そもそも彼女がアカデミーに入ったのは彼女の適性と並んで彼の推薦によるものだったから、彼女に結果を告げる役目も自分にやらせてほしいと申し出たのだ。

それがうまくはいかなかった。

アカデミー卒業試験不合格を申し渡したとき、裏切り行為を恨むミランダの深いブルーの目を彼はけっして忘れない。あれから本当に十年もたったのか？　ちくしょう。なのに、まだ彼女が恋しくてたまらない。

「くそっ」ニックが急ブレーキを踏んだ。助手席のクインはいきなり前にのめり、目を開けた。

八四号線沿いには少なくとも三十台のジープやトラック、乗用車が列をなして停まっていた。クインもあたり一帯をざっと見わたした。「ミランダもついにいくらか分別がついたようだ。彼女のジープは見当たらない」

ニックはクインをちらりと見やりながら、そろそろとハンドルを切って伐木搬出用のでこぼこ道へと入っていく。「彼女が来てないとでも思ってるのか？」

「許可のない人間は旧道は使えないときみが言ってたから、ぼくはてっきり――」

「クイン、彼女はもちろん許可を得てるさ。保安官事務所の救難課の課長なんだからな」ニックは間をおいた。「ミランダは守ってもらいたがっちゃいないよ。あきらめたほうがいい」

「守るとか守らないとかじゃなく、今回の捜査の行方を懸念してるんだ」

「ミランダは、ぼくをふくめてほかの誰よりもこのあたりの森林をよく知っている。どんな小さな山も岩の裂け目もすべて記憶してるのには驚かされるよ。ベッドルームの壁に地図を貼ってるんだ！　そこに刺した六本の赤いピンに見つめられながら眠りについたり目覚めたりして、自分が生き残ったことをいやでも意識している」ニックが深く息をついた。「七本だな、ピンは。もう七本になったはずだ」

　クインはニックの険しい横顔にちらっと目をやっただけだったが、彼の表情を固くしている心の動きを見逃しはしなかった。それがむき出しの感情のせいなのか冷ややかな口調のせいなのかはわからないが、ニックはまだミランダを愛しているのだと確信した。ミランダのベッドルームで、彼女の人生の焦点を象徴する地図をにらみつけるニックの姿が思い浮かんだ。ニックはミランダに安らぎを与えたいと願っていたのに、彼女を悪夢から引き離すことはできなかったのだ。クインは居心地悪そうにシートで腰を動かした。

　二人の関係については、相棒のコリーン・ソーンがクロフト姉妹殺害事件の捜査から戻ったときに聞いた。ミランダが彼とは口もきかなくなり、会うことも拒まれてからもう何年もたつが、まだほかの男といる彼女を想像するだけで胸が痛んだ。たとえ好感を抱き、一目置いている男であってもだ。

やっぱり彼女を愛している！　ミランダのような女性はいない。彼女の一途さ、笑い声、強さ、黒白をはっきりつけたがるところ……。ミランダがどこか情熱的なのは、正義の追求のために生きているからか。

新たな恋に踏みだす準備ができた彼女がニックを選んだことにいらいらし、傷ついた。なんとしてでもひとりになりたいという彼女に対し、心ならずもそうさせた結果、彼女は二度とクアンティコに戻らず、電話にも出てくれず、彼にできる唯一の決断を受け入れてもくれなかった。そしてまもなく、彼女はニックとつきあいはじめたのだ。

二人のつきあいについて知りたくなどなかったが、訊かずにはいられなかった。「いったい何があったんだ？」

「えっ？」

「どうして彼女と別れたの？」

ニックが肩をすくめた。「原因はいろいろさ。いちばん大きいのは、彼女を守れない自分が我慢ならなかった」

「ほう」ミランダは守ってもらいたがってはいないというわけか。自分の身は自分で守ると。彼女に必要なのは罪悪感を乗り越えることだが、彼女自身はそれが強迫観念にまで高じているとは気づいておらず、当然それをなんとかしようとは考えていない。

「直接の原因は、彼女をモンタナから引き離したがったことだと思う。警官になるのはどこでだってできることだ。テキサスは暮らしやすい土地なんじゃないかと昔から思ってた。ギャラティン渓谷に比べりゃずっとあったかいし」

「白いテンガロンハットをかぶったきみが目に浮かぶよ」クインが薄笑いを浮かべた。

「だがミランダにここを離れる気はなかった。ボーズマンの女性を守るため、できることはなんでもする決心をしたからだ。毎週大学で護身術の講義をしているし、救難課の課長として八面六臂《はちめんろっぴ》の活躍だ――女子学生の失踪だけでなく、ハイカーが道に迷ったとき、スキーヤーが雪崩に巻きこまれて行方不明になったとき、どんなときもだ。去年、イエローストーンの、ワイオミングとの州境のすぐこちら側にあるキャンプ場から小さな女の子が二人、山中に迷い出てしまったんだが、そのときもミランダが足跡をたどって二人を発見し、無事に連れ戻した」

クインは何も言わなかった。何を言ってもはじまらない。ミランダに何かを要求する立場にはないし、彼女のことをすべて知る権利もない。しかし、要求したかったし、知りたかった。彼女と最後に会ってから十年間のできごとをすべて知りたかった。

「来てくれたことに感謝してるよ、クイン」ニックがしばらく間をおいたのちにぽつりと言った。「彼女と組んでの捜査が楽じゃないことはよくわかっている」

ミランダの赤いジープの後ろにトラックが停まると、クインは言った。「ミランダと組んでの捜査はいいが、彼女が守るべき一線を越えたりしないかと思うと」

「同感だ」

二人はSUVを降りた。まずクインの目を引いたのは、ミランダが両手を腰に当てて岩棚に立つ姿だった。

「どこへ行ってたの?」ミランダがはずむように駆け寄ってきて二人の前に立ち、厳しい表情を見せた。「二時間って言ったのに、そろそろ三時間!」

顔は青白く、痩せ細り、深いブルーの目の周りには疲れがにじんでいるものの、あいかわらず美しい。全身から放つエネルギーと力強さに、クインは昔から感心させられていた。

「遺体を発見した男の子たちのところへ行って話を聞いてきたんだ」ニックが説明した。

クインは、きみの知ったことではないだろうと言いたかったが、ぐっとこらえた。少なくとも当面は彼女も捜査に一役買うことになる。ニックがすでに彼女の役割を決めたようなので、よけいな口出しをするつもりもなかった。

とりあえず、今のところは。

保安官がまたFBIを呼んだってわけか。

シティーボーイを見つけるのは簡単だ。新品のブルージーンズ、まだ革の硬いブーツ、新品のダウンジャケットで身を固めている。これまでも手がかりを探すために腕利きの、いかにも連邦政府の役人タイプのやつがやってきたが、毎回何も発見せずに帰っていった。

なぜならあいつらよりおれのほうが頭がいいからだ。

ピータースン捜査官の顔は知っていた。ずっと前にもここに来たことがあった。なかなか使えるやつだった――いいところまで迫りはしたが、木を見て森を見ることができなかった。

こいつは文字どおりそういうことだな。あやうく大笑いしそうになった。ばかばっかりだ。どいつもこいつも。

あの女だけは違う。逃げきったあいつだ。

全身を緊張が走ると、男を乗せた馬もそわそわと体を動かした。今いるところは警官がうろうろ動きまわっているあたりをはるか眼下に見おろす位置だ。彼は意識して肩の力を抜き、去勢馬をそっと叩いて落ち着かせた。馬をなだめるうちに、彼自身の怒りも徐々に抑制されていく。

何がなんでもミランダ・ムーアを殺したいと思うあまり、自分の下に彼女の体を感じた。顔はわずか十数センチしか離れていない。彼女の髪の毛をつかみ、頭をぐいと後ろへ引っ張ると、白い喉もとがすぐそこに見えた。ナイフを鞘から抜いて首に触れながら、彼女の全身から震えを感じ取る。

素早くシュッと切り込みを入れたとたん、あたたかい血が彼と大地を染めていく。

しかし、彼女は逃げた。おれの負けだ。失敗が彼を苦しめた。みずからの瑕疵《かし》をいやでも思い知らされるできごと。地元の子はまずかった。どのみち、欲しかったのはあの女じゃない。あの女と一緒にいたブロンドのほうだ。ブロンドを手に入れるには、親友だったあの女も連れてくるほかなかった。

あの女を殺したいのは今も変わらないが、そうはいかなかった。

結局はあの女の勝ちだ。

十二年前、逮捕されるかもしれないとの最大の恐怖はミランダ・ムーアがらみだった。もしあの女が見たか聞いたかした何かがおれにつながり、警察がやってきたら？　用心に用心を重ねはしたが、あの女が生き延びるとは思いもよらなかった。絶壁からギャラティン川に落ちていく女を眺めながらだまされたような気はしたが、まさか生き延びるとは思わなかった。

翌日、あの女が生きていたことをニュースで知ったとき、驚くと同時に不安に駆られた。だが時間がたつにつれ、気が楽になってきた。あいつは何も知らなかった。おれを憶えてもいなければ、見てもいなかった。

だめだ、今はまだ殺すことはできない。だが、もしあの女が至近距離まで近づいてきたら、そのときは予定変更だ。

男は腕時計に目をやり、顔をしかめた。ここにこんな時間までいるつもりはなかったのに。去勢馬をやさしくせきたて、細い山道に沿って南をめざした。

6

「それじゃ、何をするかはわかりましたね？」捜索チームの個々の役割分担を細かく伝えたあと、ニックが訊いた。ギャラティン郡の保安官代理かボーズマンの警官一名とボランティア一名がペアを組んでの活動である。この日が出勤日にあたった警官四名のうちの三名がそこに立ち、不安そうな者も興奮気味の者もそろって、先見の明があるミランダの父親が準備して持たせてくれた熱いコーヒーを飲んでいた。

ミランダは捜索チームの構成メンバーとなった男女の顔をぐるりと見わたした。彼らの役目は証拠探し。薬莢、足跡、着衣の切れ端など、犯人に結びつく可能性のあるものならなんでもよかった。

ミランダは副保安官のサム・ハリスがこっちをじっと見ているのに気づき、顔をそむけた。三年あまり前、クロフト姉妹が殺害される半年前におこなわれた保安官選挙に立候補してニックに敗れたこの男をどうしても好きになれない。五十歳になるこの保安官代理をニックがナンバー2である副保安官にしたとき、ミランダはそれは間違っていると指摘した。この先ハリスは何かにつけ、姑息な手段でニックの足を引っ張るはずだと。だがニックがそうは思っていなかったため、ミランダはそうした反感を自分ひとりの胸におさめてきた。

午後一時半。日没までもう五時間なかった。

ミランダはクリフ・サンダースンとペアを組むつもりでいた。大学で護身術のクラスを教える際に協力してもらっているボーズマンの警官で、彼には一目置いている。開墾地を横切りながら手を振るミランダに、サンダースンが笑顔で応えた。少年っぽいえくぼが三十歳の彼を十歳若く見せた。

「ニック」ミランダは自分の担当区画について話そうと、ニックに近づいた。「わたし、C－1から10までがいいわ。サンダースンとわたしとで全部やれるはずよ。それから――」

「きみはここに残ったほうがいい」クインが腕組みした。

ミランダはクインをにらみつけた。彼の意志強固な焦げ茶色の目が命令に従わせようとしていた。その意志強固な目を何度となくすてきだと思ったことを思い出さずにはいられなかった。しばし見つめられただけで熱いフライパンに置いたバターさながら溶けてしまいそうだった。

だが、ミランダは彼を無視した。

「C－1から10ね」繰り返しながらバックパックを背負い、腰のベルトを留めた。ズボンのベルトにはさんだ四五口径の角度を抵抗が小さいように調整する。

「銃を持ってくのか」クインの口調は不満げだ。

「あなただってそうでしょ」ミランダは切り返し、すぐに悔やんだ。彼のせいでいらいらしているとことがわかってしまった。「何か問題でも？」いやみを言うということは、間違いなく不安の表れだ。

思わず周囲をちらちらと見た。警官とボランティアがしんとなり、口論の前触れに興味津々といった雰囲気だが、むろんミランダは注目を浴びたくなどなかった。

「ニック」小声で呼んだ。

「きみはピータースンと組んでくれ」ニックは目を合わせないようにしながら静かに告げた。

「うそっ？」周囲に人がいることを忘れて声を張った。

「ピータースンと組むか、さもなければここに残るかだ。区画はCでいい」

調べたかった区画はゲットできたが、パートナーはそうはいかなかった。いっそここに残ると言いかけたほどだ。

だが、そんなことになれば、まさにクイン・ピータースンの思うつぼだ。「いいわ」歯噛みしながら答えた。

ブーツの踵でくるりと向きなおったとき、**彼**が目に入った。イライジャ・バンクス。不潔感ただようブロンドのロングヘアを革紐で結わえ、メタルフレームの眼鏡をかけ、瘦せこけた体に細長い顔といったところが特徴だ。ミランダがようやく地獄の日々を乗り切ったと思ったのも束の間、ジャーナリストと呼ばれる連中に人生を生き地獄にされたあのころの記憶はそう簡単に拭い去れるものではない。

腹をくくり、大股でつかつかと開墾地の端に近づいた。イーライは首からカメラをさげて立ち、神出鬼没のメモ帳に神のみぞ知るゴミみたいなことを猛烈な速さで書き連ねていた。

「バンクス！」彼が顔を上げ、にこりとした。爪先が触れあうほど近づいたところで足を止めたミランダが、彼の手からメモ帳をひったくった。メモの内容には目もくれず、いきなり何ページかを引きちぎり、まずノートをぬかるんだ地面に投げ捨て、つぎにメモを書きこんだページをびりびりに破った。

バンクスのことが頭をよぎるたび、ミランダの怒りは抑えようがなくなる。新聞でその名を目にするたびに。彼が記事にし、それを読んだ人びとが同情した秘密——ミランダの秘密——を思い出すたびに。

イーライは両手を上げて一歩さがった。「ひどいな、ぼくのものだってのに」いつもながらのむかつく薄ら笑いを浮かべたままだ。

「立入禁止の現場にあんたを入れたばかは誰?」こんな騒ぎは起こしたくなかったが、どうにも我慢ならず、あたりに視線をめぐらした。「こっそり無断で侵入したってわけね?」

ニックが彼女の肘を軽く叩いて少しさがらせ、記者とのあいだに割って入った。「イーライ、出ていってもらおうか」

「保安官」ミランダが軽蔑するあの慇懃無礼《いんぎんぶれい》な口調でイーライが言った。「レベッカ・ダグラスの遺体を今朝、パーカー判事の息子さんが発見したっていうのは本当ですか?」

「身元確認がすむまでは何も言えないのは知っているだろう」ミランダのかたわらでニックが緊張している。ちくしょう、マスコミはなんでまた、こうも素早くかぎつけたんだろう?

「つまり、遺体が発見されたってことですね?」

ミランダはイーライ・バンクスを怒鳴りつけたかった。レベッカは〝遺体〟じゃなくて

〝人間〟なのよ、と。だが、それが相手の望むところだった。反応をうかがっているのだから。ミランダは怒りをぐっとこらえ、彼に背を向けてクインのほうへと歩いた。彼は両手をミランダの肘にやり、落ち着かせようとした。

ミランダはぎくりとし、顔をちらっと上げて彼を見る。

「相手にするんじゃない」クインがささやいた。

ミランダは何も言わなかった、というより言えなかった。クインにここまで近づくとさすがにどきどきした。自分に向けられた彼のまなざし、恋人だったときと同じあのまなざしに、かつては彼を愛していたこと、そして彼に愛されたことがいやでも脳裏によみがえってきた。彼はわたしを愛していた。

少なくとも、彼はそう言ってくれた。

「さ、行きましょ」やっとのことでそれだけ言い、彼の横にまわった。呼吸がやや楽になった。

ニックは出発するミランダとクインを目で追ってから、もう一度イーライのほうに向きなおった。「この捜査の指揮官はぼくだ、イーライ。きみは犯罪現場に無断で立ち入った。今夜、供述書をとらせてもらうからそのつもりで」

「はいはい。新聞が印刷にまわされたあとってことでしょ。どうぞどうぞ」イーライはショルダーバッグから別のメモ帳を取り出し、ぱらぱらと開いた。「ここはひとつ、取材に非協力的な保安官と書かれるうっとうしさを省いて、どうせあとで発表することになる情報を分けちゃもらえませんか?」

ニックは頬の裏側をぐっと噛み、いちばん活字にされたくない言葉が口をつくのをこらえた。

「今の段階ではまだ、今朝がた発見された若い女性の遺体が本当にレベッカ・ダグラスだと断言できる状況ではない。まだ身元の確認がすんでおらず、現在検屍官の検分と家族による身元確認を待っているところだ」

「しかし、ザ・ブッチャーの仕業ってことは間違いない?」

「それを判断するには検屍官の報告書が必要だ」

「そう言うなよ、ニック。ぶっちゃけた話、レベッカ・ダグラスはこの一週間、ザ・ブッチャーに監禁されていたんだろ」

「いいかげんにしろよ、イーライ。クロフト姉妹のとき、両親は娘さんたちが死んだことすら知らされないうちに、どこかのくそ新聞でそれを読んだ。あのときのことを思い出したよ」

イーライはおどおどした表情や態度をつくることに長けていた。「わかったよ、オフレコだよ。検屍官の調べがすむまで印刷には絶対まわさないって約束するから」

「いや、何もないよ、イーライ。もうその手には乗らないさ」三年前、クロフト姉妹の遺体が発見されたとき、つい彼にとっておきの話をひとつ聞かせてやったばかりに痛い目にあっていた。堂々と活字になったオフレコ発言を目のあたりにして以来、ニックは二度とこのゴロッキを信用することはなかった。

「まあ、そう冷たいこと言わずに、ニック。引用句ひとつでいい。それさえくれれば、今夜までおとなしく待って供述書にサインさせてもらうからさ」

「保安官代理」ニックがブッカーに合図した。「この男を現場の外に出してくれ」


イライジャ・バンクスはミランダの傷という傷にひとつ残らず塩をすりこんでくれた。まずは十二年前、凍るように冷たいギャラティン川に飛びこみ、かろうじて生き延びたミランダが救出のヘリに運びこまれる写真を掲載した。あまりにおぞましく屈辱的で、彼女の魂を破壊したこのできごとだったが、あろうことか、なんとかいう無分別なジャーナリズム・コンテストはその写真に賞を与え、なお悪いことに、全米の大新聞にそれが転載された。

ミランダは彼が我慢ならなかったが、ときどきこんなふうに思うこともあった。彼に対する軽蔑の理由は、こちらの神経を逆撫でする仕事のやりかたではなく、彼を見るたびに人生で最悪の日々を思い出すからかもしれない。あの日々を写真で永遠のものにしたのが彼だったからかもしれないと。

ギャラティン山頂の陰に太陽が隠れた。

ミランダの感覚は麻痺していたが、気温がいきなり下がったため、さすがに寒さを感じた。ひどく寒かった。

シャロンは死んだ。あの男に背中を撃たれた。男は今、わたしを追っている。

走れ、ミランダ、走れ！

つまずきながら急な坂道を下り、若木をつかんで速度をゆるめた。川が近づいている。早瀬の音が山腹にこだましている。

あの男はどこ？　すぐ近くにいる？　わたしが見えている？　ライフルの照準器にわたしをとらえている？

後ろは振り返らなかった。もしあの男が見えたりしたら、恐怖で足がすくんでしまう。車のヘッドライトに照らし出されたシカのように。こっちが立ち止まったところで、あいつは容赦しない。わたしを殺して、死体は動物の餌にするつもりだ。ハゲタカにつつかれ、クーガーに漁られ……

いやよ！　やめて！

シャロン。

シャロンを置き去りにしたくはなかったが、シャロンは死に、もしあそこでぐずぐずしていたらわたしももう殺されていたはずだ。

わたしたちを床につないでいた鎖を男がはずしたとき、これでもう殺されると思った。もう弱りきっていた。男は水と干からびたパンを持ってきており、レイプしたあと、それを食べさせた。まずシャロンから。

つづいてわたし。

やめて！

だが、そうはいかなかった。川に呼び寄せられるように山中を走り、山腹をつまずきながら滑りおりるうち、頭の中にさまざまなシーンがよみがえった。なんとしてでも取って返さなければ。森の中に野ざらしにはできない。手厚く葬ってあげたい。

彼女は親友だ。

勾配がいきなり急になった。スピードを落とそうとしたが、はずみがついてどんどん前のめりに進んでしまう。つんのめって膝をつき、そこから先は転がるように川——空気に湿気が感じられ、水のうなる音が聞こえる——に向かって下へ下へと落ちていった。

岩の上でなく、水の中に突っこんだのはまさに幸運だった。山中を走っていたときも寒いと思っていたが、凍るように冷たい川に比べればなんでもなかった。まもなく川底の石と泥に達した。

きっとこのまま溺れる。

さんざんひどい目にあったのち、川で溺れ死ぬのだ。さっきシャロンに川まで出れば助かると言ったのに。

残った力を振りしぼって川底を押すと、流れは体を一気に前へ押しやると同時にぬいぐるみさながらにはねあげた。

あっぷあっぷしながら水面に顔を出し、がむしゃらに空気を吸った。手足を大きく広げ、激流の水面下に引きずりこまれないよう必死で抵抗しながら、流れが下流へ運んでくれるにまかせた。

岸に行きたい。向こう岸にさえたどり着ければ男から逃げられると思い、何かをつかもうとした。なんでもいい。

流れが曲がったときにチャンスが訪れた。顔をぴしゃりと叩いた木の根をつかんだのだ。だが手が滑り、離してしまった。

弱りきっていた。このまま死ぬほうがましかもしれない。思い出したくないことばかりだった。いったいどれくらい監禁されていたのだろう？　少なくとも六日。それとも七日？　八日？　はじめのうちは昼と夜を数えていたが、そのうち何がなんだかわからなくなった。

でも、わたしが死んだら誰がシャロンのところへ案内するの？

体が大きな石に叩きつけられ悲鳴をあげたが、その瞬間、体が止まったことに気づいた。流れはあいかわらずもっと下流へ運ぼうと襲いかかってくるが、夢中で岩にしがみつき、まもなく自分がどこでどうなっているのかがようやく見えてきた。

左側一メートルほどのところに枯れたハコヤナギが半分水につかって横たわり、その枝が漂流物をせき止め、川岸を天然のダムに変えている。

一メートル。

山を越えて何キロとなく走りつづけ、勾配を下り、急流に押し流されてここにたどり着いた。あと一メートル左に寄れれば。

降参するわけにはいかない。シャロンのために。

ミランダは深く息を吸いこみ、全身の力を振りしぼってダムの方向へと進路をとった。一。二。

三。

足を蹴り出し、喉まで出かかった悲鳴をぐっと押し殺して枝に手を伸ばした。つかみそこねたと思った。

だが、うまくいった。ダムに体が叩きつけられた瞬間をとらえてしがみつくことができた。そこからはゆっくりと、水から這いあがった。あまりにも緩慢な動きしかとれなかったため、もう自分は低体温症で死んだかと思ったほどだ。黄昏の中、体が青く見えた。たぶん青かったような気がする。

川から全身を引きあげるのにどれくらい時間がかかったのか、記憶はない。

だが、なんとかやり遂げた。そして川岸にへたりこんだ。

二時間後、捜索チームが彼女を発見した。

ミランダは顔についた涙のあとを拭った。無神経な記者にたびたびむかつく自分も、そのたびに自分は生き残りシャロンが死んだあの日を思い出す自分も、大嫌いだった。

「ミランダ、少し話さないか?」クインが言った。

彼が後ろから歩いてきていることを忘れていた。

「いや」

こうしてクインが三メートル以内にいるのを我慢しているのも、レベッカのためだからだ。被害者は正義にもとづいた捜査を受ける権利があり、クインが職務に関して断然優秀であることはくやしいけれど認めざるをえなかった。

「大丈夫？」彼が心配そうな声をかけてきた。

「ええ、大丈夫」本当はどうでもいいくせに。ミランダは自分にそう思いこませた。

たしかにあのころはいろいろ気にかけてくれた。あるいは、そうだと勝手に思っていた。彼の決断力に対する敬意と感謝がいつ恋愛感情に変わったのかは憶えていないが、それなりの時間がかかったことはたしかだ。

彼は慰めの言葉をかけたりせずに話を聞いてくれた。勇気づけてもくれたから、シャロンを殺した犯人が逮捕されることなくいつの間にか日が過ぎていっても、ある種の達成感を感じることができた。

やがて、なんの手がかりも得られず、これ以上打つ手もなくなって彼が捜査からはずれて一か月がたったころだ。ミランダは自分があのＦＢＩ捜査官に抱いていたのはひょっとして恋愛感情なのでは、と思ったりした。しかし、事件から三か月後のある土曜の朝、彼がロッジに姿を見せるまでは、彼に会いたいという自分の気持ちにすらはっきりとは気づかなかった。

「やあ」

ロッジのダイニングルームにひとりですわっているところへクイン・ピータースンが入っ

てきたときの驚きといったら、言葉にはできないほどだった。ミランダはそこでぽつんとひとり、ピクチャーウインドーから広大な峡谷を眺めていた。

「ピータースン捜査官――いえ、クイン。あなたが来るなんてちっとも知らなくて」心臓が高鳴った。「何か情報でも？　犯人が見つかったとか？」

彼は首を振った。「いや、ニュースは何もないんだよ。捜査のとっかかりが少なすぎて」

「そうですよね。ただちょっと――」ミランダがため息をもらした。「だったら、どうしてここへ？」

ミランダの前に立った彼はどこか落ち着きを欠いていた。いつになく自信もなさそうで。

「いや――その、きみに会いたかったから」

ミランダの心臓が早鐘を打ちはじめた。ドキドキドキドキ。耳の中で鳴り響く鼓動。聞き間違えたに決まってる。「わたしに？」

「きみのことがずっと頭から離れなくて」

「まあ」なんて間抜けな返事。

「こんなこと、不適切だとはわかってる。帰ってとだけ言ってくれれば、もう二度とこんな迷惑なことはしないから」

「帰ってほしくないわ」

自分で自分の言っていることがよくわからなかったが、その瞬間、もしこのままクイン・ピータースンを自分の人生から立ち去らせたら、きっと死ぬまで後悔すると感じていた。

「今すぐどうというつもりはないんだ」クインはミランダの向かいに腰かけ、彼女の手が置かれたほうに手を伸ばしてはきたが、それを重ねはしなかった。

「あなたなら怖くないわ」ミランダは彼の手をじっと見つめた。たぶん怖かったのだろう。ほんの少し。

つぎに彼の目をじっと見つめ、そこに共感、心配、愛情を見て取ったが、同情はなかった。同情はいやだ。

ミランダのほうから彼の手を取り、ぎゅっと力をこめた。

「ゆっくりでいいんだ」彼が言った。

「大丈夫よ」

事件以来はじめて、大丈夫だと思えた。そのうちいつか、立ち直れると感じられた。

そして本当に立ち直れた。クイン・ピータースンの一件があったにもかかわらず。

今、いちばん重要なことに集中しようとした。レベッカ・ダグラスが最期にたどった道を探すこと。クイン・ピータースンとの過去はもう終わったこと、過去のことだ。

周囲に目を凝らし、折られたばかりの植物、服の切れ端、なんでもいいが、レベッカの逃走路を示すもの、あるいは彼女を動物に見立てて追跡し、喉を搔き切った男につながるかもしれないものを探さなければ。

前夜の雨とでこぼこした地形のせいで、今日の捜査が失敗に終わる可能性は高かったが、彼女はけっして希望を捨ててはいなかった。誘拐が発生するたび、殺人が発覚するたび、日々、年々、希望に後押しされてここまで前進してこられた。ザ・ブッチャーを見つける、最後には正義が勝つ、という希望。

もし希望を失ったら、また精神的におかしくなりかねない。そのとき、クインがすまし顔で首を振った。「やっぱり思ったとおりだ」

「わたしは左側を調べるから」ミランダは頭の中のごちゃごちゃした思いを追い払った。「あなたは向こう側を調べて」細い踏み分け道の反対側を手ぶりで示した。

「待て」彼が命令口調で言った。

ミランダは振り返って彼を正面から見た。二人は尾根とははるかに隔たったところまで来ており、ほかのチームの姿ももう見えず、声も後方へと消えていた。

風に吹かれるダークブロンドの髪、意志強固を象徴する角張った顎の線、しゃくにさわるほどハンサムだ。やや曲がった鼻の線までがセクシーだが、彼の美しさに決意を揺るがされることがあってはならない。

「なあに？」ミランダは冷ややかに尋ねた。

「命令するのはきみじゃない、ミランダ。ぼくは保安官の捜査に協力するためにここへ――正式に――派遣された。きみに命令させるわけにはいかないよ」

「これだけははっきりさせておきたいわ、ピーターースン**捜査官**」ミランダは表情ひとつ変えなかった。「たしかにあなたは、へまばかりやってる田舎もんを助けにきた辣腕連邦捜査官かもしれないけど、勘違いしないでほしいの。ここではあなたに実権はないわ。わたしはここで育って、ここで働いて、ここに住んでいる。ここの人たちはみんな、わたしの言うことなら聞いてくれる。わたしを信頼してくれている。地位を利用して命令を押しつけないで。さもないとひどい目にあうわよ」

クインの顔を怒りがよぎり、顎のあたりがぴくぴくと引きつった。この反応、ミランダには見覚えがあった。だが彼の目からは、彼女が正しいとわかっていることが伝わってきた。これでよし。ミランダが前を向いて歩きだそうとしたそのとき、クインの手がさっと伸びて彼女をもう一度振り向かせた。

ミランダは腕を大きく回して上げ、彼の腕を振り払った。「触らないで」抑えた声で言う。心臓がどきどきしだしたのは、クインの感触を思い出したからだ。探りを入れるような愛撫、余韻の残るキス。二人が燃えあがった時間の記憶が熱くよみがえる。彼をどれほど愛していたことか。なのに彼は、彼女の自信、希望、そして心をこなごなに砕いた。

人に触れられることを学習するのに長い時間を要しはしたが、また肉体的な触れ合いを心地よく感じられるようになった。それでも事件から十二年がたつというのに、まだ思いがけないときに人に手を触れられると恐怖が顔に出てしまう。

ザ・ブッチャーが憎かった。あまりにも多くのものを彼女から奪っていったから。

クインは一瞬驚きはしたが、すぐに一歩さがった。「本気でもないのに脅迫なんかするなよ」彼の声も彼女の口調と同じように抑制がきいていた。「ぼくと同じくらい、いや、それ以上に正義にこだわりがあるきみだ、ぼくの邪魔をするはずがない」

二人の目ががっちりと合った。ミランダは彼女のことをすべて見通していそうな知性あふれる彼の目がいやでたまらなかった。彼女の心の内を読み取り、傷だらけの魂まで見透かすことができそうなその目。背筋をぐっと伸ばし、心して目をそらさないようがんばった。

「救難のプロとしての経験を積んできたきみがいてくれれば心強い。この段階では。しかし、もしきみの行動がプロの道からはずれたり、捜査を危うくする可能性があるとぼくが判断したときは、きみをはずさせてもらうから、そのつもりで」

ミランダの顎がわずかに動いた。何か言い返したかったからだが、何も言わないまま顔をそむけ、乱れた心を静めようとした。彼の威嚇が癪にさわったわけではない——彼が今も、ミランダはいざとなると壊れてしまうと思いこんでいると知って傷ついたからだ。たしかに長いあいだ、目が覚めるたび、いつも同じ、異常なまでの恐怖感に襲われるし、毎晩目を閉じるときもばらばらに壊れていく自分を思い描いてきた。

だが、それを耐え忍んでいた。恐怖感にのしかかられながらも、十年間というもの、つぶされずにやってきた。彼の不信感のせいで決意を揺るがされてはかなわない。

その悪戦苦闘を分かちあってほしいのに、彼は彼女の自信を逆手に取って捜査チームからはずそうとしている。クアンティコ以前に話したことすべてでも、あのとき逆手に取られた。彼女が抱える恐怖感や不安や、何がなんでも善悪をつけないと気がすまない精神状態を理由に、彼は彼女をアカデミーから追放した。彼のやりかたはもうわかっていた。あとで銃口をこちらに向けられたときのため、弾丸を与えずにおくほうがいい。

ミランダは口をつぐんだ。十二年間、ずっと壊れずにきたのだ。今日ここで壊れるはずがない。

「わかっています、ピータースン捜査官」よそよそしい口調で言い、道を下りはじめた。地面と低木の茂みに目を凝らし、レベッカのことに集中した。クインも彼女につづいて歩きはじめ、道の右側を調べる気配がした。小声で何かぶつぶつ言うのが聞こえるが、言葉は聞き取れない。

彼を怒らせたなら狙いどおりだ。

二人は慎重に先へ進んだ。ミランダは地図を手に、クインとは証拠になりそうなものについてだけ言葉をかわし、彼はどんなに低い可能性でも可能性のありそうなものは写真におさめ、タグをつけていく。

レベッカが発見された尾根から約一キロ半のところで、クインが四個の深い足跡を見つけた。「彼女、ここで転んだんだな」そういいながら地面を写真におさめた。

四個の穴を見つめるうち、ミランダには全裸のレベッカが寒さと恐慌に震える姿が見えてきた。その時点でのレベッカにはまだ希望もあった。希望がついえれば、走りつづけることはできなかったはずだから。

ミランダは目を閉じた。もしひとりだったら時間をさかのぼり、何度となく転んだときの記憶に浸っていたはずだ。転ぶたびに起きあがれるだろうかと自問自答した。そして起きあがるたび、このまま逃げきれますようにと願った。

「ミランダ」クインが穏やかに声をかけてきた。

ミランダはすぐに目を開けた。過去に引きずりこまれているところを、よりによってクインに見られてはまずい。彼女のこと、彼女が乗り越えてきたことを知りすぎている人物だ。彼が彼女をFBIアカデミーから追い出した理由も、詰まるところそれなのだろうと感じていた。彼女は精神のバランスを失うかもしれない、それが彼の抱く危惧だ。もしも彼女がいつもの悪夢に怖気づいてしまえば、捜査においてはチーム全体が危険にさらされる。彼女のみならず、ほかの者までも。

だからミランダには、なんとしてでも恐怖感を抑えこむ必要があった。

「雨が降っていたからだわ」咳払いをして、声ににじみかけた感情を隠した。そこから先は踏み分け道の下生えがなおいっそう濃くなっていたが、誰かが走り抜けた痕跡は明白だった。湿気をふくんだ枝は折れやすいが、四十五度の角度で垂れさがった枝が何本かあるうえ、背の低い植物や若木が踏みつけられている。

「雨が降っていたから」黙想をクインにさえぎられないうちにと先をつづける。「犯人はすぐ後ろからつけていくほかなかった。大雨の音で彼女が動く音が聞こえにくくなったから、あまり距離をおかずにつけたんだと思う」彼女とシャロンを追ったときとは状況が違うと考えた。あのときはわたしたちと距離をとって並走していた。

「おそらくきみの言うとおりだろうな」クインが奇妙な表情でミランダを見た。

ミランダはそこに何かを読み取ったりしたくなかった。いいことであれ、まずいことであれ。そこで地図に目をやった。レベッカが転んだ地点に小さな赤いしるしを打った。「この地形を見て」相手がクインだというのに声が興奮をおびてくる。

クインが彼女の肩ごしに地図をのぞきこんでくると、ミランダは彼の、今なお親近感を覚える、あまりにも男性的なにおいを吸いこまないようにと意識した。「ここのこと？　これは山だよね」

「ええ。でもここは」ミランダが指さす。「開墾地。このあたりは何年も前にこの一帯の樹木を伐採したあと、また苗木を植えているのよ。たぶん八年から十年前。木々がまだ比較的小ぶりなところから察してね。この道はこの開墾地につづいているから、彼女はそっちから来たんだと思うの。でも、まっすぐには走れないから何度も何度も曲がってジグザグに。怖くて怖くて、理性的な思考力がなくなっていたのよ」かぶりを振り、頭の中からレベッカの恐怖を追い払おうとする。「でも、ここを通り抜ければ開墾地まで三十分とはかからずに行けるわ」

「いや」クインが首を振った。「やっぱりレベッカが来た跡をたどっていこう。証拠を探すんだ」

ミランダはもどかしさのあまり両手でぎゅっと拳を握り、振り返って彼を見た。「彼女の通った道に沿って引き返せばいいでしょう。でも、彼女があの開墾地を通過したことは間違いない。あいつはそうやって彼女を見失わないようにしていたはずよ。雨で視界が悪いとなれば、そう長いリードタイムを取る危険は冒さなかったと思うし、ぬかるんだ地面は犯人よりもレベッカに不利だったはずだわ。彼女は体力を消耗しているうえに裸足ですもの」

にわかに何もかもが鮮明に見えてくると、ミランダはどんどん高ぶっていく。「彼女は長距離を一気には走らなかった。できるはずないわ。あたりが暗くなって雨も激しくなるまでは、そんな危険は冒さなかったと思う。ということは、小屋は近くにあるということ。絶対にそうよ！」

クインが彼女をじっと見つめたまま、長い間があった。異論がある？　信用できない？　彼女はこの土地を自分の手のひらと同じように知り尽くし、ザ・ブッチャーの思考回路も理解している。彼の目的がレイプよりもハンティングだということも。なのに彼はどの被害者にもリードタイムをたっぷり取ることはなかった。二分。ミランダとシャロンは**二分**と告げられ、その瞬間に二人は狩りの獲物となった。

ミランダが、自分の案を論じあってきた経験と訓練を踏まえ、クインにもっといい考えがあったら提案してほしいと言いかけたそのとき、彼が言った。「よし、そうしよう」

彼の気が変わる前にと、ミランダは微笑みながら言った。「それじゃ、ついてきて」細い踏み分け道をはずれ、もっと濃い茂みへと入っていく。

クインはこれまでの訓練をもとに、おそらくミランダの言うとおりだと感じた。みごとな判断だ。これによりミランダが――少なくとも証拠収集に関するかぎり――足手まといにはならないことが証明された。

森の奥深く入るにつれ、空気がより冷たくなり、湿度がより高くなり、暗くもなってきた。

降ったばかりの雨のじめっとしたにおいがクインに生と死を考えさせた。森は雨に洗われたおかげで生まれ変わったようだった。

もしレベッカが監禁されていた山小屋を見つけられれば、そこにザ・ブッチャーにつながる証拠があるかもしれない。ここまで巧みに逃げを打ってきたザ・ブッチャー、その誘拐に特定のパターンはなかった。ただ行動を起こすのが春という以外には。四月。五月。六月。

十二年前はこの唯一のパターンすらわかっていなかった。ミランダとシャロンが誘拐されたとき、一年のこの時季はなんの意味ももたないかに見えたが、三年前、クインの相棒であるコリーン・ソーンがクロフト姉妹誘拐事件の捜査にあたったとき、事件は春に起きていることがあぶりだされた。ザ・ブッチャーの犠牲者と判明した女子学生はみな、春に失踪していた。

ＦＢＩの中心的プロファイラー、ハンス・ヴィゴによれば、どの季節であれ、それが犯人にとっては特別な意味をもっており、犯人の職業ないしは私生活における何かがそれ以外の季節に殺人を犯すことを阻んでいるということだった。

あるいはたんに都合がいいというだけかもしれない。モンタナのハンティング・シーズンは主として秋である。春であれば、法律を守っているハンターは狩猟に出てはいないから、犯行が偶然発覚する確率は低い。

しかし、この連続殺人犯特有の心理を解く鍵は、彼が完全な支配を求めている点だとヴィゴは語った。それではなぜ被害者を逃がしてリードタイムを取るといった、支配を放棄するようなことをするのかとクインが質問すると、女性側には支配の手段がいっさいないからだとヴィゴは答えた。彼女たちは全裸で傷を負っているうえ、最小限の食料と水しか与えられていないために体力を消耗しきっている。しかも二分のリードタイムは策略にすぎないと。二分ならすぐに追いつくことができるから、彼女たちが逃げきれると思える距離をおいてあとをつけ、飽きてきたら襲いかかって殺せるのだと。

「犯人の生活の中で、彼が支配力を行使できるのはこのときだけなのです。憶えておいてください。彼を捕らえたとき、彼は私生活にあっても仕事にあっても支配力をいっさいもたない人間であることがわかるでしょうから」とヴィゴが言った。

プロファイリングはさらにつづいた。犯人は子どものころ、威圧的だったり虐待をおこなう両親の下で育ったということも考えられる。その場合、虐待は肉体的、精神的の両方の可能性があり、もし抵抗したりすれば容赦ない罰がくわえられた。狭い部屋に閉じこめられていたり縛りあげられたりの拘束を受けていた可能性もある。

彼は人との接触をあまり必要としない仕事についている。うわべは正常な人間であるかのように見せかけることができ、魂にひそむ邪悪さはいっさいのぞかせることはないが、人間相手のコミュニケーションがつづく状況をうまくこなせるとは考えられない。

キャリアに対する支配力もあまりなく、思うような仕事についていないが、それは主として彼自身が招いたことである。日常の人づきあいが苦手なせいで、不本意な仕事に甘んずるほかない。たとえば工場で同じ作業をしぶしぶ繰り返すうち、それが自分の能力に自信のある彼にとって欲求不満の原因となったとも考えられる。屋外での仕事ということもありそうだ――たとえば建設現場から現場へと渡り歩くとすれば、一緒に仕事をする人びととの人間関係をきちんと保たなくてもすむ。

まだ容疑者はひとりもいなかった。モンタナ州立大の女子学生が姿を消すたび、恋人、元恋人、大学教授といった男たちが重要参考人として取り調べを受けては帰されていた。犯人は標準以上の体力、とびきりの忍耐力、そしてイエローストーン国立公園の北のへりに当たる地域とボーズマンとのあいだに横たわる原生林に関する多くの知識をそなえた人間。狩猟用の山小屋、廃屋となった山小屋の位置をすべて把握している。それらは女性を一週間ほど監禁し、好きなときに拷問とレイプが可能な場所だった。

取り調べをおこなった人物の中にはこうしたプロファイルに該当する者はいなかった。

クインはミランダの思考過程には一目置いていた。もちろん、彼女の知性を疑ったことはないが、彼女はいつも、常識、知識、直感をうまく組みあわせて、正しい方向をかぎとっていく。

今もまだ変わらないミランダへの気持ちを認めるのがいやで本音は言わずにいたが、じつはずっと彼女のことばかり考えていた。いちばん弱気になる深夜から夜明けにかけての時間。彼女をはずした決意に迷いを覚え、彼女の姿を思い浮かべ、彼女のにおいや味を反芻《はんすう》し、抱きしめたときに返ってくる微笑を恋しく思った。

いつ彼女に恋をしたのかは自分でもわからない。ザ・ブッチャーの捜査が証拠不足で失敗に終わったあとの最初の土曜日、ロッジに彼女を訪ねたとき、これからは時間がとれるたびにモンタナに来ようと思った。そして少なくとも月に一度は週末を彼女と一緒に過ごした。彼女をせかしはしなかった。せかすことなどできるはずもなかったが、一緒に過ごすうちに、それまでは自分が求めていることすら気づかなかった絆が二人のあいだにできていった。

十年がたった今でも、二人を結びつけていたものを彼は断ち切ってはいなかった。ずっとミランダを引きずってきていた。そもそもなぜ彼女をアカデミーに推薦したのだろう？　あのときもし彼女にもっと待つように、もっと時間をかけて職業選択をするように、本当にやりたいことはなんなのかをじっくり考えるようにアドバイスしてさえいれば、その後に起きたあらゆることは避けられたはずだ。彼女を傷つけずにすんだはず。

そしておそらく、二人は今も離れずにいただろう。

長いあいだ、彼女はきっとまた彼のもとに戻ってくると信じていた。二人の愛が壊れるはずは絶対にないと。

だが、思い違いだった。彼女は彼に会おうともせず、理由を聞こうともせず、ただニックのほうを向いてしまった。

クインはどうしようもないもどかしさを払いのけた。〝もしこうしていれば〟や〝だったかもしれない〟を考えてみてもはじまらない。十年前、彼は人生でいちばんむずかしい決断を下した。現在はその結果を抱えて生きていくほかないのだ。

こうしてミランダのあとを歩きながら、空がまったく見えないせいでいささか暗い気分になっていることを認めたくなかった。周囲は薄暗く、どっちの方向に向かっているのかすらよくわからない。さっきからずっと、だいたい北東方向に進んでいるものと思ってはいるが、〝だいたい〟が原因で道に迷うこともある。

ミランダがここからどう抜け出るかを知っているものと信じるほかなかった。

四十分が経過し、引き返すほかないと覚悟したとき、唐突に開墾地に出た。太陽が見えたことがどんなにうれしかったか。

見わたすかぎり、三十メートルから三十五メートルほどのポンデローサマツが均等な間隔で空に向かって伸びていた。ミランダの興奮が手に取るようにわかった。

「ついてきて」せかすように手ぶりで示す。「ここへの進入路を見つけて、そこからここまでの道をたどるのよ」

開墾地のへりに沿って歩を進め、数十メートル行ったところでそれを見つけた。

クインはその場にかがみこみ、泥についた深い足跡を丹念に調べた。地面に長い溝ができているということは、レベッカが膝をついていたあかしだ。背の低い若木が一本たわんでいる。これにつかまって立ちあがった?

犯人もここから入ってきたはずだ。生い茂る草木を考えると、レベッカと同じ道をたどらないかぎり、効率よく追跡はできない。クインは証拠写真を撮影したのち、ちらっと顔を上げた。

ミランダの姿が消えていた。

7

クインはぞっとした。ミランダはどこへ？

大声で名前を呼んでみる。その場で立ちあがり、目で彼女を探しながらホルスターのシグザウエルを抜き、何が起きても対応できるように構えた。

犯人が戻ってきた？　捜査状況を知るために？　心臓の鼓動が二倍の速度になった。もしもあいつが彼女に触れたりしたら――クインは感情を強引に抑えこみ、そのエネルギーをミランダを探すほうに集中させた。援軍を要請する覚悟も決めた。

「ミランダ！」もう一度、さらに大きな声で呼んだ。答えてくれ。

「こっちよ」彼女の声は小さかった。フットボール場の縦の長さほど離れたところ、斜面を下った開墾地の中央に彼女の姿が見えた。

クインは苛立ちと安堵からため息をついた。彼女を御する、これがとてつもない難題に思えてきた。この状況をニックもわかってくれているといいのだが。

ミランダは彼が追いついてくるのを待っていた。「勝手に先へ行かれちゃ困る」冷ややかに言った。

ミランダは彼の顔も見ずに指さした。「ほら、見て」

クインは地面に目を凝らした。泥に埋もれ、大雨に荒らされた地表からわずかに顔を出しているのは金色で長いライフルの薬莢だった。

かがみこんで写真を撮り、手袋をはめてから証拠用ビニール袋におさめる。

まさかの大発見だった。これまでには、ザ・ブッチャーのものだと断言できる薬莢は二個発見されていた。彼は発砲したあとに薬莢を拾っているか、木々が密集する原生林にあって、捜索チームがただたんに見逃したのか。二個とも指紋はきれいに拭き取ってあった――ライフルに弾丸を装塡する際に手袋をしていた可能性はあるが、犯人がミスを犯す望みはつねにある。

犯人が使用しているのは二七〇口径のライフル。残念なことに、これは文字どおりあらゆる獲物を撃つときに使用されるもっとも一般的な銃だから、容疑者を捕らえたあとで所持している銃を調べさせてもらうときにならないと役立たない。小火器の専門家ならこの薬莢や弾丸から使用された銃を特定できるだろうが、その銃を探すのは干草の中の針よろしく至難の業なのだ。モンタナの田舎では十四歳以上の男子なら文字どおり全員が同じタイプの銃を所持している。

これまでにあがった数少ない証拠はいずれも、容疑者を連行してはじめて効力を発揮するタイプのものだが、それでも何もないよりはましである。

「あの子、もう少しで逃げきれたのに」ミランダの声が割れた。

クインは彼女の目に涙、あるいは苦痛が浮かんでいるものと思ったが、そこに見たのは怒りだった。怒りをあらわにした深いミッドナイトブルーの目は彼を通り越し、レベッカが死んだあたりをじっと見つめていた。

　クインはゆっくりと立ちあがり、レベッカが最後につまずいたあたりに目を向けた。「彼はここから撃った」言ったところでしかたのないことを言った。

「そうね、彼女が茂みの中に姿を消す前にってことだわ」ミランダがうなずいた。「道路まであと数キロしかないってことを犯人は知っていたから、理想的な状況ではなかったけれど、ここで撃った」

　ミランダはゆっくりと周囲を見まわし、あたりのようすを頭に焼きつけた。

　クインが言った。「チームを呼び寄せよう。犯人は彼女が茂みに隠れる前にとここから撃ったが、彼女には当たらなかった。銃弾はまだそのあたりにあるはずだ」二人が出てきたあたりを手で示す。「見つからないかもしれないが、少なくともチャンスはある」

　そのときミランダがようやく、安堵と恐怖がないまぜになった不思議な表情で彼を見たが、ごくんと唾をのみこむとその表情は消え、顔にはまた冷静さが戻っていた。「ええ、そのとおりだわ」その口調はきびきびしていた。

　クインはニックに証拠を発見したと伝えた。

「そろそろ五時になる」ニックの声が無線機から聞こえてきた。「チームがそこに到着するころにはもう暗くなってしまう。その区域までじゅうぶんな照明を持ちこむことはできないんだ。しるしをつけておいてくれ。明日の朝一番で出動する」

「んもう！」ミランダが苛立ちまぎれにポニーテールを引っ張った。

「彼の言うとおりだ」クインがなだめた。

「そんなことわかってるわ」ミランダは吐き捨てるように言い、木に寄りかかった。ため息をつき、ぽつりとつぶやく。「だけど、やっぱりいらつくわよ」

弾丸は数個、いずれも被害者の体内から摘出したものがあった。ここで流れ弾を発見したとしても大きな期待はできないが、ただ、レベッカを殺した犯人がほかの女子学生を殺した犯人と同一人物だということは判明する。

「引きあげるまでに一時間の余裕がある。もっと何かないか調べよう」クインが言った。

静寂を破るのはわずかに鳥の鳴き声と小動物が駆けぬける音、あるいは餌を食べていたシカが彼らに驚いて逃げだす音のみの中、二人は犯人の通った道をたどった。開墾地は何キロとなくつづき、まもなく五時半というとき、クインが言った。「さ、もう引きあげないと」

「あと十分」ミランダは足を止めることなく、地面を丹念にチェックしていた。

「ミランダ、明日にしよう」

「でも――」

「だめだ」クインは手を伸ばしたが、さっき驚かせたときの、とっさに恐怖を押し隠した目を思い出し、彼女に触れる寸前で止めた。

ミランダが彼を完全に拒絶していることは明らかだ。いくらもう一度炎を燃えあがらせようとしたところで無駄だろう。

彼のほうを向いた彼女の表情からは、彼につっかかるか従うか、内心の迷いがはっきり伝わってきた。クインは思わず浮かんだ微笑を隠しながら、その仕事に向ける情熱をものすごいと思った。

つっかかる間を与えず、肩に手を置いてぎゅっと握ると、彼女はあとずさったりしなかった。彼女の感触がなんとも心地よい。

「ミランダ、ぼくだってきみと同じさ、もどかしいよ。ここに証拠がある。レベッカを殺した犯人に間違いなくつながるはずの証拠が。しかし、こう暗くなってきて手がかりもよく見えなくては、彼女のためになる捜査ができるはずもない。続きは明日の朝、またここに来てからにしよう。鑑識チームに弾丸を探させることもできるし、大人数が扇形に広がれば仕事が速い」

「あともうちょっとだわ」ミランダがつぶやいた。「わたしにはわかる」

クインが無言だったため、彼にどうかしてしまったかと思われたのではないかと思った。ひとりぼっちで途方に暮れたときなど、ときおり自分でも正気か否かを問いただしたくなることがある。毎日、失踪した女の子たちのことばかり考えていた。そして**あの男**のこと。

ザ・ブッチャー。

たしかに生き延びはしたものの、あの男に人生を奪われたという点では彼女も同じだった。

「ええ、そうよね」しぶしぶ同調した。「それじゃ戻りましょ」

クインが手を離した瞬間、ミランダは寒さを感じた。なんだか大切なつながりを失ったような気がして。顔をしかめる。長いあいだ孤独に過ごしている身には、**どんな**身体的接触も

──軽く背中を叩く程度の特に意味はない仕種も──動揺のもととなった。とりわけ相手がクインとあっては。

もうクインを見なくてもいいことに感謝しながら、尾根につづく道を先に立って戻りはじめた。彼に再会したことで、彼の裏切り行為によっていちばん大事なものを奪われてから十年のあいだ、胸の奥に埋めてきた相反するさまざまな感情やさまざまな考えが頭をもたげていた。

いちばん大事なものとは、キャリアではなく信じられる人だった。

体はくたくたに疲れているというのに、ミランダは十二時を過ぎても目が冴えて眠れなかった。夕食を──空腹だったからではなく、父親を喜ばせるために──ほんの少々食べたあと、彼女専用のキャビンに足を引きずるようにして帰り、屋内にしつらえたホットタブのヒート&バブルのレベルを強にして湯を張った。用心しいしい片脚を入れた瞬間はあまりの熱さに火傷をするかと思ったが、その温度に片脚が慣れてくるのを待ってもう片方も入れた。五分後、タブ内の傾斜のついたシートにゆったりと背をもたせかけてすわり、ワインを飲んだ。

クインのことが頭から離れなかった。

「あっちへ行け」誰に言うともなくつぶやく。

彼がつぎに来る日を指折り数えて待ったころもあった。あのころは電話で彼の声を聞くと胸が熱くなり、笑みがこぼれたものだ。

ザ・ブッチャー事件捜査が証拠不十分で保留になったあと、彼が定期的にここを訪れるようになったときは、いったいどう考えて、どういう気持ちで接したらいいものかわからなかった。彼に好意は抱いていた。とても好きではあったが、頭のどこかに自分はもう男性を好きになることはできないのではとの不安があった。いくら親しくなっても、男性に体を触れさせることができないのではないかと。傷痕があった。手術ではどうにもならない傷が彼女の体に永久に残る傷痕を残していた。体も心も、けっして普通の女性にはなれないと思っていた。

だが、クインといると気分はお姫さまだった。

二人は長い散歩を繰り返し、やがてクインはミランダと手をつないだ。

いろいろなこと――彼の家族、彼の仕事、彼の夢――を何時間もかけておしゃべりした。彼女の家族、これまでのこと、将来の希望。ザ・ブッチャーの話もした。

ミランダは彼にキスしてもらいたがっている自分に気づいたが、彼はそんな気配は見せなかった。もし彼にキスされたら、いったいどう応じたらいいのか、不安はあった。

ある夕方、二人は黄昏の中でポーチのブランコにすわっていた。「ねえ、クイン」絡めた指に目を落としながらミランダが言った。

「ん？」

ミランダは彫刻のように端正な彼の横顔をちらっと見た。目を閉じた彼はかすかに笑みを浮かべ、いかにも安らいだようすだった。沈んでいく夕日が肌の色をいつもより赤く染めていた。ミランダはそのとき、クインへの想いが自分で思っているよりもっとずっと深いことに気づいた。

事件から一年が過ぎていたが、彼女の人生はまだ宙ぶらりんのままだった。また大学に戻りはしたものの、事件以前と同じようにはいかなかった。専攻の経営管理学にも、副専攻の英文学にも興味を見いだせなかった。

現状維持では飽き足らず、前進したかったし、そうしなければいられなかった。

そして、その前進の一歩一歩はクインとともに歩みたかった。

「わたしにキスしたくない？」

全身に緊張が走った。言いすぎたかな？

「ごめんなさい」小さな声で言い、顔をそむけた。

クインが指先で彼女の顎を上げ、自分のほうを向かせた。彼の茶色の目は黒みをおび、面持ちは真剣そのもので、その美しさにミランダは息が止まるかと思ったほどだ。「キスなら去年の九月、きみに会いにまたここに来たときからしたかった。一緒に過ごした日は毎日きみにキスしたかった。離れている日も毎日」

その言葉にこもる誠意がミランダの魂を打ち、ぬくもりと深く満ち足りた愛情が全身にじわじわと広がっていった。ミランダはほんの少し身を乗り出してささやいた。「キスして」

唇に彼の唇がそっと触れた瞬間、身震いを覚えた。ゆっくりと両手を彼の首にまわした。

彼の唇が性急さをまし、ミランダも彼に体を寄せた。彼の両腕がミランダを包むように抱いて引き寄せ、両手は髪の中、うなじに押し当てられた。きつく抱きしめながら、きつすぎはしない。彼女の動きのひとつひとつに彼は応じ、顔や腕や胸をおずおずと触る手をすべて受け止めた。

ミランダはキスより先に進みたくなった。

「今夜は泊まっていって」彼の耳もとでささやく。

おたがいの目が見えるよう、彼が体を引いた。「ミランダ、ぼくもそうしたい。きみを抱きたい。でも今夜はだめだ。そんなに急いじゃだめだ」

ミランダは目をしばたたいた。冷や水を浴びせられたような気分。

その二分間、彼女はザ・ブッチャーを忘れていた。その二分間、ザ・ブッチャーは彼女の頭の中から消されていた。

「もう一年たつのよ」ミランダの口調は抑揚を欠いていた。彼から顔をそむける。「何をしても急いだことになんかならないわ」

「それはわかってる。ハニー、怒らないでくれ。ぼくはただ、きみがぼくと同じことを望んでいるのかどうかたしかめたいだけだ」

ミランダは唇を噛んで、涙をこらえた。クインのせいではなく、計画から大きくそれてきた自分の人生を思ってだった。事件以前は自分で事業をはじめたいと考えていた。何かしらアウトドアやレクリエーションに関係した事業をと。夏は川を筏で下るツアー、冬は子どもたちにスキーを教えながら、父親のロッジ経営を手伝いたかった。

「いつまでも変わらないことなんて結局何ひとつないのね」ミランダがつぶやいた。

クインが彼女の頬をやさしくなでていると、やがて彼女が彼のほうに顔を向けた。彼の目は彼女の内心の混乱をそっくり映していた。「ああ、いつまでも変わらないことなんて何ひとつない。だが、きみはぼくがこれまで会った女性の中で最強の人だ。きみなら生き残れる。一年前に起きたことで命を落とさなかっただけでなく、人生を新たに立て直そうとしてもいる。ぼくなんかとうていかなわないよ」

ミランダがかぶりを振った。「ちっとも特別なところなんかないわ、わたしには」

クインは声をあげて笑うところだった。「ミランダ、きみはほんとにすごいよ」軽いキスをする。

「シャロンを殺した男がいまだに野放しになっている事実が、そりゃつらいことはわかっている。そう簡単に乗り越えられるわけはない。ぼくがもっといろいろできればよかったんだが」彼女の髪に指を通しながら、彼の声はもどかしさでざらついていた。

「あなたは手を尽くしてくれた」捜査中はＦＢＩと警察から感銘を受けていた。だが今、事件の捜査はいったん打ち切られていた。つぎの女子学生を襲うまで、ザ・ブッチャーが逮捕されることはないだろう。シャロンを殺した男を見つけるために、さらにひとりの女子学生がひどい目にあう――死ぬ可能性もある――まで待つほかないなんて、どこかおかしい。

ミランダは自分にも何かできることがあればと願っていた。ザ・ブッチャーを止めるだけでなく、そのほかの殺人犯を捜し出すために役に立つこと。女を餌食にする男たち、病的で歪んだ性癖ゆえに女性に傷を負わせる男たち。

無理だろうか？　先を見越して行動を起こせないだろうか？　一年間というもの、ロッジでぶらぶらと過ごしてきた——そのあいだに何をした？　大学に行った？　客をもてなす父の手伝いをした？　だが、振り返ってみれば自分自身を憐れんでばかりで、これからの人生に向けての生産的なことは何ひとつしてこなかった。

もし本当に、自分の身に起きたことを乗り越えて生きていくことを学ぶつもりなら、そこから変えなければならなかった。

「ねえ、こういうのはどうかしら？　わたしが警察に入るっていうのは？　保安官事務所に入るのはどう？」クインに言葉をはさむ間も与えず、ミランダは興奮気味につぎつぎと頭に浮かぶ考えを伝えた。「それとも、いっそＦＢＩ捜査官になろうかしら！　頭は悪くないし、大学の単位はほとんど取り終えているし、体の調子も元どおりだし、きつい仕事だって苦にならないわ。ずっとここで無為に過ごしてきたけれど、自分が変わるための先手を打つときがついに来た気がするの。犠牲者でいるのはもうごめんだわ」

クインは何も言わなかった。

「あなたは名案だとは思わないわけね」

「そうは言ってないよ」

「無理に言う必要なんてないわ」ミランダは彼の賛同を求めていた。彼の支えが必要だった。

「ミランダ、きみにはやりたいことをやってほしい。でも、まさかきみが警察に興味をもってるとは思わなかったよ。そんなこと、ひと言も言ってなかったじゃないか」

「ずっと頭のどこかにはあったんだけど、ここにすわって、いつまでも変わらないことなんて何ひとつないんだから、自分の人生は自分で責任を取らなくちゃって気づいたとき、一気に進展したんだと思う」

「FBIアカデミーは二十三歳にならないと受け付けてくれないが」

「あとたった十か月だわ」

「それまでに大学を卒業しないと。大学時代とは別の分野で修士号を取った捜査官も多いよ。たとえば、犯罪学とか心理学とか」

「こう見えてもわたし、優等生なのよ。あと一年学校に通うくらいなんでもないわ」

「FBIアカデミーは楽じゃない。心身ともにひどい目にあうよ」

「なんとかがんばれるはずよ。賛成してくれる?」

しばし間があった。「ああ、きみならどんなプレッシャーにも耐えられると思う」

「クイン、わたしね、人を助けなくちゃって思うの。これ以上うまく説明できないけれど」

ミランダが顔をしかめる。頭の中を泳ぎまわる新たな考えについては、自分自身にもなんとか説明がつく程度だったが、ひとつだけはっきりしていることがあった。今、ついに道標を見つけ、これから先、道に迷うことはないということ。目標を得たことにより決意は固まった。

ザ・ブッチャーは殺人を犯しながらまんまと逃げきっている。彼と同じような男が彼と同じことをするのを阻止するため、何かしら手を打たなければならない。

「ぼくにできることがあれば力になるよ。もしきみがそうしてほしいならの話だが」

「ぜひそうして」彼の協力が得られるとなれば、かなり心強かった。

クインが両腕をミランダにまわし、二人はしばしそのままでいた。太陽が山の向こう側に完全に隠れ、夜気がひんやりとし、夜行性の動物がちょろちょろと動きまわる姿も見えるようになったころ、ミランダとクインは静かに揺れるブランコに腰かけたまま、おたがいの腕の中で幸せを感じていた。

あの晩ミランダは、この先クインが自分に対して裏切り行為をはたらくなどとは夢にも思っていなかった。

一時間ほど熱いジャクジーにつかっていると筋肉の緊張はすっかり解け、タブから出たとき、肌は真っ赤でぽっぽとほてり、ぴりぴりとかすかな痛みも感じた。

レベッカは死んだ。シャロンも死んだ。だがミランダは生きている。

罪悪感と混乱に襲われ、いっそ父親のように神を信じていれば、と後悔に近いものを感じた。なぜか父は信仰に癒されていたが、彼女はだめだった。彼女を動物に見立ててハンティングしたり、女を拷問にかける怪物を創造したのがどんな神であれ、彼女はその神を呪っていたから、父親が賛美する神も思いやりと善意に満ちた神だとは考えられなかった。父によれば、彼女を家に帰してくれたのは思いやりに満ちた神だそうだ。神が彼女に生き残れる体力、生きようという精神力、飛びこむべき川を与えてくれたという。

だが、ミランダは反論した。女性を獲物さながらに殺すことで病的な快楽を得る男を創造したのも同じく神なのだと。女性を拷問し、レイプし、ハンティングする男。彼女は二人の神のあいだで折り合いをつけることができなかった。ならばいっそ悪魔信仰のほうがはるかに簡単だ。

そう、邪悪の権化は実在する。生きている。体を疼かせている。

ミランダはまんじりともしなかった。体は疲れ果てているのに、活発な思考はどうにも止まらなかった。全裸で雨に打たれながら開墾地を駆け抜けるレベッカ、それを追跡する殺人者。ライフルの銃声が大きく響きわたった瞬間、撃たれたと思って全身をこわばらせるレベッカ。だが銃弾はそれ、かすりもしなかった。

また走りだす。

痛む足でつまずきながら小道を駆けおりる。鋭くとがった岩を踏みつけたときも声はあげずにこらえる。転んだときも、彼が迫ってきていることがわかっているから、すぐさま起きあがる。男は本気で殺そうとしている。底知れない快感のために。良心の呵責《かしゃく》はいっさいない。

走って走って走りつづける——と、何かにつまずいて変なふうに足をつき、脚を骨折する。這いつくばって移動し、無我夢中で体を隠すが、時すでに遅し。

男が襲いかかってくる。手負いの獲物を撃ちはせず、喉を掻き切る。

レベッカの血がしたたり、地面に吸いこまれていく。

ミランダの手が素早くさっと喉を押さえた。冷たい鋼鉄の刃が顎の下の敏感な肌を切り裂くのを感じた。ごくんと唾をのみこみ、レベッカが迎えた恐怖の最期を思い浮かべる。

あと少しのところまで来ていたというのに、そこで息絶えたレベッカ。

ミランダは目を閉じてうつ伏せになり、柔らかなダウンの枕に顔をうずめた。ホットタブで放出してきたばかりの緊張が、今また全身をこれでもかと襲ってきた。

あいつを止めることができるのだろうか？　あいつを逮捕し、奪ったたくさんの命に見あう罰を与えることはできるのだろうか？

レベッカ・ダグラスが死体保管所のひんやりとした箱の中に横たわっている今、この残虐きわまる略奪者がそのへんを気ままに歩きまわっているなんてあまりにも不公平だ。

不公平すぎる。

8

鳥の鳴き声がやんだ。

突然の静寂が峡谷の岩の割れ目や木々に染み入り、その沈黙が男の直感を研ぎ澄ました。数をかぞえる。一。二。三。

キャンプ地の南西の方向、ジェット戦闘機さながら優雅に滑空するハヤブサが視界に入ってきた。抜けるように青い空を横切る、唯一の生命の痕跡。

男がそっと息を吸いこむと、はっきりそれとわかるビャクシンとマツの刺激的な香りがした。故郷に帰ってきた。このまま永久に、猛禽《もうきん》たちとともにここにとどまることができたならと願わずにはいられない。

セロンが気流に乗り、間遠《まどお》になったはばたきできれいに滑空していたのち、くるりと旋回して切り立った崖の岩棚に降り立った。赤い堆積岩にできた天然のへこみの奥、外からは見えにくいところに彼の巣があった。

三週間前にセロンを見たとき、故郷があたたかく迎えてくれた気がして、予定より長くここにとどまって鳥の観察をおこなっていた。

ハヤブサの雄はテリトリーを守りながら、つがう雌を誘うため、はっと息をのむような空中アクロバットを披露する。いわば、罠を仕掛けるわけだ。それを見た雌は、これまでに出会った中で最高にすてきなハヤブサだと思いこんだが最後、一日に一度だけ餌を漁りに離れる以外はずっと、明けても暮れてもその崖の岩棚にとどまる。

セロンは伴侶を得た。二羽は死ぬまでずっと一緒だ。美しい雌で、男はその雌にアグライアと名づけた。ギリシア神話に登場する**輝きの女神**。高い崖に胸を突き出してすわるハヤブサの雌の姿には比類なき気高さがある。監禁状態をみずからすすんで受け入れ、そこにとどまることを望んでいるのだ。崖を守るセロンと、保護を受けるため、みずからの意志でそこへやってきたアグライア。

ハヤブサは世界最速の鳥だ。男は飽くことなく飛翔を見守っていた。夜明けから日暮れまでただじっと腰をすえ、威厳に満ちた鳥のひとつであるハヤブサの狩りのようすを観察するチャンスを待っていた。猛禽ハヤブサがまっすぐ前を向いたまま、片方の目で獲物のようすをうかがいながら、翼をすぼめて急降下した。獲物が目前に迫るや、いきなり降下をやめ、鋭い鉤爪をむきだして襲う。バシッ！　獲物は即死。

水平飛行により、空を飛ぶ鳥を捕獲することもできる。あらゆる鳥類が恰好の的となる。ハヤブサを出し抜ける鳥はいない。

カーッカッカッ。カーッカッカッ。

セロンは掛け値なしに自由だ。男はけっしてそうはなれない。罠にはまり、ここでひとりじっと観察をつづける彼にとって、手の届かないものを手に入れる欲求、ペテン師を狩る欲求は、自由を探求する欲求よりはるかに大きかった。

それでも彼にはハヤブサとの共通点が数多くあった。十六年前に研究を開始したとき、ハヤブサは絶滅寸前だった。だが、数は減少していても絶滅はしていなかった。やがて彼らが華々しく戻ってきた。そして彼はハヤブサの勝利の軌跡をここで細かく記録してきた。

ハヤブサの生態を詳細に記録したいと考える同僚がほとんどいないことが、つねに彼を悩ませてきた。みな、大手企業や非営利の環境保護団体、あるいは行政機関に就職するために必須となる一学期間だけ参加したあと逃げ出していく。それだけでもう、ハヤブサの生態を追った、おおいに関心をもっていると**言う**ことができるのだ。とんでもないやつらだ。

口先だけならなんとでも言える。

男はかぶりを振り、怒りをつのらせた。**観察に集中しろ。**

セロンとアグライアの家がある岩棚に双眼鏡を向けた。十日前にここを離れたとき、二羽は交尾を終えてはいたが、卵があるかどうかを男はまだ知らなかった。

そのための観察だった。こうしてすでに数時間。太陽があたりに大きく光線を広げ、暗い朝の森を彩りに満ちた輝かしい森へと変身させた。だいぶあたたかくなってきたため、男はコートを脱いで、味気ないサンドイッチを食べた。空腹というより習慣から。

昼を過ぎて太陽が反対側に落ちはじめると、アグライアが首を伸ばして外をのぞいた。セロンもあとから顔をのぞかせ、まもなく二羽は崖のへりに立ち、王と王妃さながら王国を睥《へい》睨《げい》した。

カーッカッカッ。コーコー。

カーッカッカッ。カーッカッカッ。

猛禽同士の意思の伝達に耳をすませながら、男の胸は期待に高鳴った。もしアグライアが飛び立てば、卵がある。男は木々に囲まれたその位置で身じろぎひとつせず、辛抱強く目を凝らして待った。

力強くはばたいたアグライアが岩棚から勢いよく飛び立ち、下へ下へと舞いおりて川が流れる谷間へと入ったあと、くるりと上向きに方向転換して上昇、崖に戻った。再び静寂があたりをおおった。狩りはつづく。

セロンは伴侶の姿が見えなくなるまで見守ったのち、岩のへこみへと戻った。抱卵役の交代だ。花嫁が狩りをするあいだ、セロンが卵を守るのである。

男はうれしくてたまらなかった。崖をよじ登り、セロンを間近に見る瞬間が待ち遠しかった。これまで何度となく体験してはいる――肉体的に過酷な作業だが、ハヤブサを追跡し、生態を記録する作業は、繁殖、飼育のための卵を失敬して完結するのだ。

しかし、夜を徹して冷える川底をたどったり、ぼうぼうの茂みを分け進んだり、コロラド北西部をおおう赤粘土層を踏みしめてここに来たのは、孵化のための卵を大学に持ち帰るためではなかった。観察、記録とともに狩猟の衝動をこらえるためでもあった。

十五年前、男は自分の伴侶を真剣に求めていた。自分にぴったりの女性を探していた。だが、ぴったりの女性などいなかった。

彼女たちはみな、嘘をついたり策を弄したり。あのやさしくてかわいいペニーまでが……。

なぜあの体育会系男とつきあってなどいないと嘘をついたのだろう? 好きでもないと言ったのだろう?

男は**知っていた**。ペニーがあの野郎とキスしているところを見た……

ペニーも世界中のほかの女たちと同じで、嘘つきだった。言っていることとやっていることがまるで違う。あなたを愛している、けっして痛い目にあわせたりしないと言いながら、誰も愛していやしないうえ、痛い目にあわせてばかりだ。

男の母親と同じだ。

母親はハチミツのような言葉をささやきながら、スズメバチのように刺した。自分に触れてくる母親。自分の思いどおり、息子にいろいろやらせる母親。

あそこに触って。違うわ。だめ、だめ、あそこって言ったでしょ。そうそう、手を止めちゃだめ。

男が思いどおりにやらないと、罰はそれこそひどいものだった。

ほら、いい子ね。これもあなたのためなの。覚えなきゃならないことよ。

母親は男が悲鳴をあげるまで、これでもかと力をこめてペニスを握った。男は、お願いだから離して、と懇願したものだ。言われたとおりになんでもするよ。だからそんなに痛くしないで。

その後は姉。定期的に彼に馬乗りになり、力になるわと言った。しばらくはたしかにそうだった。男の信頼を得るまでは。だが、それからはまた繰り返し痛い目にあわされた……

すべての始まりは男が六歳のとき。父親がひと言も告げずに姿を消したときからだ。母親が父親を殺したのだろうとずっと思っていたが、事実はより残酷だった。

実の父親なのに息子が疎《うと》ましかったのだ。

母親がどんな形で自分をこれほど傷つけたか、父親は知っているのだろうか？　現実を知っていたのだろうか？　どうでもよかったのか？

丸めたハヤブサ日誌をぎゅっと握りしめた。怒りが嗚咽となってもれる。かまうもんか。

今いる場所からいちばん近いマツの木に寄りかかって目を閉じ、ふくいくたる香りを胸いっぱいに吸いこんだ。ねっとりとほろ苦い樹液、湿った大地、腐食していく落ち葉や草木、さまざまなにおいがまじっている。

ハンティングの記憶を反芻する。

いい獲物だったが、彼がまさった。女がどう逃げようと、一度たりとも見失わなかった。女が転ぶのが見えた。脚がぽきんと折れる音が土砂降りの雨の中でも聞こえてきた。そのときだ。最終的にはナイフを使おうと心に決めた。

ひっくり返った獲物を銃で撃ち殺してもおもしろみはない。娯楽的要素に欠ける。

夜中の十二時少し前で、あたりは真っ暗だったが、女の青白い肌は闇を背に際立っていた。

左手で女のぐっしょり濡れた髪を後ろへ引き、白い喉をナイフで掻き切る。ためらいはいっさいなかった。女の血のぬくもりに驚かされ、唇についた血で味見した。

転んだその場に女を捨てて、立ちあがった。

狩りは終わったが、つぎの獲物を仕留めたい激しい衝動に駆られた。思い出すだけで心臓の鼓動は速まり、血は勢いよく全身を駆けめぐった。女を自分だけのものにしたときの抑えようのない興奮。勝利の高揚感は残念ながら日一日と薄らいでいき、やがてまた狩りをするほかない状況がやってくる。狩りの興奮はほんのしばしのことで、それについてはすでに失いかけていた。われながら両手がつぎにまた権力を行使するときが待ちきれなかった。

だが、その前にまず大事な仕事があった。ここで、セロンとアグライアと卵を観察する。観察して、待って、書き留める。

鳥たちは彼を必要としていた。

衝動は抑えこんでおかなくては。

9

山々の上に太陽が顔をのぞかせるずっと前にクインは目を覚ました。夢が気にかかって落ち着かなかった。ミランダが出てくる夢。

インドの賢者は繰り返しマントラを唱える。時はすべての傷を癒すと。

嘘っぱちだ。けっして治すことができない傷もある。とりわけ、怪我人がかさぶたをはがしてばかりいれば。

ミランダはザ・ブッチャーのために生きていると言ってもいい。正義のために。この十年、彼女はザ・ブッチャーがミスを犯すのを待ちながら、森に入って犠牲者の遺体を捜しながら、地獄の辺土、すなわち天国と地獄のあいだで過ごしてきた。みずからが生き残った罪の償い、あるいは罰として。

解決がきわめて困難かつ悲惨な事件の捜査にのめりこむあまり、人生のその他のことをすべてないがしろにしてしまう同僚をクインは数多く見てきた。結婚が破綻して離婚で終わることもしばしばだし、連絡を怠って友人を失うこともよくある。生死を問わず被害者のための正義を追求する暮らしは、どんなに固い決意をもつプロをもってしても心身の消耗は想像を絶して激しい。代弁者と同時に被害者でもあるミランダだから、ほかの誰にもましてザ・ブッチャー事件捜査を身近に感じている。

彼女はいつ爆発してもおかしくない時限爆弾。これほど長い年月、神経がまいったりすることもなく、よくやってこられたものだ。

そうでもないか、とベッドからぐずぐず起き出しながら考えなおした。ミランダほど強い女性には会ったことがない。その点については議論の余地がなかった。たいていの人が――男であれ女であれ――どうにかなってしまうほどの拷問に耐えたばかりか、親友が背中を撃たれて死ぬのを目のあたりにもした。なのに、そのまま走りつづける気力があった。しかも捜査員たちを連れて現場に戻り、最初に監禁されていた小屋まで案内もした。

彼がミランダを愛し敬服したのも、その芯の強さ、鋼鉄のような気骨ゆえだ。

だが、ミランダに本当に必要なものは？　つねに彼女を見張り、がむしゃらに突き進みすぎることのないように気を配るのは誰なのか？　人生でいちばん大切なことについて考え直させ、それを取り戻させるため、時間をかけて彼女を重苦しい環境から引き離すのは誰なのか？　歯止めをかける人間がいないまま、ミランダが捜査だけで消耗し、正義を求めるあまり、人間としての幸せや心の安らぎを犠牲にしやしないかと心配でたまらない。

みずからの仕事ぶりに目を向ければ、彼にはミランダをとがめることはできなかった。ＦＢＩ捜査官になって十七年になる。休暇を取るのはボスに強く勧められたときだけだ。ただし、ミランダとつきあっていた二年間は違った。その期間だけは自発的に休みを取った。

裸になってシャワーの下に立ち、蛇口をひねった。あたたまる前の冷水が全身を打ったが、彼にはその冷たさが必要だった。ミランダがくぐり抜けてきた状況をはじめて知ったとき、彼は氷のように冷たいシャワーの下に立ち、どこまで耐えられるものかがんばってみた。ミランダの苦悩のほんの一部だけでも体験したかったからだ。

十九分が最長記録だ。むろん、川はシャワーより冷たい。彼女はそれでも生き延びた。

まだみんなが起きてこないうちにギャラティン・ロッジを出た。ここでミランダと鉢合わせしたくなかった。まだ今は。昨日はまだ、彼女はクインがここに泊まっていることを知らなかったし、その後、父親が彼女にそのことを教えたかどうかは知らない。

たぶん教えていないと思う。

ニックとは〈マッケーズ〉で会うことになっていた。警察署からすぐの角を曲がったところにあるダイナーだ。しばらくぶりで訪れたが、店のようすはあまり変わっていなかった。青と白のチェックのビニールのテーブルクロス、テーブルの中央には調味料、グレーの壁、魔法のようにきれいな窓のあいだの突き出し燭台からは赤いプラスチックの花が垂れていた。四隅の高い位置に据えられたスピーカーから流れてくるのは、カントリーミュージックを駆けだしコメディアンのおしゃべりでつなぐ朝のラジオ番組。

ウェイトレスのフランに声をかけ、携帯用マグにコーヒーのおかわりを注いでもらったが、解剖前なのであまり食欲はない。空腹だからというよりカフェインを吸い取る何かを胃に入れておかなくてはと考え、トーストを注文した。

ニックもクイン同様、ほとんど寝ていないような顔をしている。彼もやはり歳をとっていた――クインがはじめてボーズマンに来た十二年前、ニックは二十三歳、ピッカピカのルーキーだった。だが今、彼の顔にはしわもあり、目には経験や知恵がうかがえた。殺人は人を老けさせる。

「で、段取りは？」クインが口を開いた。

「森林監視員一名に同行してもらう。証拠になりそうな木を切り倒す場合も考えてのことだ。警察と保安官事務所から二十六名、内二名は現場の専門技術者だ」ニックが腕時計にちらっと目をやった。「集合時間まで二時間あるな」

「もし小屋が見つかったら？」

「定石どおりに捜査して、証拠はヘレナの州科捜研に送る」

「先週、電話で聞いたところじゃ、レベッカは仕事場を出たところで誘拐されたそうだが、目撃者は？」

ニックが首を振った。「誰も何も見ていない」

「レベッカ・ダグラスは路肩で立ち往生していたわけじゃなく、人目もある駐車場にいた。なのに、誰ひとり何ひとつ見ても聞いてもいないのか？」

「あの夜、〈ピザ・シャック〉にいた全員から話は聞いた。レベッカが誘拐されるずっと前に店を出た者からもだ。誰かがもし何かを見たとしても、怪しいとは思わない状況だったんだろうな」

「レベッカはやつと顔見知りだったのかな」クインが疑問を口にした。

「ザ・ブッチャーが犠牲になった女子学生たちと顔見知りだった可能性は、つねに念頭に置いてきた」

「大学の職員や学生で、十五年以上籍を置いている人間はすべてチェックした？」

「プロファイルに合致する職員は犯罪関係のデータベースを使って全員調べたが、誰ひとり浮かんでこなかった。一九七〇年代に反体制運動がらみで逮捕された社会学の教授、八年前に飲酒運転で逮捕された警備員、最悪でその程度だ」

「もう一度調べてみよう」ニックが眉をひそめるのを見て、クインは前言撤回した。乗っ取られたとニックに思わせてはまずい。「つまりその、ペニーが失踪したときに大学にいた、当時三十五歳以下で独身の白人男性に焦点を合わせようってことさ。学生、職員、教授、身分には関係なく」

「三十五歳？」

クインがうなずいた。「ザ・ブッチャーに関する最初のプロファイルは、二十五歳から三十五歳のあいだの独身白人男性で、被害者のうち、少なくともひとりとは顔見知りだったというものだった。

最初はわれわれも、やつがミランダあるいはシャロンを知っているものと想定した。キャンパス、ロッジ、シャロンのアルバイト先、見知った場所はどこでもいいが。しかし、ザ・ブッチャーの最初の犠牲者がペニー・トンプスンだったと判明したあと、たぶんペニーは犯人と顔見知りだっただろうが、ミランダとシャロンは知らなかったとなった」

「だが、そうなると容疑者となりうる人間は何百人といた」ニックがつづけた。「何十人もの取り調べをしたあげく、結局何も出てこなかったときのことは忘れないよ」

クインも憶えていた。ペニーと接触のあった人間の数があまりにも多すぎたため、彼女をよく知っていた人間——恋人、彼女が授業を取っていた教授、同助手——に範囲をせばめたところ、誰ひとりとしてプロファイルに該当しなかったのだ。ペニーの失踪はミランダとシャロンが誘拐される三年前のことだから無理もない。

ウェイトレスがトーストを運んできたため、クインはコメントを控えた。ボーズマンは学生数一万二千の大学こそあるが、あくまで小さな町だ。みな耳はダンボのようで、口はなおのこと大きい。

「当時保安官だったドナルドスンは、ペニーはつきあっていた男に殺されたと確信していたが」ニックが言った。「いい結果は出せなかった。その男と彼女の失踪を結びつける証拠を何ひとつ発見できなかったんだ。しかも、われわれが彼女こそザ・ブッチャーの最初の犠牲者だったのではと疑ったときにはもう、父親が車を処分したあとだった」

ニックがコーヒーを飲みほし、セラミック製マグをテーブルに叩きつけるように置いた。

「われわれもそれなりに苦心惨憺してはいるんだよ、クイン。こうしてまたもうひとり、あの野郎の犠牲者が出たっていうのに、証拠も目撃者も容疑者もいっさいいない。マスコミは大はしゃぎであれこれ書きたててくれるだろうな」

「遺体の発見が早かった。これはいいニュースだよ。解剖はいつ？」

ニックが腕時計に目をやった。「あと十分だ。そろそろ腰を上げたほうがいい」

クインは解剖が怖かった。解剖以上に怖いものがないほどだ。手術台の上のレベッカ・ダグラスを見ながら、遺体がミランダだったらと想像してしまう。

フランがいれたてのコーヒーが入ったガラスポットと新聞を手に、テーブルに近づいてきた。「今、届いたわ」ニックの正面に新聞をぴしゃりと置く。「こんなこと言っちゃなんだけど、イライジャ・バンクスがろくでもないやつだってことは誰もが知ってるわ。息子がこれじゃ、死んだ母親も浮かばれないってもんよね」

森で遺体発見
身元について保安官事務所はだんまり

イライジャ・バンクス
クロニクル特派員

モンタナ州ボーズマン発——昨日早朝、発見された女性の遺体が失踪中のボーズマンの女子大生レベッカ・ダグラスかどうかについて、ギャラティン郡のニック・トマス保安官は肯定も否定もしなかった。

保安官事務所のある所員が匿名を条件に語ってくれたところによれば、「あらゆる点がザ・ブッチャーの犯行であることを示している」という。

トマス保安官は外部に協力を依頼したことをしぶしぶ認め、捜査にはＦＢＩシアトル支局から特別捜査官クインシー・ピータースンもくわわった。経験豊富なピータースン捜査官は十二年前にも、女子大生だったシャロン・ルイスとミランダ・ムーアが失踪した事件の捜査に参加した人物だ。当時、被害者のうち、ルイスは遺体で発見され、ムーアは脱出できたものの、犯人を判別できる状況にはなかった。

身元未確認の女性の遺体は土曜日の早朝に発見され、発見者は上位裁判所判事リチャード・パーカーの長男ライアン・パーカー（11）と友人二人だった。昼前までに保安官代理とボランティア、四十名あまりが出動してチェリー・クリーク道路から西に約六キロ、八四号線から南に十五キロに位置する山中の捜索に着手した。捜索の目的は証拠収集だったが、これという証拠はいっさい発見できなかった。

パーカー少年の話によれば、「あの人を見つけたとき、ぼくたち、あの行方不明になった女の人じゃないかと思ったんだ。何も着ていなかったんだもの」という。

ザ・ブッチャー事件捜査に再びＦＢＩの協力を要請したことについて質問すると、市長の側近はこう語った。「このへんでそろそろ、プロをそろえた有能なチームを編成して、犯人逮捕をめざす必要があるでしょう。ボーズマンの若い女性は今、皆さんびくびくしているはずですから」

先週の金曜日の夜、ダグラスさんはモンタナ州立大の学生寮ハノンホールを車で出て、州間道路一九一号線をややはずれたところにある〈ピザ・シャック〉へと仕事に向かったあと、

キャンパスに戻らなかった。ルームメートは学内の警備室に友人の行方不明を知らせ、そのあとギャラティン郡保安官事務所に通報した。ダグラスさんの車はまもなく、働いていた店の駐車場で発見された。

ボーズマン・ブッチャーの最初の犠牲者は……

ニックがテーブルに新聞を叩きつけると、マグのへりからコーヒーがはねとんだ。

イーライがライアン・パーカーから話を聞いたことについては、クインもカチンときた。そのあいだ、パーカー判事はいったいどこにいた？　なぜこいつを止めなかった？　ライアンへのインタビューだけではなかった。クインはイーライが保安官事務所をおちょくっているのも気にくわなかった。捜査をめぐる主導権争いはなんとしてでも避けたかった。ニックの部下はつねにクインをよそ者と考えているから、もしニックの足を引っ張ろうとしている印象を与えでもしたら、彼は総スカンをくいかねない。

なんとしてでも彼らの信頼を得なければ。

「ぼくが公式発表をするよ」クインが立ちあがり、テーブルに数ドルをぞんざいに置いた。

二人並んでコーヒーショップをあとにし、トラックの脇で足を止めたとき、ニックはクインをちらっと見た。「効果がありゃいいが」

「捜査の主役はきみだぞ、ニック。きみからの要請がなければ、ぼくはここには来なかった。わかってるよな」

「おれのやりかたでいいのかな？　何か間違ってやしないかな？　つまり——」

クインが手を上げて制した。「そこまでにしとけ。結果で物ごとを判断しちゃいけない。きみは慎重にぬかりなくやってるし、もしそうでなければ、ぼくも黙っちゃいなかったさ。ただし、そういうときはマスコミには言わない。きみにじかにそう言う。それはわかっててもらいたいな」

ニックは目を閉じた。「ああ、わかってるよ。イーライはただおれにつっかかりたかったんだろうな」

「そうだな。いやな野郎だ」

二人は市庁舎やその他の役所が集まるブロックに向かって歩きだした。検屍官事務所とラボもそこにある。

「ミランダがロッジ滞在を承諾したとはどういう風の吹き回しかな？」

クインが渋い表情をのぞかせた。「彼女はまだ知らないんだ」

「知ったらまずいことになるな」

「なんとか我慢してもらうほかないよ」

どうだろうな、とニックは思った。ミランダはすでに、彼が相談もなしにクインを呼び寄せたことに動揺している。本来相談の必要はないが、ザ・ブッチャーの捜査に関しては彼女にたびたび意見を聞いていた。とりわけ、初動捜査の方法については。二人は何年間もともに仕事をしながら、徐々に親しみを感じるようになっていった。そしてその友情が恋人としての親密なつきあいに変わるのは簡単だった。

ミランダが彼の気持ちに応えてくれないからと別れ話を切りだしたのは彼のほうだったが、だからといって彼女とひとつ屋根の下に滞在しているとなれば、クインに対する反感はけっして小さくなかった。胸の奥では、ミランダはもう戻ってこないとわかっていた。もし戻ってきたとしても、それはクインをあきらめた彼女が二番手を選んだということでしかないことも。

そうした位置づけがいまいち気に入らない。

クインは好きだ。だが、ニックはやはりミランダを愛していた。そして二人のことを考えると……

いや、そんなことにはならない。クインにアカデミー卒業を阻止されたとき、ミランダは打ちのめされた。その傷を癒し、怒りを静めるのに何年もかかったほどだ。クインが数週間ここに滞在するあいだに、あのつらさを乗り越えられるはずがない。

となれば、まだチャンスはある。ニックはそう考えながらクインとともに検屍官事務所の玄関へと入っていった。実際、クインがここに来たことがきっかけで、ミランダが彼のもとに戻ってくるかもしれない。そのときは理解を示さなければ。思いやりも。そして肩を貸す。

だめだ。やはり二番手にはおさまりたくない。ほかの男をあきらめた勢いで彼の腕の中に飛びこんでこさせるのではなく、ミランダに彼でなければと思わせなければ。

ライアン・パーカーははるか尾根の上にすわり、誰からも見えないことを確信しながら眼下でうごめく人びとを見おろしていた。だが、視線の先は保安官代理たちではなかった。

彼の目を引きつけていたのは、犯罪現場を示す派手な色合いのテープだ。そこに誰が横たわっていたかを彼に思い出させるテープだ。あの青ざめた全裸の死体を忘れることはけっしてないだろう。喉もとには黒ずんだ深紅の――ほぼ黒に近い――裂け目。全身をおおう切り傷や痣。

だが、いちばん頻繁に頭に浮かんでくるのは目だった。

前夜はあまり眠れなかった。眠ろうとするたび、レベッカ・ダグラスのかっと見開きながらも、死んでいるせいでどんよりとしたフローズンブルーの目がこっちをじっと見つめてきたからだ。

動物の死体なら生まれてから十一年のあいだに何十と見てきた。二二口径で雄ジカを仕留めたとき――しかもみごと後頭部に弾を命中させて――は、父親が褒めてくれた。息子をこれほど誇らしく思ったことはないと。

たしかに狩りはいい。父親やおじのようにとりたてて好きというわけではないが、なかなかいいものである。

そして、狩りがいいものだとしたら、釣りは天国だ。両親の許しさえ出れば、毎日釣りをしていたいくらいだ。湖にでかけたり、家の南側を流れる川が曲がるあたりでできる渦の近くに陣取ったり、あるいはただ湖に突き出た桟橋に腰かけたりすると、それだけで自立した自由な気分になれた。ほかのどんなことをしているときよりも幸せだった。馬に乗っているときよりも。もちろん、狩りをしているときよりも。

　両親と離れ、ひとりになれるところが幸せの理由かもしれない。

たぶん、心穏やかでいられるからだろう。あるいはじっと待つのが好きなのかもしれない。ショーンとティミーは辛抱強くないから釣りには向かない。ティミーは静かにしてはいられるのだが、いらいらそわそわしてしまう。ショーンは糸を垂らしてから二十分たっても魚が一度も食いついてこないうえ、ライアンがそれでも竿を引きあげてはいけないと言って以来、もう一緒に釣りにでかけることはなくなった。ときおり父親が二時間ほどつきあってくれることがあり、それはそれで楽しい。

　だが、父親はあまりにも忙しく、湖までの遠征は無理だった。

　丸一日かけてまずまずの大きさのマスやバスを釣ることもあれば、一匹も釣れないこともあったが、それでもかまわなかった。なんとなれば、大事なのは釣り糸を垂らすこと、待つこと、自由なことだからだ。魚を捕らえることではない。

　だが、ショーンとティミーにはそこが理解できなかった。

　その点は父親も同じだが、いちおう努力はしてくれる。

　ライアンは眼下でうごめく、アリのように小さな人びとを眺めた。目を細め、指で計ってみる。手がいやに大きく見える。人の背丈は数ミリだ。

　そこにいる人びとは彼がここにいることを知らない。

彼はただ、そこにいる人びとが何を発見するのかを見ていたかった。どうしてかはわからないが、あの女子大生を殺した男が捕まれば、ぐっすり眠れるような気がした。あの女の子はまるで雌ジカだった。首をナイフで切られ、かっと見開いた目は焦点が合わないまま、どこかをじっとにらんでいた。

ライアンはそういうのは嫌いだった。人間は人間、動物は動物なのに、誰かがあの子を動物のように扱った。間違っている。

保安官事務所の人びとが古い伐木搬出用の道を下りはじめると、ライアンは立ちあがって、はきこんだジーンズについた泥を払った。そろそろ戻らなければならなかった。レンジャーを厩に置いてきたし、家までは一時間かかる。ママに心配をかけたくなかった。ママはいろいろ訊いたりしないが、嘘をついているかどうかはいつだって見抜いている。

ライアンは嘘はつかなかったが、ときには本当のことを言いたくないときもあった。ママへの接しかたとしていちばんいいのは会話を避けることだ。

春の小川に沿って尾根を下りはじめ、牧場の境界線へとつながるもう少し幅のある小道をめざした。蹄の跡を見つけて顔をしかめる。まだ新しそうだが、捜査に携わる人がこの高い尾根まで登ってきた気配はなかった。だが、誰であるにせよ、かわいそうな馬の蹄鉄は取り替える必要があった。右の後ろ足の蹄鉄の釘が二本はずれているところを見ると、小石や泥が蹄と蹄鉄の隙間に入りこみ、こびりついているはずだから。

あれこれ考えをめぐらしていたため、あやうく見落とすところだった。

陽光が小道の何かに反射したのだ。ライアンは足を止めてかがみこみ、それがなんなのかじっくりと見た。

最初はヘビの目が二つ、こっちをじっとにらみつけているのかと思い、攻撃体勢をとろうとしたが、バランスをくずし、よろよろと何歩かあとずさった。いったんバランスを取り戻してからもう一度、それがなんなのか注意深く見た。

むろん、ヘビではなかった。目だと思ったものは、二個の小さな暗い色の宝石だった。深いグリーン。黄昏時のマツの木を思わせる色。シンプルな彫刻をほどこした銀製のベルトのバックルに宝石が埋めこまれ、全体が鳥に見える。ワシのようだ。宝石は目。

ライアンは手を伸ばしてそれを拾いあげ、バックルにまだ革がついていると知って驚いた。その端をよく見ると、明らかに擦り切れている。おそらくハンターかハイカーがこの高い岩棚で足を止め、小便をしたときに切れたのだろう。

バックルをにらみ、ためらった。ＦＢＩ捜査官にこれを届けるべきなのだろうか？　たぶん捜査において重要な意味があるはずだ。ライアンの胸は興奮で高鳴った。いちばん好きな映画は『アンタッチャブル』だし、失踪人を捜し出す番組『ウィズアウト・ア・トレース』は絶対に見逃さない。

だが、まもなく興奮が不安に変わった。父親が、保安官の邪魔はしないようにと口をすっぱくして言っていた。しかも、母親には行き先について嘘をついてきた。嘘がばれたらママはきっとかっとくる。大声でわめいたり尻を叩いたりはしないが、怖い顔でねめつけてくる。

その怖い顔がどんな罰よりも恐ろしかった。

ライアンはぶるぶるぶるっと体を震わせ、あたたかい陽気にもかかわらず、ジャケットの前をぎゅっと引きあわせた。バックルをポケットに突っこみ、細い道を家に向かってまた下りはじめる。もしまたトマス保安官に会うことがあれば、そのときはこのバックルを見せよう。

どっちみち、なんでもないかもしれないのだ。ただ、誰かが森の中で小便をしたというだけで。

10

ミランダは全身の筋肉を緊張させながら、クイン、ニック、そのほかの捜査員のあとについて小道を下り、前日に発見した開墾地へ向かった。

ニックは、ミランダとはしばしば救出活動をともにする森林監視員、ピート・ヌードスンを呼び寄せていた。もし銃弾が樹木に撃ちこまれていた場合、証拠収集のために樹木を一部切り取るか丸々一本を切り倒すかについては、彼が決断を下すことになる。

緊張のせいか、頭痛で頭がぼうっとなったミランダは、アスピリン三錠を水筒の水でぐっと飲みこみ、なんとかしのごうとした。原因は睡眠不足と食欲減退、つまりザ・ブッチャーの犠牲者がまたひとり発見されたことだと容易に推し量れはするものの、不快感の大半はクインのせいだった。彼がいるせいで、とんでもなく落ち着きを欠いているのだ。

この何年ものあいだ、アカデミーでの彼の背信行為などもうどうでもいいとミランダは自分に言い聞かせてきた。むろん当時は傷つきこそしたが、論理的に考えて自分を納得させてボーズマンに戻り、自分自身のために快適な生活を築いてきた。救難チームで四年の経験を積んだころ、上司だったマニー・ロドリゲスがコロラド州で仕事をすることになったため、指導的な立場を後任として引き受けた。現在、チームは有給スタッフ二名と、緊急事態発生時に協力を要請することができるボランティア二十五名あまりで構成されている。

「ミランダ?」ニックが歩調を合わせながら声をかけてきた。いかつくハンサムな顔が心配のせいで堅苦しい。

「大丈夫」ミランダは無言のうちに投げかけられた質問に答えた。

「そうか」ニックは先頭を歩くクインのほうにちらっと視線を向けた。

「解剖はどうだった?」プロらしくと、抑えた口調を意識したが、心ならずも声が割れた。

「おれがあそこを出てきたとき、ドク・エイブラムズはまだ仕事中だったが、ま、同一犯だろうな」

「でしょうね」

「クインのこと、きみに相談もなしでごめん」周りの人間に聞こえないよう、ニックが小声で言った。

「こっちこそ、昨日は大きな声を出したりして悪かったわ。あんな形でレベッカが発見されたあとだったから」

ニックはいまだに、彼女に地獄の七日間を思い出させないようにとかばっていた。過去から逃れられないあいだは、こうして失踪女子学生の捜索を手伝うことにそこそこ心の安らぎを得ている事実を理解していないのだ。ザ・ブッチャーを見つけるために手は尽くしている。そのうち必ず、あの男を捕らえてやる。

逮捕の瞬間はその場に居あわせたかった。逮捕に一役買うことができれば、日々よみがえる記憶や夜な夜な襲ってくる恐怖から解放されるような気がしてならなかった。

ニックが長い吐息をもらした。「休戦してくれる？」

「そんなにいつまでも怒ってなんかいられないわ」ミランダは彼に笑いかけた。ニックを愛していた。彼が望むような愛ではないけれど。

ミランダも努力はした。三年間というもの、彼を心から愛そうと一生懸命だった。世界の中心に彼がいる、そんなふうに愛したかった。だが、がんばればがんばるほど、むずかしくなっていった。友情、誠意、勇気――この元カレからはこうしたものを受け、彼女も思うぞんぶん与えた。それでもミランダの傷心は癒えることがなかった。つまり、ニックにはパズルのピースを組みあわせることができなかったことになる。

ミランダは、それができるたったひとりの男のほうにちらっと視線を投げかけた。

クインは誰かに見られているような気がした。それが気にかかり、開墾地のへりでいったん立ち止まって後ろを向くと、ミランダと目が合った。その瞬間、彼女のほっそりとした顔に怒り以外の表情を見た気がした。その一瞬、翳りをおびた目をかすめた欲望。肉欲と切ない想いがまじるその表情を、クインはまだ鮮やかに記憶していた。稲妻に撃たれてもこれほどのショックは受けなかっただろう。クインが目をしばたたいた。

見たと思ったものは一瞬にして消えた。ミランダの口もとはこわばったように結ばれ、顔は無表情で、細めた目は猜疑の色をおびていた。

クインは再びチームの面々のほうに向きなおり、背負っていたバックパックを下ろしてジャケットを脱いだ。水筒から冷たい水を一気にぐっと飲み、ミランダがまだ彼への未練を引きずっていると感じたとたん、かっとはねあがった体内の熱を冷まそうとした。

今朝の気温は七、八度だが、太陽が地表に新たに萌え出た芽をあたたかな毛布でふわりとおおっていた。普通の状況なら、ここまでのハイキングは爽快で楽しかったはずだ。

ニックの部下たちが横柄と用心深さがないまぜになった目で彼に注目した。FBI捜査官から指示を受けるのはめったにないことだが、組織同士の確執を彼が捜査にもちこんだりしないだろうかと警戒しているのだ。

クインは咳払いをしてから話をはじめた。「オレンジ色の旗が立っている箇所は、昨日、わたしとムーアさんが証拠を発見したしるしだ。できることなら、銃弾を発見したいと考えている」つぎにブッカー保安官代理の顔を見て話しかけた。「トマス保安官から、きみが保安官事務所一の射撃の名人と聞いている」

ブッカーの背筋がすっと伸びた。「郡の射撃大会でいちおう優勝はしましたが――」

ニックが彼をさえぎった。「ブッカー、あの旗のところへ行け」斜面を三十メートルほど下ったところにあるしるしを手ぶりで示す。「あそこで動く標的をライフルで狙っているとして構えてみてくれないか。狙いはそこから小道に出ようとする身長百五十七、八センチの女性だ」そう説明しながら、六メートルほど離れたところに立つべつの旗を指さした。

ブッカーはごくりと唾をのみこみ、帽子をかぶりなおすと、居心地悪そうにミランダのほうをちらっと見た。「はい、わかりました、保安官」

「そしたら森林監視員のヌードスンに弾道がどうなるか説明して、そのいまいましい弾丸を見つけてくれ」そのあとニックはほかの部下のほうを向いた。「それじゃ、広がって。何を探すのかはわかっているな。もし何か見つけたときは、大きな声でピータースン捜査官かおれを呼んでくれ。私語は禁止だ。集中してやってくれ。そうでなくても雨が証拠を消してしまったあとだが、運がよければ何か見つかるかもしれない」

神のみぞ知るだが、たしかに今、ちょっとした幸運が舞いこんでくるということだってありうる。クインは澄んだ空をちらっと仰いだ。

ニックとミランダが立つ、小道への入り口へと歩を進める。「……山小屋……」近づいてくる彼にミランダが言った。

「えっ？」

ミランダはまともに彼を見ようとはしない。「この先へ山小屋を探しにいくわ」ブッカー保安官代理が森林監視員と話している旗からさらに斜面を下ったほうを手ぶりで示した。

「ぼくも一緒に」クインが言った。彼女、いったい何を考えているんだ？

「ニックとわたしが行くからいいわ」

「おれはここに残るよ」ニックが言った。「誰からもすぐにわかる場所にいないとまずいから」

クインは、再び彼と組むことを考えて葛藤するミランダを見守った。お気の毒さま。彼女としても、ひとりで行くわけにはいかない。それにもし山小屋がこの開墾地の近くにあるとしたら、彼が一緒に行くほかない。証拠収集もだが、身の安全のためにも。

「いいわ」ミランダの返事はそっけなく、疲れがにじんでいた。おそらく昨夜も、レベッカの失踪以来ずっとそうだったように、ほとんど寝ていないのだろう。

クイン自身も、この十年間をミランダがどう過ごしてきたのかを考えて、まったくと言っていいほど寝ていなかった。彼女の生活がどう変わったのか――あるいは変わらなかったのか。アカデミーで彼が下した決断は正しかったのかどうかについても疑念が生じた。いや、正しかったのだが、その手順がとんでもなく間違っていた。

それを修正することができないまま、今や二人のあいだの溝はなおいっそう深くなってしまった。彼としては彼女に時間とスペースを与えたあと、コンタクトをとって、自分の気持ちをよく話し、説明するつもりだった。あの時点でアカデミーを離れてよかったことに彼女が気づいてくれればと願っていた。だが、何度電話しても彼女は出なかっただけでなく、一通だけ送った手紙は**差出人に返送**のスタンプが押され、未開封のまま戻ってきた。

あれにはまいった。

クインは思い出を頭から追い払い、もう一度水筒を取り出してたっぷり水を飲んだ。「それじゃ、行こうか」

二人は無言のまま、何かしら証拠になるものが地面に落ちていないか探しながら歩きつづけた。折れたばかりの小枝やいやに深い足跡がときおり目につくところから察するに、たどっている道は間違っていなかった。一か所、レベッカが明らかに転んだと思われるところがあった。その拍子に抜けたのだろう、低木の茂みの上に長いブロンドの髪の塊が引っかかっていた。クインはあいかわず黙ったまま、その場所にもオレンジ色の旗を立て、写真を撮ったあと、周囲の枝を切って髪と一緒に証拠用の袋に入れた。

作業を完了して立ちあがると、ミランダも足を止めて彼をじっと見ていたことに気づいた。正確には彼をではなく、彼を通り越したあたりを。そこにはすでにない何かを見ていた。

クインの心臓の鼓動が速まった。ミランダがわが身を同じ状況に置いて、あのとき起きたことを頭の中によみがえらせている姿を目のあたりにして胸が張り裂けそうだった。彼女の苦悩が如実に伝わってくる。シャロンの遺体を見つけたときのミランダを思い出した。その悲しみとつらさは認めざるをえなかった。ミランダはたしかに強いが、けっして不死身ではない。

手を伸ばし、彼女に触れ、抱きしめたかった。

「ミランダ」そっと呼びかける。「大丈夫？」

ミランダがはっとわれに返り、彼を見た。「考えていたのよ。彼女はここで転んだ。でも、なぜかしら？　つまずいたとしても、枝も何もない。足をとられるものがないとしたら、彼が彼女を狙って撃ってきた」

「さあ、どうだろうな――」クインの言葉がとぎれた。たしかに考えられる。犯人が照準器ごしに彼女に狙いをつけたちょうどそのとき、彼女がゆっくりと円を描くように曲がった。

「そうかもしれないが、どこに証拠が？」

「彼女はこの位置で方向を変えたのよね」ミランダが独り言のようにぶつぶつと言った。

「えっ？」

「一度撃たれてからはまっすぐには進まなかったはずだわ。迂回したり折り返したり、とにかく追ってくる犯人をまくためにいろいろやってみたと思うの」ミランダは弧を描くように歩いたり前後に歩いたりしていたが、やがてぴたりと足を止めた。二人が歩いてきた小道から斜面を四十五度の角度に十五メートルほど下りたところだ。

「ほら、ここよ！」興奮気味なミランダの声がした。

クインも斜面を下りた。薬莢がさらに二個。そこにまた旗を立てた。「もっと下ってみる必要があるわ」ミランダは切り立った斜面の下方を指さした。

「急な勾配だな」

「ええ。でも、二人がこっちから来たことは間違いないわ」

彼女の言うとおりだった。ミランダが先に立って五、六メートル進んだところで、若木が一本、踏みつぶされて折れていた。さらに十五メートルほど先で開墾地はぷっつりと終わっている。境界線まで達すると、クインはそこでミランダを止めた。

十二年前、二人は同じような斜面を進み、ミランダとシャロンが監禁されていた小屋にたどり着いた。あの日のミランダの勇気をクインはけっして忘れない。

「何か発見したときの心の準備はできてるね？」穏やかな声で尋ねた。

「もちろんよ」だが、ミランダの目には怒りがめらめらと燃えていた。記憶がよみがえっているのだ。

彼女もあの日のことを考えているのだろうか？

気持ちを伝えたくて手を伸ばしかけたが、ミランダがかすかに首を振った。クインはよけいなことをしようとした自分を腹立たしく思いながら腕をすとんと落としたが、ミランダが意地になってレベッカの苦痛の重さをひとりで背負いこまないことを心底願っていた。

二人は開墾地のへりに沿って歩きだしたが、すぐまた違和感を覚えるものが目につき、立ち止まった。

「ここを見て」クインがしゃがみこみ、踏みつぶされた低木の茂みを丹念に調べた。

「行こう」

クインが銃を抜き、うなずいて合図すると、ミランダも同じように銃を抜いた。小ぶりの九ミリ口径のベレッタだ。彼女がアカデミーの射撃大会で三位に入賞したこともクインは忘れていなかった。百名のクラスで三位はじつにみごとだ。

だが、彼女は一位でなかったことにショックを受けていた。アカデミーでの競争は熾烈をきわめるが、彼女ほどプレッシャーを感じていた者はほかにいなかったはずだ。

ミランダは深呼吸をし、勇気を奮い起こして森の奥へそろそろと下っていった。陽光が斑模様をつくっていた開墾地から離れるにつれて森は濃密になり、空気がひんやりと湿ってきた。寒さがアドレナリンを噴出させつづけ、何かが動く気配を察知すべく、目は慎重にあたりのようすをうかがった。

ザ・ブッチャーはどこに。

森の奥では、聞こえるのはただ、動物が駆け抜ける音、鳥の鳴き声、落ち葉におおわれ濡れて柔らかな地面を踏みしめるブーツのきしみだけ。雨のせいで空気は新鮮で澄みきり、地表も生き生きとしていたが、同時にその下のほうから腐葉土の不快なにおいが鼻をついてきた。転んで泥まみれになりながらも寒さと痛みに耐えたときの記憶がよみがえった。

クインは立ち止まり、小道のようすを観察した。この山腹はゆるやかな斜面になっており、ミランダが逃げてきた、岩場ばかりで標高も高い地形とはまったく異なっていた。レベッカは文明から比較的近い地点に監禁されていたようだ。直線距離にしておよそ八キロといったところか。

ミランダは目を閉じ、深く静かに息を吸いこんで気持ちを落ち着かせた。しばらくして目を開けると、何もかもが前より明るく鮮やかに見えた。緑はより緑に、茶色はより茶色に。木漏れ日がきらきらと地面に光の縞模様をつけている。春の雨に清められたあとのこんな日が大好きだ。何もかもが生まれたてのように新鮮で、生きていることへの罪悪感も色褪せる。

きらりと光るものが彼女の目をとらえた。

錆びたトタン屋根に弱々しく反射した光だ。目が釘付けになった。意識をすべて集中したせいで、森の音は遠のき、自分の心臓の鼓動しか聞こえなくなった。お粗末な屋根を下から支えている古びてたわんだ木の家は、どう見ても少し前の嵐さえしのいだとは思えなかったが、見た目ほど当てにならないものはない。その山小屋は、激しい雨に叩かれたり腰まで冷たい雪に埋もれたりしながら、モンタナの厳しい冬を何度となく越してきたのだ。

「ミランダ」

ミランダはぱっと振り返ってクインを見、指さした。「ほら、あれ」

それを見たときの彼の表情からは何も読み取れなかった。無線機をベルトから取り出し、マイクのスイッチを押した。「保安官、小屋を発見。ここは——」急勾配の斜面をちらっと見あげる——「開墾地のへりから五、六百メートルほど下った地点。オレンジの旗のところから森に入ってください」

雑音が聞こえた。「了解です」ニックの歪んだ声が静けさを破った。「チームを派遣します」

「了解。通信終わり」無線機をポケットに入れ、ちらっとミランダを見た。

彼女が顎を斜めに上げた。なんとか大丈夫そうだ。「行きましょう」

ミランダはクインのすぐ後ろについた。何ひとつ見逃したくないらしい。おそらく監禁現場だと思われる場所の証拠保存のため、二人はラテックスの手袋をはめた。

レベッカがレイプと拷問を受けた場所。

ミランダは思わずぎゅっと目をつぶったが、こみあげてくる涙に驚いてしきりに瞬きを繰り返した。**今はだめ。**内なる声は容赦なく諭してきた。

クインはミランダにその場にいるよう手ぶりで合図し、小屋の周囲を歩きはじめた。ミランダはおとなしく指示に従った。

小さな山小屋はおそらく何十年も前に建てられたものなのだろう。木材は荒削りで、ひどく傷んでおり、すでに黒に近い色に変色していた。山をなす腐った葉の層の下になり、コケにおおわれて今日に至ったはずだ。それほど頑丈には見えない小さな建物なのに、うまく建てられている。ほかにも数多く見かける、廃墟となった古い山小屋と同じだった。

ザ・ブッチャーが目をつけるまでは。

ミランダは片手で地形図を取り出し、ある程度正確な位置とレベッカがたどった道筋をたしかめた。

女子学生がたどった道をあらためて地図で見てみると、胃のあたりが締めつけられた。たどった道の最後に死が待っていたからではなく、もし逆の方向へ六・五キロほど歩いていれば、小さな貯水池へと通じる未舗装道路に出ていたはずだからだ。もちろん、それでも死んでいたかもしれないが、視界をさえぎるものがない道に出れば、助かるチャンスは高かったと思われる。

逃げろ。二分やる。逃げろ！

どこからともなくあの声が響いてくると、ミランダは思わず銃を握った手に力をこめ、あたりを見まわした。パニック状態を懸命に静めようとしているのに、噴出したアドレナリンが体内を駆けめぐる。

誰もいない。あたりには誰もいなかった。ミランダを悩ませるのは、あの男の低くガラガラした不快な声。あんな男、地獄に落ちろ。

レベッカもミランダやシャロンと同じく、最初に道を選ぶチャンスなど与えられなかったのだ。とにかく**遠くへ**と思って逃げた。犯人から遠くへと。もし彼が狭い入り口のドアの外に立っていたとしたら、しかもライフルで心臓を狙っていたとしたら、レベッカは当然、斜面を駆けあがっただろう。**遠くへ**と考えて。

「ミランダ？」

クインの声は穏やかだが断固としており、ミランダはあの事件後の暗黒の日々には彼が岩のように頼りになる存在だったことを、このときもう一度思い出した。彼女が恋に落ちた将来有望な若いＦＢＩ捜査官。悪者を向こうに回しての仕事と人生にわくわくしている男。彼は捜査を通じて彼女の気持ちを落ち着かせ、彼女が何よりも必要としていた強く生きる力を与えてくれた。

ミランダは必死で無表情な顔――まったく当たりさわりのない表情をつくることにかけては年季が入っていた――をつくり、彼のほうを振り向いた。

クインは大人になっていた。もうすぐ四十歳。そわそわと落ち着きを欠くようなところはもううかがえない。たったひとつの悪い癖を強引に抑えこんでいるようだ。堂々と胸を張り、自信と知性に満ちているところはあいかわらずだが、賢くなっていた。経験を積んでいた。

ミランダがもう、彼がかつて愛していると言った女性ではないのと同じように、彼ももう、彼女がかつて恋に落ちた男性ではなかった。あのころ、彼は将来こんなふうになるのでは、と想像していたとおりの大人の男に成長していた。しかし、それでもやはり、彼は彼女を裏切った人だった。

「準備オーケー」ミランダは冷静に答えた。

彼は何か言いかけたが、そのまま口をつぐみ、そのかわりにうなずいて合図すると、小屋との距離をゆっくりと縮めていった。ミランダはほっとし、ため息をぐっとのみこんであとにつづいた。

風雨にさらされた板についた新しい引っかき傷は、金属製の錠前が取り付けられていたことを示している。クインが銃を構え、ミランダも従った。

不意打ちなどくらうわけにはいかない。

クインがドアに手をかけてみると、すっと開いた。鍵はかかっていなかった。犯人が中にいた場合にそなえてドアの脇に立ち、ゆっくりとドアを押し開ける。

もぬけの殻だった。ミランダの肩の力がやや抜けた。なんとしてでもあの男を捕らえたい一方で、男の顔を見るのを恐れてもいた。顔見知りの誰かだろうか？　一緒に学校へ通った誰かかもしれない。ロッジの常連？　地元の人間？　見知らぬ人間？

男を見れば、それとわかるのだろうか？　毎日顔を合わせている人間かもしれない。よくそんなことを考える。ザ・ブッチャーは彼女が友だちだと思っている人間かもしれないのだ。

「ミランダ？」

「なあに？」思わず口をついたそっけない口調を後悔した。いくら恐ろしいからといって、クインに八つ当たりするのはお門違いだ。その悪魔と戦っているのは彼女ひとりなのだから。

何を言おうとしたのかわからないが、彼はそのまま何も言わず、建物の中を慎重に調べはじめた。

小屋は二・四メートル×三・六メートルのワンルームで、ざらついた板張りの床の中央に置かれているのは、むきだしのマットレスだけ。しみだらけで汚い。乾いた血に泥がまじったしみ。木の天井の上にトタンを張り、積雪でつぶれないように傾斜がつけてある。レベッカの服が隅にあった。ジーンズ、黄色いセーター、ブルーのウインドブレーカー。失踪当時に着ていたものだ。

ブラとショーツはなかった。

あのにおいがミランダを襲った。壁にこびりついた恐怖のにおい。レベッカの戦慄がどす黒いカビの生えた板に永久に刷りこまれていた。

違う。恐怖ではない。恐怖ににおいはない。息を吸いこむときに入ってくるのは乾いた血が放つ、金属を思わせるかすかなにおいで、それが鼻腔の内側をおおいながら舌のほうへと下りてきて、銅に似た戦慄の味をもたらしたあと、肺と心臓を重苦しい記憶で満たした。

セックス。獣的で悲惨なセックス。

寒いわ、ランディー。

シャロンの声が聞こえた気がして、小屋の中を見まわした。

シャロンではない。シャロンの亡霊。

窓のない部屋が縮んでいく。壁が脈打ち、呼吸をしているようだ。じわじわと忍び寄るかのように……そう、恐怖にはやはりにおいがある。彼女自身の戦慄が放つうんざりするにおい、死すべき運命……その重さがのしかかってきて息が詰まりそうになった。

ランディー、あたし、寒い。あたしたち、もうすぐ死ぬのよね。

死んだりしないわ。あきらめちゃだめ。あたしたち。逃げる方法を探すのよ。

あいつ、あたしたちを殺すつもりよ。

だめっ！　そんなこと言っちゃだめよ。

レベッカはひとりだった。誰にも支えてもらえなかった。話す相手も、泣く相手も、約束する相手もいなかった。完全にひとりぼっち。男がいつ小屋に戻ってくるのかも、男がいつ馬乗りになってくるのかも、まったくわからない。男が手にした氷のように冷たいクリップが乳首をぎゅっと締めつけてきたときは悲鳴をあげ……

あーあああああ！

シャロンの悲鳴が耳の中で響くと、頭ががんがんした。

つぎはわたしだ。

壁は呼吸につれてたわんだ。じわじわと迫ってくる……

シャロンの悲鳴や鳴き声を耳にするうち、ミランダはいくら抑えようとしても震えが止まらなくなった。男は無言のままだ。気味が悪いほど静かだった。だがミランダには、シャロンがまたレイプされていることがわかっていた。男の肉がシャロンにのしかかる加虐の音、

皮膚と皮膚がぶつかるピタピタピタピタという音。クリップで乳首をひねられたシャロンがあげる悲鳴……

つぎはわたしだ。

壁が彼女から命をすり取ろうと、今にも触れそうなところまで近づいてきた。ミランダは口を手で押さえ、小屋の外へと走り出た。木の根につまずきながら、それでもなんとか手を伸ばして木につかまった。幹にすがり、正気を奪うべく脅しをかけてくる恐怖を必死でのみこもうとした。

クインは正しかった。やっぱりあなたはまだだめよ。

違う。違うわ。そうじゃない！

深呼吸を繰り返した。呼吸を浄化したかった。汗と強姦と血のにおいは徐々に消え、森のマツの木のひんやりとした香りが取って代わった。カビくさい土と腐っていく落ち葉。べたつく樹液。

息を大きく吸いこむ。吐き出す。

心臓の鼓動がゆっくりになり、首筋の脈拍も静まってきた。目を開け、しがみついている木の幹のざらついた表面に目を凝らした。

環境保護運動家《ツリーハガー》（木を切らせまいと木に抱きつくことからこう呼ばれる）という語が頭に浮かび、笑いをこらえている自分に気づいた。

木を押しやり、両手をジーンズにこすりつけて拭いながら、勇気を奮い起こすと同時に、ほころびかけた正気をしっかりと縫いあわせた。

深呼吸よ、ミランダ。深呼吸。

背筋を伸ばし、もう一度挑戦する心の準備をととのえてから小屋に引き返した。閉所恐怖症との闘いなのだ。十二年前に地獄を見たあのとき以来、それが彼女の行動に縛りをかけていた。

クインがこっちをじっと見ていることに気づき、息をのんだ。

11

クインは小屋の入り口からミランダをじっと見ていた。

その激しい動揺のようす、幽霊を思わせるつらそうな顔。万が一、マスコミが保安官のチームに情緒不安定な人間がいるとの噂でも聞きつけたら、捜査全体が危うくなる可能性がある。

ミランダはまるでその木が頼みの綱ででもあるかのようにしがみついている。言うべきことは言っておかないと思い、クインは一歩前に進み出た。**ミランダ、きみは帰ったほうがいい。まず自分のことを優先させるんだ。神経をやられていたんでは捜査に協力するのは無理だ。**

しばらくその位置で見守っていると、ミランダがしだいに落ち着きを取り戻した。全身の震えが止まり、木から手を離してあとずさった。すすり泣きも静まった。まもなく彼女はその場で前かがみになり、深呼吸を繰り返したあと、すっくと立った。

すると彼と目が合った。

恐怖。彼女の顔を恐怖がおおったが、小屋から逃げ出したときに感じた戦慄とは違う。それは彼に対する恐怖だ。

怒りと共感が心の中で葛藤をはじめた。ミランダが**彼を**恐れていることに動揺を覚えたものの、理解してはいた。きみは神経がまいってしまう寸前の状態にあるとまともに言ってしまったあとだ。彼女が捜査からはずされることを恐れているとしても不思議はない。

その不安を彼が察知したとたん、彼女はそれを石のような無表情の後ろに隠した。

それにしてもあまりに素早く、完璧に冷静さを取り戻した彼女に彼は驚いた。とびきり凄惨な事件の現場ともなると、経験豊富なベテラン捜査員でも目のあたりにしたショックから立ち直るのに五分以上かかることがある。何日もかかる者もいるという。

だが、ミランダは十二年かけて恐怖をおおい隠す術を会得してきたのだ。

「閉所恐怖症か？」ふと質問が口をついた。

うなずく彼女の全身からは目に見えて力が抜けていった。顔は上げたまま、肩をすくめる。

「いまだにときどき」少し間をおき、やっと聞き取れるくらいの小さな声でつけくわえた。

「窓がないとね」

たたずむ姿はゆったりしていたが、目は注意深かった。この先の展開にそなえて構えている。彼にやりこめられるものと想定しているのだ。そうか、そんな程度のやつだと思われているのか？　彼女がまいっているときに、さらに残酷な攻撃をくわえるようなやつだと？

「ミランダ」クインがミランダに近づいた。安心させるためにはどんな言葉をかけたらいいのだろう？「ぼくは――」

斜面を下りてくる男たちの騒がしい声にその先はさえぎられた。二人が振り向くと、ニックが五人の保安官代理を従えて小屋に向かって歩いてくる。「二本の木で弾丸三発を発見したよ」ニックがクインからミランダへと視線を移し、またクインに戻した。もし二人の緊張に気づいていたとしても、顔にはいっさい出さなかった。

「森林監視員にも協力してもらって木の幹の一部を切り取ったから、ヘレナの科捜研に送って調べてもらう」ニックはそれを報告すると、つぎは部下のほうを向いた。「山小屋から下のほうへ広がって、彼女がどうやってここまで連れてこられたかを調べてもらいたい。やたらに歩きまわらないように注意して、なんでもいい、誰かここにやってきた形跡を捜してくれ。タイヤの跡、そり、ゴミ」

「了解」保安官代理たちは散開した。

「ここでの証拠収集にチームを呼び寄せないと」クインが言った。

「やっぱりここなんだな」ニックが小屋を見て顔をしかめた。表情がくもる。

「間違いないが、血液やその他のサンプル採取の必要がある」これ以前の小屋からも法医学的証拠は収集できたが、DNAサンプルは外気にさらされ、損なわれていた。どの被害者からも犯人の精液、体毛、血液は発見されなかった。コンドームは使用していたが、レイプに際し、必ずしもペニスを使用してはいない。

クインはミランダにちらっと目をやり、彼女を傷つけたそいつの首を絞めてやりたい衝動に駆られた。凶悪犯に対する通常の怒りとはまたべつの衝動だ。もっと強く、もっと大きい。私的な衝動。

ミランダは彼と目が合ってもそらさなかった。青ざめた顔は無表情だが、目にはさまざまな疑問が浮かんでいる。

「そろそろ中に入ってみようと思うんだが。ミランダ、どうする?」クインはミランダに拒否の選択肢を与えたくて尋ねたが、内心ではそれはないだろうと思っていた。

ところが驚いたことに、彼女が言った。「行って。わたしはこれで引きあげるから」

ニックもクイン同様、びっくりしたようだった。「それじゃ、誰か呼び戻して送らせよう」

「とんでもないわ、ニック。迷子になんかならないから大丈夫」

「ミランダ、捜索中、チームのメンバーの単独行動は禁止だ。きみがつくったルールだから、誰よりもよく知っているよな」

ミランダがため息をついた。「そのとおりだわ。ごめんなさい。なんだか——なんだかちょっと疲れちゃって」

ニックがミランダの肩に手をやり、うなずいた。「少し休んでおけよ、ランディー。明日はまたしなければならないことが山ほどあるし、おれたちも二時間以内に切りあげるつもりだ」

「ええ、そうさせてもらうわ」ニックがブッカーを呼び寄せて、彼女を送っていくように指示した。それを待つあいだ、ミランダはちらっとクインを見た。

「ありがと」彼の腕にそっと手を触れた。羽根のように軽いタッチではあったが、それはクインがモンタナに来てからかわしたどんな言葉や仕種よりも、彼女の気持ち——怒りを除いて——を真実味をこめて伝えてきた。二人の目ががっちりと合い、その瞬間に休戦協定が成立した。たんなる休戦協定ではなくもっと広い意味をもった、もっと深い何かが。許し？

こうすんなりいくとは思えない。まさかそんな。

クインは保安官代理に付き添われて現場を去っていくミランダを、いぶかしい思いで見送った。

夕食時間をとうに過ぎたころ、ミランダは夕日の中を南西方向にあるギャラティン・ロッジめざして車を走らせていた。

あのときのクインの反応について考えずにはいられなかった。

彼女としては、クインは当然大げさに受け取り、〝だから言っただろう〟といったたぐいのことをわめきたててくるものとばかり思っていたのだ。なのに、なんてことなの。かわいそうになんて思われたくなかった。責められるよりなお悪い。憐れんでくれる人なんか必要ないし、欲しくもなかった。欲しいのはただ、息がつけるちょっとした空間、同情抜きの、ある程度の理解だけ。

彼にはそれを与えてもらった。おかげであらゆるものに対して新たな見かたができるようになった。

クイン・ピータースンについても、彼がどういうつもりなのかは考えたくなかった。今はいや。アカデミーから放逐した事実が、彼女は彼のなんなのかを如実に語っていた。お荷物、問題、使い捨て。今になって思いがけない思いやりを示してくれたところで、彼女がザ・ブッチャー事件捜査のプレッシャーには耐えられないと彼が考えている事実はちっとも変わらない。

もう過去は忘れる決心をしたミランダだったが、記憶が否応なく押し寄せてきた。

あれは卒業の前日だった。クインが寮の部屋までやってきた。ミランダは卒業試験の結果を受け取ったばかりで興奮を隠せず、思わず彼を両腕で抱きしめ、キスをした。

彼をめちゃくちゃ愛していた！

彼は両手に彼女の髪をからめ、顔をぐっと引き寄せた。彼の唇はあたたかく、引き締まり、自信に満ちていた。

わたしのもの。

結婚について多くを語ったことはなかったけれど、一度だけ、結婚をほのめかした会話をクインのほうから切り出したことがあった。アカデミーへの入学許可が下りた直後、モンタナを離れる前のことだ。二人の関係がプラトニックから体の関係に進展したすぐあとでもある。いずれにしても、具体的な話は彼女のアカデミー卒業後まで待とうということで二人は合意した。

ミランダは自分は間違いなく合格して卒業できるものと信じていた。試験の点数がそれを保証していた。

自分が成長できる仕事に就く。心から愛する人がいる。何があろうと理解し、いたわり、愛してくれる人だ。彼女を傷物として見たりしない人。悪夢に襲われたときはきつく抱きしめ、彼女の不安をあたたかな手とやさしいキスで拭い去ってくれる人。ためらうことなく彼女と愛をかわしてくれる人。

卒業は目前だった。また自由な生活に戻れる。新たな生活に。なんら欠けるところのない人間として。一人前の人間として。生まれ変わった気分だった。

クインは彼女をぎゅっと抱きしめ、髪にキスをした。すぐにクインとわかるにおい――かすかに香る高級なアフターシェーブとごく普通の石鹼のにおい。多少刺激的だが、かといってくらくらするほどではない。彼はハンサムで、セクシーで、頭脳明晰で、思いやりにあふれていた。

そして彼女のものだった。

「ねえ、見て!」ミランダは思いっきりの笑顔で、ほぼ満点だった筆記試験の結果を差し出した。

彼の目のダークなチョコレート色がなおいっそう深みをました。「おおっ。ぼくの卒業試験より高得点だよ」

ミランダはもう一度彼にキスをした。忍び笑いがこみあげてきた。**こみあげてきた**。まだかつてのように朗らかに笑う術は身についてはおらず、忍び笑いすら未熟だったような気がするが、あんなにうれしいことはいまだかつて――事件以前をふくめても――なかったほどだ。

すっかり有頂天だった。

クインが手を取り、二人は寮の中庭に出た。まもなく捜査官になる面々がそれぞれに誇らしい表情でしゃべっていた。バージニア州クアンティコの美しい秋の昼下がり、明日も晴れて、二十度から二十五度のさわやかな日になることが約束されていた。卒業日和。

明日はたとえ雨が降ろうとも、ＦＢＩアカデミーの卒業証書――そして最初の辞令――を受け取るだけでミランダにとって至福の一日になるはずだ。

ザ・ブッチャーを叩きのめしたらどんなに爽快だろう。

「クラーク捜査官と話したんだ」中庭を抜け、寮の建物の周囲をめぐる小道をゆっくりと歩きながらクインが言った。

「言ったでしょ――配属について特別扱いはしないでって。そりゃ、第一希望が通ればうれしいけど、もしそうじゃなくても、そこで一生懸命やるわ」彼女の希望は連続殺人犯担当への配属と、プロファイリング・プログラムへの参加許可を望んでいた。犯罪学の修士号と副専攻として心理学を履修したことがプラス要素となってはいたが、確信はまったくなかった。

配属については実力で勝ち取りたかった。クインの恋人だからと決定の際に配慮がくわえられることは望まなかった。

「わかってる」彼がしばらく黙りこんだため、ミランダは頭皮のすぐ内側あたりにじんじんと痛みを感じた。何かまずいことでも。クインはおしゃべりではないが、寡黙でもない。言うべきことは言うし、言ったことに嘘はない――二人の関係が大きく進展したのは彼がそういう人だったからだ。ミランダは自分の気持ちをうまく表現できず、的確な言葉を探しあぐねてばかりだったから。

「どうかしたの？　ローワンかリヴが不合格だったとか？」ありえない。二人とも彼女同様に集中力をもってひたむきに努力してきた。二人はシャロン以来はじめてできた本当の友だちだった。アカデミーに入学して一週間後にはもう、三人はルームメートというよりは姉妹に近い関係になった。

クインがかぶりを振った。「きみのことを話しあった」

「ふうん、あなたがクラーク捜査官とわたしのことを話しあった？」できるだけ軽く、さりげなく聞こえるようにと心したが、緊張が背筋を這いあがり、おなかのあたりで不安がざわついた。何かひどくまずい事態が発生したようだ。

「クラークは昨日の朝、ドクター・ギャレットに会ったんだ。先生は――つまり――少々不安を感じていたんだよ、きみの二度目の心理テストについて」

「ギャレットってすごく傲慢なやつなのよ」ミランダは髪を耳にかけた。手が震えていることに気づいて、なんとか抑えようとした。

「まあね。で、クラークは彼の話を聞いたんだが、二人ともきみについて不安を感じている。もう少し時間をかけたほうがいいんじゃないかと」

二人とも彼が何を言っているのかわかっていた。**時間**。時間が敵と化した。「もう二年以上たってるのよ、クイン。心理テストに基づく人物評価、なんて書かれてたの？」

ミランダは立ち止まって彼を見た。彼が目を合わせまいとしたとき、不合格だったのだと

知った。

「きみは強迫観念にとりつかれていて、それが判断をくもらせたり、仲間の捜査官の命を危険にさらす可能性があるということだった」

「ばかなこと言わないで！　あなたはわかってるわよね。あの人たち——えっ？」

彼の悩ましい表情がミランダからわずかな希望を引きちぎるように奪い、彼女は**悟った**。自分の人生は終わった。またしても。「どういうこと？　ひどいわ、クイン、どういうことなの！」

彼の声には抑揚がなかった。「クラークにどう思うか訊かれた。ぼくは答えた。きみにはもう一年必要だろうと思うと」

ミランダは一気に噴き出した涙を見せたくなかったが、とめどなくあふれる涙は頬を伝い、なす術がなかった。胸を鉛の重しが圧迫し、呼吸がままならなくなった。「ど——どうしてそんな？」

彼が彼女の両手を取ろうとしたが、彼女はあとずさった。「ランディ——」

「そんな呼びかたはやめて！」自分の弱さに腹を立てながら、手の甲で涙を拭ったものの、拭うそばからどんどんあふれてきた。

クインが一歩さがった。「来年のクアンティコ入学は保証されている。来年こそはみごとに合格するさ——」

「今年だってみごとに合格していたわ！」ミランダは涙を透かして彼をにらみつけた。「あなたが――彼はあなたに意見を求めた。なのになぜ、わたしの味方をしてくれなかったの？」

「きみにはもっと時間が必要だよ」彼は静かな声で言い、まっすぐに彼女を見た。「ミランダ、きみは学部、修士課程とがむしゃらに突き進んできた。自分自身のためには何ひとつしてこなかった。将来のために過去を清算する必要がある。きみがＦＢＩ捜査官になりたい理由が正しいものかどうか、ぼくも疑問を感じるんだよ」

「もういいわ。心理学のごたくはもうたくさん。あなたは、そう――あなたは、わ、わたしが、いざとなったら、そう、壊れてしまうと思ってる。だから、だから、わたしにこの仕事は無理だというんでしょう。なによ。みんなはそうでも、あなただけはわかってくれてると思っていたのに――」

　ミランダはその場を走り去った。

　かぶりを振り、左のこめかみをこすりながら、そのときの記憶を元のところへ無理やり押しこめようとした。またうずめてしまわなければ。まぶたの裏に熱いものを感じてはじめて、あのときのさまざまな感情がいかに浅いところにあったかに気づいたが、驚くにはあたらなかった。昨日、クインをひと目見た瞬間、十年の歳月はたちまち溶けて消えていた。

　あれからの一年間、クアンティコへ戻ろうかどうか、心の中は葛藤の連続だった。クインは無視した。どうせ聞いてもはじまらない決まり文句と、なぜ休養期間が必要かをうんざりするほど聞かされるのが落ちだとわかっていたから。彼の申し開きなど聞きたくもなかった。

肝心なときに彼が味方になってくれなかった。彼女の動機に疑問を差しはさんだあげく、私的な感情から言っているのではないと言った。

あれが私的でなくてなんだというの？

ミランダはクアンティコに戻りたかったが、押しとどめようとするものがひとつあった。恐怖だ。骨の髄まで麻痺させるほどの深い恐怖感。ＦＢＩの精神科医の言うとおりだった。ザ・ブッチャーに取りつかれているだけでなく、もしその男を見つけたとしたら、精神的にずたずたになってしまいそうだった。

結局は太刀打ちできない自分をクインに見られたくなかった。

今はザ・ブッチャー捜査のおかげで集中力と正気を保っているが、いざ捜査終了となったら、わたしはいったいどこへ？　連続殺人犯が逮捕され刑が確定したとき、わたしはどうなってしまうのだろう？　わたしにはこれ以外に何もない。

みずからの人生の空虚さにいきなりがつんと一発見舞われた。

ミランダは目をしばたたいた。ロッジまでの道のりはほとんど記憶にない。ジープは停まっていたが、エンジンはまだかかっていた。それを切り、全身を震わせながら息を深く吸いこんだ。

かつてクインをどれほど愛していたかを忘れていた。この十年間というもの、彼の裏切りが片時も頭から離れず、そのせいでその先の人生を彼と一緒に送りたかった――送るつもりでいた――ことをすっかり忘れていたのだ。

12

ニックのパソコンを借り、クインが上司への報告書をeメールしていると、通りの先のコーヒーハウスから買ってきた紙コップ入りコーヒーを手にニックが近づいてきた。

「ブラックに強いやつを足してきた」

クインが眉をきゅっと吊りあげた。「強いやつ？」

ニックがにやりとした。「エスプレッソ。カフェイン増強」

クインが笑ってコーヒーを受け取った。肩のあたりの緊張がいくらかほぐれる気がした。

ニックはデスクと向かい合わせに置かれた来客用の椅子にすわり、腰を上げかけたクインにそのままそこにすわるよう手ぶりで示した。「今、証拠を運び出し終えて、明日の朝一番でブッカーがヘレナへ持ちこむことになっている」

「よかった」クインはコーヒーを飲んだ。いつのまにか人差し指がカップの横をコツコツと打っているのに気づき、なんとかこの苛立ちを抑えなければと意識した。たしかにむずかしい事件だが、彼の苛立ちは捜査よりもミランダが原因だ。

ニックに尋ねた。「ドク・エイブラムズはあの血はレベッカのものだと？」

「血液型は一致した。ＤＮＡについてはこれからサンプルをラボに送って確認するそうだが、われわれの予想どおり彼女のものだろうな」ニックが間をおいた。「ちくしょう。カビだらけのあの小屋じゃ、証拠がどれもこれも台なしになってしまう」

「まあな。だが、じゅうぶん迅速な発見だと言えるはずだ」小屋の床に放置されていた、汚れてぺちゃんこなマットレスはおそらく使いものにならないだろうが、鑑識はすでに小屋の内部のあらゆるものを掃除機で吸引しており、泥のひと粒ひと粒をラボで調べ、その結果をクインは待っていた。

「手伝いが欲しいんで友人を呼び寄せようと思うんだが」クインが先をつづけた。

「FBIのエリート捜査官がもうひとり来るってこと？」ニックはあくまで快活な口調を装ってはいたが、クインはそこにべつのニュアンスを察知した。少々の苦々しさか。朝、クロニクル紙のイーライ・バンクスの記事を読んだときの腹立たしさをまだ引きずっていなければいいが、とクインは思った。前日にニックが記事に引用できる発言をいっさい拒んだことが原因で、バンクスは彼をないがしろにした。そして暗にFBIが捜査を一新するためにやってきたようなことをほのめかしたことが、彼の痛いところをついたにちがいない。

もちろん、イーライ・バンクスを知っていればわかるが、これからも否定的な記事がじゃんじゃん書かれるはずだ。

「いや、そうじゃない。科学捜査の専門家だ。腕は抜群で、個人的に親しい。オリヴィア・セントマーチン」

「聞き覚えのある名前だな。ひょっとしてミランダの友だちの？」

クインがうなずいた。「ああ、二人はクアンティコでルームメートだった」

「それだけの効果がありそうか？」

「オリヴィアならミランダのためを考えて手を尽くしてくれるはずだ。声をかければ来てくれるが、まだ連絡はしていない。昨夜、それを思いついたときはもう電話するには遅すぎる時間だった。オリヴィアほど熱心な科学捜査官はめったにいないし、専門は証拠の分析だ」

「あの野郎の逮捕に役立つと思うなら、この際なんでもいいよ」

「もし収集した証拠の中に何かあれば、オリヴィアなら見つけてくれる。それは彼女に任せて、われわれは容疑者を探せばいいってことになる」やたらと簡単そうに聞こえる発言だが、今のところ容疑者らしき人物はいない。ひとりも。

九人の女子学生が失踪し、七人が死んだ。失踪した女性たちはみなザ・ブッチャーの犠牲になったと推定される。というのは、彼女たちの車はどれも最後に停まっていた場所から三キロから六キロのところで故障した状態で発見されたからだ。

ミランダとシャロンが行方不明になったあと、ＦＢＩと保安官事務所の合同捜査チームは犯人の手口の骨子を明らかにした。それによると、加害者は被害者が食事、ガソリン補給、あるいはトイレに行くために駐車したすきに車の燃料タンクに糖蜜を注入したあと、車を尾行し、やがて車が故障すると、おそらくは、修理を手伝おうと声をかけたか、自分の車に乗せてやると声をかけたかしたようだ。

クインは考えた。犯人は見かけは脅威を与える印象はなく、被害者たちも顔見知りだったか、あるいは故障した車から降りた彼女たちが通りかかった車を停めたときにもいっさい警戒されないタイプかなのだろう。

ミランダが唯一の目撃者であるとはいえ、クインにはその誘拐の手口はほかの女性たちと同じだとはいえないような気がしていた。おそらくザ・ブッチャーはシャロンがひとりだと思ったか、あるいは助けを求めに車を離れたミランダがそんなにすぐに引き返してくるとは思っていなかったのだろう。

ミランダは捜査員たちを小屋に案内したあと、クインにその夜のことをこんなふうに語っていた。

それを思い返すだけでクインはいまだに寒気を感じた。

「シャロンとわたしはミズーラへ買い物にでかけたんです。日帰りで。映画も観ようって決めて」

ミランダがいったん言葉を切ると、彼女の父親が水を差し出した。ミランダはストローを使って飲んだ。「パパ、炭酸を探してきてくれる？　コーラが飲みたいの」

「ああ、いいとも」ビル・ムーアは娘の頬をなでてから部屋を出ていった。

ドアが閉まると、ミランダはクインを見た。「父はものすごくつらい思いをしています。だからこんな話、聞かせたくなくって」

クインはそのときの驚きを顔にこそ出さなかったが、ミランダにはその後も驚かされることばかりだった。これほどの目にあったあとだというのに、まず父親の気持ちを斟酌《しんしゃく》する彼女からは、生き残ったガッツはいうにおよばず、芯の強さがひしひしと伝わってきた。

病院のベッドに横たわった彼女の焦げ茶色の髪は、真っ白なシーツの上でくしゃくしゃに乱れていたが清潔だった。青白い顔には痣も目立ち、頭部は包帯をぐるぐる巻かれて、目はぼってりと紫色に腫れていた。全身あちこちに負った大小の切り傷にはどれも絆創膏が貼られている。

医師による診断書から、彼女が複数回にわたりレイプを受けたことは知っていた。両脚、腹部、胸部には鋭い刃物のようなもので切りつけられた傷が多数あり、計数十針も縫わなければならなかったことも、金属製のクリップによる拷問を受けたことも。

そこまでひどい目にあいながらも生き延び、そのうえ逃げきったと知って目を見張るほかなかった。

しかも、自分をそんな目にあわせ、親友のシャロンを殺した悪党を捜し出す手がかりになればと、何が起きたのかをすすんで語った。クインが仕事をともにする捜査官にもそれほどの気骨と勇気をそなえた者はそうはいない。

「映画が終わったのは九時過ぎで、帰途についたのは十時ごろでした。乗っていったのはシャロンの車、ワーゲンのビートルです。あの車のことで、わたし、よく彼女をからかったんです」ミランダの目に涙があふれたが、それでも彼女は先をつづけた。「だって、彼女は雪が降ったり路面が凍ったりすると運転ができないんで、冬のあいだ何か月も乗らないでほったらかしなんです。そうすると雪解けのころにはバッテリーがあがっちゃってて」声がだんだん小さくなって聞こえなくなると、彼女はごくんと唾をのみこんだ。「でも、シャロンはハービーを心から愛してました。知ってますよね、ハービー・ザ・ラヴバグ（ディズニー・アニメ『カーズ』の一キャラで、ワーゲンのビートル型）。あそこからもらったニックネームです」

　クインは彼女が目を閉じたときもせっついたりはしなかった。頬を伝う涙を目のあたりにして、クインも胸が引き裂かれる思いだった。それまでにもたくさんの被害者から話を聞いてきたが、みなヒステリー状態だった。だからなのか、ミランダの悲しみがもつ何かに強く打たれた。ふと気がつくと、言葉以上の何かで彼女を慰めたがっている自分がいた。

　その先も彼女はみずからの意志で話をつづけ、彼は細かくメモを取った。

「途中、ハービーがガス欠寸前になって、スリーフォークスで停まったんです。ロッジまでもう五十キロとはなかったけれど、とうていたどり着けそうもない気がして。シャロンはいつもそうなんです。ガソリンがあと少しだってことに気づかずに出発しちゃうんです。わたしと知りあってからだけでも三回、ガソリンを買ってきてって呼び出されました」ほろ苦い思い出にミランダがかすかな笑みを浮かべた。

「二人ともおなかがすいていて、ちょうどファストフード店があったので、そこでフライドポテトとコーラを買い、店内で食べました。シャロンはハービーの中でものを食べるのをすごくいやがっていたんです」

　ここでもまたしばし間があったが、今度は目を閉じはせず、じっと天井をにらんでいた。何を見ているのだろう？　思い出しているのだろうか？　忘れようとしているのだろうか？

「食べ終わって店を出ました。五分くらいすると、ハービーがガタンガタンと変な音をたてはじめました。〈マンハッタン〉を出てから一キロ半くらいだったかしら。そして変な音をたてながら動かなくなってしまって」また間があった。「わたしがあそこで停めてって言わなければよかったんだわ。あのガソリンで家までたどり着けたかもしれないもの。もしあのときわたしが――」

「もういい、ミランダ」クインは思わず声をかけ、そのあとすぐに咳払いをした。「失礼、ムーアさん」

「ううん、いいんです。わたし、ミランダですから」

「ああすればよかったこうすればよかったなんて考えてもしかたがない。あなたに落ち度はいっさいありません。全部犯人が悪いんです。それを頭に叩きこんでおかないと」

「マスコミはあの男をボーズマン・ブッチャーって呼んでるんですってね」

クインが渋い顔をした。「ぼくはマスコミ嫌いでね」

「わたしもそうなりかけてます」ミランダがつぶやいた。谷からロープで吊りあげられる自分の写真をひょっとして見たのだろうか。病院のスタッフがもっと気を配って、新聞やテレビのニュースが彼女の目に触れないようにしてくれればいいのだが。すでに保安官には声を荒げて注意してあった。ミランダの状態のみならず、捜査そのものについてもよけいなことをこまごまと発表したからだ。

しかし、今そんなことを考えてもはじまらない。「で、車が故障して、どうしたの?」

「わたし、彼女をひやかしたんです。ハービーのこと、彼女がどんなにハービーを愛しているかってこと、あれこれあげつらって」

ミランダはそこで深く息を吸いこんで、また先をつづけた。「わたしはあのあたりを知っていたんで、夕方には閉まってしまう小さなガソリンスタンドに公衆電話があったことを思い出したんです。だから、そこからうちの父に電話して、迎えにきてもらえばいいと思いました」

「そうしなかったのはなぜ？」

「公衆電話めざして歩いていて、ちょうど角を曲がったとき、二、三百メートル後ろから車が近づいてきたんです。乗っていたのはお年寄り二人で、わたしに乗りなさいと言ってくれました。わたしが車が故障したことを話すと、なんとその車には自動車電話があったんです。だって、わたし、市長以外に自動車電話を持ってる人を知らなかったんで、びっくりでした。その電話を使わせてもらって父に電話すると、二十分で迎えにいくと言ってくれました」

ミランダがつらくてたまらないといった顔でクインを見た。「どうしてわたし、その車に乗せてもらわなかったんだろう？　そうしていれば、いくらあの男だって怖くなって逃げだしただろうし、そうすればシャロンは死なないですんだのに」声を詰まらせ、言葉を切った。「なのにわたし、父が迎えにくるから大丈夫ですって言って別れたんです。シャロンと一緒に父を待てばいいと思って」

「ミランダ、きみがほっとした気持ちはよくわかるよ」

「だって、ここは事件なんか起きない土地なんです。だから、そんなこと思いもよらなくて

――」いったん言葉がとぎれたが、彼女は嗚咽をこらえて先をつづけた。「引き返してみると、シャロンがいなかったんです。つまり、車の中にいなかった。わたしは大きな声で名前を呼びました。すると彼女が助けを求めて叫んでいる声が聞こえてきました」

「どこから?」

「道路脇の溝から。わたしはてっきり動物、たぶんクマかなんかが出たのかと思いました――銃は持っていなかったんです。わたし、銃は持っているんですけど、持ち歩いているわけじゃないので。で、大きな声を出して、なんなのかはわからないけれどシャロンが怖がっている動物を追い払おうとしたら、そしたら、そしたら……」ミランダが口をつぐんだ。

「そしたら?」

「何もいなかったんです。そのとき後ろで何か音がして、振り返ると……」ミランダは間をおいて考えた。「甘ったるいにおいがしました。むかむかするほど甘ったるいにおい。そしたら頭が痛くなって、そのうち何もわからなくなって」

　ミランダはまたつらそうに、うるんだ目をきらきらさせてクインを見た。

「目が覚めたときは床に鎖でつながれていました。なぜこんなに寒いのかと思ったら、着ていたものを全部脱がされていて」

　ニックのオフィスはザ・ブッチャー捜査チーム用の部屋として使用するため、二倍の広さになった。州間道路の南側からウエスト・イエローストーンにかけての地域の地図が一方の壁の大部分をおおっている。女子学生たちが失踪した地点、遺体が発見された地点、監禁されていた地点にカラーピンが刺してある。証拠から推測した脱出経路が細い線で示されている。

七名の犠牲者は、シャロンを除けば、三キロとは逃げてはいない。シャロンは小屋から六・五キロ離れた地点で殺害された。ミランダはさらに八百メートルほど離れた地点で川に飛びこんだ。

残った壁には写真が時系列で貼られ、ニックが細かいブロック体で几帳面に箇条書きにした情報も並んでいた。

クインはそのボードの前に行き、何かがふっと頭に浮かんでくることを願いながら、すでに頭に入っている情報を復習した。

ペニー・トンプスン。九一年五月十四日失踪。

車が捨てられていたのは、州間道路一九一号線から少し入ったところの側溝内、〈スーパー・ジョーズ・ストップン・ゴー〉から四・三キロの地点。

ペニーは午後十時四十六分に〈ストップン・ゴー〉で給油。トイレを借り、ダイエット・ペプシ大瓶とプレッツェルを購入。店を出たのは午後十時五十五分ごろ。

ペニーが車を停めた給油ポンプの周囲に防犯カメラはなかった。

当時、警察はペニーを犯罪がからんだ可能性もある失踪人として扱っていた。ハンドルには少量の血痕が付着しており、車は側溝に転落したように見えたため、警察は事故死の可能性も捨ててはいなかった。連続殺人犯の存在をまったく知らなかったのだ。当時の保安官ドナルドスンは彼女の元恋人が計略的に彼女を殺し、車を捨てたのではと考えたが、元恋人を告発するに足る証拠は見つからなかった。ペニーがザ・ブッチャーの犠牲者らしいとわかったのは三年後のことだ。

二年後、ドーラ・フェリシアーノが姿を消した。彼女は車を持ってはいなかったが、ボーズマンのダウンタウンにある仕事場から徒歩で帰宅する途中だった。彼女の失踪がザ・ブッチャーの仕業かどうかについては、いまだに疑問が残る。保安官事務所は同棲していた恋人が怪しいと見ていたが、アリバイはないものの、彼女の失踪とその恋人を結びつける確たる証拠は何ひとつなかった。

そのドーラの名がボードに並ぶようになったのは三年前、クロフト姉妹失踪のあと、クインの相棒であるコリーン・ソーン捜査官がモンタナに来てからのことだ。コリーンの説によれば、ザ・ブッチャーは今もあいかわらず作戦を練っている。ドーラは狙いやすい標的だった――夜道をひとりで歩いていたのだから。ボーズマンは犯罪発生率の低い町で、警戒している女性はほとんどいない。

ミランダ・ムーア／シャロン・ルイス。九四年五月二十七日失踪。シャロン殺害：六月二日。ミランダは保安官事務所の捜索チームが発見。

あのときミランダがどれほど死に近い状況にいたかがよみがえると、クインは全身に震えを感じた。ザ・ブッチャーの支配下にあった彼女が耐え忍んだこと、生き延びようとした気力、逃走。

ミランダに関する情報を記した報告書はほかより長く、詳細にわたっていた。これがきっかけで警察は計画的な誘拐に気づいた。連続殺人犯がいるとわかったのだ。そして捜査はようやくペニー・トンプスンにさかのぼったものの、彼女の父親はとっくに彼女の車を処分したあとで、警察がたどって行き着いた新たな持ち主からは、キャブレターにべたべたしたものがこびりついて使いものにならなかったため、取り替えたと聞かされた。前のキャブレターは廃棄処分にしたという。

一九九七年六月、スーザン・クレーマーとルームメートのジェニー・ウィリアムズが失踪した。このときはすぐにザ・ブッチャーが犯人だと推測がついた。というのも、乗り捨てられた二人の車の燃料タンクから糖蜜が検出されたからである。四か月後、ハンターがスーザンの遺体を偶然発見した。状況はよくはなかったが、解剖により身元が判明した。脚と胸部を撃たれていた。

ジェニーの遺体はまだ発見されていない。

一九九九年はザ・ブッチャー報道が大見出しにつぐ大見出しの一年だった。思い出すだけでクインは胸がむかついた。モンタナ州立大の女子学生三人が、四月二十八日を皮切りに三週間おきにつぎつぎと誘拐されたのだ。その三人の遺体は一体も発見されていない。そして二〇〇一年にまたひとり、フロリダ出身の生物学専攻の一年生が失踪、故障した車が最後に停めた場所から五キロ弱の地点に残されていた。

　カレン・パパドプリスは、車より先に遺体が発見された唯一のケースだ。車は隣接するマディソン郡のオールドノリスの西を走る、めったに車が通らない道路から少しはずれたところに隠してあった。カレンは太腿を高速ライフルで撃たれていたが、致命傷はそれではなかった。

　喉を掻き切られていた。

　クインはいつもながらの怒りを覚え、ボードから顔をそむけた。ザ・ブッチャーは頭が切れて狡猾《こうかつ》で、これからもミスを犯すまで殺しをつづけるつもりだろうが、今のところまだミスはひとつも犯していなかった。

「つまり、こいつは車は持っているが」クインが室内を行ったり来たりしながら言った。「車で小屋まで行くことはできない。女の子たちはみな痩せ形で、体重六十キロ以下。鍛えている男ならひとりで運ぶことができるな」

「あるいはそりのようなものに乗せて引きずっていったか」

「それはそうだが、そういうものを引きずった跡は見つからなかった」

　ニックはかぶりを振り、鼻梁をつまんだ。「そうか。となると、やつは女の子たちを背負って小屋まで行った。ときには二人」

「べつべつに？」

「まあ、そうだろうな」

ザ・ブッチャーは辛抱強い。几帳面。計画的。誘拐前に小屋までの順路を細かく計画していた。小屋には鎖が準備され、ドアには錠がついていたはずだ。犯人は相当体力があり、いくらほっそりしていたとはいえ、成人女性を運んで急勾配を登った。おそらくは四駆でできるかぎり近くまで行き、その先を歩いたのだろう。

馬を使った痕跡は見つからなかったが、クインはそれもありうると考えていた。ザ・ブッチャーは几帳面な性格だから、面倒でも馬の足跡をすべて消したのかもしれない。

クインは顎に手を当て、再び地図に目を凝らした。

「小屋はどれも、道路、あるいはもう使われていない草ぼうぼうの山道から五キロないし八キロ程度しか離れていない」意外な新事実というわけではない。ただ、これまでとは別の角度からの捜査を考えようとしているだけだ。「これまでは犯人は体力がある男だと考えてきたが、体力だけでなく、根気のいる肉体労働に慣れているにちがいない」

「小屋の調査からは何も出てこなかった」クインはさらにつづける。女性たちが監禁されていた小屋や土地の所有者の記録を調べたところ、山小屋ごとに所有者が異なっていた。「レベッカが発見された場所は誰の土地？」

「あそこは私有地で、千エーカーほどをハリウッドの金持ちが所有している。年に一回か二回やってくるが、おそらく自分の土地に山小屋があることも知らないと思うね。彼の私有地はあの小屋から反対側に広がっているし」

「そいつについてはもう調べたのか？」「いや」

ニックはすぐには答えなかった。「彼の家は？」

クインが顔をしかめた。「管理人に任せている」

「行って調べてくるよ」

ニックの顎のあたりに力が入ったのは、手抜きをしたと思われた気がしたのだろう。たしかに捜査にとっては重要なことではあるが、保安官事務所にマスコミによる否定的なスポットライトが浴びせられた直後でもある、ニックがびくつくことがなければいいが、とクインは心配でもあった。

「ま、望み薄だが」クインはつけくわえたが、ニックの表情が和らぐことはなかった。

「土地の所有者の記録を取ってくるよ。ちょっと待っててくれ」ニックが部屋を出ていった。

ドアを閉めるニックを見ながら、クインが渋い表情をのぞかせた。ニックがマスコミの恰好の標的になっているのは、いい兆候とはいえなかった。コリーン・ソーンは彼について調査し、ニックが率いる保安官事務所に〝きわめて有能〟との折り紙をつける一方で、前任の保安官の報告書や捜査、とりわけ失踪した女子学生に関する捜査はかなり手ぬるかったと指摘していた。明日の朝、コリーンに電話をし、何か気がついたことはないかどうか訊いてみようとクインは心に留めた。

もう一度ボードと向きあった。右端にザ・ブッチャーのプロファイルの要点リストがあった。

年齢三十五～四十五歳の白人男性。
モンタナ生まれ、あるいはここで育った。抜群の土地勘。
モンタナ州立大に関係がある。元学生、教員あるいは職員。
燃料タンクに糖蜜を入れて車を故障させる。この手口になんらかの理由があるのか、それともただ都合がよいとか効率がよいとかなのか？

第二次世界大戦中、アメリカ軍はドイツ軍の戦車に砂糖を入れて故障させた。これは現在も広く知られている作戦で、復讐マニュアル系のウェブサイトでは堂々と紹介されている。FBIプロファイラー、ヴィゴは、ザ・ブッチャーはかつて軍隊にいたことがあるかもしれないと考えたが、まもなくそれは否定した。「志願はしなかっただろうし、徴兵されたと考えるには若すぎる」十二年前、彼はクインにそう語った。

ミランダが誘拐されたとき、このプロファイリングに該当する学生、教員、職員全員のリストも作成した。該当者は数百名におよんだ。

ペニーがおそらく最初の犠牲者だったのだろうとわかったときは、すでに三年がたっていて手遅れだったが、それでも記録を参考にリストを作成し、ペニーと少なくとも気軽に挨拶する程度の接触があった三十五歳以下の白人男性数百名の名が並んだ。

ニックが部屋に戻ってきて、クインにメモを手わたした。「あの土地と管理人と所有者に関する情報だ」

「ありがとう」クインはメモをポケットに入れた。「ペニー・トンプスン捜査のファイルはどこに？」

「文書保管室だ」

「大学の記録も入っているかな？」

「彼女の？　それとも容疑者の？」

「彼女と知り合いだった男全員の」

「すごい人数だぞ」

「わかってる」

「それは大学に返した」

くそっ。個人情報保護法に引っかかるため、令状を取らなければならない。

クインが髪をかきあげた。「それをまた借りる必要があるな。おそらくペニーが最初の犠牲者だと断定していいだろう。もう十五年もたってりゃ、リストに並んだ男の大半は除外できるんじゃないかとは思うが、一人ひとりチェックする必要はある。結婚した者、死んだ者、遠くへ引っ越した者をはずしていく。少なくともそこから出発はできそうだと思うが」

「気が遠くなるような作業だな」

「しかも、何か出てくるかどうかはわからない」クインの口調はどきっとするほど苦々しかった。「連続殺人犯というのが心底憎いんだ。頭の回転が速くて、抜け目がなくて、突き止めるのがじつにむずかしい。ミスを犯すとしても、たいていはごく小さなミスだ。しかし、われわれにとって手がかりはそれだけだ」

もうニックをやりこめたくはなかった。すでに今朝、それについては明言していた。ペニーの誘拐を細かく追ってみることが最重要課題だと。

だから、こう尋ねた。「きみは考えたことないかな？　犯人はなぜ逃げたミランダを追わなかったのかって？」

ニックがびっくりした顔をした。「いや、一度もない」

「ぼくは考えたよ。それについていろいろと考えた。ぼくが受けてきた訓練によれば、犯人はなんとしても彼女を逃がしたくはなかったはずだ。となれば、これはミスだ。彼がやらかしたポカだよ。犯人は自分が女性よりまさっていると考えているか、あるいは子どものころに劣っていると感じていたせいで、まさっていることを証明したい激しい欲求に駆られているか。とにかく、女性を憎んでいる。つまり、問題は支配だ。優位に立つこと。だが、やつはミランダを支配できなかった。

ミランダが逃げきった事実が彼を怒らせた」クインはさらにつづけた。「だが、やつはミランダを追わなかった。そこでぼくはこう結論づけてみた。やつはある意味、彼女を誇らしく感じた。つまり、彼女を生かしておいて、思い出にでもしようってことかと。狩りの思い出なのか、獲物を逃した思い出なのかはどっちでもいいが」

「それじゃ、あの狩りは彼女の勝ちってことか？」

クインが額をこすった。「だけど、それじゃ意味をなさないだろ。復讐を望まなきゃおかしいよ。彼女を狙わなくちゃ変だ。なのに、まるで彼女に敬意を表してでもいるかのように近づかない。

もしかすると、ニック、こんなこと言いたくはないが、われわれは明後日の方向を向いて捜査しているのかもしれないって気がしないでもないんだ」

13

クインがロッジに戻り、ミランダのジープの隣に車を停めたのは十二時少し前で、もう体はくたくただった。なのに頭の中にはさまざまな考えが交錯していた。

レストランにはまだ明かりがともり、ミランダの父親がなんでもござれの相棒、ベン・グレーホークと二人、バーにすわっていた。ビルに手招きされ、クインも隣のスツールに腰を下ろした。

「ビル、グレー、こうしてまた会えてよかった」

グレーが琥珀色の液体が注がれたグラスを軽く上げ、いぶかしげに眉を吊りあげた。「こいつは上物だぞ」

「そりゃありがたいな」クインが言った。スコッチのダブルで気持ちが静まれば、二時間くらいは眠れるかもしれない。

ビルがカウンターの上方に手をのばして棚のグラスを取り、半分ほどに減っているグレンリヴェットのボトルからたっぷりと注いだ。

「**乾杯**」ビルが言った。

クインもグラスを上げ、ゆっくりとひと口飲んだ。スコッチが喉を通る感触は液体のガラスを思わせ、クインの口から満足そうな吐息がもれた。

それからの数分間、三人はただ黙ってすわっていた。「ぼくがここにいること、ミランダに言ってないんですね」クインが言った。

ビルがうなずいた。「喧嘩はしたくないんだよ。ランディーにはやたらと頑固なところがあるからね」

「ぼくも親子関係にひびが入るようなことはしたくないんですが」

「そんな心配はいらんよ」

「ここのあたたかい雰囲気が大好きで」

ビルがグラスのスコッチを飲み干し、少々のおかわりを注いだ。「ランディーから聞いたが、気の毒なレベッカ・ダグラスが監禁されていた小屋を見つけたそうだな」

「はい。彼女がうまく跡をたどってくれたおかげで」〝うまく〟じゃ言葉が足りないな、とクインは思った。

「一途だからな。頭のいい子だし」グレーが言った。

クインはライアン・パーカーとその友だちから聞いた話を思い出した。「グレー、ひとつ訊きたいと思っていたことが。ライアン・パーカーに、北の尾根にある、その昔、先住民族の墓場だった場所について何か話しましたか？　川から東へ数キロとかいう？」

グレーがにかっと笑い、白い歯をのぞかせた。「ああ、したよ。あの子たちはときどき馬に乗ってここへ来るんだ。一緒に探検の旅をしたりする。墓場の話はどこかで聞いてきたようだ。その道はお化けが出るし、満月の夜にしか見つけることはできないと学校で子どもたちが噂していいるらしい」グレーがしわがれ声で笑い、まもなく咳きこんだ。

「あなたは行ったことがあるんですか？」

グレーはかぶりを振った。「ないない。そもそもほんとにあるかどうかもわからんさ。あやしいもんだ。ただ、子どものころから場所だけは聞いてた。うちのおふくろはぜんぜん知らなかったけどな。それでもみんな、いつもそれを探していたよ。大人の目を盗んで」間があった。「それが今度の殺人事件と何か関係が？」

クインが首を振った。「さあ。ただ、子どもたちの話をたしかめたかったので」

「ライアンはいい子だよ」グレーが言った。

「パーカー家の人たちと親しいとか？」

「べつにそういうわけではないが、おれは銃の安全教室で講師をしているんだよ。去年、ライアンとマクレーンの上の子がそれに参加して、それからさっき言ったように、このへんを馬で一緒に歩いたりしているんだ。あの子たちがルールをきちんとわかっているか、たしかめたくてね」

ビルが腰を上げた。「好きなだけここで飲んでいてくれ。部屋にボトルを持っていってもいい。おれは朝が早いんで、そろそろ寝るとするよ」

クインは残りのスコッチをぐっと飲み干して、かぶりを振った。「お心づかい、ありがとうございます」二人に挨拶をし、クインも自分の部屋に上がった。

一時間後、彼はまだ眠っていなかった。ザ・ブッチャーはなぜもう一度ミランダを狙わないのか、それが不思議でならなかった。そこに重要な意味があるような気がするのだが、なぜなのかはどうしてもわからなかった。

明かりをつけてデスクの前にすわった。自分だけにしかわからない謎めいたメモを走り書きした。

ヴィゴ。ハンス・ヴィゴはＦＢＩのトップ・プロファイラーでもあり、親しい友人でもある。ひょっとして彼なら新たな見解を示してくれるかもしれない。

以前の事件。犠牲者たちに関する事件ファイルの再検討の必要性を感じていた。すべての事件をつなぐ糸が——性別と年齢以外に——きっとある。ミランダだけは例外かもしれない。なぜだろう？　なぜ彼女を逃がしたままにしておくのだろう？　たしかに彼女は逃げきったが、犯人にとって彼女の存在はきわめてまずいはずだ。

どうだろう？

ペニー・トンプスン。

朝一番で大学に行き、当時の記録をたぐってみるつもりだった。

オリヴィア。

今、バージニア州は午前二時。かまわないわ、と彼女は言ってくれるだろうが、いくらなんでも電話をするには遅すぎる。朝になったら電話を入れ、ヘレナにあるモンタナ州の科捜研での証拠検出に協力する時間をつくってもらえないか訊いてみることにしよう。ＦＢＩ研究所の研究員を州警の科捜研に引っ張り出すとなれば、それなりの駆け引きを要するが、クインには自信があった。自分にはうまくやってのける能力があり、オリヴィアには友だちへの誠意がじゅうぶんにあると。

最後にようやく、なぜ眠れないのかがわかった。空腹。ニックと一緒に署でせわしくバーガーを食べたが、それも半分しか食べられなかった。

キッチンのものを勝手に漁ってもビルは気にしないとわかっていたから、階下へ行ってサンドイッチをつくった。

シャロンは眠り、ミランダは計画を練っていた。

脱出の道はきっとある。どこかに。なんとしてでも。

目隠しされてはいても、今は昼だとわかった。光のかげんではなく、寒さがゆるんでいるからだ。

二度ともうあたたかさを感じることはないような気がしていた。夜は凍え死ぬのではないかと怖かった。だが、それほど寒くはならなかった。震えが止まらない程度の寒さ。手足の指の感覚がなくなる程度の寒さでしかなかった。

ダウンの上掛けや熱々のコーヒーなんて高望みはとっくに捨てて、今はもうこのあたたかさが贅沢に思えた。頭の中には生き延びることしかなかった。

二つのことが鉤爪でひっかいてくる。

あいつはわたしたちをこのままここに永久に監禁するつもりなのか？　パンと水を与え、

みずからの汚物にまみれたまま、ここに横たわらせておくつもりなのか？　それとも、陵辱にあきたら殺すつもりなのだろうか？

解放は選択肢になかった。あいつの口から何を聞いたわけではないが、けっして解放してはもらえないということは感じ取れた。最初の三日間は必死で懇願した。だが、気づいた。男が返事をしないということは、二人を解放する意志がまったくないということなのだと。

いつの間にかうとうとしていたにちがいない。金属と金属がぶつかる音で目が覚めた。カチャッ、カチャッ。

二人が横たわっている部屋のドアの鍵を開ける音。本能的に逃げだしたくなり、身をくねらせるが、ざらついた冷たい床に鎖で縛りつけられていた。

もういや。二度といや。

鎖の音でシャロンが目を覚ました。「やめてぇ！」シャロンがかすれた悲鳴をあげた。「いやよ、いや！　お願い！」シャロンは泣きだしたが、ミランダは無言を通した。

もう涙は涸れ、懇願する気もなかった。男は二人をレイプしに、あるいは殺しにきたのだ。いよいよ死ぬのだ。

パパ、愛しているわ。愛しているから、ごめんなさい。わたしがどうやって死んだかは知らないままでいてほしい。知ったらパパがどうにかなってしまう。

父親が恋しかった。父親に会って、抱きしめてもらい、髪をなでてもらいたかった。まだ小さかったころ、母親が死んだときにしてくれたように。

「ママは天国に行ったんだよ」パパはそう言い、天国がどんなにすばらしく、美しく、苦痛のない場所かをきれいな言葉でささやいてくれた。

これからどんなことが自分を待ち受けているのか、ミランダは知らなかった。ほとんど記憶にない母親に会えるのだろうか？　そこはパパが言っていたようなパラダイスなのだろうか？

それとも、そこは無？

無だとしても、この五日間耐えてきた状況よりはましだろう。五日？　六日？　しっかり数えているつもりだったが、なんだかもうわからなくなっていた。もっと長かったかもしれない。

ここは小さな部屋だ。一歩。二歩。シャロンが悲鳴をあげる。

「触らないで！　触っちゃいや！」

鎖がガチャガチャ音を立てると、ミランダはこみあげる恐怖をぐっとのみこんだ。痛めつけられるシャロンの声に、ミランダの恐怖が高まっていく。シャロンの身に起きたこと、それはとりもなおさず、つぎに自分の身に起きるからだ。

「えっ？」シャロンの声からは戸惑いが伝わってきた。

まもなくミランダの腕が吊りあげられた。金属と金属がぶつかる音がして、突然縛りが解かれた。

胸の中で一縷《いちる》の望みがふくらんだ。

二人はずっと目隠しされていた。男の顔は見ていない。二人を解放するつもりなのだろうか？

自由になれる？

つぎは脚だった。

「立て」

命令はひと言だけ。立とうとしたが、よろけて転んだ。「だめ——立てない」つねに筋トレを心がけてきたが、これほど長いあいだ仰向けに横たわっていた結果、もはや手足が胴体と連係する感覚を失っていた。ひりひりした痛みが背中を上下に走った。何か所もの切り傷から出た血が乾いていた。

「一時間だ。うまく使え」

一歩。そしてドアが閉まった。鍵がかかる。今度は数語。一度に口にした言葉としては最長だった。声はあいかわらずドライで単調だ。うつろで空っぽ。

「きっとここから出してくれるのよ！」シャロンが大きな声で言った。

ミランダは自分の体が放つ悪臭以外のにおいに気づいた。ドアのところへ這っていき、あたりを手で探った。

パン。水。

「シャロン、食べ物よ」

シャロンがどんとぶつかってきた。二人は床で背を丸め、たった一枚のパンを食べ、小さなカップに入れられた水を飲んだ。

ミランダは目のあたりに手をやり、目隠しに触れた。目隠しされていたことすら忘れかけるほど、それはもう体の一部になっていた。

結び目は固く、力は弱っていた。それでもなんとかほどいてはずした。シャロンも同じようにした。

目が見えない。

違う。ここが暗いのだ。

数分ののち、板の節から射しこんでくる何本かの細い光に気づいた。二人は数日間、窓のない小屋につながれていたのだ。シャロンが部屋の隅にあったシャツをつかんだ。彼女のではなかった。ミランダのでもない。

ひょっとして、二人が連れてこられる前にも誰かがいた?

シャロンはそれを着た。「ごめんね、ランディー、ごめん。わたし、寒くて」

「いいのよ」とミランダ。

ミランダは手足をめいっぱい伸ばした。そしてアンヨの練習をする赤ん坊のように、目の前の壁につかまって立ちあがった。

ゆっくりとだが、体の感覚が戻ってきた。最初はひりひり、やがて鋭い痛みが。

「筋肉を動かすのよ、シャロン」

「でも、もうすぐここから出してくれるわ」

「そんなこと、わからないわよ。準備はしておかないと」

「でも、わたしには無理」

シャロンは隅で膝を抱えて丸まり、体を前後に揺すっていた。

「さあ、動いて！」命令口調だった。親友を怒鳴りつけるのはいやだったが、つぎの瞬間、ここは自分が強気を貫いて、この状況を把握するほかないと悟った。今は脱出のチャンスかもしれない。男がなぜ鎖を解いたのか、理由はわからなかったが、再び床につながれる前に決死の覚悟で戦おう。

シャロンは正気を失ったかに見えたが、だんだんと落ち着きを取り戻しつつあり、室内をぐるぐると歩きはじめていた。部屋はせいぜい三メートル×三メートルの狭さだ。ミランダは残っているわずかな力を振りしぼり、ドアを開けようと揺すった。

鍵がかかっている。外側から。

二人は一時間をフルに使ってストレッチをおこなった。そしてウォーキング。驚いたことに、徐々にとはいえ、体力がいくらかよみがえってきた。

カチャッ、カチャッ。

ドアが開き、光がどっと入ってきた。

「出てこい」

二人は言われたとおり、先を争うようにして外に出た。ミランダはつまずいて地べたに転んだ。

解放された。

ライフルに弾丸を装塡する音が遠くから聞こえてきた。

「逃げろ」

ミランダは肩ごしに後ろを見た。顔を覆面で隠した男が物陰に立ち、構えたライフルの銃身が遅い午後の陽光を反射してきらりと光った。

いきなりガツンと殴られたように事態を悟った。男は二人を駆り立てる気だ。

「逃げろ。二分やる」しばし間があった。「逃げろ！」

ミランダは逃げた。

ミランダはどきっとして目が覚めた。

逃げろ。

男の声を聞いたのだ。

全身から汗が噴き出した。上体を起こして目をしばたたき、喉まで出かかった悲鳴をぐっとのみこんだ。われながら驚いたことに、手に銃を握っている。銃なんていったいいつ？

眠りながら？

男の声。

違う。たんなる悪夢。いまいましい悪夢。男はミランダの頭の中に巣食い、嘲弄《ちょうろう》していた。

わたしは逃げきった。生き延びた。だが、シャロンは死んだ。背中を撃たれた。そしてレベッカ。彼女は追い詰められ、殺され、獲物さながら喉をぱっくりと掻き切られた。ミランダはまたもう一度目をしばたたいた。銃を置こうとすると両手が震えた。月明かりが天窓からブルーグレーの影を滝のように降り注いだ。

ベッドは乱れに乱れていた。シーツはよじれ、湿り、毛布は床に落ちていた。フランネル地のパジャマは汗でぐっしょりと濡れ、皮膚にはそれとわかる記憶のにおいが。

まだ午前二時にもなっていなかった。四時間の睡眠――帰宅するなりバタンキューだったのは意外だが、これでもう今夜は一分たりとも眠れない気がした。

シャワーで汗を洗い流し、ジーンズとタートルネックに着替え、五月の夜はまだまだ冷えるからとその上に厚手のパーカーをはおってロッジに向かった。グレーが焼いた大人気のペカンパイが手招きしていた。

スポットライトに照らされた脇の入り口から入った。鍵はかかっていたが、ミランダはマスターキーを持っている。ダイニングホールを横切り、キッチンに入ろうとしたとき、何か物音がした。

そこで立ち止まった。悪夢から目覚めたとき同様、心臓が激しい鼓動を打ちだした。

カサカサ。カサカサ。キーキー。そしてしんと静まり返る。

トントントン。

しーん。

何者かがキッチンにいる。ピクチャーウインドーから月明かりが射しこんではいるものの、明かりはひとつもついていなかった。もし泊まり客か父親か従業員なら明かりをつけるはずだ。

侵入者。

ウエストポーチに入れてきた銃に手を伸ばした。この十二年間というもの、銃を持たずに家を出たことはなかった。用心深く、だが、意を決してキッチンのドアに近づいた。

トントン、カサカサ。

ドアの前で足を踏ん張ると、左手をすぐに明かりのスイッチに伸ばせるよう準備し、銃を握った右腕をしっかりと前に突き出した。

声は出さずに三つ数えるや、明かりのスイッチを押し、リボルバーの撃鉄を起こした。背の高い半裸の男がくるりと振り向き、彼が手にした皿からフォークが床に落ちた。

「ちょっと、ミランダ！　銃を下ろして」

ミランダはあんぐりと口を開けた。言葉はなかった。

キッチンでこそこそしていたのが、まさかクイン・ピータースンだとは。

14

ミランダは銃をジーンズのベルトにぎゅっとはさんだあと、クインをじっと見た。「ここでいったい何してるの?」

「ここへ来る途中におやじさんに電話して部屋を予約した。きみとばったり顔を合わせるとは考えてもいなかった。ここでは四、五時間寝るだけのつもりだった」クインが手にした皿をテーブルに置いた。ペカンパイ。**彼女が食べようと思った**ペカンパイ。

「ペカンパイ、それでおしまいじゃないといいけれど」ミランダが不満げにつぶやいた。なぜそんなことを口走ったのだろう? 本当はここから出ていってと言いたかったのに。

彼がにこりと笑い、ミランダが目をぱちくりさせた。クインがどんなにカッコよかったかをずっと忘れていた。再会のときは、怒り、悲しみ、そのほか相反するさまざまな感情が胸にこみあげていたため、彼の外見がどうのこうのと考える余裕はなかった。だが今こうして彼を目のあたりにすると、日に焼けた胸部、力を抜いている状態でも輪郭がくっきりと浮きあがった筋肉、右肩の上にある捜査官になってすぐのころに銃で撃たれた傷の痕――どれもミランダにあのころを思い出させた。いい思い出ばかり。クインの隣で目覚め、その引き締まった胸にキスをした。そして彼の手――最高にすてきな手だ。大きな手。手のひらにはたこが何か所もできているというのに、意外なほどきれいな指。その指が絶妙に動いて……

ダークブロンドの胸毛が細くかすかになってグレーのスエットパンツのウエストゴムの中に消えていくあたりにちらっと視線を落としたが、すぐに目をそらした。侵入者がいると思ったときに噴き出したアドレナリンのせいか、すでに顔がほてっていた。

クインがここにいる。彼がロッジのキッチンに、仕事のときとは違い、まったく無防備な姿でいることに足もとをすくわれた。彼はミランダが住む町、彼女がかかわっている捜査に侵入し、今また彼女の家にまで侵入してきた。ミランダはずっと、あの日、クアンティコで起きたことは——意識的に——考えまいとしてきた。なのに、がーん！ ダムは決壊し、頭の中に彼との思い出が押し寄せてきた。

この十年、彼がどうしていたのかはまったく知らなかった。もう結婚しているかもしれない。そう考えただけで心が乱れ、顔がくもった。彼の横をかすめるようにして通り過ぎ、グレーがペカンパイを入れておく棚の前に行った。

思ったとおり、ペカンパイが半分、そこで彼女を呼んでいた。思わず笑みがこぼれる。

穴があくほどじっと見つめるクインの視線を背中に感じながら、ゆっくりとひと切れを切り分けた。彼と向きあって話などしたくなかった。ロッジ以外の場所、たとえば森の中で、ニックやほかの人びとも周りにいるときならともかく、ここで、二人きりとなると？ やっぱりまずい。親密だった昔がいやでも頭に浮かんでしまう。どれほど彼を愛していたかが。あのままだったらどうなっていたかが。

だが、彼のもとに永久にいることはできなかった。ペカンパイをテーブルに置いてから、ウォークイン式の大型冷蔵庫に行き、ミルクのパックを取ってくる。二個のグラスとともにそれをテーブルに置き、自分とクインのグラスに注ぐと、彼と向かいあう位置に腰を下ろした。

「ありがとう」彼が言った。黒い目からは何も読み取れなかった。何を考えているのだろう？　わたしのこと？　二人のこと？

ミランダはミルクを飲み、つづいてパイにかぶりついた。口の中をいっぱいにすればしゃべれない。ばかなことを言わずにすむ。

彼はずっと彼女を見つめていた。

ミランダはきまりが悪くてたまらなかった。この数年をかけてなんとか生活のペースを取り戻し、比較的心穏やかに過ごしてきた。レベッカが殺される前に発見できなかったとはいえ、愛する仕事、人のためになる仕事に携わっている。

いい友だちも何人かいる。ニック。ローワン、オリヴィアとは、もう何年も会ってはいないが、今も連絡をとりあっている。eメールをやりとりしたり電話でおしゃべりしたりだが、ミランダはここを離れるわけにはいかなかった。どうしてもできない。あの男が今もこのモンタナにいるというのに、離れることはできなかった。

ローワンとリヴのことは姉妹のように愛していたが、自分を必要としている人びとを見捨てることはできない。とりわけ、死んでしまった女子学生のために。ローワンとリヴはそれを理解してくれていた――わかってくれるのは彼女たちだけだ。

「ここに泊まっていること、言っておくべきだったな」クインが沈黙を破った。

ミランダはパイから顔を上げた。彼の額から絆創膏がなくなっていることに気づいた。細く赤黒いかさぶたが残っている。ひとつ前の任務の名残か。どんな事件だったのか訊きたかったが、思いとどまった。関心をもちたくなかった。

しっかりした顎の線が彼の強さを伝えてくる。最初に会ったときからぶれがなく、シャロンを殺した犯人を捕らえる意志は固かった。だからこそ彼女も彼の力になろうとした。彼女としても自分を苛み、シャロンを殺した最低な男を見つけるため、何かをせずにはいられなかった。そうするうちに恋に落ちた。

一夜にしてではなかった。癒えるための時間、苦悩を乗り越えるための時間——彼女に必要なものすべて、あるいはそれ以上のものをクインは与えてくれた。

やがてそれをずたずたにしたのも彼だ。

「鑑識があの小屋にあったものはすべて保存し、明日、ヘレナに持ちこむそうだ。ぼくからオリヴィアに電話して、証拠分析へのアドバイスを頼もうかと思ってるところだ」

「リヴに？　彼女がここに来るの？」

「もし来られるとしたら、ヘレナに」クインがにこりとした。「ときには捜査を乗っ取りそうな威嚇行為が彼らにやる気を起こさせることもある。ＦＢＩ本部へ何もかもまわすより、ＦＢＩが目を光らせているところでテストをしてもらうほうが気合が入るってものだろうからね」

「それで気がすむならどうぞ」ミランダは望み薄だと感じていた。たしかにオリヴィアは仕事を愛し、抜群の能力を発揮しているが、いくら彼女でも何もないところから手がかりを発見することはできない相談だ。悪天候と悪条件が使えたかもしれない証拠をことごとくだめにしてしまった。

「やつもそのうちミスを犯すさ」クインが確信をこめて言った。

「そうよね」ミランダはそうは思えない。

「すでに犯しているかもしれない」

ミランダの心臓がにわかにどきどきしだした。「どうしてそう思うの？」

「ペニー・トンプスンだよ」

「なぜここでまた彼女の事件をもちだすわけ？　彼女の遺体を発見したときはもう、殺されてから三年たっていたわ」遺体といってもその残骸にすぎなかった。

「これからもう一度、大学のファイルをすべて当たってみるつもりだ。ヴィゴを憶えてるかな？　ＦＢＩのプロファイラーの？　彼は、犯人は最初の被害者とは知り合いだったと主張している。十二年前、きみとシャロンの周辺の捜査に時間をかけているうちにペニーが最初の犠牲者だったとわかって、今度は彼女の周辺を調べたが——すでに三年もたっていたから——何も出てこなかった。保安官はペニーの恋人が失踪に関係あると考えたが、その男はシャロン殺害に関しては完璧なアリバイがあった」

クインはさらにつづけた。「あれからさらに時間がたったおかげで、ヴィゴのプロファイルに焦点を合わせれば、当時作成したリストから除外できる人間がたくさんいるはずだ——つまり、犯人はいまだに独身、現在は三十五歳を過ぎていて、時間的に融通のきく職業に就いていて、体は丈夫で、この地域に家族がいるか本人がまだここに住んでいるか。当たってみる価値はあるんじゃないかな」

「あんまり期待はできないけれど」そう言いながらも、ミランダは少々わくわくしてきた。細かく調べる必要のある記録は何百とあり、プロファイルに当てはまる男は二百人近く浮上したが、これだけ時間がたった今、容疑者となりうる男性のリストから、既婚者、よそへ引っ越した者、目立つ仕事や融通のきかない仕事をしている者をはずすとなれば、かなりの数になるはずだ。リストに載った人数が少なくなれば、一人ひとりを深く調べることができるだろうし、運がよければそのうちの何人かからは話を聞くところまでいけるかもしれない。もしレベッカが殺害された時刻のアリバイがない者がいれば、車や家の捜索令状を取ることも。

　正義が勝つ望みがあるかもしれない。ほんの少しかもしれないが、ミランダはその一縷の望みにすがりたかった。

「今のところはそれしかないだろう」クインが間をおき、やがて低い声で言った。「ミランダ？」

　ミランダは彼の目をじっと見た。彼女の心を溶かすこともできれば、怒らせることもできるまなざし。愛情と苛立ちをたたえたまなざし。

　あまりに長い時間がたっていて、もはやクインの心をどう読み取ったものかわからなかった。彼は変わったし、ミランダも変わった。

ただ、彼の目はあたたかかった。心なしか目を伏せた彼が、和らいだ表情でわずかに身を乗り出してきた。「きみ、痩せたね」低い声だった。

「そうなの」捜索中は食べることなど眼中になかったからだ。

「あいかわらずきれいだ」

思わずはっとした。胸がときめいた？　いまだに彼のひと言にこれほど動揺するなんて。こんなに長い年月を経ても、彼はまだ彼女の一部なのだ。それも大切な一部。いい意味でも悪い意味でも、今日の彼女をつくるのに手を貸してくれた人。彼がいなかったら、あの事件後の暗黒の日々、何週間か、何か月かを生き延びられたかどうかわからない。彼は彼女にとって岩であり、救いだった。彼の人となり、彼が彼女のためにしてくれたこと、その両方に対してミランダは恋に落ちた。ゆっくりと、確信をもって。

だが、あれほど親密になったあとになって、彼に信頼されていなかった事実が彼女の心をずたずたに引き裂いた。

まるで彼女の心の動きを読み取ったかのように、クインが穏やかに問いかけた。「なぜクアンティコに戻ってこなかったの？」

なんと答えたらいいんだろう？　自分でもはっきりとはわかっていなかった。強迫観念に問題があるとした心理テストにもまして、彼に信頼されていなかったことに傷ついたということ以外には。

「もし強迫観念にとらわれているとしたら、一年で変わるはずないと思ったから」やっとのことで答えた。

「一年あればすっかり変われるさ」

「事件からは二年たっていたのよ、クイン」人生が殺人者とのリンクで動くようになってから二年。

クインはうなずいて椅子の背にもたれ、フォークをいじっていた。「そうだな」

二人はたがいを見つめあった。ミランダは内心どうしていいかわからず困惑していたが、クインもそんなふうに見えた。

「傷つけてごめん」突然、彼が言った。

ミランダはこみあげる涙をぐっとこらえた。こんなあっさりした謝罪の言葉から、まさかここまで強烈な衝撃を受けるとは。

クインばかりが悪いわけじゃないとわかっていたからだ。ミランダは**たしかに**強迫観念にとりつかれていた。捜索に対する異常ともいえる集中にしてもそうだ——自分の生活の何もかもを保留にしてレベッカを探した。友人も家族も仕事のつぎ。その仕事がザ・ブッチャーに誘拐された女子学生の捜索であれ、キャンプ場から行方不明になった迷子であれ。捜索以外は彼女にとってたいした意味をもたなかった。

誰かを**救出**したかった。迷子になったキャンパーは何度となく無事発見したものの、ザ・ブッチャーに誘拐された女性たちはみな死んだ。ハッピーエンドを熱望しながらも、最終的には悲しみと苦悩を目のあたりにしてきた。どれも彼女が抱える罪悪感をそのまま映しているようだった。

　あの小屋での反応がなんらかの兆候だとすれば、十二年前の事件からまだ完全に立ち直ってはいないということになる。狭い部屋に入ると閉所恐怖症の症状を呈するのはいつものこと。窓のない部屋。ベッドの真上をふくむ、彼女の家のそこここに天窓があるのはそういうわけだ。どちらを向いても空が見えないと怖い。

　だが目を閉じるたび、どんな大きな空もシャロンの悲鳴と低く残忍に響く顔のない殺人者の一本調子な口調を消し去ることはできなかった。

「クアンティコに戻るべきだったんでしょうね」声に出して言ったのはこれがはじめてだった。われながら驚いた。唇をなめる。「でも、あまりにも傷――」傷が深くて、と言いかけたものの、クインにそれを告げるには心の準備が足りなかった。彼には言えない。「腹立たしくって」と訂正した。「腹立たしさが判断力を失わせたんでしょうね。その一年の期限が切れたときにはもう救難課の仕事に参加していて、それが心から気に入っていたわ。しっくりきたの。そう――この仕事がすごく向いていたみたい」

「きみならとんでもなく優秀な捜査官になっただろうに」クインの声がざらついていた。

　一瞬、心臓が止まるかと思った。もし彼にキスしたら、彼はどうするだろう？

　頭のどこからかさまよいでてきた考えにどきりとし、椅子の背にもたれた。両手がじっとりとしている。優秀な捜査官？　ええ、そう、わかってるわ。どうせ**とんでもない**優秀な捜査官よね。

一年。一年！　シャロンがザ・ブッチャーに殺されてから**二年**あまり、不安を抱え、いくつもの講座を受講し、ロッジを手伝い、護身術を習いながら待った。二度と自分が無防備だと感じることのないよう、あらゆる手を尽くした。

十年前にクアンティコをあとにしたときを振り返ると、あれほど途方に暮れたことはいまだかつてなかった。そして悟った。二度とあそこに戻ることはないだろうと。

「ありがと」ミランダの声が割れた。彼が自分に対しておこなった不当な扱いへの怒りを思えば、わめきたてたかった――理屈はどうあれ。あのとき彼が言った、彼女の言動にはまだ、この仕事をこなせないかもしれないと思わせるものがあるとかなんとか、あの言葉にはたぶん真実もこめられていたのだろう。

ミランダはパイとミルクに全神経を振り向けた。クインもそうした。沈黙は心地よくもあり、気まずくもあった――ミランダは彼が本当は何を考えているのか知りたかったが、思いきって訊く度胸はなかった。彼を許したことはないと言いたい一方で、和解を申し出たい気持ちもあった。背反する感情が心と頭に重くのしかかる。

二人が同時に席を立ち、皿をシンクへ運んだ。ミランダは蛇口をひねって、水が湯に変わるのを待った。すぐ背後に立つクインの、ペカンの香りがするあたたかい吐息がうなじをなでてくる。くるりと振り向いたときのことを考えると自分自身が信用できず、ぐっとこらえた。いったん振り向いたら最後、彼に触れ、キスをし、ベッドへ誘いそうだった。

彼に抱きしめてもらいたかった。そうすれば眠れる。彼とのセックスは、人生で最高にすばらしかったあのころをよみがえらせてくれるはず。

クインの両手がミランダの肩に置かれた。彼女がひるむことのないよう、ごくごく軽く。ミランダは目を閉じた。彼はミランダの首筋から髪をそっと払い、長い指先が耳から喉もとへと熱い線を描きながら伝った。反対の手を使い、彼女に自分のほうを向かせた。

目を開けたとき、ミランダの口から思わずはっと声がもれた。あまりにも近くに彼がいて、裸の胸が十センチとは離れていない目の前にあったからだ。二人のあいだに熱気を感知した。彼には自前のサーモスタットがそなわっているのかもしれない。ミランダがごくんと唾をのんだ。さがってと彼に言いたかったが、声にならなかった。

声が出なくてよかったとも思った。

唇に彼の唇がかすかにそっと触れてきた。全身が激しい欲望に疼いていなかったなら、それがキスだとは気づかないくらいかすかに。

まもなく彼がもう一度、唇を重ねてきた。さっきに比べ意を決したように、肩からうなじへと筋肉をもみながら手を這わせ、ミランダの顔を引き寄せる。舌が彼女の唇を静かに押し開き、まもなく二人の舌が軽く前後に動いてたがいを探りあった。ミランダも最初はおずおずと彼に体をあずけたあと、彼の首に両腕をからめて引き寄せた。

彼のキスが唇から顎の先へ、さらに首筋へと下りていく。その熱っぽさにミランダの体が小刻みに震えた。彼が欲しかった。恋焦がれる想いのこれほどの深さは、彼なしで過ごしてきた十年間を物語っていた。キスしてほしいところ、触れてほしいところを正確にわかってくれる彼がいなかった。

クインがミランダの耳の後ろに唇を柔らかに押し当ててきた。

「会いたかったよ、ミランダ」

ミランダは息をのんだ。彼が会いたかったってほんと？　この十年間、ミランダは意識的にクインを心と頭の隅に追いやってきた。彼のことを考えたくなかったから。彼に会いたくなったりしないように。

だが今、ダムは決壊し、抑えこんでいた感情が堰を切ったようにあふれ出た。この十年間というもの、自分の人生にあってクインはそれほど重要な部分ではなかったようなふりをしてきた。知りあってからの時間も短かったと自分に言い聞かせて。だが今、十年という時間がまるで存在しなかったような気がした。今も変わらずに彼を愛していた。彼を求めていた。だが、クアンティコで彼の言葉に心臓をひと突きにされて以来、激痛はいやますばかりだった。

ミランダが一歩あとずさり、キッチン・カウンターにぶつかった。「クイン——そう言われてもどう答えたらいいのかわからなくって」

「あのとき、どうしてぼくを避けたの？」クインはミランダの肩をぎゅっとつかみ、その目は彼女が感じているのと同じ熱っぽさと欲望できらきらしていた。

ミランダはかぶりを振った。今、そんなやりとりができるはずがなかった。さまざまな感反対する彼の頑なスタンスや、レベッカが死んだ場所での再会のとき、彼女の能力の限界についてロにした言葉を思い出すほうがずっと簡単だった。

「もう行くわ」

「ミランダ、お願いだ、二度と遠くへ行かないでくれ。話がしたい」

ミランダはかぶりを振って彼の腕の中からすり抜けた。頭の中を整理しなければならないのに、クインのそばでは何も考えられなかった。戸惑いと胸の痛みと愛とがいりまじったせいで、血が沸騰して皮膚のすぐ下で泡を立て、胃は激しくむかついていた。何もかもが腑に落ちなかった。クインが彼女の人生に舞い戻ってくるまでは、生きていくことも感情を抑えることもこれほどむずかしくはなかったのに。

ちらっと目をやると、彼の顔を苛立ちがよぎるのが見て取れた。そのまま彼に背を向け、自分のキャビンに走って戻った。臆病者みたいな気分だったが、ほかにどうすることもできなかったのだ。

クインは走り去るミランダの後ろ姿を見つめながら、胸を締めつけられていた。もう一度シンクのほうを向き、出しっぱなしになっていた水に気づいた。ひょっとしてさっきからずっと？　ぞんざいに蛇口を閉めた。

いったいどうなってるんだ？

彼としては、少なくとも彼女は心を開きかけたと思った。彼に対する気持ちは和らいでいた。間違いなく望みが――

そしてあのキス。時間と空間を経たせいか、以前よりも甘い味がした。もっとむさぼりたかった。

いったい何を考えているんだろう？　二人が終わったところからもう一度つづけることができるとでも？　今も変わらずに愛していると告白して、結婚の話をはじめることができるとでも？

クインはずっとミランダを愛しつづけてきた。彼女にはいらいらさせられたし、悩まされたし、腹の立つこともいろいろあったが、出会ってすぐのころから愛はずっと変わらなかった。彼女を誇らしく感じていたし、知性、体力、粘り強さに敬服もしていた。そして彼女の美しさ。テーブルを隔ててすわってペカンパイを食べる彼女の姿は十年前、彼がこのロッジで二週間の休暇を過ごしたときを思い出させた。彼女のキャビンからこっそりとこのキッチンへペカンパイを食べに忍びこみ、食べ終わるなり、またキャビンに引き返して愛しあった。

忙しいこともあり、恋愛は長くはつづかない。この何年かで数人の女性とつきあったことはつきあったが、いずれも長続きはしなかった。誰ひとりミランダとは比較にならなかった。もっと美人もいたし、もっと頭のいい女性もいたが、**ミランダ**ではなかった。彼女のきらきらした輝き。彼女の逞しさ。やはり**彼女**でなくては。

彼女は何を考えているのだろう？　なぜ彼の質問に答えられなかったのか？　クアンティコでの彼の決断について猛烈に腹を立て、くってかかられる覚悟は半ばできていたが、あんなふうに愛を求める気持ちを底知れぬ目にむきだしにたたえた姿を見るとは思いもよらなかった。

くそっ、くそっ、くそっ！　彼女のあとを追い、アカデミーから彼女をはずした理由をもう一度説明したかった。彼女は精神科医の所見にあったザ・ブッチャーに対する強迫観念にばかりこだわったが、それは理由の一部にすぎなかった。もし精神科医の所見だけが根拠であれば、クインは彼女をコースからはずす案にけっして賛成はしなかったはずだ。

そのことを、ミランダは今もって理解しておらず、彼も当時、彼女の理解を得ようとして果たせなかった。つまり、捜査官になりたかった彼女の動機が完全に間違っていたということだ。ＦＢＩでの仕事は彼女が思っているようなものではない。彼は彼女にみじめな思いをさせることを恐れたのだ。

おそらく、みじめな思いをさせればよかったのだろう。しかし、そうさせるにはあまりに深く彼女を愛しすぎていたし、忠誠心にあふれた彼女のこと、ＦＢＩ捜査官という役割を幻想のように思い描いていた自分に気づいたとしても、辞職はしなかったはずだ。

彼女がＦＢＩ捜査官をめざしたのは、ザ・ブッチャーの追跡に関する権限を手にするためであることは明白だった。たとえばフロリダやメインやカリフォルニアへ配属されただけで不満が生じただろう――ザ・ブッチャーがそれらの州でハンティングを開始すれば話はべつだが。サイバーチーム、強盗、政治家の汚職の担当になったとしても同じこと――彼女の悪魔を捕らえるチャンスにはめぐりあえない。

あのとき彼は、一年の猶予があれば彼女もわかるのではないかと考えたのだ。自分は捜査官になりたいわけじゃなかったことに気づいてもいいし、ザ・ブッチャーを過去のこととして完全に乗り越え、ＦＢＩのどんな部署へ配属されようと前向きに仕事をしていける心境になってもいい。

彼としては彼女に戻ってきてほしかった。過去を過去として払拭することさえできれば、間違いなくトップ・エージェントになれると信じていた。だが、クアンティコからここに戻るなり、すぐさまザ・ブッチャー捜査へと深くのめりこんでいったミランダの生きかたに、彼女の決意が一朝一夕で固まったものではないことを思い知らされた。

ときおり、ミランダの全身を思いきり揺さぶって彼の言うことに耳を傾けさせたくなることがあった。彼の動機をしきりに尋ねる彼女を黙らせたくなることも。だが今夜は、ただ彼女をベッドに連れていき、きつく抱きしめたいだけだった。

伝えなければならないことに耳を傾けさせ、心を開いて語らせないかぎり、これまでに愛したたったひとりの女性とのちぎれた愛の修復に望みはなかった。

15

夢を見ているようだった。繰り返し巻き戻しボタンを押しているような。空高く舞いあがったセロンが大きくはばたいて時速三百キロ以上で飛びながら、狙いをつけた空中の獲物に素早く正確に襲いかかるや、鋭い鉤爪でがっちりと捕らえて離さない。

男は何度も何度もその夢を見ていた。意のままに。朦朧《もうろう》とした意識の片隅では、自分がどこにいるのか、誰を待っているのかが気になってはいるものの、その場はただ、猛禽ハヤブサの狩りの光景を繰り返し再生したかった。

ひんやりとした金属製の手錠を手首にかけられてはじめて目が覚めた。

女がまた来ていた。

男が汗まみれのシーツの間でもがくと、女が声をあげて笑った。耳にいやというほど焼きついた低く響く声。

「えっ？」寝ぼけ声で訊いた。セロンの姿は消え、自分がどこにいるのかを思い出した。

モンタナに帰ってきていた。

「あなたが欲しいの」

「だめだよ。疲れてるんだ」

沈黙。男は完全に目覚めた。

あたしにノーとは言えないはずよ。

四分の三ほどの大きさの下弦の月が、大きな窓から明るい光と灰色の影を彼のロフトに投げかけていた。ベッド、ぽつんと置かれたドレッサー、狩猟用ライフルを照らし出している。そして**彼女を**。

黒い服を着、ブロンドの髪を後ろで一本の三つ編みにしている。繊細な顎の線と白い肌は嘘つきだ――この女に柔な部分など何ひとつない。

男の反射的な拒絶に女が顔をしかめた。「こんな夜中にわざわざ、あなたを喜ばせようと思ってここまで来たっていうのに、いやだというわけ?」

喜ばせる? たぶん**彼女の**喜びではあるのだろう。いつだってそうだ。男は反応する自分を嫌悪していた。必死で体に言うことをきかせようとするのだが、彼女はどうするかを熟知していた。

どうして帰ってきたのか? それは、衝動があまりに大きくふくれあがったため、こらえきれなくなったからだ。狩りをしたい衝動に屈することへの罰が、この牝犬に会わなければならないことだった。

女は男のシーツをはぎ、なおいっそう顔をしかめた。「裸じゃないのね」

男を転がしてうつ伏せにし、ボクサーショーツを引きさげた。尻を力任せに叩く。**バシッ!**

バシッ! バシッ!

「ごめんなさいね」女はさも心からそう思っているような声で言った。「こんなことされるのはいやだってわかってるのよ」女が叩いたばかりのほてった箇所にキスをした。

この女はこうするのが大好きなんだ。女の手が男の股間に伸びてペニスをつかむと、男は顔を歪めた。すでに硬くなりかけていた。自分の体が憎かった。憎くてたまらなかった。なぜこんな女に反応する？　いつもそうだ。女を苦しめるため、いっそ切り落としたかった。きれいな箱に入れて女宛に郵送する。大好きなものだろう？　おまえにやるよ。

淫らに動く女の両手の中でふくらんでいく自分を恨みながら、男は枕に顔をうずめて声を押し殺した。だが女はそのうめきを聞き取り、男は背中に女の氷の微笑を感じ取った。

「よしよし、いい子ね」女がつぶやき、ペニスから手を離し、背中を這いあがってきた。男の体の向きをわずかに変え、キスをした。「ずいぶんご無沙汰じゃない」

ご無沙汰なんかしてないだろうが。

「ああ」男が答えた。

「あたしに会いたかった？」

まさか。

「もちろんさ」

「そう思ってたわ。あたしも忙しくてなかなか来られなかったのよ」

ああ、そうだろうさ。

もう何年も前から、女の夫は彼女の浮気を疑っていた。だが、愚かな夫はまさか相手が**こ**

「今夜はスペシャルなサービスをしてあげる」

やめろ。やめてくれ。

男は首をまわし、女がジャケットのポケットから長いディルドーを取り出すのをじっと見ていた。片方の先端が太く、もう片方はほっそりしている。久しぶりに見るものだった。

いやだ。

女は男を仰向けにし、着ているものを脱いだ。きれいな体をしている。まもなく四十歳だというのに、スリムに引き締まった優雅な体形を保っていた。体形はダンサー、顔は天使、魂は悪魔。

男の上に馬乗りになった。ペニスの上ではなく、顔の上に。いまいましいあそこを彼の顔にいやというほど押しつけてくる。「さあ、いかせて、スイートハート」

男は拒めなかった。拒んだときにどうなるか、わかっている。女が喜ぶやりかたで女の性器をなめた。これで満足すれば、あれを使わずにすませてくれるかもしれない。

女にあまりに強く腰を押しつけられ、男は息ができなかった。女はそれを百も承知の上でのことだから、押しのけたりすれば、ひどい仕打ちが待っている。

まもなく息ができる程度に女が腰を浮かしたかと思うと、つづいてまた顔を押しつぶさんばかりに跨り、ベッドのヘッドボードをぎゅっとつかみ、大きなうめきをもらしながら絶頂を迎えた。

「あああ、そう、そうよ」女は男の体に沿って滑りおり、男の顔を濡らしている自分のジュースをなめた。「すごくよかったわ。ご褒美をあげましょうね」

いやだ。

女が両脚を大きく広げ、勃起したペニスが震えるさまにほくそえむ。月明かりが青い影を女の体に投げかけ、快楽にふける女の邪悪さを浮きあがらせた。邪悪。

女こそ邪悪そのものだった。

いとおしそうにペニスを愛撫する。ナイトテーブルからディルドーを取り、太いほうを濡れたヴァギナに滑りこませると歓喜のうめきをもらした。ディルドーにはストラップが付いており、女はそれを腰に留めた。

「いやだ」男が暗い声を出した。彼がそれを忌み嫌っていることを女は知っていた。

「あら、いやって言った？」

くそっ。そのつもりはなかったのに、つい口をついてしまったのだ。

「言わないよ」

「嘘おっしゃい」女が男の顔にぴしゃりと平手打ちを見舞うと、男は言いたいことを言わずにこらえた。

なんて女だ。

男には手も足も出なかった。もし口答えでもしようものなら——女は彼の秘密を知っていた。男のどす黒い秘密をすべて。女子学生たちのことを知っていた。そして物笑いの種にしては、男がかっとなる姿をたのしんでいた。

さらにあおるのだ。

女は男の顔をそっとなで、快感に喘いだ。男を痛めつけて得る快感。

「ごめんなさいね、スイートハート。だけど、あたしに向かっていやなんて言っちゃだめでしょ」

女はこうして十五年間、男を支配下に置いてきた。望んだときに望んだことをしなければ、そのときは男がいちばん大切にしているものを奪うつもりだ。

自由。

おまえなんか大嫌いだ。

ほんとに？　あたりまえだ！　だが、そうではなかった時期も……男が手を伸ばすと、女がそれをやさしくなでて慰めてくれたころを思い出した。男が負った傷をなめながら抱きしめ、耳もとで甘い言葉をささやいてくれた。触れてくる手に思いやりがこもっていた。

あれはもうはるか昔のことだが、過去が男に鉄の縛りをかけていた。女と同じように。

しかたない。男は仰向けに横たわったまま、じっとしていた。女に女役を押しつけられ、辱められながらどうすることもできない。痛みはあるが、彼のモノは岩のように硬い。快感と苦痛が微妙にからみあう。どちらか一方を取る権利はなかった。

女がうめきながら腰をくねらせ、絶頂に近づいた。女がこのまま達して動きを止めれば、彼はいけないまま終わる。女は彼のことなど眼中にない。自分のことだけしか考えていない。

いつだってそうだ。

ザ・ビッチを床に投げ落とし、くそいまいましいディルドーを尻に突き立てる空想をめぐらせた。さらに空想は広がり、女をこれでもかと打擲《ちょうちゃく》し、やめてと懇願させる。女が男にはけっして触れさせない乳首を、クリップできつく締めつけることも空想の中でなら易々とやってのけられた。

空想が引き金となり、男はうめきとともに射精した。

女がペニスに手を伸ばしてぐいとつかむと、男の快感に満ちたうめきが苦痛の悲鳴に変わった。男を痛めつけながら女がいった。女の熱くぬるぬるした体が男の上におおいかぶさり、キスが男の涙を拭う。「ほらほら、いい子ね。いやなんて言ったからよ」

おまえなんか大嫌いだ。

女は唐突にディルドーを抜き、ストラップをはずした。服を着て、男にキスをし——さもやさしげに——手錠をはずす。「それじゃ、またね」柔らかな笑みを投げかける。

偽りのやさしさの裏は邪悪な女。男は去っていく女を目で追った。

男は彼女が憎かった。だが、一生を罠の中で過ごすほかない。たとえ殺そうとしても、きっと失敗する。女を獲物に見立てて追いつめ、喉を掻き切りたくてたまらなかった。偽りの笑みが苦痛でグロテスクに歪むのを見たかった。みずからの創造がみずからの崩壊だったと気づくところを見たかった。

男がどこへ逃げようと、女は必ず探し出す。もし見つからなければ、そのときは秘密をばらすだろう。女が保安官に話したらどうなるか、男はわかっていた。女の涙とか細さ。すべて嘘なのに。

「わたしは知りませんでした、保安官、彼女たちの運転免許証を見つけるまでは……」

嘘だ。いつだって嘘ばっかりだ。だが、保安官たちはザ・ビッチの言ったことを信じるのだ。空涙とつぶらな瞳。

男の言うことを信じる者はいない。みな、いつだって**あの女**の言うことを信じる。

とたんに怒りがこみあげてきた。恐怖が怒りをなおいっそう駆り立てる。

早すぎるが、どうにも抑えがきかなかった。そもそもはザ・ビッチがはじめたことだ。彼女はつねに主導権を握ったかのように振舞う。彼女の命じることに耳を傾け、なんであろうが、そのとおりにするほかない。女は愛の巣からペニーを解放し、強制的に彼に追いつめさせた。そして殺させた。

男はペニーを殺したくなどなかった。彼女を山小屋に閉じこめたのは、ただ愛していることをわかってほしかったからだ。彼女がつきあっていた体育会系男がきっと彼女を裏切ることをわからせたかったからだ。なぜ彼女が嘘をついたのかも突き止めたかった。

ペニーを殺したくなどなかった。だが、真実を引き出すために人を痛めつけなければならないこともときにある。男の母親のやりかただ。そして男はいつも真実を語らされた。

ペニーの態度が変わりかけていた。男のやりかたが功を奏したのだ。男が言わせたかった言葉を口にもした。男に触られても悲鳴をあげなくなった。もう少し時間をかけて働きかければ、二人はあのまま永遠に幸せになれたかもしれなかったのに。

だが、ザ・ビッチは男を幸せにさせたくなかった。ある夜、彼女は男のあとをつけ、男が愛するたったひとりの女性を奪った。ペニーを逃がしたのだ。

ペニーは逃げた。男がいてくれと懇願しても逃げた。男はペニーを殺したくなかった。ただ、そばにいてほしかっただけだ。

ペニーに追いついたとき、男は彼女がそれまでに言ったことはすべて嘘だったと気づいた。男を愛していなかったし、そばにいたくもなかった。嘘、嘘、嘘！

できるだけ苦痛のないように殺した。彼女を痛い目にあわせたくなかった。自制がきかなかった。それに、ペニーは嘘をついた。それに対する罰だったが、それでも苦しませたくはなかった。

あの最初のとき、彼を殺人行為に駆り立てたのはザ・ビッチだが、死んだペニーを見おろしたとき、男は勇気がわいてきた気がした。パワーがみなぎってきた。おれの手は神の手。触れるだけで命を奪ったり与えたりできるのだ。

黒髪の小柄な女――新聞を読むまでドーラという名前も知らなかった――で試してみた。**女**がやりたいときではなく、**自分**がやりたいときにやれた。女が空腹になったときでなく、自分の都合で食べ物を与えた。解放したくなったときに解放し、女は逃げた。

狩りのスリルは生殺与奪の権を握ることに比べれば二次的だった。

男はつねに勝った。逃げきったのはたったひとり……

男はベッドから起きあがり、シーツを手に取って体に巻いた。部屋を横切ってデスクに行き、中身が床に飛び出すほど乱暴に引き出しを引いた。自分に腹が立ったが、それ以上にザ・ビッチに腹を立てながら、デスクのランプのスイッチを入れて床に膝をつき、宝物を拾い集めた。

コレクションである運転免許証——全部で二十一枚——を積み重ね、レベッカのを一番上にして脇に置いた。レベッカの写真を指でなで、殺したときではなく生きていたときのことを振り返る——逃げるレベッカに自分が与えてやった命のことを。身も世もなく命乞いするレベッカが**男に**与えてくれた命。支配権は彼にあった。決断はすべて彼が下し、女にはつべこべ言わせなかった。

女たちにはほとんど口をきかない。女なんて取るに足らない。

男は彼の命を支えるくたびれた革のノートを手に取った。古びた革表紙を顔に近づけ、息を吸いこむと、心に奇妙なまでの安らぎが訪れた。そうした感覚をもたらすのは計画。計画は時間と集中力と知性を要する。

男はその三つをすべて手にしていた。つぎの狩りの計画を練るときがきた。善は急げ。セロンの卵がもうすぐかえる。それを見逃すわけにはいかなかった。

16

ザ・ブッチャーの巣窟発見
遺体はモンタナ州立大女子学生と判明
特別寄稿　イライジャ・バンクス

ミランダの両手が新聞をぎゅっとつかんだ。そのせいで文字は読めなかったが、写真は間違いなかった。

見出しの下にはレベッカが監禁されていた小屋の写真が載っていた。その横には学校のアルバムに載っていたレベッカの写真が。チラシに印刷され、町中に配布されたのと同じ写真だ。

「なんてやつなの！」

新聞を脇へ放り投げようとしたそのとき、折り目より下に載った見覚えのあるものが目をとらえた。

食べたばかりの手抜きの朝食が喉までこみあげてきた。それをぐっと飲みこみ、つぶやいた。「んもう、あの男」

折り目より下にもう一枚の写真が載っていた。ミランダの。顔面蒼白で小屋近くの木にもたれている。粒子の粗い灰色の新聞写真でも顔の白さがひときわ目立つ。キャプションはこうだ。**ギャラティン郡救難課課長で、ボーズマン・ブッチャー事件唯一の生存者であるミランダ・ムーアがＦＢＩに協力し、この荒れ果てた山小屋を発見した。**

「ごめん」

ミランダはその声にどきりとした。「クイン」

彼はロッジからキャビンに通じる小道を歩いてきたのだが、ミランダは新聞に気をとられるあまり、足音に気づかなかった。

「やはりきみをはずすべきだったな」

ミランダは首を振り、顎をきゅっと上げた。「わたしなら平気よ」口ではそう言いながらも、写真にはショックを受けていた。

「イライジャ・バンクスの芝居がかった手にきみが動揺すれば、やつにパワーを与えてやることになる」

「動揺なんかしてないわ」嘘だった。クインの表情を見て、ミランダも悟った。

「ええ、わかってる。たしかに動揺してるわ。でも、すぐに落ち着くから平気」ミランダは間をとり、彼をじっと見つめた。「ところで、あなた、どうしてここへ？」

「今朝、オリヴィアに電話した」

「それで？」

「今夜、ヘレナに来てくれるそうだ」

「ほんと？　だったら、ここへも来られるわよね。そう長いドライヴじゃないし。会いたいわ、彼女に」

「携帯の番号、知っているんだから、電話すればいい」

「そうするわ」明日の朝、オリヴィアに電話すること、と心に留めた。

「これから大学に行くところだが、きみにオリヴィアのことを知らせておきたかったんだ。証拠の中にもし何かあれば……」

「彼女ならきっと見つけてくれる」ミランダがクインの考えを言葉にした。

「ああ、必ず」クインがミランダが立っているポーチへとつづく階段をのぼってきた。すぐ前に彼に立たれただけで、手を触れられたわけでもないのに心臓が止まりそうになった。

「ミランダ、どうしてもきみと話したいんだ。昨日の夜のことも、クアンティコでのことも」

　ミランダは唾をのんだ。許したいこと、忘れたいこと、山ほどあったが、魂の中にしこりとなって残っている、裏切りに対する憎しみをどけることはできない。「話すことなんて何もないわ」

　クインは長いあいだじっと彼女の目を見つめていたが、まもなく彼女が目を伏せた。

「ミランダ」彼がささやき、そのままキスをした。

　長く、激しく、性急なキス。そして彼はあとずさった。ミランダはキスのせいで息が切れ、口がきけなかった。

「必ず話そう」クインの口調は決然としていた。「それじゃ、今日は気をつけて」

ミランダの返事を待つことなく、来た道を引き返していった。

FBIのバッジがあっても、通ることと通らないことがあった。新たに施行された個人情報保護法に行く手を阻まれ、大学から入手したい情報をもらうためには令状が必要だとわかり、それを取るためにクインは午前中を丸々つぶしてしまった。

大学に再度到着したときはもう昼休みのあとだった。幸い、学部長が秘書に必要な記録を用意しておくよう指示しておいてくれたため、書類はすべて箱詰めされ、そのまま運べるようになっていた。

箱は四個。百八十九名の男性に関する記録。

それを車に積んで保安官事務所に戻るころには、クインの頭の中ではもう容疑者リストを狭めていく方法が形をなしていた。あとはただ、手足となって動いてくれる人間が必要だった。

ニックが保安官代理のブッカーとジャンセンを割り振ってくれた。クインが運んできたのは、大学入学前の住所がモンタナ州、あるいは隣接するアイダホ州かワイオミング州と記されている学生のファイルだった。犯人はこの地域に土地勘がある。それはとりもなおさず、彼がギャラティン郡かその周辺に住んでいたということだ。

クインは代理二名に、全員の名前を当たり、結婚した者、この地方から転出した者、あるいは死んだ者を除外する作業を依頼した。

そしてニックのオフィスのボードをにらみ、犯人の思考回路をたどろうとした。

犯人はなぜレイプするのか？　支配力。怒り。

犯人はなぜ支配力を手にしたいのか？　おそらくは実生活では支配力をもてなかった。とりわけ少年期に。里子に出された？　孤児？　性的虐待を受けた？　両親が関係している？　子ども時代、父母のどちらかから身体的虐待を受けた？

連続殺人犯の圧倒的多数は、思春期前の子どものころに性的な身体的虐待を受けている。この共通した特性は、死刑を免れようとしたり残忍な犯行の責任を犯人以外の人間になすりつけようとしたりする弁護人によく利用される。

多くの子どもたちが――性的に、身体的に、精神的に――虐待を受けているのは悲しい事実だが、そのほとんどは長じたのち、連続殺人犯にはならない。クインも、殺人犯のかつての姿である虐待を受ける子どもには同情を覚えるものの、成人した彼らに対して同情はいっさい感じない。

ザ・ブッチャーは犠牲者を殺す前に拷問にかけ、そこから病的な快楽を得ている。しかし、彼を多くのサド的殺人者と分け隔てる特徴が二つある。もしザ・ブッチャーの論理が理解できさえすれば、彼の思考の奥深くに潜入して、容疑者にぐんと迫ることができるのだが。それは困難な作業だった。連続殺人犯は、それぞれ独自の計算においては論理的だが、その論理の理解となると、すべてのピースが出そろわないかぎり、ほぼ不可能である。

そして今はまだ、肝心なピースが数個、欠けていた。

ザ・ブッチャーの特徴の第一は、被害者の監禁だ。おそらく支配力の誇示が目的だろう。犯人は被害者を痛めつけると同時に世話もしている――パンと水を与えることを〝世話〟と呼べるのであればだが。言葉はほとんど発さず、発するときも無頓着だ。女性を所有物、自分に快楽をもたらす物体と考えている。女性の悲鳴には興奮もしなければ気にもならない。どうでもいいのだ。彼の興奮の対象はただひたすら監禁である。

第二の――そしておそらくほかに類のない――特徴は、狩りをするために女性を解放する点だ。彼女たちが逃げきる可能性はつねにある。犯人はこのゲームに大いなる喜びを感じるらしく、彼女たちを追う前に逃げる時間を与えている。だが、与える時間は長くはないから、女性たちは途中で怪我を負ったり絶望したりということになる。

クインはザ・ブッチャーがなぜミランダのあとを追わないのかが不思議でならないが、それだけでなく、ミランダが脱出したあともそれまでと同じように狩りを継続している点に驚かされてもいた。

もしかすると、追いはじめるまでの時間を短くしたのかもしれない。あるいは、ミランダを例外と考え、それ以降も自分には狩りをうまくやってのける力があり、優位性と支配力を行使できることを自分自身に対して繰り返し証明しているのかもしれない。ミランダを生かしておくのは、唯一の失敗例として肝に銘じているということも考えられる。

クインがかぶりを振った。思考が堂々巡りに陥りはじめていた。犯人がなぜミランダを狙わないのかについては、どうにも不思議でならない。もし女性を獲物に見立てての狩りから快楽を得るサディスティックなレイプ犯だとすれば、ひとりとはいえ、けっして逃がさないはずだ。どうもこの犯人らしくないように思え、クインは気になっていた。

五時になると、大学関係者のリストから特定の条件に該当する人びとを除外する作業を二名の保安官代理に任せ、オリヴィアを迎えにいくため空港に向かった。翌朝またここへ来るときまでにはリストが短くなっていることを期待していた。

直感では、ザ・ブッチャーは間違いなくこのリストの中にいる。

ミランダはその晩、ロッジのダイニングホールで父親がつくってくれた遅い夕食をつつきながら、ふと気づくといつしかクインを探していた。父親を心配させたくはなかったが、空腹感がなかった。

それなのに、不思議なことにペカンパイだけは食べたくてたまらなかった。

父親には、もういいから自分の部屋に行ってゆっくりして、と言った。お皿はわたしが片付けて、キッチンの最後のチェックもしておくから、と。何か手を動かしていれば、ザ・ブッチャーのことを頭から追い払える。

たとえ遅くまでぐずぐずしていたいのはただ、クインが帰ってきたときに会うための口実だとしてもである。

カウンターを拭き終わったころ、ロビーで声がした。クイン。せわしく出ていくと、驚いたことにニックがグレーと話していた。

「ニック。どうかしたの？」

「いや。ただ近くまで来たものだから、ちょっと寄ってみた」

「コーヒーをいれるわ」

「いいから、かまわないで。正直、もうカフェインはかんべんしてほしいんだ。それより一杯つきあってくれないかな？」

ニックと一杯は、ミランダとしてはなんとしてでも避けたかった。ニックと一緒にいるのがいやというわけではない――むしろ楽しい――が、元カレ――クイン――がいつ入ってくるかもしれないときに、もうひとりの元カレと二人きりですわっているというのもおかしな気分だからだ。この二人の男と深い関係にあったことは今までとくに考えることはなかったが、今になって冷静ではいられなくなった。

しかしニックはそれ以前にいい友だちだから、ミランダは笑顔をつくった。「ええ、いいわよ。グレー？　あなたも一緒にどう？」

グレーが首を振った。「今日はもう疲れた。明日の朝はロサンゼルスから年配の団体客が来るんで、早く起きて歓迎の準備をしないといけない。ここに二、三日滞在の予定だ」

グレーは二人におやすみと言って引きあげていった。

ミランダはニックをバーに案内してスツールを手ぶりで勧めると、カウンターの開口部から後ろにまわって、彼の好きなビールを取った。自分の分も開ける。

「どうも」

「乾杯」ミランダは彼の瓶と自分のを軽く合わせ、ぐっとひと口飲んだ。

ニックと一緒にいるのはいつだって楽しかった。恋人になる前はいい友だちだった。たとえ少々の不自然さはあるとしても、あいかわらず友だちでいたかった。恋人同士として満ち足りていたのに、あるときニックが一緒に暮らさないかと切り出した。ミランダの返事はノー。そして彼は去っていった。

ミランダが友だちであり恋人である関係で満足していたのに対し、ニックはより多くを望んでいた。

彼女がクインに対してそうだったように。

それでもニックとは今も、あたたかな友情と仕事上のいい関係を保っている。だったら、彼と一緒に暮らすことをあれほどきっぱりと断ったのはなぜ？

端的に言えば、彼を愛してはいなかったからだ。おれたち、もう寝ないことにしたほうがよさそうな気がするんだけど、と彼が提案したとき、ミランダはすんなり同意した。あとになって考えれば、彼はあのとき彼女の異議を期待していたのかもしれない。

あの別れでようやくほっとできたと言っていい。

「クインとはうまくいってる？」

ニックの質問に不意をつかれた。「ええ」反射的に答えた。

ニックが眉をきゅっと吊りあげた。

彼にじろじろ見られ、なんだか気まずい。説明をしなければいけないような気分だ。「冗談じゃなく、彼は彼の仕事で忙しいし、わたしはわたしで手いっぱい。ま、それ以上にはとくになんということはなくって」

なんて漫然としたことを。なぜ彼とはあくまで仕事上のつきあいであることを強調する必要があるのだろう？　たぶん、ニックに何年もかけてさんざんぼやいてきたからだろう。クインが彼女からどんなふうにキャリアを奪ったかとか、クインがどうやって計画を挫折に追いこんでくれたかとか。

だが、どれほどつらかったかについては、ひと言も話したことはなかった。

「今、保安官代理が二人、彼の下で大学の記録を調べているところだ。三十分前に電話したら、まだ事務所にいたよ」

「ペニーがボーズマンにいたころの記録を再検討するって話していたわ。でも当時、容疑者になりうる可能性のある男性が二百人近くいたとか。もっと何か手がかりを見つけないかぎり、そのリストからつぎつぎ削除していくってわけにはいかないんじゃないかしら」

「クインによれば、犯人は今もまだ独身で、独り暮らしをしているはずだそうだ」

「ところで、クインはどこにいるの？」無関心を装おうとしたが、うまくいかなかった気がした。

「ヘレナだよ。きみの友だちを空港まで迎えにいった。科学捜査の専門家の」

「オリヴィアを？」クインが彼女に協力を要請したことを忘れるところだった。

ニックがうなずき、ビールを飲んだ。「帰ってくるのは今夜遅くか明日の朝かだろう」しばし間があった。「きみとクインがうまくいくことを祈ってるよ」

「なんのこと言ってるんだか」

「わかんない？」

「うん」

ニックはため息をつき、ビール瓶のラベルをはがしはじめた。「きみはまだ彼に恋をしてるんだよ。間違いない。昔からずっと彼に恋をしてたんだ」

「冗談じゃないわ」強く否定しすぎたのだろうか？　そのへんをなんとか説明しようとした。

「あのころ、わたしがどんなだったか知ってるわよね。だけど、いろいろあって、結局は――そう、終わったのよ。とっくに終わったことだわ」

「恋愛は水道の蛇口とは違うよ、ミランダ。そう簡単にあふれたり止まったりしない」ニックの口調に怒りがにじんだ。

「そうは言ってないわ。ただ、わたし――」そこでいったん口をつぐむ。「ニック、ごめんなさい」ほかにどう言えばいいのだろう？　ニックが自分に想いを寄せていることは知っていたが、ミランダにはそれを返すことができなかった。最高の友だちを傷つけるわけにはいかなかった。

彼は彼女のごめんなさいを手を振って拒み、腰を上げた。「いや、ただちょっと、非番になったから、きみのようすを見にきただけなんだよ」じつのところ、保安官には〝非番〟などなかった。彼が保安官に選出されたころ、よくそう言って笑ったものだった。

「わたしとクイン、ほんとになんでもないのよ」ミランダは本音をぐっと抑えこんだ。なぜニックにそれを納得してもらう必要があるのだろう？

あるいは、こんなことを言っているのは自分自身を納得させるため？

ニックが皮肉めいた笑みを投げかけてきた。「きみがしたいようにすればいいけど、ミランダ、これだけは間違いない。きみの心にはずっとクインがいた。おれにはチャンスなんか一度もなかった。今、それがはっきりわかったよ」

「わたし、あなたが好きよ。最高の友だちだわ」

ニックはうなずき、ミランダは自分がいけないことを言ってしまったことに気づいた。ニックは彼女に恋をしているのに、彼女は彼を友だちと呼んだ。

どうして失言ばかりしてしまうんだろう？

「きみがおれを好きってことは知ってるよ、ランディー。きみはずっといい友だちだった。恋人としちゃ最悪だったけどな。おやすみ」

ミランダは彼の後ろ姿を見送りながら、いったいなぜ彼が今夜ここに立ち寄ったのかを考えた。彼女とクインが一緒かどうかをたしかめるため？　自分自身に何かを納得させるため？　ミランダはかぶりを振ると、残ったビールを飲み、瓶をカウンター下に捨てた。

あーあ、男って理解不能。

17

「あんたってほんとにばかね」

ザ・ビッチが怒りをあらわにしたが、今、男にはそれはどうでもよかった。あとでルールを破った罰をくわえられるだろうが、今は何もできないはずだ。罰はどうせ狩りが終わったあとだ。

女の目が興奮にきらりと光るのがわかった。

男はあいかわらずその女が大嫌いだったが、一緒に狩りをする夜は憎しみが薄らいだ。

だが、女の忍耐力のなさが男をいらつかせた。

「どうしてあれじゃだめなの？」ガソリンスタンドに入っていくブルネットを指さして不満げにつぶやく。

「だめだよ」

「どうして？」

「今度はブロンドがいい」

「この前もブロンドだったじゃない」

「いいんだ。またブロンドがいい」

女はため息をもらし、ハンドルを指先でコツコツと打った。「ひと晩中、ここにいるわけにはいかないわよ」

「あと二、三時間程度さ。ちくしょう、少しは我慢強くなれよ！」女には忍耐力がこれっぽっちもなかった。女にしてみれば、彼のほうが変人だった。森の中に連続何日間もじっと腰をすえ、鳥に関するデータを日誌に記すのだから。

男は女にどう思われようとかまわなかった。今、彼女は協力者だった。たいていの時間は絞め殺してやりたいやつなのだが。

だが、女の首に手をかける勇気がなかった。

ブルネットの車は給油が終わると走り去った。そろそろ十一時になろうとしていた。ここに来てもう二時間。十時以降、車の数は減ってきている。

男は膝に双眼鏡を置き、ハイウェー沿いのモールへと曲がっていくつぎの車を待った。二人は絶好の位置に陣取っている。ガソリンスタンドの先の、どこからも見えないある家の私道。家は私道のはるか奥まったところに立ち、住んでいるのは耳の遠い老女で、日の入りとともにベッドに入ることを男は知っていた。

その場所を選んだのは、大学生のころによくそこに車を停めたからだ。ガソリンスタンドとピザ屋とこぢんまりしたバーのあたりに目を向け、自分にぴったりな子がきっと見つかると信じていた。

えり好みはしない。ただ、もう一度ブロンドにしたかった。

ここで狩りをしたことが前に一度だけあった。ルールとして、同じ場所は二度使わないことにしている。万が一を考えて。だが、もうじゅうぶんな時間がたっていた。ここであのブロンドを見つけたのは十二年前のこと。

あの友だちさえ一緒でなければ。

ミランダ・ムーアを追うことをザ・ビッチに禁じられ、彼の心はそのことに絶えず蝕《むしば》まれていた。だが、逃げきったムーアは生かしておく価値があるというのがザ・ビッチの考えだ。ムーアの存在は絶え間なく彼を嘲り、失敗を思い出させた。あの女が憎かった。二人ともが憎かった。

そのうちいつか、二人ともに思い知らせてやる。二人は瓜二つだ。彼をからかい、ばかにする。

だが今はまだ、ミランダ・ムーアに手出しはできなかった。そんなことをしたら、ザ・ビッチが警察に突き出してやると言っている。彼女は本気だ。

「ミランダ・ムーアが脅威になったときは殺してもいいけれど、今はまだだめ」ザ・ビッチに何度となく言われていた。「あの子はあなたに勝ったのよ、スイートハート。そのことをいつも忘れずにいてほしいものね」

つねに思い出させていなければ忘れてしまうかもしれないとでも思っているのか。

ホンダ・シビックが前の通りで速度をゆるめてガソリンスタンドを通り過ぎ、まっすぐピザ屋に入っていく。男は双眼鏡を手に取った。

運転席からブロンドが降りてきた。男の胸は高鳴った。

この子だ。

直感でわかった。狩りのときはいつもそうだった。この子だと直感し、ものにする。

「行ってくる」男が言った。

「待って」

「今度は何?」

「見て」

男はしぶしぶ目をやった。助手席のドアが開き、赤毛が降りてきた。ブロンドと赤毛は一緒にピザ屋に入っていく。

「待ちなさい」ザ・ビッチが命じた。

「いやだ」

「二人はもうだめと言ったでしょ。危険すぎる」

「わかってる」

女がほっとしたとき、男は助手席のドアを開けた。

「どこへ行くの?」女はとっさに運転席から助手席ごしに手を伸ばし、男をつかまえようとした。

車を降りた男はドアからさっと離れ、糖蜜の瓶をウインドブレーカーのポケットに突っこんだ。「それじゃ、車にこいつを仕掛けてくるから」

「わかったって言ったくせに!」

「二人じゃないよ。ほんとだ。ひとりだけにする」

女は信じていないようだが、男はそれでもかまわなかった。どうせ赤毛は使い道がない。今回はブロンドだけだ。

赤毛は先に始末してしまおう。

18

ニックのトラックのライトが青いホンダ・シビックを照らし出しながらその後方に停まった。事件現場らしきところから十メートル足らずの位置である。ライトをつけっぱなしにしたまま車から飛び降り、通報を受けた警官、ブラッド・ジェサップに近づいた。

「女の子はどんなぐあいだ？」

「救急隊員の話では危険な状態のようです。すでに病院に搬送しました」ジェサップがメモを確認する。「運転免許証によれば、氏名はジョベス・アンダースン。財布にはモンタナ州立大の学生証と二十三ドルが入っていました」

「何が起きたんだ？　轢き逃げか？」

「車には傷ひとつついていないようです」

「通報してきたのは？」

「レッド・タッカーです」

レッド老人のことは誰もが知っていた。その道の十五分ほど先、一九一号線と八五号線の交差点にあるバーのオーナーで、ギャラティン郡の最高齢者という噂もある。

「彼は今どこに？」

「パトカーの中です」

レッドはジェサップのパトカーの助手席に斜めに腰かけ、両足を車の外に突き出していた。くしゃくしゃな白髪は見るからに刈りこみたくなるものだし、かさかさした顔に刻みこまれた無数のしわはイエローストーンの踏み分け道の地図を思わせた。

「どうも、レッド。元気でしたか？」車に近づきながらニックが声をかけた。

「まあまあだな。あの女の子はどうした？」

「危険な状態だそうです。もし助かれば、あんたのおかげですよ」ニックは老人の横にしゃがみこみ、メモ帳を取り出した。「どういうことだったのか、聞かせてもらえますか？」

「近頃じゃ、おれが店を出るのは十一時かそこらなんだ。昔よりたっぷり睡眠をとる必要があってな。道路の脇に車が停まっているのが見えたんで、スピードを落とした。ガス欠かなんかかもしれないと思ったんだよ。ところが人の姿が見えなかった。それじゃ、車がエンコしたんで、交差点まで歩いて戻ったんだろうと思った。だからまたスピードを上げると、ライトが車の前方の何かを照らし出した。動物かもしれないと思った。車に轢かれた小グマか何かだろうと。そこで車を端に寄せたんだよ」

レッドがかぶりを振った。「まさかと思ったが、若い女性だった。信じられんよ、まったく。そこに倒れていたんだ。道路に半分はみ出していた。よくもまあ、でかいトラックかなんかに脚を轢かれなかったもんだと思ったよ」

「ほかに何か見ませんでしたか？　ほかに誰かいたとか？」

「いいや。あたりはしんと静まり返ってた。おれは携帯電話を持っちゃいないんだが、あの子をここにこのまま放っておきたくなかったんで、誰かが車で通りかかるのを待つことにした。そしたら、あの子のすぐそばに電話が見えたんだよ。倒れる前に握ったみたいだな。それを使わせてもらった。使っちゃまずいってことはないよな？」

「ええ、そうしてもらってよかったですよ。車の中のものは何か触りましたか？　イグニッションは？　ボンネットは？」

「うーん、もしかしたら中をのぞきこんだときに屋根に手をやったかもしれないな。車ん中にも誰かいるかもしれないと思ったんだよ。何を考えてる？　まさか――事故だよな、こいつは？　轢き逃げだろ？　またあの殺人鬼ってことはないよな？」

ニックの胃のあたりを不安がよぎった。ジョベス・アンダースンの怪我は連続殺人犯の犯行ほど残忍ではないと思いこみたかったが、車をライトで照らし出すや、たちまち十二年前に引き戻された。

シャロン・ルイスのワーゲン・ビートルもここから三キロ足らずの場所で発見されたのだ。この同じ道路の。

「ちょっと調べてみます」ニックが立ちあがった。膝ががくがくした。「もうしばらくここにいてもらえますか？」

レッドがこっくりとうなずいた。「帰ったところで、どうせ寝つけないよ」

風が強まってきたため、ニックはジャケットの前をぎゅっと合わせた。十二時少し前ともなると、気温は一気に下がってくる。今夜は十度以下になりそうだ。

ザ・ブッチャーでないことを祈った。レベッカの遺体発見はわずか三日前のこと——ザ・ブッチャーがこれほどすぐにつぎの事件を起こすことは、ニックの記憶ではなかった。ザ・ブッチャーかどうかを調べる簡単な方法があった。

車に近づきながら、足は鉛のように重く、心臓は締めあげられるようだった。「ジェサップ！」警官を呼んだ。

「はい？」

「車のナンバーと登録証は調べたのか？」

「車の持ち主はアシュリー・ヴァン・オーデン、二十一歳。住所はカリフォルニア州サンディエゴとなっていますが、現住所は州立大の寮です」

アシュリーはどこだ？

ニックは車の後方をまわって燃料タンクの側へ行った。懐中電灯を取り出し、給油口の小さな蓋に向けた。ホンダ・シビックの燃料タンクは、運転席の横の床に付いているリリースレバーでロックをはずす。だが、モンタナの人びとはたいてい、給油や食事のために車を停めるときにいちいちドアをロックしない。家の前に駐車するときでさえも。

それにもしロックしたとしても、その気になれば車に押し入るのは簡単だ。

前かがみになってマグライトで照らすと、給油口の蓋の横に何かべたべたしたものが糸を引くように付着していた。においをかぎ、糖蜜の甘さだと気づいて胸がむかついた。ザ・ブッチャーがまた出現したのだ。

ニックは何かを蹴飛ばしたかった。「ジェサップ！」大声で呼んだ。「鑑識に連絡してくれ。全員出動だ。大至急。弁解無用」

「はあ？」

ジェサップの何か問いたげな表情は無視し、ニックは携帯電話を取り出してキーを押した。

「はい、ピーターースン」

「クイン、ザ・ブッチャーがまたひとり誘拐した。いつ戻ってこられるかな？」

「もうそっちに向かっている。現場はどこだ？　一時間以内に到着する」


アシュリー・ヴァン・オーデンは二日酔いに似た気分をあじわっていた。シェリーおばさんの結婚式でシャンパンを飲み過ぎたときのような気分。頭がぼうっと重たく、ずきずきする。

体をぶるぶるっと震わせ、寒さのせいで目が覚めたことに気づいた。いつになってもモンタナの寒さに慣れることができずにいた。つねに陽光が燦々と降り注ぐサンディエゴ出身だから、陽気でぽかぽかしたビーチがあたりまえなのだ。モンタナは大嫌いだが、モンタナ州立大にはすばらしい野生生物研究コースがある。アシュリーの最終目標は南カリフォルニアで絶滅の危険にさらされているオオツノヒツジの調査だった。

だが、この寒さは尋常ではなかった。骨の髄まで凍りつきそうだ。肌がじかに冷気を感じている。毛布をかけてもいなければ、ヒーターからあたたかな風も吹き出していない。それに、部屋がくさい。何かが腐ったような、カビくさいような。動物の死体のようなにおい。部屋の隅の穴にこもっていたネズミの一家が一週間前に死にでもしたような。

寮の部屋ではない。

はっきりと目が覚めるなり、恐怖に襲われた。心拍数が徐々に上がり不安がつのるのではなく、一瞬にして底知れぬ恐怖にとらわれた。上体を起こそうとして、拘束されていることがわかった。いったいどういうこと？　ここはどこ？　ジョベスはどこに？

最後に記憶しているのは、走っていた車が停まってしまったこと。どんなふうだったかといえば、二回ほどブルンブルンと音を立てて、そのまま動かなくなった。路肩に寄せられただけでもラッキーだった。

ジョーがロードサービスに電話しようとしたが、携帯電話がうまく通じないからと車の外に出た。アシュリーがこの山岳地帯を大嫌いなもうひとつの理由がこれ、携帯の電波状況に難がある点だ。サンディエゴではそんなことはついぞなかった。

アシュリーは運転席で前かがみになりCDをチェックしたあと、音楽鑑賞用にジュースがたっぷりあるのを確認した。そして顔を上げると、ジョーの姿が見えなくなっていた。アシュリーも車を降りると、道路の反対側の木立に向かって歩いていく女が見えた。どうしてジョーは道を渡ったのだろう？「ジョー？　そんなとこで何してるの？」

そこからはぷっつり。およそ何ひとつ記憶がない。なぜ何も憶えていないのか？　いったい何が起きたのか？

アシュリーは全裸だった。そして拘束されていた。きつく目隠しされてもいた。きつすぎるほどきつく。聞こえるのはただ、耳の中で激しく脈打つパニックのみ。唇はわなわな震え、嗚咽がもれる。それをぐっとのみこみ、恐怖を無理やり抑えこもうとした。

カチャッ。

なんの音だろう？　誰かがやってきた？　ああ、神さま、いったいわたしはどうなるのでしょう？

レベッカ・ダグラス。

とてつもない恐怖が彼女を包み、猛烈な力で締めあげては魂から希望を一滴残らずしぼり取った。あのレベッカという女子学生の遺体が発見されたばかりだった。新聞によれば、犯人はボーズマン・ブッチャー。森の中で女性たちに拷問をくわえたあと、動物に見立てて狩りをするという。ザ・ブッチャー。

いやよ。**いや！　いや！　いや！**

神さま、お願い！　どうかわたしをひどい目にあわせないで！

拘束状態でもがくうち、喉は締めつけられ、呼吸が乱れていく。蹴ったり引いたり押したり。死んでなるものか。死ぬなんてできない！　人生はまだこれからだというのに。友だち。家族。パパには気をつけなさいと言われていた。注意しなさい、何ごとも慎重にと。アシュリーは誰にでも愛想がよく、世間知らずだからと。

自分では気をつけているつもりだった。何がいけなかったのだろう？

何よりも、父親を苦しませたくなかった。彼女はパパのプリンセスだった。娘が失踪したと知ったらパパはどうなってしまうかわからない。娘が死体で発見されたら？　それも拷問――そして**レイプ**――を受けて。

だめよ。だめ。だめ！　そんなことはさせてたまるか。

ジョベスはどこだろう？

「ジョー？」闇の中に小声で問う。耳をすましながら、速まる一方の鼓動を必死で静めようとした。

返事はない。

そのとき、また何か聞こえた。なんだろう？　外からのようだ。人の声だ。闇の中でささやいている。懸命に聞き耳を立て、言葉を聞き取ろうとした。

「だから言ったでしょう、まだ早いって！」低い声だが、女のようだ。

「もう行けよ。来週、来てくれ」男の声。ぶっきらぼうだ。

ピシャッ。

「とにかくもう帰るわ。こんな時間でしょ。明日また来るから」

ぶつぶつと不満げな声がしたが、言葉までは聞き取れなかった。**カチャッ**。また何も聞こえなくなった。

静寂が彼女の恐怖をなおいっそう高め、静寂の響きは目隠しをされた夜のように真っ黒だった。まもなくサラサラという音がし、つづいてフクロウの声。夜のさまざまな音がつぎつぎと繰り出されていたが、怯えきった彼女にはまだ耳をすますます余裕がなかった。だがある瞬間、何かを叩く音がし、つづいてキーキーときしる音が聞こえ、また静かになった。何かが屋根の上を走ったのだ——トタン屋根の上を。トタンだ。ここはどこかの小屋の中、そして猛烈に寒い。

音ではなく、凍るような冷たい風でドアが開くのがわかった。

小さくパチンという音がし、二個の木がこすれあった。呼吸音。男がすぐそこにいる。男がすぐそこにいるというのに、彼女は何もできなかった。

「お願いです。お願い。お願いだから、痛い目にあわせないで」大きな声で叫ぶと、声がかすれて割れた。

ビシッと大きな音が部屋に響きわたり、アシュリーの腿の内側に切るような痛みが走った。思わず悲鳴があがる。鞭だ。

やがて男が彼女の上に乗ってきた。両脚のあいだを貫く激しく鋭い痛みが、わずかに残っていた冷静さをこなごなに砕き、喉が焼けつくまで悲鳴をあげさせた。

離れたところから笑い声が聞こえてきたような気がしたが、まもなくその声がとだえた。

19

ミランダは二時間ほど待合室を行ったり来たりしたあと、救急処置室の外にずらりと並んだグリーンのプラスチック椅子にようやく腰を落ち着けた。ジョベス・アンダースンの容態についてはほとんど何も聞かされていなかった。病院はミネソタに住む家族に連絡がとれなかったため、大学に連絡した。大学の職員が彼女の両親の居場所を追跡してくれることになったものの、生きるか死ぬかの瀬戸際ということで、医師らは手術に取りかかった。

ミランダの電話が鳴ったのは二時ごろで、悪夢を見ていた彼女は眠りを妨げられたことに感謝した。

ニックからだった。ザ・ブッチャーがまた女子学生を誘拐した。

そのときの電話では、ジョベスが置き去りにされたことにさして疑問は感じなかったが、今、ミランダの頭の中はそのことでいっぱいだった。

なぜアシュリーひとりが連れ去られたのか？

ザ・ブッチャーがジョベスを殺そうとしたなら、なぜ道路の端に置き去りにしたのか？

なぜレベッカ殺害の直後にまた動いたのか？　これまで誘拐と誘拐のあいだの最短期間は二週間だったが、アシュリーの誘拐はわずか三日後だ。

すぐにでもクインと話をして、これが何を意味するのかを突き止める必要がある。ザ・ブッチャー逮捕にいくらかは近づいているのだろうか？　この捜査の何かがザ・ブッチャーの手の内を明らかにしたのだろうか？　あるいは、コピーキャットによる犯行ということも考えられる。だが、そんな疑問に答えてくれるクインとニックはそばにはいなかった。今、二人は交差点付近へ何か見たかもしれない人たちの話を聞きにいっている。ジョベスとアシュリーはそこにあるピザ屋で車を停め、食事をしたのだ。

受付カウンターの看護師に聞いたところでは、ジョベスは後頭部に致命的な挫傷を負ったようだ。頭蓋骨が割れてもおかしくない力で三回、殴打された。医師は命を救おうと懸命だが、命を取りとめたとしても脊髄がやられている可能性がある。それほどの重傷から察するに、犯人はおそらく殺すつもりで殴ったのだろう。

ジョベスも生き残りってことね、とミランダは思った。**わたしの仲間。**

かわいそうなジョベス。手術台に横たわり、脳の出血を医師が必死で止めようとしている。ジョベスの脳内に何かしら、犯人につながる手がかりがあるかもしれない。ザ・ブッチャーを見ているかもしれないし、知っているかもしれないし、とにかく何か情報がある！　突破口が欲しかった。犯人が何かミスを犯してくれないことには。

ミランダはジョベスが生き延びてくれることを祈った。意識を回復し、「はい、彼を見ました。彼は――」と言ってくれることを。

お願い、がんばって、ジョベス。

ミランダは長椅子に腰を下ろした。地平線の上に太陽が顔をのぞかせてくるのを見ながら、目を閉じた。少しは休んでおこう。

一時間後、クインがやってきた。

手術棟の入り口にある待合室にミランダがいると知っても驚きはしなかったが、バックパックを枕に長椅子に横になって眠っている姿にははっとさせられた。細い体にウールの毛布を掛け、胸の上で腕を組んで毛布をしっかりと押さえている。まるで子どものような無邪気なその姿……

色白な肌が眠りのさなかとあってどこかゆったりとし、緊張を保っている体とそぐわない感じがする。クインはその姿に引き寄せられるように足音を忍ばせて近づいた。美しく、力強く、生気に満ちた姿。洗練もされている。

情熱的で知的。ときにひどく手を焼くこともある。あまりに頑固で。

クインは思わず唇をなめた。これまでずっと、ペカンパイを食べるときにミランダを思い浮かべないことはなかった。砂糖のついた彼女の甘い唇がいつしか彼の唇とひとつに溶けあい、体も彼の体とぴたりとひとつに重なったときのこの上ない一体感。

我慢できなくなってかがみこみ、顔にかかったゆるやかにカールする髪を耳にそっとかけた。

ミランダが目を開けるなり、いきなり上体を起こした。毛布が床に落ちた。一瞬、恐怖の表情が顔をよぎったが、すぐに彼に気づいた。クインは脅かしてしまったことを申し訳なく思いながら隣にすわり、頬に手を触れた。柔らかな頬だ。

　ミランダは彼のそうした仕種に対して引きこそしなかったものの、体を寄せてもこなかった。たとえそれだけではあっても、今の彼はそれだけを受け止めるほかなかった。彼女の信頼を再び取り戻すための努力が二人の関係のわずかな進展につながったのだとしたら、それを危険にさらしたくはなかった。

　早まってキスをするという間違いなどなかったふりをしよう。あのときは間違ったという気がまったくしなかったとしてもである。

「ごめん、ミランダ。起こすつもりはなかったんだが」

「誰かに見られているような感じがしてたの」ミランダの声は寝起きの——あるいは睡眠不足の——せいでかすれていた。咳払いをする。目に宿った恐怖の色は濃いまつ毛の陰に隠れた。大きく一度深呼吸をしてから彼を見あげた。「どうなった？　ジョベスは？」ぱっと勢いよく立ちあがり、ちょっとふらついた。クインが肘をつかんで支えても、その手を払いのけることはなかった。

　ささやかとはいえ、また一歩。

「今、ここに来たばかりなんだ」

　ミランダがナース・ステーションのほうにちらっと目をやった。「何か変化があったら起こしてくれると約束してくれたわ」カウンターの向こう側に立つ、たったひとりの看護師の顔を見る。

「何か聞いてません？　ジョベス・アンダースンです。手術を——」

看護師がうなずいた。「はい。三十分前に手術が終わり、集中治療室に移されました」

「容態は？」

「申し訳ありません、ムーアさん、わたしからは申しあげられません。ご家族以外のかたにはちょっと」

ミランダがクインの横で体をこわばらせ、唇を噛んだ。クインには彼女の気持ちがよくわかった――ミランダはアシュリーのことで悲嘆に暮れると同時に、ジョベスの心配もしていたのだ。

クインは札入れを取り出し、バッジを示した。「連邦捜査局の特別捜査官、クインシー・ピータースンですが、話を聞きたいので、アンダースンさんの主治医に連絡してください」

「はい、お待ちください」看護師が電話を取ると、クインはミランダの肘を支えてまた待合室へと連れていった。

ミランダはため息をつき、額に手を当てて真っ赤に充血した目を隠した。「ああっ、んもう」いかにも不満そうにつぶやく。「なんで？」

彼女がなんのことを言っているのか、クインは訊かなくてもわかった。

「アシュリーの車はさっき保安官事務所へ運んだから、これから徹底的に調べるさ。指紋、毛髪、そのほか何ひとつ見逃さないよ。鑑識はまだ現場に残って、周辺の石や土や木の葉のサンプルを収集している。道路脇にもしゴミでも見つかれば、ただちにヘレナに送られる。やつがささいなミスひとつしてくれれば、引っ捕らえてやるんだが。そうだろ、ミランダ」

クインはミランダの顎に手をやり、強引に顔を上げさせた。彼女の大きなブルーの目に宿る苦悩を知り、胸が締めつけられる思いがした。

「約束する。答えを聞くまではここでねばるよ」

ミランダが、ようやくそれとわかるくらいわずかにうなずき、椅子に沈みこむように腰を落とし、両手で頭を抱えた。クインも隣に腰かけ、彼女の肩に手をやった。ミランダに触れてもたじろぐ気配のない心地よさに浸りながら、肩の筋肉をなでた。

「アシュリー・ヴァン・オーデンの命があるうちに、あいつにたどりつける可能性もあるかしら?」

なんと答えたものか、クインは迷った。「可能性ならつねにあるさ」

ミランダが彼を見た。張りつめた彼女の首筋から、緊張が見えない波動となって伝わってきた。きっと割れるような頭痛に襲われているにちがいないが、そこはミランダだ、ただじっと耐えている。かつて彼女がぽつりともらしたことがあった。痛みは自分が生きていることを思い出させてくれると。彼にはその言葉が、シャロンは死に、自分は生き残った罪悪感に根ざす自分自身への罰のように思えてならなかった。

「わたしにはアシュリーの姿が見えるのよ、クイン」ミランダが声を震わせ、ささやいた。「アシュリー。闇の中。寒さ。裸で怯える姿。恐怖の大きさ。わたしよりもっとつらいはずよ」

「ミランダ、そんなこと——」

ミランダがかぶりを振り、わかって、と哀願するように彼に体をもたせかけてきた。クインは肩に腕をまわし、ぎゅっと力をこめた。

「いやよ。やめて。彼女のことに集中しなくちゃ。彼女のほうがつらいってわかるでしょ？彼女は知ってるんだもの。男がザ・ブッチャーだってことを。レベッカがほんの何日か前に殺されたんだから、アシュリーはつぎは自分だと思ってるはずよ」声が引きつった。しゃくりあげるかのように。だが涙は出てこない。

クインは両腕をやさしく彼女にまわして包みこむ。必死で感情を封じこめようとすればするほど、ミランダの全身が腕の中で小刻みに震えた。こうして慰められるがままになっているということは大きな一歩、希望を与えてくれる一歩だった。

そして希望があると知ったことにより、彼の心もミランダに向かってより大きく開いた。

ミランダが深く息を吸いこみ、彼の胸で言った。「さっきわたしの救難チームのチャーリーに電話したの。そしたら八時に出発するって」

「きみは眠らなきゃ」クインは彼女の背中をさすりながらつぶやいた。

ミランダがすっと体を離し、首を振った。「眠れるわけないわ。アシュリーがどこかに監禁されているっていうのに眠れるはずないでしょ。なのに——ああ、もう、どうしたらいいのかわからないっ！　捜せど捜せど、生きているうちに見つけることができないんだもの。だけど、じゃあ、ほかにどうすればいいのかはわからない。これじゃ、にっちもさっちもいかないわ」

ミランダは、自分はどっかりとすわって、人が仕事をするのを見ていられるタイプではない。最初から先頭に立って動かなくては気がすまない。

クインがここで彼女に言ってもはじまらない決まり文句を口にしようとしたとき、白髪まじりの黒く豊かな髪が印象的な長身痩軀《そうく》の医師が近づいてきた。「ピータースン捜査官ですか？」医師は片手を差し出しながら、黒い目でミランダをちらっと見て、すぐにまたクインに視線を戻した。「主治医のショーン・オニールです」

クインも手を出して握手した。「わざわざ恐れ入ります。アンダースンさんの容態ですが、どうですか？」

「命は助かりますか？」ミランダが訊いた。

オニール医師はため息をもらすと、眼鏡をはずして目をこすり、またかけた。「運びこまれたときは助かる見込みはほとんどなかったのですが、がんばりましたよ、彼女。手術に耐えた今、可能性は五分五分です。トマス保安官が州外にお住まいのご両親と連絡をつけてくれましたんで、今、電話で伝えたところです。頭部の挫傷は深刻ですが、幸いなことに脊髄に損傷はありません。脊髄神経をやられたんじゃないかと心配だったんですが、大丈夫です。ただ、もし意識が戻ったとしても、脳の損傷が短期あるいは長期にどんな形で残るかについては、今はまだなんとも。

要するに」と医師がつづけた。「現在は昏睡状態にあります」

昏睡。捜査陣にとって最強――しかも唯一――の目撃者が昏睡状態。運命の女神にむかついた。

ライアン・パーカーははっと驚いて目を覚ました。ほの暗い部屋で心臓が激しくどきどきしていた。なんだかいやに湿っている。ひょっとして寝小便をしてしまったのかと思ったが、すぐに寝汗をかいたのだと気づいた。そのせいで凍えそうに寒い。

だが、悪夢にもまして彼を寒くさせているものがあった。

デジタル時計にちらっと目をやる。午前五時四十六分。

唾をのみこもうと数回やってみたが、口の中がからからに渇いていて喉が引きつる。怖い夢はこれまでにも何度か見たことはあるが、これほどリアルでおぞましいことはなかった。なぜなら、この夢は現実に起きたことだったからだ。あの女子大生は本当に殺され、彼は森の中で責めるようにこちらをにらむ彼女のうつろな目を見た。その目が怖くて、あやうく死体のまぶたを閉じそうになったが、死体に触りたくはなかった。

一方、悪夢では現実と空想がないまぜになっていた。彼女は森の中から助けを求めてきたりはしなかった。繰り返し自分に言い聞かせた。これは夢。自分の頭がつくりあげたことだ。ライアンは数分をかけて、先週、森で本当に見たことと夢の中で自分が空想したこととを区別した。

だが、レベッカ・ダグラスのうつろな目は、眠っているときにかぎらず、絶えずライアンにつきまとっていった。

静かにベッドから抜け出た彼はドレッサーの前に行き、一番下の引き出しをそろそろと引いた。そこには彼の大事なものがいろいろと入れてあり、室内で唯一、母親がこっそり探ったりしない場所だった。珍しい石、イエローストーンで見つけた魚の化石、石化した木片、ベースボールカード、愉快な漫画が描かれたダブルバブルガムの包装紙。

そしてあのベルトのバックル。

怖い夢を全部記憶はしていなかったが、目を覚ます直前にベルトのバックルが出てきた。きらきら光るグリーンの目をした鳥。

明かりはつけずに引き出しの中を手で探るうち、奥の隅で指先がひんやりとした鋼鉄に触れた。そのとき、何か心にひっかかるものを感じて手の動きがぴたりと止まったが、なんなのかはわからない。

あのFBI捜査官のところへ行き、これを見せるべきだった。しかし、今ではもう遅い。きっとなんでもない。ただ誰かが森で小便をした。それだけのことだ。

いや、そうじゃない。

指先が意志をもつかのように、勝手に動いて金属製の鳥を握る。と同時に、ライアンはどうすべきかがわかった。バックルを誰に見せたらいいのかが。

彼の父親は何ごとも打ち明けやすい人ではないが、ライアンが知る人の中では一番頭がいい。なんといっても判事である。そのバックルをどうすべきか、誰が保管すべきかを知っているはずだ。

　両親のベッドルームに向かって歩きはじめたとき、階下からコーヒーの香りがした。父親がそこにいてくれたらと願い、キッチンへと入っていった。

　父がいた。「おはよう、パパ」

「ずいぶん早いじゃないか」

　ライアンはベルトのバックルをいじりながら肩をすくめた。「ぼくさ、どうしたらいいのか考えてたことがあって……あのさ、あるものを見つけたんだけど、なんなのかよくわからなくて。でも、パパならきっと……」われながらばかみたいだと感じていた。それがバックルであることくらいわかっているうえ、どこで見つけたのかは父には言いたくなかった。

「ほう、どんなものだい？」

「あら、ここにいたのね」

　ライアンは飛びあがらんばかりに驚いた。ローブ姿の母親がキッチンに入ってきて、顔をしかめたのだ。

「ディライラ」父親が言った。「きみはまだ寝ているものとばかり思っていたよ」

「目が覚めたらあなたがいないんで、ライアンのようすを見にいったら、この子もいなかったのよ」

「馬のようすを見にいっていたんだよ。なんだか怯えているようだった。戻ってきたらもう眠れそうもないんで、ポットにコーヒーをいれておいた。きみのも注ごうか？」

「自分でするわ」

ライアンは母親がいるところで話したくはなかった。女子大生の死体の発見場所にまた近づいたことが知れたら、罰を受けることになりそうだ。父親の罰は母親に比べていつも甘い。また今夜にでも父親に話すことにしよう。

「学校の支度をしてくるよ」

「わたしに何か見せたいんじゃなかったのか？」

「たいしたことじゃないから、今夜、見せる」

「わかった」

母親がかがんでくると、ライアンは母の頬に唇を軽く触れ、つぎに父親にもキスをしてから階段を駆けのぼった。

今夜、パパにバックルのことを相談しよう。

20

ミランダは病院をあとにする前に、なんとしてでもジョベス・アンダースンのようすを見ていきたかった。警護の警官はすんなりと通してくれた。ニックの元恋人が時として有利に使えることもある。

ジョベスは一命をとりとめた。レベッカやそのほかの殺された子たちとは違う。生きているのだ。ミランダがジョベスに何よりも望むことは、自分の強さを知って、戦わなければならないということ。友だちを誘拐したあの凶悪犯を捕らえるために戦わなければ。

彼女の頭の中には、ザ・ブッチャーの正体につながる手がかりが必ずや閉じこめられているはず。意識のない頭の中に。

ジョベスは白い毛布をほぼ首まで掛けて、角度を調整した医療用ベッドに横たわっていた。心臓の鼓動に合わせて機械がピーッと柔らかな信号音を発している。ほかにも呼吸をモニターする機器、脳の活動をチェックする機器が彼女の命を語っていた。

彼女は生きていて、自発的に呼吸していた。腕からは点滴で薬が注入されている。ミランダはこの同じ病院で過ごした一週間を鮮明に記憶していた。当時は退院が待ちきれなくて、今はここにいたくない。

「お願い、目を覚まして」ミランダがささやきかけた。アシュリーを救うチャンスがあるとしたら、それはとりもなおさず、ジョベスが早く意識を取り戻すことにある。

頭部は大部分が白い包帯でおおわれ、くしゃくしゃに乱れた赤毛との対比が際立っていた。肌は透けるように白いが、その白さはどこまでが生来の白さでどこからが重傷を負ったせいなのか、ミランダには判断がつきかねた。

「ジョベス」ミランダの声が喉もとまでこみあげた涙で詰まった。ベッドのかたわらの椅子に腰かけ、ぐっと唾をのみこんだ。昏睡中のジョベスが恐怖感や心配を感じていないことを願った。彼女には力を蓄えてもらいたかった。

「ジョー」今度は声に力がこもった。「わたしはミランダ・ムーア。あなたと会ったことはないと思うけど」

いったい何を言ったらいいのだろう？ 命をとりとめた犠牲者に会うのははじめてだ。厳密に言うなら、そういうわけでもなかった。レイプ被害者の相談に乗ったこともあれば、行方不明になったのちに発見された人びとの恐怖を和らげたこともあり、ヒステリックになった両親や心配する子どもたちの相手をしたこともある。

だが、ザ・ブッチャーの被害者に会ったことはなかった。鏡をのぞくとき以外には。

自分ならできると思った。なんとしてでもやらなければ。ジョベスの意識の中に、自分をこんな目にあわせた男へとつながる何かしらの手がかりがあるとすれば、ミランダはそれを引き出す方法を見つけなければならない。アシュリーを救うために。

「あなたは助かったのよ、ジョベス。あなたは生きている。昏睡中の人も音で状況が判断できているという話を聞いたことがあるわ。もし聞こえていたら、よく聞いて、ジョベス。よく聞いて。アシュリーの命を助けたかったら、わたしの言うことをよく聞いて」

このアプローチ、間違ってはいないだろうか？　アシュリーの身が危険だということを知らせてもいいのだろうか？　そのせいで容態が悪化したりしたら？　罪悪感に苛まれたりしたら？

わたしは生き延び、シャロンは死んだ。

ミランダは目を固く閉じて、息を深く吸いこんだ。

「犯人がなぜあなたを連れていかなかったのか、それもわからないけど」ミランダは人事不省の女子学生をじっと見ながら語りかけた。「とにかく、あなたはラッキーだったわ。生き延びたんですもの。せっかくここまでがんばったんだから、絶対にわたしたちのところへ戻ってきてね。絶対に。アシュリーのために。今は眠っているあなたの頭のどこかにきっと、アシュリーを誘拐した男の正体を突き止める鍵があるはずだから」

彼女自身、監禁の日々についてあまり記憶がなかった自分を許せずにいた。自分のせいで犯人特定には至らなかったと。シャロンを殺した男。その男の声なら聞こえた。実際、何度か言葉を口にしてはいた。

ビッチ。

どうだ、これは？

じっとしてろ。

逃げろ。二分やる。

そうした言葉は捜査官たちに繰り返し伝えた。ＦＢＩプロファイラーにも。無理やり診察を受けさせられた精神科医にも。かったるそうに響く抑揚のない残忍な言葉は、彼女にとってなんの意味ももたなかった。そうそう、プロファイラーは犯人は子どものころに女性から性的虐待を受けており、この犯行は自分を苦しめた者に対する〝罰〟だとの発言をしたが、それが捜査にどう役立ったのだろう？　ミランダにはわからない。容疑者が**いたなら**、役立つ情報となりえたかもしれないが、警察は容疑者ひとり見つけられなかった。ＦＢＩも協力していたというのに。

つまり、ミランダはなんの役にも立てなかった。

吸いこむ息が乱れた。「ジョベス、あいつから逃げきった、たったひとりがこのわたしなの」小さな声で先をつづけた。「あのボーズマン・ブッチャー。わたしは逃げきったの。でも、親友は死んだわ。彼女の名前はシャロン。わたしたち、本当に仲がよかったのよ。姉妹みたいに。何もかも彼女と分けあっていた。思いもよらないことだったわ――そうなの、わたしたちがあんなひどい目にあうなんて思いもよらなかった。でも、ザ・ブッチャーはわたしたちを誘拐したのよ」

ザ・ブッチャーはなぜジョベスを連れ去らなかったのだろう？　ミランダにはわからないし、クインとニックにしてもできるのは憶測のみ。彼女を車に乗せる時間がなかったのかもしれないいし、彼女が男の顔を見たのかもしれないいし、男を知っていたのかもしれない。どの憶測が当たっているのかは、ジョベス・アンダースンしか知らない。

「ジョー、早く眠りから覚めて。あなたのつらさ、わたしにはよくわかるわ。これから先もつらいと思う。でも、あなたが早く目覚めてくれないと、ザ・ブッチャーはアシュリーを殺すわ」ミランダがぐっと唾をのみこんだ。「あなたに落ち度は何ひとつない。そのことはわかってほしいけれど、早く目を覚まして、わたしたちを助けて。アシュリーを連れ去った男を見つけるために警察に協力して。アシュリーがひどい目にあわされる前に。男がハンティングをはじめる前に」

なんの変化もない。ジョベスは動くこともなければ、ミランダの言葉が聞こえている気配もない。ミランダは彼女の手をぎゅっと握りしめ、額をベッドに当てて深く息を吸いこんだ。ミランダにはしなければならない仕事があった。手遅れにならないうちにアシュリーを捜し出す。

まもなくミランダは意を決して腰を上げた。ジョベスの肩にそっと手を触れる。「よくなってね、ジョー。約束して。よくなるって。また来て話をさせて。たぶん今夜。それがだめなら、明日の朝には必ず。いいわね？」

返事を期待してはいなかったし、もちろん返ってはこなかった。

クインは保安官事務所の前に駐車できなかった。マスコミの車が駐車できる場所はすべて占領していたからだ。苦々しい思いで角を曲がったところに車を停め、徒歩で事務所に近づいたとき、正面階段の上に立ったニックの声が耳に届いた。「質問の時間はここまでです。今から捜査を開始しますので」

ニックがくるりと後ろを向き、建物の中に入っていった。去っていく彼の背中に記者たちが質問を投げかけた。

クインは報道陣を避けて脇から裏口へとまわり、警備に立っていた保安官代理にバッジを見せて通るなり、まっすぐニックのオフィスに向かった。

「何かあったのか？」ニックのサイドボードに置かれたポットからコーヒーを注ぎながら尋ねた。

ニックはいかにも不満そうだ。「ちくしょう、そうとわかってりゃな。運が悪かったよ。ちょうどCNNから広報担当にインタビュー依頼の電話が入って、〈アメリカズ・モースト・ウォンテッド〉の担当者が今週末にここに来て、ザ・ブッチャーに関する映像を何コマか撮影したいということだったんだ」

「悪い話じゃないだろう。あの番組で採りあげてもらえば、それなりの注目は集まる」ただし、放映が七日から十日後だとすれば、それまでアシュリーの命はもたないだろうが。

ニックがクインをじろりとにらんだ。「今朝の新聞、見てないのか？」

「ああ、まだだけど」

ニックが朝刊を投げてよこした。

一面で見出しが派手に躍っていた。**ブッチャーの襲撃再び。**

「どうやって間に合わせたんだろう？」

「マスコミ規制、しなかったのかな？　おれは知らないが、ともかく記事の大部分はアシュリー・ヴァン・オーデン失踪の前に書かれていた可能性がある。被害者に関する記述は最初と最後のパラグラフだけなんだよ」ニックが間をおき、指先でデスクをこつこつと打った。

「バンクスに何か話したのか？」

クインは記事にざっと目を通した。「いや、なんにも話しちゃいないが、昨日、大学でばったり顔を合わせた。何かしきりにかぎまわっていたよ」

「やつに何を言った？」

「べつに」クインがちらっと顔を上げた。「どうして？」

「先を読んでみてくれ」

クインはさらに先を読んだ。レベッカの誘拐と殺害……ライアン・パーカーが遺体を発見……どれもこれも焼き直し……バンクスはまた、ＦＢＩ犯罪研究所から専門家を呼び寄せた一件やクインがモンタナ州立大の学部長から男子学生など百八十九名のファイルを回収した事実についても書いていた。こんな調子だ。**このファイルはペニー・トンプスン失踪事件に関する容疑者リストだが、いったんは大学側に戻されたもので、捜査陣の無能と混乱を如実に示す一例といえよう。**

バンクスはまた、保安官事務所とニックを名指しで激しく非難してもいた。**捜査チームに近い匿名の人物はこう語った。「保安官事務所はこの事件への対処を初動段階から誤った。**

そろそろ誰か十分な能力をそなえた者がお膳立てしなおすときが来たようだ。誰もが恐怖感を抱きながら暮らしているこの状況に、なんとしてでもストップをかけなければ」

誰の言葉の引用か記されていなくとも、これではまるで、ニックは無能だとクインが言ったかのようだ。

なんていやな野郎だ！

「ぼくは何も言っていないよ。オリヴィアのことも、ファイルのこともだ」クインは新聞をニックに投げ返した。「あいつはただきみを怒らせたいだけさ。誰が言ったとも書いてないじゃないか、ニック。そう深刻に考えるなよ」

ニックの表情からは彼が批判をひどく気にしていることが伝わってきた。

「やれるだけのことはやってるじゃないか」クインが言った。「証拠を調べることにかけては最高の人材を呼び寄せた。山小屋やキャビンもわかっているかぎり、すべて調べている。アシュリーの車もレベッカの車も分解して調べてる。ペニーと知り合いだった男のリストも数十人にまで減ってる。十二年前の数百人や昨日までのほぼ二百人に比べれば、はるかに御しやすい数字だ。さ、急ごう」

ニックが腰を上げた。「いくつかやらなきゃならないことがある」

「えっ？」

「たいしたことじゃないんだ。ただ、ちょっと思いついたことがあって」

「ブレーンストーミングしたければ、ぼくもここで一緒にあれこれ考えるけど」ニックの落ち込みようがクインにはあまりにも意外だったのだ。

「いや、その必要はない。もし何かこれということがあれば電話するよ。ペニーの友人の線を追いつづけてくれ。どうせおれは幻を追いかけているんだろうから」

クインにそれ以上質問する間を与えず、ニックは部屋を出ていった。

クインが顔をしかめた。何かがニックを動揺させている。おそらくはあの記事だろうが、それでも本当は、何を調べるにせよ、彼と一緒に行って力を貸すべきなのだろう。

昨日大学から運んできたファイルのうずたかい山に目を落とした。もはやプロファイリングに該当しない男たちをはずし終えたところだった。容疑者の可能性がある五十二名が残っている。ここからさらに削っていく必要がある。

クインは電話を取り、あちこちにかけはじめた。


女は、まるで自分が自分の体の中にいないかのような超然とした気分で、すぐ目の前の不潔きわまる床の上で展開する映画さながらのシーンを眺めていた。同じシーンをこれまでに何度となく目のあたりにし、そのたびに性的興奮と同時に嫌悪感を覚えてきた。

男が人形のような女を相手に激しく喘いでいた。若い女はただそこにいるだけ。床から突き出た杭に縛りつけられているのだから無理もない。その光景をたとえるなら、恋人候補だった女の子がたった一度のデートのあと、彼の抱く暗黒の妄想を察知し、加担を拒んでいるといったところだろうか。男はまだ一度たりとも女性の関心を引くことができずにいた。ポートランドのあの最初の子以来、デートすらしたことがなかった。あの子がノーと言ったとき、男は正気を失った。彼女の家に押し入り、レイプした。なんてばかな子。

女だけが彼の欲求を理解していた。女の肌の下で煮えたぎる支配への飽くなき欲望が、じりじりと内側から皮膚を焦がして解放の時を今か今かと待っている。だが、男はひどく愚かだ。若い女をレイプしているとき、支配権はまだ女にある。なぜなら、男は彼女が欲しくてたまらず、なんとしても必要なのだから。その欲求に抗《あらが》えないかぎり、彼女たちに操られていることになる。

若い女があらんかぎりの力を振りしぼるように悲鳴をあげた。

たいていはこれがいつまでもつづく。一時間。一日。もっと長引くこともある。しかし、最後には女の子も運命を受け入れてじっと横たわり、抗うことも悲鳴をあげることもなくなる。涙がただ静かに頬を伝うだけ。

何もかもがばかばかしくて、女は噴き出しそうになった。男はさかりがついた牝犬よろしく、どんどんふくらんでいく欲望を女の子たちによって満たしたがったが、同じ満足を得るためには行為はどんどん激しさをつのらせていく。虐待の邪悪さを目のあたりにしている女にはそれがわかった。レベッカ・ダグラスの前の子は、男に死ぬほど殴られたため、走ることすらできなかったくらいだ。

今、男は女の子を平手で叩き、自分に応えさせようと必死だ。肉と肉がぶつかる音はふだんなら女をわくわくさせるのだが、今日はいつもの快感がやってこない。

それればかりか、大人になってはじめての、針のような戦慄が背筋を走りおりた。女は小屋の外に出て、ひんやりと清々しい朝の空気を呼吸した。

心配なのは自分のことよりあの男のことだ。男に対して責任を感じていた。この前の子からすぐまたこうしてつぎの子を連れてくる、その性急な決断はあまりに愚かだ。あの手この手で説得し、なんとかこの事態を避けようとしたが、男は頑として譲らなかった。女が力を貸そうが貸すまいが実行する気でいた。

だが、単独での実行を許すわけにはいかなかった。やはり彼女がついている必要があった。周囲を見張り、男の痕跡を消し、男を守るために。

今回、彼とこうして一緒にいるもうひとつの理由はこれまでより少々複雑で、彼女自身、わかりかねていた。自分がいないところで男がほかの女を苛んでいると思うのがいやで、しかたなく見ているのだ。女がついていないほうが快感も満足感も大きいとなれば、男はきっと単独で誘拐をはじめるはずだ。一度誘拐するたび、発覚の危険はそれだけ高まる。これ以上犯行を重ねれば、犯人の正体はきっと判明する。あとは時間の問題だ。

だからこそ男を守っているのだ。自分にはなくて若い女たちにあるものは何かとか、そんなことは関係ない、そうよね？　こうしているのは、あくまで彼のための見張り。これまでもずっとそうしてきたのだから。

男には連れてきた子たちを好きにさせてやったが、女も必ず少しだけ参加していた。

男は生まれてこのかた、女という女から目に見えない鎖でつながれ、引きまわされてきた。

彼女もそのひとりだ。レイプして殺した子たちも。そしてとりわけ、みごと逃げきった唯一の子。

女は男にミランダ・ムーアを殺させなかった。ムーアの存在はほかの何にもまして、彼女が男を支配下に置く理由となるからだ。ばかな子。ばかな子だが、男には彼女が必要だった。

何もかもが二人の手から逃げていくような気がした。早くここを離れ、どこかほかに狩りの場所を探さなければ。男を守るために。

アシュリー・ヴァン・オーデンを片付けたら、さっそく実行しなければ。

21

ニックは裁判所の上にある登記所の奥の隅に腰をすえ、ザ・ブッチャーが狩りをおこなった地域の一筆ごとの地図、千枚近くを詳細に調べていた。

思いついたことがあるとクインに言ったときは、じつのところ、ちょっとした勘でしかなかった。ザ・ブッチャーが狩りの場所としてモンタナのこの地域を選んでいることには、何か特別な理由があるのではないかと。たしか、過去十五年間の土地取引の記録を当たっているあいだに思いついたことだった。

こうした退屈で単調な仕事は部下にやらせることもできたが、イーライ・バンクスの記事が彼の能力に疑問を投げかけ、さらに記者会見の失敗もあったせいで、人前に出たくない気分だった。

クインが保安官事務所を無能呼ばわりしたとは思わないが、ギャラティン郡保安官がザ・ブッチャー逮捕に失敗した記事を町の人間がみな読んで知っていることに自尊心を傷つけられていた。来年には任期が切れるが、今はもう再選をめざしたいとは思わなかった。サム・ハリスにはつねに敵にまわられたり、自分の決断を結果論で批判されたりだし、この町に舞い戻ってきたイーライ・バンクスにもすることなすことかぎまわられては、プレッシャーでどうにかなりそうだった。

とりあえず、過去三年あまりに自分が下した決断をすべて修正してみた。ひどく不毛な作業ではあるが、前夜は眠れないまま、自分が保安官になってからのザ・ブッチャー捜査の主たる転換点をリストにしてみた。やはりこれしかないだろうという手法がとられていた。捜査方法は論理的だし、少ししかない証拠もしっかり追跡している。にもかかわらず、何をたどっても行き止まりにぶち当たって、どうにも動きがとれなくなってしまっていた。

クインに協力を要請してよかったと思っている。保安官代理の中にはＦＢＩに縄張りを荒らされると不満をもらす者もいたが、ニックはザ・ブッチャー逮捕のためなら可能な手はすべて尽くす気でいた。たしかに、クインには静かな自信と自然体のリーダーシップ、さらに権威の存在感がにじみ出ている。

都会的な捜査官の隣に立つ自分が、ただいばりちらしてばかりいる田舎の保安官のように思えてならなかった。

そのうえ、ミランダのこともある。

昨日の夜、気になっていたことをたしかめようとロッジへ行った。クインがミランダの気持ちを取り戻そうとしているのかどうか。ミランダの人生の中にもう一度自分のいる場所をつくれる望みはないのか。ミランダがなんと言おうが、ニックは彼女を知っていた。彼女の気持ちはつねにクインのほうを向いていて、ニックと過ごした時間は彼女にとってなりゆきでしかなかった。

ニックは彼女を愛しているからつらいが、それは乗り越えてみせる。心から願っているのは彼女の幸せと安らぎだから、もしクインがそれを叶えてくれるというなら受け入れる覚悟はできていた。

だが当面は、もっと生産的なこと、捜査の進展に意識を集中するほかなかった。報道陣に囲まれると間抜けにしか見えない自分に嫌気がさしていたし、保安官に選出されてからばかりでなく警官になって以来、自分が下してきた決断に疑問を投じることにもうんざりだった。

自分では優秀な警官だと思っていた。だが、ザ・ブッチャーによるとんでもない犯罪は彼の限界への挑戦だった。

過去にあった土地取引の記録を調べながら現在の所有者を丹念にチェックしていく。レベッカをふくむ七人の犠牲者が発見された土地はそれぞれ所有者が異なる。三人は国有地。十年前はどうだったのだろう？　二十年前は？　ザ・ブッチャーの猟場に共通した特徴が何かないだろうか？

持参した地図を脇に置き、そこに所有者の記録を書きこんでいく。各土地の地主の変遷を調べるにあたっては書類は自分の手で探した。というのも、登記所の職員に任せれば、土地所有者の記録に興味をもっていることを秘密にできなくなるからだ。

つまり、もしここからなんの結果も得られなければ、またイーライ・バンクスの署名入り記事でさらなる失敗を強調されることになる。

クインはミランダが何を考えているのか知りたかった。

夕食どきをとっくに過ぎたころ、二人は捜索本部で顔を合わせた。二人とも食事はまだだったので、クインが一緒にどう、と声をかけた。ミランダはあやうく、ええ、と言いかけた。クインは彼女の目にその返事を見て取った。

だが、彼女の答えは、父親が何か用意して待っているから、だった。翌朝は二人とも早い時間に大学に戻る予定だから、クインがロッジまで送っていこうと申し出たところ、意外にも彼女はすんなりと受け入れ、彼の車の助手席に乗りこんだ。

クインはニックに連絡しようとしたが、携帯電話も携帯端末も応答がなかった。これも意外ではなかった。昼過ぎに電話を入れたとき、ニックは不機嫌でそっけなかった。マスコミからのプレッシャーはたしかにきついが、クインはニックが無視することを願っていた。こうした状況では最善の方策である。

最優先されるべきはアシュリー・ヴァン・オーデンを捜し出すこと。

大学時代、ペニーの友人だった男性のリストは四十三人にまで削減された。この時間もまだ、ニックの部下であるブッカーとジャンセンの二人が一人ひとりの現状確認のための事前調査に取り組んでいてくれた。明日の朝にはリストの名前をさらに削ることができ、三十人以下になることを望んでいた。いずれにしても、クインはリストをニックや上級捜査員と分けあい、一人ひとりから事情聴取するという骨の折れる仕事にかかるつもりでいる。

最終的に結果が得られるとはかぎらない。しかし、この重大な局面にあって、オリヴィアが証拠の中から捜査を方向転換するきっかけとなる何かを発見してくれないかぎり、万策尽きていた。

　ジョベス・アンダースンが意識を回復するのを待っているわけにもいかないし、たとえ回復したとしても、彼女の口から犯人の名前や人相が聞けるかどうか。むろんそうなってほしいと願いつつも、目撃者が時間ぎりぎりで昏睡からぱっと目覚め、犯人を指さすなんていうのはB級映画の中でしかありえない。

　それでもなお、彼女が完全に意識を取り戻して、容疑者につながる情報をもたらしてくれることを祈っていた。アシュリー・ヴァン・オーデンの命があるうちに。

　ロッジへとつづく長い私道へと曲がりながら、クインはちらっとミランダを見た。

「大丈夫？」

「アシュリー誘拐から二十四時間ね。カウントダウンしている気分だわ。敵は時間、みたいな感じ。地図に記した区域をすべて網羅できるはずもないし」

　クインは彼女の声ににじむ挫折感にかちんときた。「そんなふうに考えるなよ。最悪の場合を今から考えてどうする」

「でも、ついついそうなってしまうのよ、クイン」ミランダがつぶやいた。「捜索チームの人たちやニックや――あなたの――前では強がっているけど、目をつぶるたびにアシュリーが寒さの中で鎖につながれている姿が目に浮かぶの」

　クインはロッジの裏手の従業員駐車場に車を入れ、エンジンを切った。勝手口の外のセキュリティーライトはドアの周囲を照らしていたが、二人にはまだプライバシーがあった。

クインが手を伸ばすと、彼女が体をこわばらせた。「ミランダ、そんな想像や感覚をきみから奪うことができなくてもどかしいよ。きみの心の中の苦悩を消すためだったら、ぼくはなんでもする。わかってるよね？」

ミランダが彼を見た。人工的なライトが反射し、彼女の目が底知れないほど深く感じられた。クインは彼女にキスし、抱きしめ、何もかもうまくいくから大丈夫だよと言い、ベッドへ連れていき、悪夢を寄せつけずに眠らせたかった。

彼女の頬に触れる。

「あれからもずっときみを愛していたよ」

ミランダはクインの目の奥をじっと見ながら、心臓をどきどきさせていた。彼の誠意が伝わってきた。いったい何を信じたらいいのかわからなくなった。頭は彼を許すよう命じている。彼のしたことはさまざまな意味で正しかったではないかと。なのに心は、彼は一度たりとも彼女を本当には信用したことがなく、彼女をもろい人間だと考えていると感じていた。

「クイン、どうしたらわたしたちが元に戻れるのか、わたしにはわからない」

目をしばたたいた彼の顔をつらそうな表情がよぎった。

ミランダは彼を傷つけたくなかった。どうしたらいいのかわからなかった。

クインは彼女の髪を耳にかけた。あまりにも親密なその仕種に、ミランダは目を伏せずにはいられなかった。毎日一緒にいたころ、彼がよくそうしてくれた。ちっとも変わっていない。ほんのちょっと触れられただけなのに、どれほど彼を愛していたか、さまざまな記憶がミランダにどっと押し寄せて、まずはあたたかな安らぎが、つづいて不安が胸をいっぱいにした。

もう戻ることはできない。ミランダはもう十年前の、ＦＢＩ捜査官をめざしていた世間知らずの彼女ではなかった。

彼に頬をそっとなでられると、もう長いこと感じたことのない電流が全身を駆け抜けた。彼にはまるで彼女の心が読み取れるようだった。心の疼きで口がきけないこともわかっているようだった。また彼に抱きしめられたくてたまらないことも。何も言わずにただそっと抱きしめてほしかった。言い訳も気まずさも忘れて。

彼をじっと見つめた。今の気持ちを受け止めてほしかった。抱きしめてほしかったし、愛しあいたかった。はじめて愛してくれたときのように、ゆっくり、やさしく。

唇を彼の手のほうに向け、手のひらにキスをした。彼の腕の中に落ちそうな自分をとどめるにはそうするほかなかった。

だが、そうしながらもこんな気持ちについて考えざるをえなかった。わたし、これからどうなってしまうの？　彼を信頼していいのだろうか？　彼はわたしを信頼しているのだろうか？

そうした疑問に対する答えがないことがつらかった。

「それじゃ、おやすみなさい」ミランダが小声で言い、気持ちが変わらないうちにとせわしく車を降りた。

クインの側のドアが開き、すぐに閉まる音が聞こえた。

「キャビンまで送るよ」

ミランダは首を振った。「パパが帰りを待ってるの」ロッジにともる明かりに向かって顎をしゃくった。

気持ちよい夜気の中、歩を進めて裏口の手前二、三メートルまで行ったときだ。背中にクインの視線を感じ、ここで思いきって振り返って、一緒に入ったら、と声をかけたらどうなるのだろうと思った。そうしたかった。くやしいけれど、心からそうしたかった。

でも、もし彼がこの心の隙間を利用してきたら？　彼女を捜査からはずし、事件と切り離しにかかったら？　そう思う一方で、彼は最初の日からずっと協力的な態度を示してくれたことに気づいた。もし彼女に関してなんらかの懸念を抱いているとしても、それは自分の胸におさめておくつもりなのだろう。

それでも**彼女には**疑念が残っていた。クインはあのとき、彼女が彼にだけ見せてきたさまざまな感情や恐怖や傷だらけの魂について、それまで密かに分かちあってきたものを利用して、彼女をクアンティコから追い出したと信じてきた。十年間ずっと。だが実際は、クインが何をしたしないと同じ比重で、彼女自身が抱いていた不安や恐怖が大きな意味をもっていた。

いずれにしても、クインとのあいだに少し距離を置くほうがよさそうだ。二人の過去は忘れるほうが。キッチンでのキスも忘れたほうがいい。彼の指先の感触が肌をどれほど焦がしたか、そして自分が女であることを再び感じさせてくれたかも忘れよう。

頬にはまだ彼の感触が残っており、内心ではもっともっと彼を求めてはいるのだが。

クインを置き去りにしてドアを閉めた。熱い想いが今にも噴き出てきそうだった。やはり距離を保たなければ。彼ならわたしの胸をもう一度引き裂くくらいなんでもないことかもしれないから。


クインはロッジの部屋に戻るなり、オリヴィアに電話した。ミランダのことがまだ頭から離れなかった。

彼女のせいでどうにかなりそうだった。彼女のことを考えてばかりだったし、考えるのをやめたくもなかった。彼女と差しでとことん話しあいたかったが、ミランダは理詰めの会話をするタイプの女性ではない。直感で行動し、感情で反応するタイプだ。

彼はクアンティコでの行動を詳細にわたり丹精こめて説明した手紙を書き送ったが、彼女は未開封のまま返送してきた。それからは彼女と話そうと努力してきたが、今は彼女に耳を傾けさせる方法を探さなければと考えていた。的を射た言葉さえ見つかれば、彼女も彼を理解して許してくれるはずなのだが、あのときの彼の決断とそれにつづく言動の結果は雪だるま式にふくらみ、今やどうほどいたらいいのかわからない、もつれにもつれた感情の塊と化していた。

彼女がこの十年で果たした転身――仕事の面でも私生活でも――については大いに評価し

ていたが、ザ・ブッチャーはあいかわらず彼女にとりついており、それゆえ彼女は誰の助けも受け入れようとはしない。

クインは髪をかき上げながら、広いベッドルームを行ったり来たりした。

くそっ、ミランダのやつ。たしか、あれからもずっと愛していたと言ったはずだ。なのに彼女は背を向けて去った。

彼を信じていなかったのだろうか？　嘘は一度もついていないが、二人の過去を考えれば、たぶん彼女は彼の誠意に疑問を感じたのだろう。いったいどうしたら彼女にわかってもらえるのか？

十年前、彼女にスペースを与えたことは大きな間違いだった。スペースを与えすぎた。彼女のところまで足を運び、じかに理由を説明し、愛してると告げるべきだった。彼女が信じるまで何度でも。それなのに、電話に出てくれなかったときに、手紙が最善のアプローチだと考えた。

間違いだった。ミランダにわかってもらう唯一の方法は、向きあって話す以外にはない。

「もしもし？　クイン、聞こえてる？」受話器から聞こえてきた声にどきりとした。かぶりを振って意識を現実に引き戻した。「ごめん、リヴ。白日夢にどっぷりだった」

「白日？　今、夜の十一時よ」

「起こしちゃったかな？」

「ううん。ところで、なんのご用？」

オリヴィアはいつだって本気で、切り口上だ。研究所の研究員として、つねに献身的なその仕事ぶりには感服していた。科学捜査の緻密さにかけては群を抜いている。

「何かわかった？」

「ここに来て一日目よ。ラボでのテストは時間がかかるのよ」そんなこと知らないの、と言わんばかりの口調だが、彼だって当然知ってはいた。だが、今すぐあらゆる情報を入手したくてじりじりしていた。せっかく立場を利用してコネをきかせたというのに、そのコネがすぐに結果をもたらしてくれなくてどうする？

「ごめん」クインが口ごもった。

「そうよね」

「きみの口から皮肉を聞くなんて？」彼がひやかした。

「疲れてるの。バージニア州は午前一時よ」

「忘れてたよ。それじゃ、おやすみ」

「ひとつだけ報告があるわ」

クインが足を止めた。「なに？」

「土なんだけど、どうも――まだわからないけど、どうもほかとは違う土がまじってるのよ」

「土？　どこの？」

「ちょっと待って……」オリヴィアが書類を繰る音が受話器から聞こえてきた。「お待たせ。

レベッカが監禁されていた小屋から採取した土のサンプルが十点あったわ。小屋の中の何か所かとすぐ周辺の何か所かのものなんだけど、小屋の中からの二点が、小屋の外の土とは違うのよ」

「違う？　ほんとに？」

「ええ、まったく違うわ。まず第一に、赤いのよ。調べたところではモンタナに赤い土はないし、小屋の外の土とも一致しないんで、わたしの体内警報装置が鳴ったわけ。でも、わたしの得意分野ではないから、クアンティコにサンプルを送って分析を頼んだわ」

「赤？　たとえば血の色とか？　消防自動車の赤とか？」

「ううん、もっとレンガの色に近いわ」

「レンガ？」

「でも、土より軽いの」

「ぼくには何がなんだかわからないよ、リヴ」

　オリヴィアが声をあげて笑い、クインは苦笑した。オリヴィアはあまり笑わないが、その笑い声は周囲をなごませる。「レンガの色なんだけど、土というよりは粘土に近い質感ね。粘土は粒子がすごく細かいけれど、いったん水分をふくむと粒子は粘性をもって結びつくわ」

「陶器みたいに？」クインはオリヴィアが説明していることを具体的に思い描こうとしながら顔をしかめた。

「原理は同じだけど、これはまた違うタイプの粘土なの」

「結果はいつ出るの？　それがどこの土なのか、はっきり特定できるのかな？」そのほかにも一ダースほどの質問をつぎつぎ繰り出そうとしたとき、オリヴィアがさえぎった。

「分析を急がせはするけれど、クイン、今サンプルは宅配便で輸送中で、ラボの人たちも受け取るまではなんにもできないのよ」

「ごめん。だが、どうもそれが最大の手がかりのような気がして」

「そうよね。あなたが置いていってくれた事件のファイルは読ませてもらったわ」しばし間があった。「ミランダはどう？」

「大丈夫だ」

「それだけ？」

「ミランダを知ってるだろう。働きすぎだよ。寝食を忘れるほど。だが、いい仕事をしてる。この捜査であまり苦しまないといいんだが」クインはベッドにどっかりと腰を下ろして足に目をやったが、そこに見えるのは世界中の苦悩をひとりで背負ったミランダのダークブルーの目だけだった。

「クイン？」

「ん？」

「あなた、まだ彼女を愛してるのね」

「そうらしい」

「彼女にそう言った？」

「ああ」

「そしたら？」

「無視された。ぼくは彼女を傷つけたんだよ、リヴ。傷つけたくはなかったが、そうするほかなかった」

「彼女にちゃんと説明できる？」

「努力したよ」クインがむきになった。

「そうよね。あのとき、あなたが努力していたのは知ってるわ。彼女、ひどく感情的になってたものね。今はどうなの？」

「何ひとつ変わっていないよ、リヴ。もう二回、きちんと話そうとしたが、二度とも逃げられた。耳を貸したくないいんだな」

「なんとかして聞いてもらわなきゃ」

「ちくしょう。**努力は**したんだ」

「もっと努力なさい」


地図を細かくチェックしてでかけたにもかかわらず、ニックはビッグスカイにあるパーカー判事のキャビンへ通じる脇道をあやうく見逃すところだった。

木々が濃密に葉を生い茂らせて低く頭《こうべ》を垂れ、SUVは屋根を引っかかれながら坂を登りはじめた。ヘッドライトはすぐ前方しか照らし出さないが、細い砂利道には低木やツルが絡まりながらはびこっているらしく、車体の両側をこれでもかとこすってくる。

一時間前、自宅のキッチンテーブルでテークアウトの夕食をとりながら、登記所でコピーしてきた土地所有に関する記録と地図をじっとにらんでいたとき、地図に記されたこのキャビンへ行ってみようと思い立った。ふと思いついたことだった。このキャビンが周囲二十五キロの円の中心に立っており、これまで発見したすべての現場に徒歩で行かれる唯一の建物だったからだ。現場によっては地形が悪く、何時間もかかりそうだとはいえ、山歩きに慣れた者なら間違いなく歩ける。

ザ・ブッチャーにはそれをこなせるだけの体力がある。

ニックは危険を冒そうとしていた。キャビンの持ち主はリチャード・パーカー判事だ。たとえ彼の勘が当たっていて、ザ・ブッチャーがキャビンを拠点として使っていたとしても、パーカー判事がそれについて何か知っているということにはならない。判事は一万エーカーの土地を所有しているのだから、すべてを管理することは不可能だ。

モンタナでは指折りの権力者を保安官事務所が敵にまわすわけにはいかない。となれば、キャビンの捜索は秘密裏におこない、何か判明したら連絡を入れるのがよさそうだと考えた。

誰かと鉢合わせする気配はなさそうだ。とりあえずキャビンの存在を確認し、周囲のようすをチェックしておけばいい。不法侵入や最近、人が住んでいた痕跡が見つかったら、そのときは捜査チームを呼び寄せ、パーカーにこの小屋の話をもっていこう。

パーカーはこの不動産の賃貸料を申告してはいないが、それはたいした意味をもたない。週末に友人に貸したり、自分が使っているだけということもありうる。所有権の記録によれば、判事はこの土地を父親から相続した。このキャビンも、モンタナ州南西部にある多くの別荘同様、人里離れた場所にぽつんと立っていた。

登記所で被害者一人ひとりの殺害現場から半径十五キロ以内の土地の記録を五時間かけて調べなければ、このキャビンの存在に気づくことはなかっただろう。

クインも一緒にどうかと思い、ギャラティン・ロッジへ入る角に近づいたあたりで電話を入れたが、留守番電話になっていたのでメッセージは残さなかった。ビッグスカイ行きは気まぐれな思いつきにすぎず、彼の勘では、何かが得られることはないだろうとも感じていた。これまでの二、三日というもの、マスコミにこきおろされてばかりだったことを思えば、何か証拠をつかむまではこの仮説も公表はしたくなかった。

あらゆる疑念を頭から追い払い、ニックは草木が生い茂る細い砂利道を三キロあまり曲がりくねりながら登っていった。

右への急カーブを切ると、道はキャビンのカーポートへと通じており、キャビンがそこにあることを知っていたにもかかわらず、それが自分に向かっていきなり飛びかかってきそうな気がしたほどだ。ブレーキを踏み、同時にライトを消した。

エンジンを切って車を降りた。冷たい空気に身震いを覚え、ジャケットのファスナーを上げた。すでに太陽が沈み、気温は十度前後まで下がっている。天気予報では五度以下になると言っていた。アシュリー・ヴァン・オーデンのことを考え、表情が歪む。

ミランダとデートしたとき、彼女があたたかさに病的なこだわりをもっていることに気づいた。彼女のシャワーは火傷しそうに熱かったし、あたたかな日にもたくさん着こんでいたし、車の中には必ず毛布と熱いコーヒーがあった。それについて彼はずっと奇妙だと思ってはいたが、ザ・ブッチャーによる誘拐事件が発生したある晩、はじめてそれとこれとが彼の頭の中で結びついた。それからまもなく、二人は別れたが。

「ランディー、これからメーヤーズ湖まで行かないか」

季節は夏。日は沈みかけていたが、気温はまだ二十六、七度あった。夜の景色はきっと美しいだろうと思って誘った。

「そんな気分じゃないわ」

ニックは顔をしかめた。ミランダの気まぐれには慣れていたが、彼女はつねにのびのびしていた。大好きなのはスキーや筏での川下りで、彼が知っている女性の中で唯一、アウトドアを心から楽しむことができるのが彼女だった。彼が恋に落ちた理由のひとつでもある。メーヤーズ湖は、カップルが遊びにいき、素っ裸で泳いだりする場所だ。

しまった、失言だった。

「ごめん。もっとよく考えてから――」

彼女がさえぎった。「べつに誰に体を見られてもかまわないんだけど」

ニックが顔をしかめた。「考えが足りなかったよ」

「今夜は十五度まで下がるらしいのよ」

なんのことを言っているのか、わからなかった。「そんなに寒くならないうちに引きあげるよ。約束する」

彼を見るミランダの目に幻滅の色が。「場所がどこであれ、夜は泳がないことにしてるのよ」

その晩、二人はニックの家でずっと一緒に映画を見て過ごした。ミランダは裸になって傷痕のある体を見られるのがいやなのだろうとニックは考え、湖に誘ったことを後悔していた。

今、彼は思い当たった。あれは裸になることだけじゃなく、裸で冷たい水に入るのがいやだったのだと。

ふと気づくと、公用の一〇ミリ口径を握りしめていた。ホルスターに戻しかける。だが、用心に越したことはないと判断した。

キャビンに明かりはついていなかった。人の気配はまったくないようだ。わずかとはいえ、ほっとした。

キャビンの周りをぐるりとまわった。標準的なA形の建物だ——柱が支える下の階はワンルームないしはいくつかの部屋に分かれ、屋根の部分がロフトのようになっている。

ぐらぐらする階段をのぼり、キャビンを取り巻くベランダに立った。間違いなくここには人っ子ひとりいない。暗いし、車もない。空き家だ。それでもなお、全身に緊張が走り、神経は警戒態勢をとった。

窓から中をのぞく。半月の明かりで物の影くらいは判別できた。家具はまばらにしか置かれていない——長椅子、椅子、テーブルがそれぞれひとつずつ。荷物はない。テーブルの上に食料もない。銃もナイフも、床に縛りつけられた女子学生も見えない。

そうか、ここまで来たのはやはり無駄足だった。

銃をホルスターにおさめてから、ベランダのようすを見た。二脚のラウンジチェアが家にぴたりと押しつけるように置かれていた。ベランダを横切り、百メートルほど先の湖に目をやると、静かな湖面に月明かりが反射していた。

おれはいったいここで何をしてるんだ?

ま、いいさ。思いきってここまでやってきたことは誰も知らない。これから家に帰って、二、三時間眠って、朝になったらクインに、土地の所有の記録を調べたけれど、これという結果は得られなかったと言うことにしよう。こっちの線はあきらめて、クインが進めている大学から戻ってきた五十何名かの男の線を集中的に追うことにしよう。

今日も、いちかばちかで望み薄な調べをするよりそっちに参加すべきだったのかもしれない。

手すりから離れたとき、脇のドアの外に置かれたブーツが目に入った。

変だ。

銃に手をやった。

だが、それを引き抜かないうちに意識を失った。

22

ミランダは腕時計をちらっと見た。もう朝の七時半だというのに、クインはどこに？ ジープを大学に置いてきてしまったため、町に出るにはクインの車に乗せてもらうほかなかった。昨日の晩、彼の車に同乗してきてしまったのはなぜ？

疲れていたのよ。そのとおりだった。居眠り運転しそうで怖かったのだ。ほぼ二週間というもの、ほとんど眠らなかった夜のツケがまわってきていた。

昨夜は驚くほどよく眠れた。悪夢にも襲われず、途中で目が覚めることもなかった。だが、朝になって目が覚めたとき思い出したのは、クアンティコに入学する一年前にクインとかわしたやりとりだった。今になって思い返すと、彼はつねに懸念を抱いていたことがわかるが、それは彼女の能力に対してではなかった。

「明日の朝、発つよ」クインはミランダの髪を耳にかけながら言った。

「明日？　一週間の休みを取ったとばかり思っていたのに」

「それはそうなんだが、急用ができた」

彼の口調からミランダも事態を察知した。「殺人事件ね」

「聞きたくないだろう、そんな話」

「聞きたいわ」

「ミランダ、きみはどうしてそうなんだ?」

　二人はロッジの玄関ポーチにすわっていた。もう夜も更けて、客のほとんどは部屋に引きあげるか、十一時の営業終了を前にバーで最後の一杯を飲んでいるかだった。

「わたしだってFBI捜査官になるのよ、クイン。詳しいことを聞かされたって平気だわ」

　心理学と犯罪学の受講登録をすませたばかりだった。前年は猛烈に勉強して、すでに学士号は取得していた。その年にクアンティコに入学できればよかったのだが、二十三歳という条件を満たすまでにあと十か月が必要だった。

「またその話か」

「わたしの計画はもう話したでしょ」

「ああ、聞いたよ。でも、もう気が変わったんじゃないかと思った」

「どうして?」そんな気まぐれな印象を与えているのだろうかと思い、そうでないことを願った。

　クインが彼女をじっと見つめた。彼の焦げ茶色の目にこめられたあふれる想いにミランダはうっとりとし、引きこまれた。「この一年間、きみには驚かされてばかりだったよ、ミランダ。仕事への熱意を忘れかけたとき、いつもきみが奮起させてくれた。きみをひどい目にあわせたあいつをまだ逮捕していない――」クインが唾をのみ、目をそらせたが、その瞬間、ミランダは彼の目がうるんできらりと光るのを見逃さなかった。

「あなたのせいじゃないわ。そのうちきっと、あいつを止めてみせる。一緒にあいつを見つけるのよ」

クインがもう一度、ゆっくりと彼女のほうに顔を向け、両手を強く握った。ミランダは彼に体を寄せながら、前年の春以来はじめて、女であることに満足と自信を覚えた。「きみはこの事件のすごく近くにいる。思うに、きみはとびきり優秀なFBI捜査官になれる頭脳と動機をそなえている。しかし、ザ・ブッチャー事件の捜査は、捜査官になりたいを越えたところまできみを駆り立てているように思えるんだ」彼がため息をつき、彼女の髪をなでた。

「わけのわからないことを言っているように聞こえるかもしれないが」

「わたし、やれるってとこをあなたに証明してみせる」パニックを起こしたように聞こえただろうか？　ただちょっと強調しただけなのに。「推薦状を書いてくれるって言ったけど、もし気がすすまないなら、それ以外のものを用意するつもりよ」

「推薦状は約束どおり書くさ」

「それに、アカデミー入学までは一年近くあるわ」しばし間があった。「今度の事件の話、してもらってないけど」

クインがミランダを脇にぎゅっと抱き寄せ、二人は影をじっと見つめた。ミランダは四枚重ね着したうえ、脚には毛布を巻いていた。ここでこうしてクインのかたわらにいると、心からほっとできた。

「被害者は幼児」クインが小声で言った。「最悪な事件だよ」

「ミランダ？」

ミランダはどきりとして飛びあがった。クインが階段の下からいぶかしげに見あげていた。

「用意はいい？」彼が訊いた。

「ええ、行きましょ」

当時のああしたやりとりの行間を読むべきだった。あの夜のことを思い返すと、クインは彼女の職業選択に関して最初から懸念を抱いていたことがわかる。約束だから推薦状を書きはしたが、彼女が最後までやり遂げることを期待してはいなかった。動揺の主たる原因が彼の懸念なのか、あるいはあのときそれに気づかなかった自分なのかはよくわからなかった。

絶対に確信があるのは、FBIに入りたかったこと。クインが捜査を手がけた事件や、獄中に送りこんだ殺人犯の話をあれこれ聞くうち、彼女自身も悪党と戦って勝つことができるかもしれないとの希望がわいてきたのだ。

しかし、本当に叩きのめしたかった――叩きのめさなければならない――悪党はたったひとりしかいなかった。これがはじめてではないが、あのとき精神科医の言ったことが正しかったのかもしれないと思えてきた。ザ・ブッチャーを捕らえるという決意に駆り立てられて、FBIをめざしていた。それを強迫観念と呼ぶつもりはなかったが、正直、ほかのことにはほとんど意識が向いていなかった。**あいつ**がいまだに女性をハンティングしているというのに、どうしてあきらめられよう？

車の中、クインが声をかけてきた。「ミランダ？」

「えっ？」

「どうかしたの？」

「ううん」すぐにそれとわかる顔をしているのだろうか？　ミランダは瞬間的に笑顔をつくり、クインを見た。「昨日の夜はかなりぐっすり眠れたわ」

「そうか。そりゃ、よかった。とにかく睡眠は必要だよ」車がハイウェーに入った。ダッシュボードの時計を見ると七時五十分。ミランダは捜索の予定を立てはじめた。頭の中に区分けした地図を思い浮かべ、前日に捜索した区域のつぎはどこにチームを送りこもうかと考えた。どこを選んだところで当てずっぽうにすぎないのだが。

「少しは役に立ってるのかな？」ミランダが言った。

「えっ、どういうこと？」

ミランダは考えがつい声になって出てしまったことにそのとき気づいた。「捜索のことを考えてたの。女子大生が新たに誘拐されるたび、最大限努力して数千エーカーの土地をくまなく捜してるけど、それって役に立ってるの？　間に合ったことは一度もないのよ。レベッカも救うことはできなかった。なぜ救えるかもしれないって思ったんだろう？」

「結果で考えるなよ、ミランダ。ニックもそうだよ。昨日、マスコミにさんざん叩かれただろう。きみは救難にかけては専門家だ。捜索の方法やルートに目を通させてもらったが、もしぼくが同じ規模のチームを動かすとしても、きっとまったく同じことをしたと思うよ」

「ほんとに？」

「ああ、もちろん。きみ流の組織的な捜索なくしては、遺体のいくつかは発見されなかったと思うよ」

「でも、いつも手遅れだから」クロフト姉妹を発見したのは殺害から四週間たったあとだった。レベッカは一日足らずだったが、パーカー判事の息子がたまたま出くわすことがなければ何週間後かになっていただろう。

「昨日の晩、オリヴィアと電話で話したよ」

「どうだった？　何か発見したの？　何かニュースがなければ、彼女、電話してきたりしないわ。なんだったの？」

「電話はぼくからしたんだ」クインが説明をはじめた。「まだ決定的というわけではないが、気になる土のサンプルをバージニアのＦＢＩラボに送ったそうだ。このへんでどこか赤い粘土か赤い土がある場所を知っているかな？」

「赤い土？」ミランダは地質学の授業を思い出そうとした。「たぶん、ないと思うけど。この周辺には」唇を噛む。「赤い粘土ねえ？　地質学部の人に訊いてみるわ。何か思い当たることがあるかもしれないから」

「大学できみを降ろすから――それとなく――訊いておいてくれないか？　ぼくも一緒に行きたいんだが、大学の記録の件でニックと会うことになっているんだ。リストに残った男を手分けして当たっていく予定でね。だいたい三十五、六人ってところだが、オリヴィアが何か決定的な結果を出してくれるまで、当面はこれが唯一の線だから」

ミランダがクインをちらっと見た。わたしに捜査をつづけさせるつもりでいる？　二人の過去を考えると、何ごとにしろ、彼が彼女を数に入れてくれることは期待できずにいたのだが、こうして彼女がなんらかの答えを得てくるものと信じていてくれると知り、天にも昇る心地がした。たとえ捜査全体から見れば微々たる要素であったとしても。

「ありがとう」ミランダが言った。

「何が？」

「わたしを信じてくれて」

しばし間があった。「それじゃ、気をつけて」


ザ・ビッチにはさんざんな目にあいそうだ。

それにしても、いったいどうしたらいいんだ？　あの警官がこそこそようすを探っていた。もしあいつが令状もなくキャビンに侵入していたら？

それに関しては、ザ・ビッチに何も言えなかった。男がさまざまなものを隠し持っていることを、女はまったく知らずにいた。女にわかるはずがなかった。男は好きだった女の子たちとのつながりを**必要としていた。**彼女たちの写真に触れたりしながら、ありとあらゆることを思い出していた。美しい首筋。そして乳房……男のいちばんのこだわりは乳房だった。ふっくらと丸みをおびたきれいな乳房。

ザ・ビッチは理解しようともしないはずだ。

だが、まず警官の車をなんとか始末しなければならなかった。道端に乗り捨てるとか、排水溝に転落させるとか。だが、それではすぐに発見される。隠したほうがいいのか、発見させるほうがいいのか？

それすらわからなかった。そこでしかたなく、彼女に連絡を入れたのだ。

女は狭い私道をとんでもない速度で飛ばしてやってきた。タイヤを空転させ、保安官のトラックの後部にもう少しでぶつかりそうになりながら急停止した。車から飛び降りた女のブロンドの髪が背中で上下に跳ねた。

「あんたって救いようのない**ばかよ！**」

「あいつがかぎまわっていたからだよ」

「とにかく、なんとかしなくちゃ」女はどかどかと階段を上がり、ドアに近づいた。「で、どこなの、そいつは？　死体はどうしたの？　埋めたの？」

「女の子と一緒だよ」

女が目をしばたたいてから大きく見開いた。「まさか何キロも離れたところまで死体を引きずっていくつもりじゃないわよね。ここに埋めるしかないでしょ？」

「まだ死んでないと思う」

「どうしてまた？」

男は肩をすくめた。殺すつもりはなかった。ただ気絶させただけだ。血が少々出たが、死んではいないようだ。保安官がベランダにばったりと倒れたとき、殺そうという衝動には駆られなかった。死が目前に迫っていることに気づかない人間を殺したところで、何がおもしろいんだ？

とはいうものの、保安官を逃がすつもりはまったくなかった。放っておけば最後には餓死する。

「ほんとにばかね、あんたって。ばかとしか言いようがないわ！　しかたないわ、モンタナを離れましょう。よくもあたしの人生まで台なしにしてくれたわね。このばかが！」

ザ・ビッチは地団太を踏み、自分の髪を引っ張りながら室内を行ったり来たりした。男は縮みあがって壁に寄りかかり、このようすでは女に何をされるかわかったものではないと怯えていた。

女は十分間ほどぶつぶつ文句を言ったり罵詈雑言《ばりぞうごん》を浴びせたりしていたが、やがて男のほうを向き、骨張った長い指を突き出した。「荷物をまとめて。出発よ。あの子はあのまま放っておきなさい。ニック・トマスもあのままに。二人とも誰かが発見する前に死ぬはずよ。それなりのお金は用意してあるから、それで新しいアイデンティティーを入手するの。カリフォルニアがよさそうね。そうよ、カリフォルニアがいいわ。ロサンゼルスは大都会だし、目立たずにいられるわ」

「いやだ」

女が口をつぐみ、男をじっと見た。「えっ？」

「ぼくはいやだ。セロンとアグライアが卵をあたためてるんだ。それがかえるまでは行かれない」

「たかが**鳥**ごときのために何もかもを危険にさらそうってわけ？」

男の表情がにわかにこわばった。「たかがじゃないよ」

「でも、**鳥**でしょ。たしか前にこう言っていなかった？　鳥は至るところに棲息《せいそく》していて、ロサンゼルスの高層ビル群でも岩棚のような場所でひなをかえしてるって。だったら、鳥が見たければ街をぶらぶらするだけですむじゃない。人里離れた山奥に草木をかき分けて入っていくより楽だわ。んもう、あんたには事態の深刻さがわかってないわ！ 保安官を誘拐したのよ。ここにいられるはずないでしょう。逃げなきゃ。あたしと一緒に来るのよ」

セロンとアグライアに対するザ・ビッチの軽蔑が男をいらつかせた。女は逃亡計画についてさらに話をつづけた。夫にはなんと言うか。新たな運転免許証をどうやって買うか。いつここを発つか。

男にこの地を離れるつもりはなかった。

ほかの人間同様、彼女も嘘つきだ。これまではいつだって男の業績を誇りに思っていると言っていた。男の忍耐力には敬服しているし、自分もハヤブサが大好きだと言っていたのに。それなのに今、**たかが**鳥ときた。どうしてそんな？　セロンほどつややかで速くて自由で美しい動物をどうしてそんなふうに言えるのだろう？

またしても怒りがこみあげてきたが、今日はいつもとは違っていた。怒りにだんだん力がみなぎり、だんだん現実味をおびてくる。もはや欲求が主たる原因ではなくなり、怒りそのものが彼自身の存在よりも重要なものにまでふくらんでいた。

もしもセロンのところへ自分が戻らなければ、誰が見守るというのだ？　州政府の役人が無線周波数でハヤブサを識別する？　だめだ。セロンには独特な性格がある。個性的だ。それを数字だけで処理し、多くの中の一羽として片づけてしまっては意味がない。ハヤブサがもはや絶滅危惧種ではなくなった今、彼ほど愛情をもって観察する者はいない。

もし自分がここを去ったら、ハヤブサたちはどうなる？　誰が見守ってやる？　誰が追跡する？　保護してやる？

やっぱりだめだ。ここを離れるわけにはいかない。そうはさせない。

それだけでなく、監禁したばかりのブロンドの始末もまだだ。あの子をきちんと始末するまでは離れられない。

ピシャッ！

男は頬に手をやった。女の平手打ちが男の顔を熱くし、その熱は全身に広がっていく。女をじっと見た――女が目の前に仁王立ちになり、しゃべっていることすら忘れかけていた。

「話をぜんぜん聞いてない！　なんてばかなの、この子は。さっさと荷物をまとめなさい。**今すぐ！**」

「いやだ」

男の声は冷静だった。実際、解放感すら覚えていた。服従を拒否する勝利感をかみしめていた。

「えっ？」女の声にはショックがこもっていた。ようし。

「おれは行かない。まだだめだ」男は一歩前に出た。ザ・ビッチより背丈は二十センチ近く上回るが、これまでは一度も自分のほうが大きいという気分にはなれなかった。男は背筋をぐっと伸ばし、女を見おろした。

　女は一瞬目をそらせ、一歩あとずさった。顔をよぎったのは恐怖？　まさしくそうだった。男はその表情を熟知していたが、まさかこの女の顔にそれを見るとは。

　長年にわたり、女は男を甘やかし、無視し、愛し、憎み、保護し、傷つけてきた。しかし、もはや彼を操るどんなパワーも消えていた。歳月は一瞬にして洗い流された。目を右に左に走らせながらも、女は笑顔をたたえていた。あぶなっかしい笑顔。

　女は察知していた。

「スイートハート」猫なで声で呼びかける。「むちゃなこと言わないで」

「卵がかえるまではここを離れないからな」

「でも――」

　男の平手が女の顔を打つと、女がふらふらとあとずさった。

　男はそこまで驚いた人間を――女であれ、男であれ――見たことがなかった。女に対して手を上げたこともなければ、そうしたいと本気で考えたこともなかった。

　だが、女がハヤブサをあしざまに言ったのもはじめてのことだ。

　男はこれまで女の恐怖支配の下で育ってきたが、形勢は逆転した。

「そっちはそっちで好きなようにするがいいさ。おれは行かないからな」

23

ニックははじめて酔っ払ったときのことを思い出した。たんなる酩酊ではない。頭がぼうっとなり、便器を抱えてゲロを吐き、地を這ってしか前に進めない泥酔である。

今のこの頭痛、ひどい二日酔いとでも喜んで取りかえたいほどだ。

乾燥でひび割れた唇からうめきがもれると、そのかすかな声で頭痛がなおいっそうひどくなった。まぶたは砂がこびりついたままかさぶたになったような感じで、とにかく重たくて固く閉じているほかない。体を動かそうと思うだけで頭痛がいやます。

だが、生きている。それは間違いなかった。死んでいれば、きっと痛みはないはずだ。地獄が存在していて、自分が永遠の断罪に値する悪業でも重ねていないかぎりは。それにしても、この痛みに比べれば地獄のほうがましかもしれなかった。

激しい頭痛の合間から寒気が全身にしみこんでくる。体を震わせ、つぎの瞬間には動いた痛みのせいでうめきがもれる。ひどい寒さだが、そこは屋外ではなかった。横向きに倒れているが、体の下側の感触が地面より硬い。板張りの床か。いくつものにおいがする。カビ。小便。動物の死体。何層にも重なった湿った土が放つ異臭。

腕を動かそうとした。両手が痺れて動かないが、寒さのせいではなく、後ろ手に縛られているからだ。息を深く吸いこみ、痛みを覚悟でふうっと吐いた。自分の息がすぐにはね返ってきた。顔からすぐのところに壁がある。

いったいどういうことなんだ？　車を運転して……いったいどこへ？　そうだ。パーカー判事の広大な所有地の南側の境界線沿いに立つこぢんまりしたA形のキャビン。

取り立てて疑わしいこともなさそうだからと、引き返そうとしていた。時間をすっかり無駄にしてしまった。クインに声をかけたりしなくてよかったと思ったことを思い出した。振り返ったらブーツが目に入った。使われていないキャビンの脇のドアの前に靴が置かれているなんて奇妙だなと思った。

銃に手をやろうとしたとき、背後から襲われた。足音ひとつ聞こえなかったが、鋭い痛みを感じ……まもなく意識を失った。

そして今、気がついた。

パーカーのキャビンのようすをうかがっているあいだ、敵はずっと真っ暗な室内にひそんでいたのだろうか？　なぜなんだ？　不法侵入者だから？　それともパーカーの知り合い？　ザ・ブッチャーがあそこを拠点として利用しているという漠然とした仮説、ひょっとして図星だったのだろうか？

だが、ここがパーカーのキャビンでないことはたしかだ。悪臭とひどい寒さから察するところ、急場しのぎのキャビンか掘っ立て小屋といったところだろう。

骨の髄までしみわたる寒さ。ミランダはザ・ブッチャーに監禁されたのがきっかけで寒さを忌まわしく思うようになった。ニックも今、同じ状況にあった。冷たい床板に縛りつけられていた。

リチャード・パーカーがザ・ブッチャーという可能性は？

社会人になって知ってからずっと見てきた判事が女性を拷問するとは想像できなかった。だが、彼も部分的にはプロファイルに該当するのでは？　いささか歳をくいすぎてるか。しかも妻帯者で、単独行動はままならない。だが、体力はじゅうぶんにあり、モンタナ南西部で狩りや釣りになじみながら成長した。むろん、一番の証拠は、ニックが襲われたのがパーカーが所有するキャビンだったという点だ。

ＦＢＩのプロファイルが間違っている可能性もある。パーカーがザ・ブッチャーだとの仮説は、考えるだけで胸がむかついてきた。ニックは捜査態勢の増強を支援してくれるようにと、何度となく判事のところに足を運んでいた。パーカーは捜索関係の予算を郡からもっと引き出すべく手を尽くしてはくれたものの、結果としてもたらされるのは残念な知らせばかりだった。パーカーは警察の分析が見当違いであることを承知しながら、裏で腹を抱えて笑っていた？　自分が監禁した女子学生をミランダが血まなこになって捜索するのを眺めては病的な快感を覚えていた？

ザ・ブッチャーがパーカーだという具体的な証拠はない。犯人があのキャビンを見張って、めったに使われないことを知り、無断で忍びこんでいたのかもしれないし、パーカーが友人か誰かに貸していたのかもしれない。

くそっ。クインの電話にメッセージを残してくるんだった。パーカーを監視するとか、家におとり捜査チームを潜入させるとかして、パーカーの過去をもっと深く探ることもできたはずなのに。

　今週は自分自身のこれまでのやりかたを後悔してばかりいたため、直感に耳を貸そうとしなかった。その結果が、今払っているこの代償だ。

　かすかな音がした。カサカサッという音にニックはぎくりとした。ネズミ？　クマ？

　いや、違う。音が聞こえてくるのは外からではない。

　おれのほかにも誰かいる。

　どうしてそれがわかったのかはわからないが、同じ空気を呼吸している人間がもうひとりいることを突然感じ取った。すると聞こえてきた。弱々しい声が。

　頭の中ががんがんするせいで、言葉を理解するまでにしばし時間がかかった。

「誰かそこにいるの？　誰かいるの？」

　ニックも答えようとするが、声になるのはうめきだけ。

「誰かいるの？」かすれたささやき声。女性だ。

　ニックは乾いた唇をなめた。「保安官だ」痛みをこらえ、なんとかそれだけ言った。

「誰なの？」

　くそっ。しゃべるどころか、考えることすらまともにできやしない。「保安官のトマスだ」

言葉を区切って丁寧に言った。

「保安官なの？」

そのとき、ニックは気づいた。相手はささやいているのではなかった。声がかすれているのだ。弟のスティーヴが高校のときにかかった喉頭炎のようだ。

あるいは、悲鳴を繰り返すうちに喉をやられてしまったか。

「アシュリー?」ほんのひと言発するだけで彼の頭は割れるように痛んだが、我慢するほかなかった。間違いなく脳震盪《のうしんとう》だ。あとは両脚もどうかしてしまったらしい。縛りつけられているせいもあるだろうが、腰から下に感覚がない。全身が冷えきって感覚を失っている。

それでも、とにかく生きている。このまま生き延びるのだ。アシュリー・ヴァン・オーデンも死なせてはならない。どんな手段でそうするかはまた話がべつだ。ここがどこなのかも、今が何時なのかも、どうしたらここから脱出できるのかもわからなかった。

「ええ」彼女の声がやや甲高くなり、まもなくすすり泣きに変わった。彼女は、もし縛りつけられていなければ、手を伸ばせば届くほど近くにいる。「わたしたち、殺されるわ。間違いなく殺される。だって、あの男はザ・ブッチャーなの。これまでのみんなと同じようにわたしたちも——」

「しいっ」

アシュリーは同じことを呪文のように何度も何度も繰り返し、ニックの頭痛はなおいっそう激しくなっていく。黙らせようとしたが、うまくいかない。そこでしかたなく無視することにしたが、それもうまくはいかなかった。

「アシュリー。アシュリー」ニックが彼女の名前をしつこく呼びつづけていると、やがてすすり泣きがやんだ。

　めそめそした声が問いかけてきた。「なあに？」

「計画を立てなきゃ。ようく考えて」考える？　ニックは二足す二が計算できるかどうかあやしいくらいだ。

「死にたくない」アシュリーがまたしくしく泣きだした。

　彼だって死にたくはない。「どこかの時点できみは解放される」

「そのあとで殺されるのよ！　レベッカ・ダグラスがどんなふうに殺されたか知ってるわ。あ、あ、あいつは、彼女の喉を掻っ切った。あいつは彼女を殺したのよ！」

「アシュリー。静かに」吐き気が喉までこみあげ、めまいで頭がくらくらした。できるかぎり大きく息を吸いこみ、ゆっくりと吐いた。吸って。吐いて。再度意識を失ってはならない。そんなことになったら、二人にとって危険すぎる。

「保安官？」

　アシュリーが心配そうにかけてきた声から、自分が一分ほど眠ったか意識を失ったかしていたことに気づかされた。「ああ、大丈夫だ」

「返事がなかったから」

「ごめん」ふうっと息を吐いた。「ここがどこだか知ってる？」

「いいえ。目隠しされてて、なんにも見えないんです」

「誘拐されたとき、誰か見なかった？」

「いいえ」アシュリーがしゃくりあげる。「誰も見てません。ああ、ジョー！　彼女、ここにはいないんです。何を言っても返事がないから。死んだのかしら？　きっと死んだんだわ」アシュリーがヒステリックにしゃくりあげはじめた。なんとか落ち着かせるのに数分を要した。親友が昏睡状態にあると知ってもどうかと思い、ニックは嘘をついた。

「ジョベスはもうすぐ元気になるよ。今はまだ病院だが、もうすぐよくなるさ」

「ああ、よかった。ほんとによかった」

ザ・ブッチャーはニックに正体を知られたと思ったのだろうか？　なんらかの脅威を察知したからこそ、キャビンでニックを襲ったにちがいない。

だとすれば、ザ・ブッチャーがニックに脱出のチャンスを与えるはずはなかった。なんとか出口を見つけないかぎり、もはや死んだも同然だ。

「どんな形でいつかはわからないが、ここから出られたときはとにかく走れ。形跡を残さないように逃げるんだ。通った跡を隠す。悲鳴をあげない。呼吸もなるべくそうっと。木々のあいだに身をひそめるんだ。もし夜だったら先へは進めないだろうから、木の葉の下に体をうずめて隠れればいい。だが、まずは走れるだけ走るんだ」ニックは、ザ・ブッチャーが女子学生たちを追跡した場所の地図を思い浮かべた。すべてが州間道路の南側、ギャラティン・ゲートウェーの西側だ。「できるだけ北東方向をめざすといい。そうすれば、一日、もしかすると二、三日かかるかもしれないが、主要道路に出るはずだ」

「どうしてわかるの？」

「犯人の活動範囲を知ってるからさ」

「保安官はどうするの？」

「できることなら、きみと一緒に行くが」

アシュリーは何も言わなかった。おそらくは彼の負った傷がどれほど深刻かを承知しているのだろう。あるいは、彼は解放されないかもしれないことを。

しばしののち、アシュリーは眠ったのかと思ったころ、彼女がぽつりと言った。「あの男にひどいことされたわ」

弱々しい声だった。懇願するような口調。子どものような。

「わかっているよ、ハニー。すまない」心からすまないと思っていた。彼女が誘拐されたのは、一部には彼に責任がある。忍び寄る凶暴犯の魔の手から町の女性たちを守れなかったのだから。

彼女の傷の痛みは彼の頭痛よりけっして小さくないはずだ。

冷たく硬い床に横たわりながら、ニックは自分たちが置かれた暗澹《あんたん》たる状況を悟った。ザ・ブッチャーがまたやってくる前に、誰かが発見してくれることはありえない。どれほどの人数で捜索をおこなおうと、カバーできる面積は知れていた。

アシュリーと彼自身が生き延びる道は、やはり彼が考えるほかなかった。

すでに手遅れでなければいいが。

24

ミランダは、トラファジェン館の地下にあるオースティン教授の研究室のドアをノックした。十五年前に教授の授業を履修して以来、何も変わっていない。物があふれた室内にあって、岩の数々が装飾品の役割を果たしている。壁には何枚もの合衆国西部の地形図が、色褪せた岩や土の比較図表と並んで貼られている。部屋全体に泥と紙のにおいが漂っていた。

オースティン教授はミランダが授業を受けたころ、すでに高齢だったが、今もちっとも変わっていなかった。まっすぐに立ちあがった白髪に、手入れの必要がありそうな顎ひげ。ここにいることに気づかせようと、ミランダが咳払いをすると、教授のエメラルド色の目がきらりと光った。

「ひょっとしてミランダ・ムーア！」彼がいきなり無造作に立ちあがったとき、紙の山が床にどさっと落ち、一部はデスクの下に滑りこんだ。十五年前、中間試験代わりに提出した小論文が行方不明になったのも不思議はない。

「お久しぶりです、教授」教授は破顔一笑し、ミランダの背中を思いきり叩いた。

「久しぶりとはいえ、わたしをグレンと呼ぶのを忘れたわけじゃないだろうな」

「失礼」授業の初日、オースティン教授は学生全員に向かって、自分をファーストネームで呼ぶよう強調した。問題は彼が**見るからに**教授である点で、ミランダはいかにもくだけた感じの〝グレン〟という名で呼びながら、ずっと違和感を覚えていた。せめて〝アーチボルド〟くらいの名前であってくれたなら……

「ところで、こんなに朝早くからなんだね？」

「レベッカ・ダグラスの事件なんですが」

教授の顔がくもった。「かわいそうになあ」

「捜査チームが気になるものを見つけたんですが、先生ならどういうことかおわかりになるかもしれないと思ったんです」

「わたしなら？」教授がデスクの角に腰をかけると、またしても紙片がはらはらと床に落ちた。ミランダにたった一脚の椅子にすわるよう勧めてくれる。

ミランダはその椅子から、本が詰まった大きな箱をよいしょとどかしてからすわった。

「じつは、気になる土のサンプルがあったので、クアンティコにあるＦＢＩラボにテストのために送りました。科学捜査官によれば、粘土だそうです。このあたりでは赤い粘土とか赤い土があるところを思いつかないので、先生にうかがえばわかるかもしれないと思ったんですよ」

「うーん」教授はミランダの肩ごしに後方の壁をにらみ、考えこんだ。「スリーフォークスの北側、ミズーリ川沿いに一か所、そういう地域があるが、ありゃあレンガ色とは呼べないな。赤い土ねえ。うーん」再び考えこんだが、やがてだしぬけにぱっと立ちあがり、ミランダをどきりとさせた。

本が詰めこまれた本棚の前に行き、分厚い学術書を一冊引き出すと、くるりと棚に背を向けた。しきりにうなずき、独り言をぶつぶつとつぶやきながら本を繰ったのち、ぴたりと動きを止めた。「赤い土、とくに粘土は、古生代中期の砂岩の累層にきわめてよくある侵食の産物でね」

ミランダはまた授業を受けている気分になった。「古生代中期の累層とは？」

教授が彼女に一瞥を投げ、渋い顔を見せた。「地質学の試験では及第点を取ったんだったね？」

「はい、先生」だが、授業の中身は試験後まもなく忘却のかなたへと消え去った。

教授はかぶりを振ってため息をついた。「古生代の累層は、五億年から二億五千万年前、合衆国西部の大半、とくにフォアコーナーズ（四州の州境が直角に交わる地域）に接する州――コロラド、ユタ、アリゾナ、ニューメキシコ――とネバダの一部をおおっていた浅い海によって形成された」

「でも、モンタナ南西部はどうなんでしょう？」

「そうだねえ。さっきも言ったように、ミズーリ川に沿った地域にはどこにも粒子の細かい粘土や土がある。色合いや組成はさまざまだが、どれも赤とは呼べないな、やはり」教授の眉間にしわが寄る。「しかし、実物を見せてもらえれば、もう少し何かわかることがあるかもしれない」

「ありがとうございます、教授。いえ、グレン」ミランダは立ちあがった。「サンプルをお届けできるかどうか確認してみますが、とにかく証拠物件ですし、ラボがどれくらいの量を保管しているのか知らないもので」

「きみとトマス保安官とで犯人を逮捕してくれることを願ってるよ。ザ・ブッチャーのおかげで、ボーズマンの女性たちはずっとびくびくしてきたんだからな」

「ありがとうございました」研究室をあとにしながら、心臓がばくばくしていた。携帯を取り出してクインにかけた。

「ピータースン」

「クイン、ミランダだけど、今、オースティン教授から問題の土について話を聞いたところ。モンタナ西部にも、それらしい土がある地域が一か所あるみたい。そのほかにはニューメキシコ、アリゾナ、ユタ、それとコロラド。教授に見せることはできない？　彼からもっといろいろ情報が得られるかもしれないわ」

「オリヴィアに電話して、誰かに大学まで届けさせられないかどうか訊いてみるよ」

「ありがとう」

「ニックもそっちに？」

「わたしと一緒かってこと？　ううん。今朝はまだ顔を見ていないけれど」

「保安官事務所で三十分前に会う予定だったんだが、いないんだよ。自宅にも携帯にも電話したが、どっちも応答なしだ」

ミランダが眉をひそめた。「ニックらしくないわ」

「ちょっと待って」クインが誰かとぼそぼそ話す声が聞こえたあと、また電話口に戻ってきた。「保安官代理のブッカーがさっきから彼を探してるんだが、昨日の夜、メッセージをチェックする電話があったが、そのあとの行動は誰も知らないそうだ」

「わたし、これから彼の家に寄ってみるわ。もしかしたら病気かもしれないし」ミランダは胃がひっくり返るような感覚を覚えた。何かまずいことが起きた。

「注意しろよ。ぼくはブッカーとあちこちへ電話して、昨夜、彼と連絡を取った人間を探すことにする。ニックの家に着きしだい、連絡を入れてくれ。いいね？」

「ええ、そうするわ」ミランダは携帯電話をパチンと閉じ、キャンパスを横切ってジープに向かった。

十五分後、ボーズマンの中心街の静かな通りに立つ、ビクトリア様式のこぢんまりしたニックの家の前にジープを停めた。私道に彼のＳＵＶは見えない。

いやな予感がした。家に人の気配がない。

ミランダは車を降り、用心しながら家に近づいた。なぜそれほどの不安を感じるのかは自分でもわからなかった。まだ午前中で、ここはボーズマンの中心街である。通りの先では老人が芝生に水をまいているし、角を曲がったほうからは小さな子どもたちが鬼ごっこしている声が聞こえる。子ども特有の甲高い悲鳴と笑い声が響いている。

だが、クインの声は心配そうだった。今朝はニックからの連絡がないのだ。

玄関前の幅広の階段をのぼってポーチに立ち、二人が仲のよい友だちだったころによく腰かけておしゃべりしたベンチを見つめた。彼と別れたときに失ったものがいやでも思い出された——彼と恋人同士になる前は、気軽にここに立ち寄っては一緒にピザを食べたりビールを飲んだりしたし、ただなんとなくおしゃべりするだけのこともあった。しかし、恋人として会うのをやめてからというもの、この家にただ立ち寄るのが気まずくなった。ずっと昔からニックを一番の親友だと思ってきたのに、この一年かそこらは、たんなる仕事仲間にすぎなくなった。ミランダにはそれが寂しかった。

呼び鈴を鳴らしたあと、ノックをした。「ニック！　わたしよ、ミランダ」

返事がない。

もう一度ノックしてから、脇の細い窓から中のようすをうかがった。見える範囲に動きはまったくない。

ポーチをあとにカーポートから家の裏手へと歩を進めた。これといって変わったようすはなさそうだ。割れた窓もなければ、開け放したドアもない。

家の周囲をぐるりと回り、異状はないと判断した。ニックはスペアキーを裏の物置に置いているので、それを使って裏口から中に入った。家の中は冷えきっていた——昨夜はきっと暖房を入れなかったのだろう。

ミランダは神経をぴりぴりさせながら銃を抜いた。ばかみたい、とは思ったが、死ぬよりはばかのほうがましだ。

キッチンはきれいに片付いていたが、唯一、地元のファストフード・レストランのテークアウト用の大きなプラスチック製カップがそのままだった。カウンターの端に置かれたそのカップをミランダは慎重に手に取った。中身が半分残っている。ニックはゴミ箱を流し台の下に置いている。ミランダは流し台の前に行き、キャビネットの扉を開けた。いちばん上に同じレストランの袋があった。引っ張り出してレシートを見た。時間は前夜の八時〇四分。

ゴミを元に戻し、キッチン内を見まわしたが、ほかにいつもと変わった点はない。二階に上がり、バスルームに行った。ニックは生まれつき几帳面で、何もかもが定位置に置かれている。整頓されたカウンターの上のピルボックスは七つに仕切られており、一週間分を分けて入れておけるようになっている。ニックは健康維持のためには毎日ビタミンと信じていて、そういえば体調が悪いということはおよそなかった。毎朝、起きるとすぐにビタミン剤を飲むのが日課で、忘れたことはない。

ミランダは**金曜**の仕切りを開けてみた。

今日の錠剤がまだ入っていた。

ほかの仕切りも全部開けて中を見た——ひょっとすると以前ほどきちんと飲んでいないということも考えられる。

日曜から木曜までは空になっていた。あいかわらずのニックだ。

ミランダはジープに引き返してクインに電話をした。「ニック、自宅にはいないわ」

「くそっ」

「昨夜は八時過ぎに帰宅しているけれど、そのあとでかけたんだと思うの」ファストフード店のレシートについて説明した。

「昨日、ニックが何をしていたか、知ってる？」

「ううん。あなたは知っているものとばかり思っていたけど」

「それが、まったく知らないいんだよ」

「今、どこにいるの？」

「ニックのオフィスだ」

「すぐにそっちへ行くわ。なんだかいやな予感がするの」

「ぼくもだ」クインの声からもミランダの気持ちと同じくらいの不安が伝わってきた。


クインが、ニックの行く先を知りたくて彼のデスクの周囲を調べていると、副保安官のサム・ハリスがノックもせずに入ってきた。

背の低いハリスは自分を大きく見せようというのか、硬直したように立っていた。このハリスのように、制服を着るだけでそなわる権力を楽しんでいる警官をクインは数多く見てきた。


「ピーターースン捜査官」ハリスが会釈した。

「なんでしょう？」

「そんなのんきに構えている場合じゃないでしょう？　どうも保安官が姿を消したらしくて、わたしがここの責任者というわけです。もちろん、このささやかな保安官事務所にＦＢＩが協力してくださることは光栄です」

「もしまでしたら、ニックについて全地域緊急連絡態勢を敷く必要があります。さきほど二名の保安官代理に、ニックの昨日一日の行動を時系列でまとめるように依頼しました。わかっているのは彼が八時から九時のあいだに自宅で夕食を食べたということです。八時半には自宅の電話からここにメッセージをチェックする電話を入れてます。しかし、そのあと、時刻は不明ですが、家を出て、そのまま戻っていません」

「了解です」ハリスが言った。

「どうも」

クインがニックのトラックにはGPS（全地球測位システム）がついているかどうか——警察車両の多くにこのシステムが設置されている——を質問しようとしたとき、ハリスが先に言った。

「この捜査に関してはわたしから市長に報告を入れる必要があります。昨日は記者会見のあと、ニックから市長に連絡がなかったということで、市長のほうから日報はどうなっているのかと訊かれました」

「市長——それとマスコミ——には必須事項だけを知らせようということで、ニックとぼくは合意しています。これがきわめて微妙な捜査であるということは言うまでもないわけで」

「わたしもまったく同感です」ハリスの口調からは完全に反対意見であることが伝わってきた。「ですが、市長はマスコミの扱いに驚いています。彼女は地元新聞だけでなく、全国ネットのニュースからも監視されているんですから」

「顕微鏡で見られているのは誰もみな同じでしょう。仕事の性質上、そうされてもしかたない」

　ハリスが弱々しく笑った。「いやまあ、たしかに。ですが、あの書かれようはご存じですよね。市長はプレッシャーを感じてます。われわれみんなにプレッシャーがかかってるんですよ」

　どんなにかっかとした状況でも、いつものクインなら地元の警官くらい楽に御すのだが、今回は個人的な感情がからんでいた。最初がミランダとのかかわりで、今度はニックの失踪だ。

「わかりました」無理やり自制をきかせて言った。「市長には適切な情報を伝えてくださるものと信じてますよ」

　ハリスがクインをじっと見た。「ちょっと質問してもいいですか、ピータースン捜査官。トマス保安官との友情は脇へどけといてくださいよ。できることはすべてやったと、本心から言えますか？」

「二人の人間が失踪したというのに、ここに突っ立って結果論であれこれ批評するつもりはありません。これは本当です。ギャラティン保安官事務所に落ち度はまったくありませんよ」

「ここは大組織とは違って、失踪事件といえども大きなのが二件起きればもう人手が足りないわけでしてね。たぶん、保安官もちょっと時間が欲しかったんでしょう。とんでもないプレッシャーがかかっていましたから」いかにもよき理解者であるかのようだが、その口調の裏からははっきりと小ばかにしているようすが伝わってきた。

クインが何か言おうとすると、ハリスがそれをさえぎった。

「そろそろおたくのかたがたをもっと送りこんでいただいたほうがいいんじゃないでしょうかね」ハリスは両手を後ろで組んで立った。「この時点で保安官が協力を要請するわけにはいかないので、代わってわたしが喜んでそうさせていただきますが」

断言できるかどうかは微妙だが、ニックがＦＢＩの応援を追加要請しておけばよかったんだとでも言いたげなハリスの口調をクインは聞き逃さなかった。

ゆっくりと深く息を吸いこんでから答える。「おそれいります」含みをもたせた言いかただ。「ですが、尋問を手伝ってくれる捜査官二名がすでにこちらに向かっておりまして、今夜にも到着の予定です。実際、ぼくも今すぐそっちの仕事に取りかかりたいんですが」

ミランダがドアを勢いよく開けて飛びこんできた。息を切らしながら訊く。「クイン、ニックはまだ見つからない？」

ちょうど部屋を出ようとしたサム・ハリスにあやうくぶつかるところだった。ミランダの顔を一瞬嫌悪感がよぎったが、すぐに隠した。「あら、サム」挨拶代わりに声をかける。

「どうも、ミランダ」サムも同じく堅苦しい口調で言った。クインのほうを振り返る。「それでは、市長にはわたしから報告させていただきますよ、ピーターースン捜査官」ハリスはもう一度そっけない会釈をした。

「いったいどういうこと？」副保安官が出ていったあと、ドアを閉めてからミランダが訊いた。

「何がなんだかちっともわからないよ。ひょっとするとパワーゲームかな？」クインが髪をかきあげた。「みんなのエゴに仕事がかきまわされるようなことになるのがいちばんまずい」

「何か連絡は？」

「いや、なんにも」

「サムはいつもみたいに、むかつくことばっかり言ってた？」ミランダが目をくるりと動かした。

「まあね。でも、たったひとつだけ正しいことも言っていた」

「なんて？」

「失踪事件とはいえ、大きなのが二件起きればもう人手が足りないって」

「そんなことないわ。同時進行で捜査できる」

「できるかぎりやってみよう。だが、今、優先すべきはアシュリー・ヴァン・オーデンだな」ニックのデスクの電話が鳴った。クインが取り、しばらくやりとりしたあと切った。

「登記所の事務員のジーン・プライスって人からだった。彼女の話では、どうやらニックは昨日の午後五時間ずっと、地図や不動産登記の記録を調べていたらしい」

「何をぐずぐずしてるの。行きましょう」

　それから三時間、クインとミランダは登記所に腰をすえ、ニックがチェックしたという地図や土地の登記簿の山をにらんで過ごした。

千枚にもわたる情報だというのに、クインもミランダもそこからなんの意味も見出すことができない。ミランダがジーン・プライスに、ニックが閲覧を申しこんだのはどんな書類だったのかを聞くと、ニックはすべて自分で書類を探してコピーしていたとの返事が返ってきた。

「彼、手がかりを発見して、それを追っていったのかしら？　そして事故にあったか、あるいは面倒なことに巻きこまれたか？」ミランダが心配そうにクインを見た。

「いつものニックなら、掩護《えんご》もなしにでかけるような無謀なことはしないはずなんだが」クインの表情も渋い。

「えっ？」

「昨日の彼は打ちのめされた気分だったんだ。記者に囲まれて、証拠不足で、しかも全国ネットのテレビ局までがやってくる——よくはわからないが。彼がひとりで何をしようとしたのかは見当もつかないが、たぶんいちかばちかだったんだろうな」

「いちかばちかって。どこそこへ行くって、**誰かに**言っていけばいいのに**！**」ミランダはいつも唐突に勝手な単独行動をとったりするが、ニックには繰り返し、でかけるときは必ず事務所の人間にきちんと言っていくよう言われていた。今はもう、それが習慣になっている。なのに、彼はなぜ自分がつくった決まりに従わなかったのだろう？

ミランダはため息をつき、髪に指を通した。「どこから捜しはじめたらいいのかわからない」ミランダは目の前に置かれた書類をにらみつけた。「土地の所有記録は二十年前までさかのぼっているし……地図は郡の全域だし……ニックにはきっと何か考えがあったはずだけど、わたしには関連がつかめないわ」

「そうだな」クインが話しはじめたとき、携帯電話が鳴った。「ピータースン」数分間、相手の話に耳を傾けたのち、ようやく口を開いた。「すごいよ。それじゃ、一時間後にそこで会おう」

「誰だったの？」彼が電話をポケットに入れるとミランダが尋ねた。

「オリヴィアだよ。州の科捜研の所長と一緒にきみの先生に会いにくるそうだ。赤い粘土についての予備結果がクアンティコから送られてきたが、きみの先生が言ったとおり――あれはフォアコーナーズを囲む州のもので、分析によれば、ユタ寄りということだ。オリヴィアは、教授がサンプルと専門的データによってもっと範囲を特定してくれるんじゃないかと期待してる。クアンティコも合衆国地質調査部から専門家に来てもらうそうだが、それにはもう一日かかるということで」

「この地図と登記書類はどうするの？」ミランダはうずたかい紙の山に圧倒されながら、じっと見つめた。

クインのようすからは苛立ちと怒りが見て取れた。「ニックが何を考えていたのか、さっぱりわからないよ。丸一日これと取り組んでも、何ひとつ手がかりが得られないかもしれないな。正直なところ、方向が定まらない状況なのに、ここでこうして時間を無駄にするわけにはいかないだろう」彼は立ちあがった。「もう三時だっていうのに、きみは昼メシもまだだ」

「あなただって」ミランダが切り返した。彼にベビーシッターをしてもらう必要はなかったが、頭のどこかでは彼がそれに気づいてくれたことがうれしかった。

「ぼくのおなかはきみみたいにグーグー鳴ってないよ」

「わたしのおなか、鳴ってなんかいないわ！」

「どうかな？」

ミランダは噴き出しそうになった。「大学へ行く途中で何か食べましょ」

「ファストフード？」クインが鼻にしわを寄せた。「ま、しかたないか」

「しかたないわ」ミランダがからかうような口調で言った。

クインと軽いおしゃべりがまたできるようになったことが、すごくうれしかったし、居心地がよかった。ザ・ブッチャー捜査、かててくわえてニック失踪のストレスで緊張していて当然な状況だとはいえ、二人はまったりした仲間意識を取り戻しつつあった。かつてのように。

ミランダはこれがいつまでもつづくことを願っていた。

25

「リヴ！」トラファジェン館の中庭でミランダが声を張った。

両手を大きく広げ、オリヴィア・セントマーチンをぎゅっと抱きしめたが、すぐに体を離した。オリヴィアはハグやさりげない体の接触が苦手なのだ。それについてミランダは、理解はできないが、尊重はしていた。オリヴィアはつねに何をやらせても際立っていた。

「見たところ、元気そうね」オリヴィアが顎までの長さのボブヘアを耳にかけながら言った。

「あまり寝ていないんじゃないかと思っていたのよ」心配そうにつけくわえる。

ミランダはクインのほうをちらっと見て、顔をしかめた。「聞いたことをまるごと信じないようにして」

「クインからはなんにも聞いてないわ。わたしはあなたをよく知ってるもの」オリヴィアがミランダの腕に軽く手を触れた。「ほんとに大丈夫？　すごくつらい毎日だってことはわかってるけど」

ミランダは深く息を吸いこんでから、こっくりとうなずいた。「大丈夫よ。ほんとに」またほんの一瞬、クインのほうをちらっと見ただけなのに、オリヴィアはもう気づいていた。

「あなたとクインの関係、修復できた？」

「そういうわけじゃないわ」ミランダが肩をすくめる。「でも、少しはましになったかな。

岩みたいな人だから」クインはいつだって信頼がおけた。また彼に頼りはじめている自分に気づいて悩ましかった。彼がどう支えになってくれたわけではないが、気づいたときには彼の存在に怒りよりも心地よさを覚えていた。

いつからだろう?

「**そっちこそ**元気?」ミランダが訊いた。

「元気よ」

「つぎの仮釈放監察委員会はいつ?」

オリヴィアの表情がくもった。「三週間先」

「そんなに早く? 前回から三年とはたってないじゃない!」

オリヴィアは姉を殺した犯人の仮釈放に反対の立場からすでに数回の証言をしていた。幸い、犯人はまだ釈放されていないものの、そのたびに彼女はカリフォルニアに帰り、凶悪な殺人犯と向かいあって事件の一部始終を語るのだ。ぐったり疲れるという。ミランダは彼女の忍耐力に感服しており、彼女を手本と考えていた。

オリヴィアが姉をレイプし殺した犯人と同じ部屋にすわることができるのなら、ミランダも警察がザ・ブッチャーを逮捕したとき、きっと向きあうことができるはずだ。だが、自分を襲った犯人とじかに顔を合わせることを考えると、たとえ鉄格子の向こう側にいるとしても、怖くてたまらなかった。

州の科捜研の所長と話していたクインが、二人並んで近づいてきた。「ミランダ、こちらは州科捜研のドクター・エリック・フィールズ」

「これはこれはお目にかかれて光栄です、ムーアさん。あなたのことはいろいろとうかがってます」ドクター・フィールズは銀縁眼鏡をかけた、ほっそりと小柄な男だ。見ようによっては、まだひげを剃る年齢までいっていないような印象すら受ける。

ミランダは半歩さがって目を伏せた。特別扱いされるのが嫌いだった。とりわけ、広く名前が知られているという理由でそうされるのが。

オリヴィアが気まずい沈黙を破った。「ドクター・フィールズはすごく寛大なかたで、わたしがすべての情報にアクセスできるような許可をくださったのよ。ラボは清潔だし、使いやすいの。今はまだ証拠を分析しているところ。法廷で何が有効かはまだわからないけれど、使えそうな指紋がひとつあるの」

「指紋なら、前の犠牲者のロケットからも一部が検出されている」クインが言った。

「そうですってね。それに関する報告書も参照させてもらってるわ。ここでの滞在はあなたの要請しだいでは延長が可能だけれど、この土が強力な手がかりになる気がしてるわ」

「さ、いよいよ教授の話が聞けるわよ」ミランダが研究室へと案内した。

ひととおりの紹介がすむと、オースティン教授は土のサンプルと報告書に目を通した。ミランダは息を凝らして見守った。確信があった。その土、あるいは粘土がどこのものなのか、教授なら精確に特定してくれるはず。

「間違いなくモンタナ以外のものですな」教授の口調に確信がこもっていた。「ちなみに、ニューメキシコ、アリゾナでもない。この粘土の粒子はものすごく細かい。わたしの経験によれば、ユタでしょうな。コロラド西部という可能性もある」

ミランダはわきあがる興奮を抑えきれなかった。「すごいわ。そうとわかれば、つぎは容疑者ファイルに残っている男性の中から、最近ユタかコロラドへ行った人を見つけなくっちゃ。さ、行きましょう」

ミランダは興奮すると同時に不安でもあった。これよ！　まさしく手がかりといえるものを手に入れた。レベッカが監禁されていた小屋を必死で捜し出し、そこから出てきた動かぬ証拠。なのに、これほど不安なのはなぜ？

「待って。その前に」オリヴィアが言った。「ドクター・フィールズとわたしとで、クロフト姉妹の現場から収集した証拠を再検討したところ、マットレスの上からこれと同じ赤土が発見されたの。ごく少量ではあるけれど、予備テストでは同じものである確率が八十七パーセントと出たわ。もっと詳しく比較してもらおうと思ってクアンティコに送ったけど、これで少なくとも確実にダグラス事件と結びつきそうね」

「つまり、ごく最近と三年前にユタかコロラドに行った人物を捜すってことね？」ミランダが訊いた。

「そういうこと」クインが言った。「保安官事務所に戻ろう。短時間でリストの人間をしぼることができれば、今日中に事情聴取をはじめられる」

オースティン教授はデスクの上の書類をがさごそやっていたが、まもなく一枚の合衆国地図を引っ張り出した。彼がおよそなんでもすぐに手が届くところに置いてあることにミランダは目を見張った――しかも、めちゃくちゃにちらかった中からめざすものを取り出すことができることに。

「どのあたりか地図にしるしをつけてあげよう」教授は赤いペンを握り、ユタ州の大部分とコロラド州の北西部からなる一帯を線で囲んだ。

「ありがとうございます、教授」クインが地図を手に取った。

「グレンだよ。グレンと呼んでくれたまえ」

「ありがとう、グレン。おかげさまで大きく一歩前進です」クインが地図をたたんでポケットに入れたとき、携帯電話が鳴った。「ちょっと失礼」そう言いながら二メートルほど移動する。

ミランダはオリヴィアとドクター・フィールズの話を聞くともなく聞いていた。クインの顔がみるみるこわばっていき、パチンと電話を閉じるとミランダと目を合わせた。

「ニックのトラックが見つかった」懸命に気持ちを抑えこみながら言った。

「それで、ニックは？」質問はしたものの、ミランダはすでに答えを知っていた。

「まだだ」

26

ドクター・エリック・フィールズが現場での証拠収集に協力しようと申し出たため、彼とオリヴィアの車がクインとミランダのあとを追う形で、ニックのトラックが発見されたハイウェーへと向かった。彼らが到着したときにはもう、保安官事務所の車が一ダースほど道路沿いにずらりと列をなしていた。二名の保安官代理がめったに通らない車に指示を出し、立入禁止のテープはニックのトラックの周囲に立てた杭にめぐらしてあった。

ニックはまだ生きているのだろうか。クインにはそうは思えなかったが、ミランダにはそれは言わずにいた。

ニックが何を追っていたのかはあいかわらず疑問だ。勘に頼っての行動だろうか？　なぜ援軍要請の連絡もせずにでかけたのか？　あるいは、少なくとも誰かに行き先は告げたのだろうか？　それとも、ただたまたま、まずいときにまずい場所にいただけなのか？

サム・ハリスは部下である代理たちに大声で命令を下していたが、まもなくジープから降りたクインとミランダに気づいた。「現場の指揮はわたしが執らせてもらってます」副保安官がそう言いながら近づいてきた。

「もちろん、そうしてください」クインが認める。

ドクター・フィールズが歩み寄ってきた。「どうも、サム、お久しぶりです」握手をしようと手を差し出す。

「ドクター・フィールズ。わざわざここまでおいでいただくとは」ハリスは科捜研所長の登場に狼狽しながらも感銘を受けているようだ。

「別件でドクター・セントマーチンと一緒に来たんですが、到着したらトマス保安官が行方不明だと聞いて、できれば何か協力したいと思いましてね。ここが終わりしだいヘレナに戻るんで、早いとこ証拠の処理にかかりたいんですが。あなたはどう思いますか？　これはザ・ブッチャー事件と関係があるのかな？」

　クインはフィールズがハリスの気負いをもてあそんでいるような不快な印象を受け、思わずフィールズの目を見た。すると、ドクターがクインに向かってかすかに笑いかけてきたため、これが彼流の駆け引きなのだと承知するほかなかった。フィールズが子どもっぽい見かけとは違い、大人である——思慮分別がある——ことを願うばかりだ。

「まだ速断を下すわけにはいきませんが、ドクター・フィールズ、トマス保安官はアシュリー・ヴァン・オーデン失踪の手がかりを追っていたのではないかと思われます。現在、彼の昨日の行動を調査中でして」

「トラックを見せてもらってもかまいませんか？」

「もちろんですとも。今、うちの鑑識が作業中ですが、所長の指示を受けられるとなれば喜びますよ」ハリスはフィールズをニックのトラックへと案内した。

　クインは苦笑せずにはいられなかった。「フィールズがハリスをあんなふうに懐柔するなんて思いもよらなかったよ。なんだか、ほら……天才少年ドギー・ハウザー（米TVドラマ。主人公は十四歳にして医学博士のドギー）みたいだな」

オリヴィアが声をあげて笑った。「エリックはあれですごい経歴の持ち主なのよ。オクラホマシティー科捜研の陣頭指揮をふくめてね。一九九五年の爆破事件以来、ＦＢＩとは密接な連携があって、今回もわたしたちが自分のラボに来ることをとっても喜んでくれてるの。わたしみたいな立場だと、つねに歓迎されるってわけじゃないから」

「ハリスはちょっと厄介な存在なんだよ」クインが言った。

「ニックがあの人を副保安官に任命したとき、わたし、ニックに言ったのよ。面倒なことになるわよって」ミランダが言った。「ハリスは保安官選挙では対立候補だったんだもの」

「なるほどね」

ニックのトラックを見おろしながら、涙こそこらえてはいるものの、ミランダの目がくもった。「クイン、ニックは死んだのかしら？」

「なんとも言えないな」クインはつらそうなミランダを見たくなかった。彼女の腕にそっと手をやる。「まだほとんど何もわかっていないんだ。前向きに考えようじゃないか」

ミランダが彼を見て、上唇を噛んだ。「救いようのない気分よ！」

「そう落ちこむなよ。今、保安官代理二人がオースティン教授からの情報をファイルと照合しているところだ。あのリストがほんのひと握りまで削除されるよ。ＦＢＩからも捜査官が二人、今夜到着予定だし、そう時間はかからずに結果が出るんじゃないかな。もう少しだよ、ミランダ。もうすぐあいつを逮捕にもちこめるよ、ミランダ。そんな気がしてる」

「あいつがアシュリーを殺す前に？」

「うーん、そう願いたいね」


二十分後、ドクター・フィールズがクインを手招きした。二人並んでフィールズの車に寄りかかる。

「何かわかりましたか？」クインが訊いた。

ラボの所長はバッグをこつこつと指で打った。「証拠はわたしの管理下に置くことにしましょう。車内はきれいに拭き取られていましたよ」

「指紋はなかった？」

「ニックのも、そのほか誰のも、ハンドルにもダッシュボードにもドアにも。ハリスによれば、目撃者がいるそうです。車が捨てられていると通報してきたトラック運転手」

「目撃者？」クインがいきりたった。ハリスはそんな重大情報を彼には伏せていた。もしこの先もそんなことがつづくなら、事件をＦＢＩの管轄とし、あのいやな野郎を公務執行妨害で逮捕してやる、と心に留めた。

「目撃者はトラックの車内、あるいは周囲に人はいなかったと言っています。今日の午後一時半にこの道路を通り、南に折れて一九一号線に入ったあと、五キロほど先にある、トラック運転手に人気の店で食事と給油をした。すべて業務日誌に記入してあるそうです。レストランを出たのは三時で、ここまで来ると保安官のトラックがあった。角を曲がりざまだったんであやうくぶつかりそうになったという話です。そしてすぐに通報」

「時系列に考えてみよう。うーん」クインは頭の中で情報と取っ組みあった。「何者かがニックのトラックを乗り捨てた。それはなぜか？　発見させたかったからだ。何日間も、いや、もっと長期間、誰にも発見されることのない場所はそれこそ無数にある。ということは、捜査の関心をそらすためだろうな」クインは自問自答した。

「まったく同感です」フィールズが言った。「それともうひとつ。車は徹底的に拭き取られていましたが、ブレーキペダルの溝についていた泥を確保してきました。一見したところ、ダグラス事件の証拠であるダークな赤土に似ています。一グラムもないごく少量のサンプルなので、テストしてみないことには同じものかどうかはわかりませんが、おそらくは同じ場所のものだと考えていいと思います」

「つまり、ニックはザ・ブッチャーにつかまったのか」

オリヴィアとドクター・フィールズは現場からじかにヘレナへと向かった。クインとミランダはまっすぐ保安官事務所に戻ったが、到着するなり代理のブッカーに呼ばれた。

「該当者は四人です」ブッカーが淡い色の目を興奮できらきらさせ、二人を交互に見た。

「あれだけあったファイルから一気にここまで狭まるとは思いもよりませんでしたよ」

「証拠を大切にしなくちゃな」クインが言った。「どんな細かなことも手がかりにつながる」

ブッカーからリストを受け取りながら、ミランダが肩ごしにのぞきこんでくるのを意識した。

「まずひとり目ですが」ブッカーが説明をはじめた。「彼はまだ学内にいます。ミッチ・グロギンズ。カフェテリアのコックで、勤続十七年。四十歳です。母親がユタ州グリーンリバーに住んでいます」

クインがうなずいた。期待のあまり、全身がざわついてきた。そうだよ、そうこなくっちゃ。犯人はこのリストに載っている。彼はそう感じた。

「その母親に連絡は？　最近、彼が訪ねていったかどうかだが？」

ブッカーが首を振った。「リストの人間をしぼっていくだけでいっぱいいっぱいで、まだそこまで手が回らなくって。すみません――」

クインが片手を上げて制した。「いや、それでいいんだよ」メモを取り出し、何か書きとめた。

「つぎはですね、ペニー・トンプスンが失踪した翌年に卒業した男です。ペニーとはひとつだけ同じ授業を取っていました。生物学上級。この男は寮には入っていませんでした。デヴィッド・ラーセン。卒業後にここを離れ、野生生物学の修士号をデンバー大学で取得しています。経歴をチェックしたところ、現在もデンバー大学の研究員です」

デンバーか――コロラド州の中央部に位置する。クインはオースティン教授が輪郭を記してくれた地図を眺めた。デンバーは可能性のある区域からははずれているものの、野生生物学者ならおそらくは野外で研究活動をおこなうはずだ。この男が野外で活動するかどうかは要チェックだ。「年齢は？」ブッカーがまとめた資料を繰りながら質問した。

「三十七です」

「ようし。そのつぎは？」

「ブライス・ヤンガー。三十五歳。ペニー失踪時は一年生でした。ペニーと同じ寮――ノースヘッジ――に入っていました。モンタナ州立大には共学学生寮がありまして、この階は男子、この階は女子という形式になっています」

「なるほど」クインが言った。

「そして、彼はペニーのすぐ下の階にいました。二人は知り合いで、同じ授業もひとつ取っています。それから、これです――彼は出身がユタ州セントジョージ。卒業と同時に出身地に戻り、建設業をやっています。未婚で、子どももいません」

建設業か――おそらく体力はあり、女性ひとりをおとなしくさせるくらい簡単なはずだ。

「その男が最近モンタナに来たとは考えられないかな？」

「彼の建設会社はかなり大きく、合衆国西部のあちこちでプロジェクトを展開していまして――ミズーラに新たに建設予定の科学棟も彼の会社が請け負うようです」

モンタナ大学ミズーラ校はボーズマンから北西に二時間ほど行ったところにある。

「最後のこれは四十五歳で、ほかの三人よりはちょっと歳をくっています。ブラッド・パーマー。彼はペニーが取っていた授業で教員助手をしていましたが、ペニー失踪からほどなくして辞め、この土地を去っています。二人は当時、恋愛関係にありました。フットボール・

プレーヤー・タイプのがっちりした男です。実際、フットボール奨学金を受けてスタンフォード大でプレーしていましたが、膝を痛めたそうです。卒業後は高校のコーチをしていましたが、機械工学の学位を取るためにここに来ました。記録によれば、ペニー失踪については数回の事情聴取を受けています。そのときは何も出てこなかったようです。

ですが、これを見てください」ブッカーがつけくわえた。「彼はコロラド州グランドジャンクションに住んでいます」

クインは地図に目をやった。ここだ。グランドジャンクション。オースティン教授の地図のまさしく線上にそれがあった。


ミランダは主導権を握ったクインの指示に耳をすましました。彼の手腕を認めるほかなかった。四人の男の写真に目を凝らした――そのうちの誰かがザ・ブッチャーなのだ。全身に鳥肌が立った。

ミランダは部屋の隅に腰かけ、クインの指示を聞くというより吸収していた。まず、今夜ここに到着予定の捜査官二名に電話を入れ、コロラドに向かうよう命じた。最初にグランドジャンクションでペニーの元恋人に会い、つぎにデンバーで野生生物学者を調べるようにと。

セントジョージ警察に連絡を入れ、この事件の捜査について説明をしたあと、ブライス・ヤンガーから事情を聞くよう依頼した。さらにブッカーとジャンセンをミズーラに派遣して建設会社オーナーから話を聞き、ヤンガーがこの三週間にこっちへ来たかどうか調べるよう命じた。そのあと、電話を手に保安官代理たちの配置を指示、一瞬にしてサム・ハリスの過剰な自負心を打ち砕いた。

だが、ミランダはそうした状況をすべて外野から眺めていただけだった。四人の男の大学時代の写真が頭から離れなかった。その一人ひとりがシャロンを背中から撃つ場面を思い浮かべていた。一人ひとりがミランダを押さえこみ、レイプしようとする姿を頭から追い払うことができなかった。やがて男は、手負いの野鳥に対するようにパンと水を与えてきた。

あのときに戻りたくはなかったが、すでに意識は引き戻されていた。来るべき苦悩に対して覚悟を決めようとするものの、それはがらがらと音を立てて崩れ、張りめぐらしていたバリアも粉砕された。

本音は、もう家に帰り、仕事はクインに任せたかった。ここにいても自分にできることはないような気がする。保安官事務所の職員ではあるが、警官ではない。行方不明者を捜すのが彼女の職務だ。発見できることもある一方で、発見には至らなかった女性たちや、発見したときはもう手遅れだった女性たちのことを忘れることはない。

しかし、ミランダがぬくぬくした場所に隠れているあいだも、ザ・ブッチャーはあいかわらずうごめいているのだ。アシュリー・ヴァン・オーデンは今もなお床に縛りつけられ、寒さと苦痛に耐えながら、自分がまもなく死ぬこと、誰にも救ってはもらえないことを確信している。ニックもどこにいるのかわからない。死んでしまったのだろうか？　**お願い、死なないで。**

だが、生きている可能性があるとは思えない。ザ・ブッチャーが彼を生かしておく理由があるだろうか？　ない。殺して、死体を捨てるはずだ。ザ・ブッチャーを捕らえるまで、ニックの発見は無理かもしれない。

ずっと考えていたことがある。自分をあんな目にあわせた男を直視できるのだろうかということ。長い年月、悪夢の数々、さまざまな犠牲を経た今、おそらくはついに犯人を突き止める寸前まできていた。

「それじゃ、行こうか」クインがミランダに声をかけた。

ミランダは顔を上げた。そのときはじめて、部屋にはもう誰もいないこと、目の前にクインが立っていることに気づいた。

「どこへ？」

「大学だ。ミッチ・グロギンズの話を聞きに」クインはちらっと腕時計に目をやった。「今、カフェテリアの主任に電話して聞いたところでは、彼は九時までいるそうだ。今から行けば間に合うだろう」

「わたしも？」ミランダが目をぱちくりさせた。まさか本気でわたしも一緒に連れていくつもり？　ザ・ブッチャーかもしれない男の数メートル以内に接近することになるというのに？

クインがミランダをじっと見た。顔は無表情だが、彼のまなざしが問いかけてきた。「最後の十分は心ここにあらずだっただろ？」

「たぶん……あれこれ考えていたからだわ。わたし、どの程度あなたの役に立てるかわからない」

行きたかった。四人の男とひとりずつ向きあい、何か言わせてみたい気持ちはやまやまだった。目を閉じて、声の抑揚に耳をすますのだ。そうすれば、どの男がザ・ブッチャーだかきっとわかる。なぜならミランダは、悪夢の中で彼の声を繰り返し聞いてきたからだ。こうも考えられる……もしミッチ・グロギンズがザ・ブッチャーならば、今日のうちに彼を監獄に送りこむこともありうる。躊躇する理由はない。

クインがミランダの隣にすわり、両手を取った。部屋には二人きりだ。ほかは全員、それぞれの任務遂行のためにでかけた。ミランダは自分にはその資格がないとは思いたくなかったし、こんなに怯えている自分も見たくなかったが、どうしようもなかった。

「震えているね」クインが静かに言った。

「もしグロギンズが犯人だったら？　わたし――」しばし間があった。「たぶん、あなたの言っていたとおりなのよ」

「えっ？」

「わたしのことよ。わたしはしょせん、ＦＢＩ捜査官になれるはずのない人間だわ。その男の顔を見られるかどうかもわからないし、悲鳴をあげたり目の玉えぐり取ろうとしたり、何をしでかすかわからない。だってわたし、ずっとこんなことを考えてたのよ。ザ・ブッチャーが誰なのかわかったら、そいつが監獄に入れられたら、その前に立って、そいつの顔に唾をかけて、おまえはこれから毒を注射されて死んで、地獄に堕ちるんだと言ってやるんだって。なぜかはわからないけど、そうしたらまた自分が欠陥のない人間になれそうで」

「ミランダ、ぼくは——」

「でも」ミランダが彼をさえぎった。彼の弁解やささやかなやさしい嘘を聞いて、いい気になりたくなかった。「こうしていざその瞬間が近づいて、十二年間ではじめて、いよいよあいつを止められるって思えてるのに、あいつにされたことがよみがえったら、まともにあいつの目を見ることができるかどうか」ミランダの声が割れ、クインから顔をそむけた。「こんなわたしをアカデミーから追放したあなたは正しかったわ」

クインがミランダの顎に手をやり、強引に自分のほうを向かせると、ミランダは瞬きして涙をこらえた。彼の顔に**だから言っただろう**と書かれていそうな気がしたからだが、彼は歯をぐっと食いしばり、目は怒りでぎらぎらしていた。

「きみならなんでもやれるよ、ミランダ。きみの強さを疑ったこともないし、きみの能力を疑ったこともない。きみなら優秀なFBI捜査官になれたはずだ——あのときはただ、きみの動機が不純だと感じただけだ。たとえばフロリダで銀行強盗事件を担当しても、ワシントンで政治家の汚職を担当しても不満だっただろう。きみが満足できるのは唯一、このモンタナで**この**事件にかかわることができた場合だけだと思った。

だから一年間かけて、きみのキャリアに必要なことは何かをじっくり考えてほしかったんだ。きみはバッジさえ手にすれば、ザ・ブッチャーを見つけることができると思いこんでいた。選択はすべて**あいつ**のためで、**きみ**のためではなかった。アカデミーでのきみの成績、ぼくはものすごく誇らしかった。きみも誇りに思っていい。アカデミーでとびきり優秀な生徒だっただけでなく、この保安官事務所でも強力な人材だった」

「わたしがしてきたこと、めざしてきたこと、何もかも**あいつ**のためだったわ。わたし、自分が誰なのかわからない」ミランダは顔をそむけようとしたが、クインはそうはさせなかった。

あれからもずっときみを愛していたよ。

だが、ミランダにはクインに愛される資格はなかった。十年間というもの、アカデミーでのできごとはすべて彼が悪いものと決めつけてきたが、本当は鏡をのぞけばそこに加害者が見えたはずなのだ。

クインの目がさまざまな感情を伝えてきた。「**ぼくは**きみが誰なのか知っているよ、ミランダ。きみほどぼくを驚かせた人はほかにいない」

「でも――」

「さ、行こう。きみならやれる。ぼくもずっと一緒にいる。きみにまた手を出すようなことは**断じて**させないから」

気がつくと、ミランダはうなずいていた。彼を信じたからかどうかは自分でもわからないが、彼は彼女を信じてくれていた。

彼を失望させまいと心に誓った。彼だけでなく自分自身も。

ミッチ・グロギンズはザ・ブッチャーではなかった。

犯人のおおよその身長――ミランダの推測では、十八歳以上の男性の半分に該当する百八十センチから百八十八センチのあいだ――には当てはまりはしたが、痩せすぎていた。体格があまりに違った。

それでも、彼のシルエットを見たときから十二年がたってはいる。

彼が絶対にザ・ブッチャーではないとわかったのは、めそめそした感じの鼻にかかった声を聞いた瞬間だが、ほっとしたのか、怖いのか、自分でもわからなかった。

しかし、とにかくやれた。容疑者と面と向かったとき、悲鳴もあげなかったし、発砲もしなかった。怖くてたまらなかったが、たとえグロギンズが無実の人間だったとはいえ、彼と向きあったぶんだけ強くなれた気がした。

クインはミランダのジープを運転してロッジまで送る道すがら、彼女のことがだんだん心配になってきた。心身ともに疲れ果てていることはじゅうぶん承知していた。ザ・ブッチャーかもしれないグロギンズと直接向きあうための心の準備をし、それが彼ではないとわかった。どっと疲れて当然だ。できることなら、彼女の勇気を称え、力を見いだすように仕向けたかった。

勇気ある女性だとはわかっていた。本人もそのことに気づいてほしかった。グロギンズとの対面はその第一歩と考えよう。

ロッジまでの道の中間地点あたりまで来たとき、ユタ州セントジョージの警察からクインの携帯電話に連絡が入った。建設会社オーナーの話では、ヤンガーは喧嘩っ早い男だそうだが、現在はユタ州南部にいるという事実があり、リストから完全にはずしはしないまでも確率はきわめて低くなった。ヤンガーは一日中オフィスにいたと言っており、地元の警察がアリバイを調査中である。

ニックのトラックが発見されてから七時間のうちに、ヤンガーがモンタナからユタまで戻れたとすれば、移動手段は飛行機しか考えられない。クインはFBIに電話を入れ、セントジョージからいちばん近い主要空港であるラスベガス空港と、周辺の個人所有の飛行場との到着便出発便を調べるよう指示した。

何度となくパートナーとして組んできたコリーン・ソーンにも、つづいてチェックの電話を入れる。彼女はすでにグランドジャンクションに到着しており、ペニー・トンプスン失踪当時の恋人、パーマーに会いにいく途中だった。

「現時点でリストのトップはパーマーだ」電話を取った彼女に真っ先にそう告げた。そしてグロギンズとヤンガーに関する情報を伝える。「慎重に頼む」

「ええ、そうするけど、もし彼がザ・ブッチャーなら、まだ家に戻っていないんじゃないかしら？」

「グランドジャンクションからボーズマンはそう離れちゃいない。たぶん、十時間くらいだ。すぐに引き返せば、疑いをかけられずにすむ。だが、家にいなかった場合は全国手配で捜すことにしよう」

「いずれにしろ連絡入れます。まもなく家に到着なので。それから、デンバー大学の学長とも電話で話しました」

「それで？」

「喜んで協力してくれるそうです。野生生物学部の学部長に連絡して、ラーセンがどんなプロジェクトに組み入れられているのかを調べて、明日の午前中には学部長とラーセンの二人から話が聞けるようにセッティングすると言ってくれました。すでに時間外でしたんで、二人についての情報を得るのに少々時間がかかりましたけど、ラーセンの住所はわかりました——大学の近くにこぢんまりしたアパートメントを持っています——それから、身分証明書用に提出した現在の顔写真も。これ、送りましょうか？」

「今？」

「最新式の携帯端末に不可能なことはありませんから」

クインが苦笑とともにかぶりを振った。「すごいね、先端のテクノロジーは。それじゃ、ぼくのeメールに送っといてくれ。ロッジに戻ったらダウンロードするから」

電話を切り、車をロッジの私道へと入れる。ミランダのようすをちらっとうかがうと、眠っているようにも見えたが、そうでないことはわかっていた。

保安官事務所でさっき言ったことはすべて本心だが、彼女が信じていないことは承知していた。正直なところ、彼女を責めることはできなかった。何しろ十年間という時間をかけて、彼があいう行動に出た理由を考えぬき、頭の中には最悪のシナリオができあがっていたのだから。当時は彼も必死で説明しようとしたが、やはりそれをずっと継続すべきだったのだ。彼女を愛していて、どうしてもあきらめられないから、独力で気づくことを願っていたのだと。

当時の彼女は、怯えと不安と怒りでいっぱいだった。たとえ真実が見えたとしても、頑固な彼女はすぐには認められなかっただろう。

だが、彼女の強さにはその頑強さもふくまれていた。頑固なまでの決意があってこそ、彼女は生き延びた。それが彼女の人格を形成し、勝ち目のない状況にひるまず前進しつづける動機づけにもなっている。

彼女のそういうところを愛していた。

だが、彼女は不安でもあった。自分の中にある強さと恐れ。恐れが勝つかもしれない。きみなら屈せずにやり通せるとどうやって言い聞かせられただろう？　ＦＢＩ捜査官になったからといって怖いものなしになれるわけじゃないとどう説明できただろう？

クインはロッジの裏手に車を停め、エンジンを切った。「ミランダ」

「なあに？」低く、穏やかな声だ。

「コリーンからの電話のやりとりは聞いてたよね」

「ええ」

「それについてちょっと話さないか？　何か質問は？」

「ないけど」しばし間をおいてから目を開けた。「わたしね、この中に犯人がいてほしいと思ってるのよ、クイン。だって、もしそうじゃなかったら、またスタート地点まで戻ることになるんですもの」

「この中のひとりだよ、間違いない」

「あなたの経験がそう言わせてるの？」ミランダの顔がかすかに微笑んだ。

「いや、直感だね。きみも直感を大切に」

「そうね」ミランダがドアの取っ手に手を伸ばした。

「キャビンまで送ろう」

ミランダはこっくりとうなずき、彼の頬に軽いキスをした。「ありがと」


ちくしょう、いったいいつまでつづくんだよ？

太陽がじめじめした暗い小屋にも分けてくれていた、ごくわずかなぬくもりを奪還して沈んでから長い時間がたった。コヨーテの最初の遠吠えが夜の静寂を引き裂いてから長い時間がたった。アシュリーが泣き寝入りしてから長い時間がたったが、ニックは目覚めたまま横たわってじっと待った。

ザ・ブッチャーは戻ってくる。だが、いくらアシュリーを守ろうと思っても、ニックには何もできない。

背中で足とともに両手を縛ったロープは、もがけばもがくほどきつくなっていく。彼は壁に押しつけられ、アシュリーは部屋の中央に縛りつけられていた。やがて、ついに眠りに落ちた。つのる恐怖の一日の果てに、ほんの少々の安らぎが訪れた。

頭がいくらかはっきりしてきたとき、彼はアシュリーを励まして、彼のほうへ体を滑らせて近寄らせ、彼を縛ったロープをほどけないか試させたが、アシュリーは床に鎖でつながれており、まったく動けなかった。そして彼のほうは、転がろうとするたび、縛りがなおいっそうきつくなっていった。

なんとかしてここから抜け出そう。ニックは懸命にアシュリーを元気づけた。彼の仲間やFBIがもうすぐ犯人の正体を突き止めそうな状況を話して聞かせた。

とはいえ、どこを捜せばいいのかわかるはずもない。ニックはザ・ブッチャーが誰なのかは知らない。ただ、パーカーのキャビンを拠点にしていたということがわかっただけだ。リチャード・パーカーの友人、雇い人、借家人という可能性もあるし、あるいは無断居住者かもしれない。リチャード・パーカー本人ということもありうる。

クインは彼の足跡をたどってくれるだろうか？　ニックが気づいたことに気づくだろうか？　おそらくだめだろう。彼自身、パーカーのキャビンをめざしながら、こんなところまで来てはみたものの、無駄な骨折りだろうと考えていたほどだ。生まれも育ちもモンタナ南西部という彼にしてはじめて、物的証拠にもまして、歴史や経験というレンズを通して見た土地や家屋の記録が謎の解明において大きな意味をもった。

直感が的中したとはいえ、気分はもやもやしたままだ。まもなく死のうとしているのだから。そしてアシュリーは陵辱を受け、狩りの獲物に見立てられ、仕留められる。

なんとしてでもここから脱出しなければ。

夜行動物の声が唐突にやんだ。もっと大きく、危険な肉食動物が近づいてきたかのように。

ニックは耳をそばだてた。何者かがキャビンに近づいてくる。

しばらくしてドアのチェーンが動き、ガチャガチャッと音がした。アシュリーがぎくりとして目を覚ました気配がニックにも伝わってくる。

「いやよ」アシュリーが泣きだした。「もういや、やめて」

「大丈夫だ」ニックの声はざらついていた。

「いや。もういや！　大丈夫なんて言わないで！」

キャビン内はすでに凍えそうに寒かったが、開いたドアから流れこんだ夜気の氷の指先が皮膚に触れてくると、ニックの全身が震えだした。このときはじめて、彼はアシュリーの硬直状態に気づいた。

ドアが閉まった。ザ・ブッチャーは何も言わない。

ニックの耳に金属製のカチャッという音が届くと、つづいてアシュリーが苦痛の悲鳴をあげた。

「やめてくれ！　彼女を痛い目にあわさないでくれ！」

ニックはロープに縛られたまま必死でもがき、レイプ男に懇願した。アシュリーの泣き声は絶え間なくつづき、やがてやや落ち着いてすすり泣きに変わったが、また突然キャビンの壁を突き抜けそうな悲鳴があがる。

レイプ男はミランダが言っていたようにほとんど口をきかなかった。ときおりぼそぼそと不満げな声でひと言――おれのものだ、永遠に――つぶやいたり、激しい動作による喘ぎがもれたり。

ニックの目に涙があふれた。涙のわけは底なしの憎悪。怒り。無力感。ザ・ブッチャーがアシュリーをレイプし、肉が肉をぴたぴたと叩く。ニックはその音に吐き気を催した。金属製の道具を使い、アシュリーの肉――乳房――を傷つける気配も伝わってくる。

ニックはミランダの傷痕を見たことがあった。今、彼はそれがどういう状況で受けた傷なのかを知った。

ここまでむごたらしい拷問を、ミランダはどうやって耐え抜いたのだろう？　その強さ、恐れを知らない大胆さには驚嘆するほかない。目隠しをはずされたような気がした。被害者を超えた、生存者を超えた存在としてのミランダが見えてきたのだ。

彼女こそ勝者である。

アシュリーがまた悲鳴をあげ、しゃくりあげている。ザ・ブッチャーが演出する仮想の沈黙には、猥褻《わいせつ》な言葉をつぎつぎと叫ぶ以上にどぎまぎさせるものがあった。沈黙を通すことでザ・ブッチャーが自分自身に対して何かを証明しているかのようで。

ザ・ブッチャーがいつまでここでアシュリーを痛めつけるのか、ニックには見当もつかなかった。まるでニックがいることを知らないかのようだ――懇願も、悪態も、非難も完全に無視した。だが、とうとう彼は出ていき、ドアにチェーンを掛けた。アシュリーは無言だ。
もしかして殺された？

いや、そうはしないはずだ。あの男は狩りをしたくてたまらないのだから。アシュリーはおそらく気絶しているのだろう。弱々しい呼吸に耳をすまし、まだ息をしていることには確信がもてた。

アシュリーを慰めたかったが、どう慰めたものかわからなかった。耐え抜いたばかりの苦痛と屈辱感を拭い去る言葉などあるはずがない。

それはあきらめ、脱出計画を練ることにした。ザ・ブッチャーが保安官を獲物に見立てての狩りに意欲を駆り立てられるということもありうる。獲物として放たれるためにはどうすればいいか。ザ・ブッチャーをその気にさせる心理作戦を練ることにしよう。

おまえは弱った女を背中から撃つ。男を仕留めるだけの腕はないいんだろう？女なら簡単だ。泣いたり、つまずいたり、命乞いをしたり。それのどこがおもしろい？おれを逃がしてみろ。捕まえられるはずがないさ。おまえの程度が知れるな。

もしニックがザ・ブッチャーを嘲って自分を追わせるように仕向ければ、アシュリーに逃げきるチャンスができる。そのときは自分と逆方向に逃げるよう言い聞かせておかなければ。

ついでに、けっして振り返るなとも。

ザ・ビッチは、万が一、あの保安官が行き先を誰かに伝えていた場合を考えて、もう金輪際あのキャビンを使ってはならないと男に言った。あいかわらず、自分が仕切り役だと考えているのだ。

だが、男にとって野外で眠ることはいっこうに苦にならなかった。セ氏五度以下にも対応する寝袋、スペースブランケット（アルミのコーティングを施した極薄のプラスチックシートで、保温効果が高い）、ガソリンスタンドで買ってきたホットコーヒーがそろっていた。

あのいまいましい保安官の声がうるさく、彼女との行為になかなか集中できなかった。いっそのこと殺してしまえばとも考えた――いずれにしろ、最終的には殺すのだから――が、**保安官**を狩りで仕留めることを思うとわくわくした。当然、手強い相手になるはずだ。逆襲されかねない。

だが、むろん、保安官の負けだ。

おれのゲームを制するのはこのおれだ。

さっきからしばらく、中途半端になっていることをどう片づけたものか考えていた。ザ・ビッチにはミランダ・ムーアには手を出すなと言われてきたが、それもそろそろ解禁だろう。もはやザ・ビッチに仕切らせるつもりはなかった。

唯一逃げきった獲物だが、仕留めるつもりだ。あの女は一筋縄ではいかなかった。今でも頭から離れないほどだ。彼女の写真を目にすると、必ず悪い夢を見る。悪夢を完全には思い出せないが、ぐっしょりと寝汗をかいて目が覚める。たしか彼女が彼の心臓を引き裂き、彼の目の前で食べている姿が見えた。

まもなく彼女が彼の母親に変身する。

気がつくと、寝袋を両手で力まかせに叩いていた。興奮を静めようと必死だった。**あの女**のことは考えるな。もう死んだのだ。この世にはいない。よかったじゃないか。なんで母親のことまで思い出させるんだ？

ミランダのせいだ。**あいつ**がいまいましい記憶をよみがえらせた。逃げたあいつが。

ザ・ビッチはあいつを殺させてくれないが、もうかまうもんか。つべこべ言ったりしたら、あいつも喉を掻っ切ってやる。

それはともかく、きっとやってやる。

27

二人はやさしく揺れるポーチのブランコに腰かけ、夜の音に耳をすませ、夜の影を眺めながらワインを飲んでいた。なんだか——**なんだか**——昔に戻ったような気分だ。ミランダがクアンティコめざしてここを離れ、夢破れて戻ってくる以前に。

でも、本当にあれが彼女の夢だったのだろうか？　それとも、何かから逃げていたのか？　先を見越して行動する、すなわち法の執行機関で働く——とりわけFBI捜査官になる——ことにより、自分に襲いかかってくる悪魔を征服するのに必要な力が与えられるものと、ミランダは確信していた。バッジを所持すれば、勇気はあとからついてくると。そして悪夢は消えるものと。

事件から数週間後、ミランダはザ・ブッチャーがあとを追ってくるのではと怯えていた。寝ているあいだに殺されるのではないかと。人里離れた山奥へ連れ戻され、再びハンティングの獲物にされるのではないかと。はっと目を覚ましたとき、悲鳴は喉に引っかかり、両足は走っているかのように空を蹴っていた。

そんな悪夢をあまり見なくなったころ、別の悪夢が取って代わった。失踪した女性たちを捜す夢だ。声がかれるまで大声で名前を呼び、足は棒になる。そして足を滑らせて底なしの墓場に落ち、下へ下へと転がり……冷や汗をかいて目が覚める。

心配なのは自分の身の安全ではなかった。精神状態である。ザ・ブッチャーが女性たちを略奪しつづけるかぎり、彼女の夢は彼に支配されつづけるのだ。

「もしザ・ブッチャーがパーマーかラーセンじゃなかったら？」ミランダがクインに訊いた。

「そのときは捜査範囲を広げよう。トラック運転手、セールスマン――おそらく、大学のファイルの中に誰か、見落とした人間がいたんだろう。事情聴取一件一件の口調ひとつひとつを再検討し、再度事情聴取だ。物的証拠はオリヴィアがやってくれる。すべてのテストを最優先してくれるそうだ。もしも石ころにＤＮＡが付着していれば、彼女が見つけてくれるよ」

「でも、比較のためには容疑者のＤＮＡが必要でしょ」

「きみには酷だってわかってはいる」

「わたしなら、今すぐでかけたいくらいよ。アシュリーを捜しに。ニックもね」

ニックがいったい何に気づいてどこへ行ったのかを知りたくて、地図と土地建物の記録を長時間にらみつづけていたため、目がちかちかして頭が痛かった。

「ハニー、ニックに関してはあんまり希望をもってほしくないんだ」クインの声がかすれた。

ニックの失踪については、彼もミランダに負けないくらい胸を痛めていた。

「わたしにはどうしても、彼は生きているって思えてならないの。そうでなければなぜ、ザ・ブッチャーは車だけをあそこに置いたの？　もしニックが死んだなら、なぜ死体も置いていかなかったの？」

「さあ。たぶん、遺体から証拠を採取されるのを恐れたんだろうな。もし抵抗していれば、ニックの体から犯人の皮膚や血が検出されるかもしれない。遺体はけっして発見されない場所に捨てるのがいいと考えたんじゃないかな」

「だったらなぜ、トラックをあんなふうに道路脇に捨てたの？」

「捜査の攪乱だろう。こっちを二手に分けるための作戦だ。もし捜査の焦点がニックの捜索に向けられれば、アシュリーのほうは手薄になる──アシュリーの発見はザ・ブッチャーへとつながるわけだから」クインが髪をかきあげた。「しかし、あくまでぼくの推測にすぎないよ。ザ・ブッチャーはこれまで一度も警察を嘲笑するようなことはしてこなかったが、たぶんこれは、われわれより自分のほうが頭がいいってことを伝える彼一流の表現じゃないのかな。『ほら、おれを見ろ。おれは保安官を殺せるが、おまえたちはおれを捕まえられないだろう』」

クインの電話が鳴ると、ミランダが全身をこわばらせた。こんな深夜の電話がいい知らせであったためしはない。

クインはミランダの手をぎゅっとつかんで離そうとしない。ミランダも力をこめて握り返した。

「ピーターースン」

ぴったりと寄り添ってすわっていたため、ミランダにも電話からもれてくる女の声が聞き取れた。

「コリーンです。今、トビーと一緒にパーマーの自宅を出たところですが、彼が捜している男である確率は限りなくゼロに近そうです。アルコールづけの生活みたいで、安楽椅子から冷蔵庫まで歩くにも蛇行するほどで」

「くそっ」

「ここに雇い主の連絡先はありますが、パーマー本人によれば、もう何週間も欠勤はしていないそうです。彼は恋人だったペニーの事件ではさんざんな目にあったようで、警官嫌いですけど、わたしが思うに、犯人ではないですね」

「きみの直感を信じよう。今、どのへん？」

「デンバーに向かってます。あと二時間くらいかしら。朝になったら、ラーセンの学部長と面会できることになりました。彼女から直接電話がかかってきて、ラーセンは今、野外で研究中だそうですが、誰かを呼びにやることもできるということで」

「野外？　いったいなんの研究？」

「ラーセンの専門は……」しばし間があった。「……ええと、ハヤブサのようです。ハヤブサの生態を追って、繁殖の観察などをしているとか。調査研究の施設はクレイグにあるそうですが、ラーセンは今、恐竜国定公園内にある発掘現場の記念碑付近で研究活動中だそうです」

「どこにあるんだ、それ？」

「知ってるわ」ミランダがさえぎった。

「ちょっと待って、コリーン」クインがミランダのほうを向いた。

「コロラド州の北西の隅にあるの。ボーズマンからなら車で八時間とかからないわ。しかも、オースティン教授が囲んだ境界線の中にすっぽり入ってる」


ミランダは寝つけなかった。繰り返し寝返りを打つうちに一時間がたった。

「ばかみたい」誰に言うともなくつぶやき、上掛けをはねのけてブーツをはいた。

クインは日付が変わったあと、オリヴィアからの電話を受け、そのあと出ていった。予備テストで、ニックのトラックから採取した土とレベッカが監禁されていた小屋から採取された土が一致したとの知らせだった。さらに、トラックのフロアマットから鮮明な靴底の跡――サイズ11――が取れたという。ニックはサイズ12をはいている。

クインには少しでも眠っておくように言われた。たしかにミランダには睡眠が必要だし、眠りたかったが、頭の中が猛烈な勢いで回転していた。目を閉じるたび、大学のファイルに貼られていたデヴィッド・ラーセンの小さな写真が思い浮かんだ。

現実感がなかった。ザ・ブッチャーに顔を重ねてみる。ラーセンだろうか？　わからない。今こうして彼の顔を見ても、あれが**彼**だったとは断言できない。

長いことずっと抑えこんできた怒りが、この数日で消えかけているようだ。クインとはじめて顔を合わせたときは、強がった外見の奥をすべて見透かされそうな気がして、激しい怒りとショックと不安を覚えた。彼女が下す判断のひとつひとつ、言動のひとつひとつに彼が疑問を抱くのではないかと怖かったのだ。

　だが、今朝目が覚めたとき、彼になんと言われたとしても、それが怖くはなくなった。捜査のストレスの下で悪戦苦闘しているのをわかっていてくれれば、それでいいと思え、それよりも彼に会いたがっている自分に気づいた。

　あたたかい上着を着てポケットに銃を入れ、暖房のきいたキャビンをあとにした。ポーチで足を止めて冷たい空気を胸いっぱいに吸いこむと、厚着をしたというのに体が震えた。今夜は七度くらいまで下がるという。かわいそうなアシュリー。凍死するほどの寒さではないが、いっそ死んでしまいたいと祈りたくなるはずだ。

　ミランダはそうだった。

　半ば駆け足でロッジに向かい、通用口から中に入った。決心を翻すチャンスを自分に与えず、そのまま階段をのぼってまっすぐ彼の部屋に行き、ドアをノックした。

　ドアが開くと、クインはグレーのスエットパンツをはき、上半身は裸だった。ミランダは彼の胸を見て、思わずはっとした。彼がどんなに逞しかったか、とっくに忘れたと思っていたが、忘れてはいなかった。彼の引き締まった体についた形のいい筋肉をひとつ残らず記憶していた。よぶんな脂肪はいっさいついていない。

　今も三十歳のときとまったく変わらず、完璧だ。

「眠れないの」やや息を切らした感じで言った。期待で心臓がどきどきした。ここに来れば何が起きるかはわかっていた。願っていたことが起きるはずだ。

ミランダには彼が必要だった。クインは彼女の悪魔を追い払い、ぬくもりを感じさせてくれる人。望まれていると感じさせてくれる。犠牲者意識が薄れ、それよりもひとりの女であることを感じさせてくれる。

「ミランダ……」

ミランダは部屋に入り、ドアを閉めた。クインが手を伸ばして彼女の手を取り、引き寄せた。「わたし、どんなにあなたに会いたかったか、自分でもわからなかったの」いつになく声がハスキーだ。

「ミランダ、ぼくはきみに会いたくてどうしようもなかったよ」

クインがキスをした。

ためらいは感じられなかった。彼女の顔を両手ではさみ、想いをこめて唇を重ねてくる。ミランダは故郷に帰ってきたような気持ちになった。

彼への愛がやんだことは一度もなかった。クインは彼女に対してきわめて辛抱強く、どれほど支えになってくれたかは信じられないほどだ。まだ彼女には準備ができていないと思いながらもアカデミーに推薦してくれたことをふくめ、彼女のためにありとあらゆることをしてくれた。

ミランダがそれまで抱いてきた裏切りや恐怖といった感情は彼のあたたかな抱擁の中で洗い流され、炎が燃えあがった。キスだけでは満足できなさそう。もっと彼が欲しかった。彼のすべてが。

彼に戻ってきてほしかった。

クインが体を離し、ミランダを見て顔をしかめた。「どうかしたの？」

「どうかした？　べつになんにも」

「だって、ほら」クインは頬の涙を拭った。ミランダ自身、気づかなかった涙だ。クインは自分の濡れた指先に、そのあとミランダの頬に唇を押し当てた。

「ミランダ、きみが戻ってきてくれる日をずっと待っていたんだ」

ミランダは彼の手を取り、手のひらに唇を当ててぐっと引き寄せた。「この二、三日で気づいたことがあるの。あなたの言うとおりだった。FBI捜査官になりたかったわたしの動機、間違っていたわ。バッジが勇気を買ってくれると思いこんでたみたい。日々襲ってくる恐怖に対する盾になってくれるんじゃないかって」

「ミランダ、きみはこれまで出会った誰よりも勇気がある。バッジはそれをたしかめるために必要だっただけさ」

「今ならそれがわかるの。でも、あなたなしじゃ、明日を乗り切れる勇気がもてるかどうかわからない。もしラーセンが本当にザ・ブッチャーだとしたら、どうやって彼と向きあえばいいのかわからないの」

「今からそんなこと考えなくていい」

ミランダはこっくりとうなずいた。「そうよね。でも、考えちゃうの。言いたかったのは、どうやって彼と向きあえばいいのかわからないのに、向きあうのよねってこと。**やれるんだ**

ってことを自分自身に証明しなくちゃならないわ。だけど、そのときにあなたが横にいてくれたらずっと楽だろうと思うの」

クインが着ぶくれたミランダを精一杯抱き寄せた。「ミランダ、大丈夫だ、一歩ごとにぴたりと張りついていてくさ」

「上着、脱がせてもらっていい？」

クインがにっこりと微笑んでおでこにキスをし、ジャケットを脱ぐ彼女に手を貸した。つづいてシャツも。キャミソールとジーンズだけになって立つミランダを、クインは食い入るような目で見つめた。彼のまなざしを受け、ミランダは高ぶっていく。

背伸びをし、彼にキスした。

クインは両手で彼女の顔をはさみ、何度も何度もキスをした。十年間にしたくてもできなかったキスを全部取り返そうとするかのように。これほどの愛情をミランダはどうしてあきらめたのだろう？　唇の動きのひとつひとつがかつて二人が分かちあった親密な時間をよみがえらせた。さらに、クインの我慢強さ、彼の支え、そして二人のはじめてのセックスをも。

ミランダの唇のあいだからうめきがもれると、クインは彼女をそっと押しやり、ベッドに横たわらせた。「きれいだよ、ランディー」そうささやきながら、唇を徐々に首筋へと這わせていき、そこからまた唇へと引き返した。ミランダが、背筋を素早く上下する電流に体を小刻みに震わせる。

彼をもっと引き寄せて思いきりディープなキスをしたくなり、彼に向かって両手を伸ばしたが、彼は軽い愛撫で彼女をじらしにかかっていた。彼の指先がミランダの腕をゆっくりとなでおろし、また上がって胸をさっとかすめて腕に戻る。ミランダはその感触にそそられ、彼のスエットパンツを脱がしたくなってきた。

とはいえ、じらされながら高まっていく一瞬一瞬がいとおしくてたまらなくもあった。あまりにも長い年月、長すぎる年月だった。

彼に向かって両手を伸ばし、引き締まった背中に沿って上下に這わせた。翳りをおびた彼の目がミランダを見おろす。意志強固の象徴でもある顎が抑えこんだ欲望のせいで小さく震えていた。「ミランダ、きみ、ほんとに?」

ミランダがうなずき、上体をもたげて彼にキスした。

クインは彼女とメイクラヴしたかった。このますぐに。

二人の最初のセックスは十年以上前のことで、彼女が楽しんでいなかったことは彼も知っていた。彼女はそれを克服し、自分自身に対して何かを証明したがっていた。彼への信頼を全身全霊で示すことは彼女にとって悩ましい体験のはずだから、彼はけっして無理強いはせずにいた。だが回を重ねるにつれ、ベッドでのミランダは徐々にのびやかになり、まもなく二人のセックスは情熱がほとばしる激しいものになっていった。

そしてまた今、彼の手の動きが昔と同じ熱い欲望に火をつけようとしていた。ミランダの体が彼に合わせてうごめき、彼は彼女の感じやすいところをみごとに探し当てていく。

彼がミランダのジーンズ、つづいてセクシーでかわいいキャミソールを脱がせた。

ザ・ブッチャーが彼女の胸に残した傷痕をはじめて目のあたりにしたとき、クインは激しい怒りを隠すことができなかった。ミランダがそれを嫌悪感と受け止めたため、本当のところを理解してもらうのに数日を要した。

傷痕もふくめ、彼女は美しかった。彼は自分の誠意と愛情を懸命に伝えたが、それでもミランダは胸を露出するたび、全身に緊張を走らせていた。

クインはそこに唇を触れた。そっと。愛情をこめて。彼女の気持ちをおもんぱかり、胸にあまり時間はかけなかった。彼女の何もかもを記憶していた。だいぶ痩せて、肋骨が見えている。ここに来て、彼女の食生活や健康状態を見守らなければいけなかった。だが、筋肉は引き締まって硬かった。アカデミー時代にもまして鍛えているのだろうが、それについては驚くに当たらない。

そんな彼女が誇らしかった。目標に向かってここまで厳しい鍛錬を積んでいたとは。それなのに本人は、自分には勇気が足りないと思いこんでいる？　彼女こそ、勇気そのものだというのに。

クインの舌が腹部を軽くなぞると、ミランダの全身にぞくぞくするような快感の波が繰り返し押し寄せ、体の芯から火照りが広がった。彼がショーツを噛んで引きおろしながら、舌で執拗にじらしてきた。彼女が触れてほしくてたまらない一か所にはただ限りなく近づくだけでいっさい触れない。まもなく彼が力強い手で下着を脱がせ、ミランダの裸体をじっと見つめた。

「きれいだよ」さっきと同じ言葉を繰り返し、またかがみこんで、今度は内腿に唇を触れた。

「ねえ、抱いて」ミランダの声には性急さがにじんでいた。**今すぐ**彼が欲しかった。

太腿の内側にある彼の唇からもれる息づかいが聞こえた、というより感じられた。彼の唇はそこからさらに下へと向かい、膝、ふくらはぎを熱いキスでたどっていく。

爪先へのキスにミランダの体は震え、ヴァギナで燃えあがった火が体の芯を熱く濡らした。彼の忍耐力には多くの面で敬服するものがあったが、今、このときだけは早く入ってきてほしかった。もっと彼が欲しかった。

「クイン」ミランダから切ない喘ぎがもれる。

彼の唇が彼女の脚をじりじりとさかのぼり、肌を焦がしていく。クインの腕の中では寒さはいっさい感じない。体が火照り、高ぶっていた。

腕を下に伸ばし、彼を引っ張りあげようとした。唇を重ね、彼とひとつになりたかった。だが彼はミランダの脚を左右に開かせ、両手の親指で小さく円を描きはじめた。あらゆるところに触れてくるのに、たった一か所、彼女が触れてほしくてたまらない**そこ**だけはよけて。

「クイン、もう大丈夫よ」

ミランダがもどかしそうにうめき、背をそらせた。

「ああ、わかってる」クインはつぶやいたが、前戯を急ぐ気配はまったくない。

まるでミランダをもう一度、一から知りたがっているかのようだ。彼は昔もたっぷり時間をかけてキスし、抱きしめ、肌をくまなく愛撫してくれた。そんな献身的なセックスが懐かしかった。思いやりに満ちた愛情と熱い情熱が。クインに全身を探られるうちに、彼と過ごした親密な時間の記憶の数々が一気によみがえってきた。傷だらけの体を受け入れてくれただけでなく、彼女に再び自分自身を愛することを教えてくれた彼。服を脱いでも引け目を感じないようにしてくれた彼。

彼の唇が徐々にそこに近づき……ミランダの体が期待にのけぞっていく。期待は裏切られなかった。彼の口が恥丘を締めつけてきた瞬間、ミランダにオーガズムが訪れた。ほとばしる熱いものにミランダの呼吸が荒くなる。クインの両手が太腿をなでながら背中へと伸びていき、下から押しあげてそっと引き寄せる。

キスは腿の内側、へそ、胃のあたりを通って胸に移り、そのまま首筋まで進んだ。

ミランダが彼にぴたりと体を密着させたまま横に回転し、彼の上に乗った。

「うそだろ？」クインのいたずらっぽい苦笑をデスク・ランプの明かりが照らし出した。だが、そんな軽妙な言葉や表情とは裏腹に、ミランダの体の下では張りつめた彼が震えていた。彼女が彼を欲しがっているのと同じように、彼も彼女を欲しがっていた。

彼こそわたしに必要な人。

ミランダはザ・ブッチャーへの執着を脇へ追いやった。今夜以降、何が起きるかはわからない。日の出とそれがさらけだす赤裸々な現実は考えたくなかった。再び去っていくクインの姿も、またひとりぼっちになる自分も考えたくなかった。彼のいない日々。

今、この瞬間で時間を止めたかった。かつて二人が分かちあったもののほんの一部がまた見えてきたこのときを大切に抱きしめたかった。二人を隔てていたこれまでの十年間などまるでなかったかのようなふりをしたい。

　ミランダは彼にキスをしたあと、彼がしてくれたように、両手を彼の肌に滑らせた。クインは彼女をきつく抱きしめ、二人の体がぴたりと密着した。まもなくミランダは彼の腕からするりと抜けて体を下へとずらしていき、彼のスエットパンツを脱がせた。早く**こう**したかったのだ。本当にひとつになりたかった。

　クインの忍耐力もそろそろ限界に近づいていた。ぎりぎりまで耐えてミランダの中に入りたかった。セックスと愛情が合流する限界点で。ほの暗い明かりの中でミランダを見つめた。ダークなロングヘアが顔の前に垂れ、大きな光る目をした野性の女といった印象だ。彼女に感じさせることで得ていた喜びがたちまち差し迫った欲求へと変わったとき、ミランダの手が彼の股間に伸びてそこをそっと包んできた。彼の口からうめきがもれる。

「待って」彼が言った。このますぐには終わりたくなかった。ずっと抱きしめたかったし、ひとつになりたかった彼女と迎えたこのときだ。時間をかけてゆっくりと。だが、彼女にこうして握られては、ゆっくりは彼の意識からは程遠い言葉となった。

「そんなのいや」ミランダがちょっとからかうように答えた。

　下腹部のほうに目をやり、股間にかがみこんで硬くそそり立った彼のものを口にふくむミランダを見てしまったのが間違いだった。官能的な唇がペニスをすっぽりと包みこむと、彼女のなまめかしい仕種、熱っぽい口内の感触、濡れた舌に吸引される感覚があいまってペニスが脈打ちはじめ、いつ爆発してもおかしくない状態にまで高まった。

「**ミランダ**」

クインが彼女をゆっくりと引きあげ、やがて二人の唇が重なった。「きみの中に入りたい」

クインがささやいた。

「そうして」ミランダの吐息が彼の耳をくすぐった。

クインはこのときを十年間ずっと夢にまで見てきた。ミランダを抱きしめ、ひとつになる。それがほぼ夢としか思えなくなっていた今、二人が失ったものを再び取り戻せるとは思ってもいなかった。

これまでずっと、彼女の手を離したいと思ったことはなかった。もうこれ以上時間を無駄にしたくなかった。

ペースは彼女に委ねた。二人がはじめてセックスしたときと同じように、タイミングや深さやリズムは彼女が決めればいいと思った。

そのあともまだ時間があるはずだ。

脚を大きく開いて上からゆっくりと、クインにとってはつらいほどじりじりと彼を包みこんでくるミランダは信じられないほどセクシーだった。カールがワイルドにもつれた長い髪、重たそうに閉じたまぶた、開いた口。なんてゴージャスなんだ。クインはもっと激しく動きたい衝動に耐えていたが、彼の中には一気に果てたい気持ちと永久にこの状態を保ちたい気持ちが同時に存在していた。

クインを自分の中にすっぽりとおさめたミランダが切なく喘いだ。最後のセックスから長い月日がたっていたが、最初のオーガズムのおかげですべてスムーズにいった。

「大丈夫？」クインがささやく。

ミランダは彼に目を落とし、その表情ににじむ深い愛情にはっとした。両手を伸ばし、両側から彼の腕をさする。

「ええ。ずっとあなたを待っていたの」

ミランダが彼の上でゆるやかに動きはじめた。上下動がもたらす快感をすべて敏感に感じ取りながら、二人はともにオーガズムへとのぼっていく。一体となっての性急な動きにつれ、ミランダは下にいる彼が怒張していくのを感じていた。こうして再びクインとひとつになった喜びが彼女を絶頂へといざなう。

「愛してる、ミランダ」クインの声は思いの丈と欲望でかすれた。「いこう、一緒に」

彼の言葉がミランダに彼の体を感じさせ、なおいっそうの高みへと押しやる。まもなく彼の全身の筋肉が引き締まったかと思うと、つぎの瞬間、両腕が彼女の上体を引き寄せ、二人の全身がひとつになった。長いことほどけていた紐がまたしっかりと結ばれた。二人の場合は輪ゴムのような勢いで、再会の瞬間からはじかれたようにおたがいに向かっていたのだ。

ミランダは彼をどこへもやりたくなかった。

クインの胸の上に力尽きて伏せながら、一時間のホットタブにもまして心地よい気分をあじわっていた。四肢がすべてとろけそうで、そのままクインの腕の内側のくぼみへと滑りこむ。彼の両腕に包まれ、やさしくなでられながら、彼のぬくもりと逞しさに全身をどっぷりと浸した。彼の抱擁はパラダイスだった。

「愛してるよ、ミランダ」

ミランダは彼に体をすり寄せ、頭を彼の肩にのせてため息をついた。わたしも愛してる。ミランダはそう言いたかった。クアンティコ以前の二人に戻りたかった。そもそもクアンティコへ行ったことを後悔した。ずっとモンタナにとどまっていれば、状況はまったく違っていたはずだ。この十年間もきっと、今と同じように彼に愛され守られていると感じていられたのだろう。

たら、れば、ばかりを考えていても意味がない。だが、たぶん二人ならやり直せる。デヴィッド・ラーセンが逮捕されて有罪判決が下りたあと、たぶん二人のあいだにはまた共有する何かが生まれるはずだ。

ミランダはなんとしてでもそうしたかった。でも今は……もうくたくただった。あくびが出た。

ミランダが彼に全身をぴたりとくっつけて眠りに落ちた瞬間をクインは知っていた。

彼は上掛けを引きあげて二人の体をそっとくるみ、眠っている彼女をじっと見つめた。穏やかな寝顔だ。彼女に静かに眠れるひと晩を与えられたことがうれしかった。

彼女の髪に触れてから、そっと頬をなでる。心から彼女を愛していた。

28

クインの携帯電話が鳴り、がばっと上体を起こした彼はたちまち寝過ごしたことに気づいた。室内があまりにも明るかった。デジタル時計にちらっと目をやる。七：四五ＡＭ。隣でミランダがもぞもぞと動いた。枕の上に髪が広がり、ほっそりしたうなじがキスを待っているかのようだ。クインがいちばんしたいこと、それはもう一度彼女を抱くことだった。

また電話が鳴った。どうしてもしなければならない仕事がある。

「ピータースン」

「コリーンです。ラーセンですが、何かありそうですね」

「どうした？」

「野生生物学部の学部長、ええと――サラ・タインという人ですが――この人がクレイグにある校外研究施設に電話を入れてくれました。コロラド州の北西部にある町です。ラーセンの研究日誌を持ってくるよう指示したかったということで。その結果、ラーセンが最後にそこに顔を出したのは月曜だということがわかりました」

「レベッカの遺体発見の翌日だな」

「そうです。でかけるにあたっては、ハヤブサの観察に戻ると言い残しています。彼の専門ですね。というわけで今朝早く、同僚の研究者がひとり、彼がいるはずの調査地点に向けて出発しました」

クインは胃のあたりにざわつきを覚えた。「ところが、そこにいなかった」

「ええ。彼にはデンバーのアパートメント――ここはもちろん留守なんですが――だけでなく、山奥に置いたトレーラーにも生活の場があるんですよ。トレーラーには野外生活に必要な品物は全部そろっているんですが、そこにもいないということです。同僚が無線機で呼び出そうとやってくれましたが、応答もありません。無線機ですが、研究者が野外調査に出るときは常時携帯するよう義務づけられているものです」

「ラーセンの車あるいはトラックの車種はわかるかな？」クインはメモ帳を取り出し、書き留めようとした。

「トラックにはトラックですが、詳細は不明です。トレーラー周辺にはないそうです」

「それじゃ、車の登録はこっちで調べてみる。もし彼が姿を現したら、そのときは引き留めておくように。これから彼を全国手配する。事情を聞くだけにしてくれ――かっとさせたくない。あくまで穏便に――パニックを起こされたら、アシュリー・ヴァン・オーデンの命が危ない。誘拐からまだ二日だ。おそらくまだ生きているはずだから」

「了解」

「コリーン、もしきみがラーセンを見つけたとしても、最初の一撃はぼくに入れさせてくれ」クインが携帯電話をぴしゃりと閉じた。

ミランダが静かにつぶやいた。「デヴィッド・ラーセン。ごくごく普通っぽい名前なのにね」

クインが顔を近づけ、額にキスをしながら指で彼女の髪をそっと後ろへ流した。彼女の苦悩を取り去り記憶を奪って、二度とデヴィッド・ラーセンや彼が殺害した女性たちのことを考えないようにしてやりたかった。たくさんのすばらしい記憶がそのいやな記憶の数々に取って代わるようにしなければ。前夜、一歩を踏み出しはしたが、まだほんの一歩にすぎない。

「大丈夫？」クインが訊いた。

「まあね」

彼女らしくなかったが、クインは無理強いはしなかった。いずれはそうするかもしれないが。

もう一度彼女にキスをし、ごろんと転がってベッドを下りた。「これから保安官事務所に行ってくる。大学で降ろしていこうか？」

「ええ、そうして。捜索チームに顔を出しておかないと」

「ひとりでどこへも行くなよ。**どこへも**」

「ええ、行かないわ」どこか冷ややかな口調だ。

「ミランダ、もうすぐやつを見つける。きみには指一本触れさせない。今度こそはじめて、アシュリーが生きているうちにやつを押さえることができる」

「ええ、たしかにそう。わたしが望んでいたのはまさにこれなんだけれど、でも――」ミランダが間をおいた。「ニックのことがあるわ。アシュリーは生きているかもしれないけれど、ニックはどうなの？」先をつづけることができずに口をつぐんだ。静かにベッドから出て服を着る。「急いでシャワーを浴びてくるわ。二十分後にあなたの車で」

部屋を出ようとするミランダをクインが押しとどめた。「ニックを殺したら、その代償は払ってもらうさ」

「わかってる。でも、それで気がすむってもんじゃないわ」

保安官事務所に到着すると、クインはまずランス・ブッカーのところに行った。「ブッカー、頼みたいことがあるんだ」

「なんでもどうぞ」

いいやつだ。ニックが彼をかわいがっていたのも無理はない。「大学へ行って、ミランダにぴったり張りついていてもらえないかな？　どこへ行くときもずっとそばにいてもらいたいんだ」

「何かあったんですか？」

「容疑者が浮上した。デヴィッド・ラーセン」

「野生生物学者の？」

「現在行方不明。アリバイはない。そしてあの最後のリストのほかの三人は除外された。今、ＦＢＩが彼の詳しい経歴を調べてるところだ。新しい情報が入りしだい、きみにも連絡するが、もしなんらかの形で彼がプレッシャーを感じたら、何をしでかすかわからない。ミランダを彼の視野に入れたくないんだ」

「任せてください。ぴったりくっついてます」

そこまでくっつかなくてもいいから、とクインは思った。

「ブッカー、この情報はまだ内密に頼む。ミランダは知っているが、まだマスコミにもれるとまずい。もっと確たる情報を得るまでは秘密ということで」

「わかりました」ブッカーが立ち去った。

クインはニックのオフィスに入った。デスクにわがもの顔ですわるサム・ハリスを見ても、それほどには驚かなかった。受話器を手にファクスを見ている。ファクスの送信者名が見えた。

FBI。シアトル支局。クインのオフィスからだ。

副保安官の手からファクス用紙を引き抜いた。デヴィッド・ラーセンに関する情報だった。

トラック……新型モデル、四輪駆動。高性能。モンタナ州立大卒――コロラド大で博士号……野生生物学者……それだけだった。この程度のことならすでに知っている。

両親――死亡。兄弟――姉ひとり。姉がひとり？　名前は？　住所は？　結婚しているのかどうか？

ハリスが受話器をがちゃんと置いた。「いったいなんですか？」

「ぼく宛のファクスでしょう」

ですか?」

「わたしのオフィスに入ったものですよ」

「ぼく宛でしょう」クインはかっとなって繰り返した。

ハリスが立ちあがり、デスクのこちら側へまわってきた。「ピータースン捜査官、容疑者のことなどひと言も聞いてませんが、わたしの事務所への敬意ってもんはどうなってるんですか?」

クインは髪をかきあげた。「ぼくたちがリストを削減していたことは知ってましたよね。デヴィッド・ラーセンについて電話を受けたのは今朝のことで、まだ一時間くらいしかたってませんよ」

「もし保安官が今もここにいれば、真っ先に電話を入れてたんじゃないんですかね」

そのとおりだ。サム・ハリスに電話を入れることなど思いつきもしなかった——さらなる情報を至急送ってくれるよう、FBIの上司に連絡するので精一杯だった。

「たしかにそうだな。こいつは失敬」

ハリスが歯がみし、顔を赤らめた。「あんたたちFBIは自分たちはなんでも知ってると思ってるからな。いいですよ。この事件はわたし抜きで解決してください。だが、あとで謝ることになりますよ」

クインは何か聞き違いをした気がした。「は、どういう意味?」

「いや、べつに」ハリスはそっけなく答え、部屋を出ていった。

くそっ。この期におよんで警官の機嫌をそこねるなんて。「ここは如才なくこなさなきゃな」クインはひとりごちた。

ニックのデスクに行き、そのほかにもファクスが来ていないかどうか、紙片を全部チェックしたが、それらしきものはなかった。ヘレナにある少人数の支局に電話し、二日間だけ捜査官を二名派遣してくれるよう要請した。どうしても援軍が必要な今、協力を依頼することにためらいはなかった。

若い女性ひとりの命が危険にさらされているのだから、強がってなどいられない。

事故記録簿の下から小さな写真が一部のぞいているのに気づき、引き出した。

それは、ミランダとニックがフォトブースで二ドルを投じて撮った四枚の連写写真だった。ミランダはどのショットでも同じように微笑んでいた。彼女とニックしか見ることはなさそうな写真なのに、人目をやや意識したような笑顔だ。

かたや、ニックは生き生きしていた。一枚目は思いっきりの笑顔、つぎは間抜けな顔、三枚目は両手でミランダの頭の上にウサギの耳の形をつくっている。

そして最後の一枚ではミランダを見ている。彼が彼女を愛していることがクインにも見て取れた。

ニックがミランダとのあいだに築いた過去の関係や友情に対する嫉妬心はすべて窓の外へと飛んでいった。今はもうおそらく死んでいるニックを思うと、抑えようのない激しい怒りが喉もとまでこみあげてきた。

たったひとつのミス。ニックはその代償を命で払ったのだ。あまりに酷だ。この罰は必ずやラーセンに受けさせる。クインは心に誓った。彼に殺された女性たちのため、ミランダが受けた仕打ちのためだけでなく、ニックのためにも。

クインはその写真をミランダにわたすつもりで財布にしまうと、部屋を出て保安官代理たちに仕事を割り振った。

短時間に広大な面積を捜索しなければならない。


ミランダは救難課に割り振られた六名の保安官代理を、保安官代理一名とボランティア二名を一組にして、ギャラティン・ゲートウェーの南側一帯へ派遣した。その前にクインが顔を出し、チームに対してデヴィッド・ラーセンについて簡単な説明をし、慎重な行動をとるようにと指示した。**追跡はしないこと。**捜索チームの活動の目的はアシュリーの発見と救出にあり、容疑者の逮捕ではないと念を押した。

クインは、ラーセンを捜すのはあくまで事情聴取のためであることを強調したが、それが意味するところは誰もが知っていた。

チームにしてみれば、十二年目にしてはじめて本物の容疑者が現れたのである。

ミランダとしては、チームによるアシュリー発見はあまり期待してはいなかったものの、体を動かしての活動で忙しくしていれば、ザ・ブッチャーの正体がわかったという事実を頭の隅っこに追いやることができそうだった。全員がでかけてひとりになると、椅子に深く腰を沈め、目を閉じた。

あの男を思い浮かべる。

ラーセンの写真は一枚だけしか見たことがないにもかかわらず、その表情を動かしてみるのはしごく簡単だったし、自分を拷問にかけシャロンを後方から射殺した顔のない男にその顔はすんなりとおさまった。

逃げろ。逃げろ！

デヴィッド・ラーセンを見たことはなかった。見たことがあれば、顔を憶えているはずだ。しかし、声は憶えていた。低く単調で、感情が欠落した残忍な声。その冷ややかで、うんざりしたような口調とはおよそそぐわない言葉と行為も。

彼に会ったことは一度もない。確信があった。会っていればきっと、邪悪な胸の内が顔からうかがえたはずだと思っていた。顔には女性に対する憎悪が刻みこまれているものと。だが写真で見るかぎり、デヴィッド・ラーセンは邪悪そうにも憎悪に満ちているようにも見えなかった。ごくごく普通の男性の顔だった。表面的には、にこやかで**正常**。

とはいえ、ザ・ブッチャーは**正常**とは対極にいる人間だ。

ミランダは父親から教わった聖書の話を思い出した。邪悪は美しく装うことができるから、黒い心はときに同情という衣をまとうこともある。邪悪は名刺を手にまもなく不幸が訪れることを知らせに来たりはしない。ただにこやかに来ては去り、そのあとで台なしになった人生を笑い飛ばす。イヴを誘い、禁断の果実を食べさせたヘビもぞっとするような姿をしてはいなかったはずだ。さもなければイヴは怖がって逃げていただろう。そのヘビはきっときれいだったにちがいない。信用したくなる姿をしていた。だから、目で見たものをそのまま信用してはならないんだよ。

邪悪は外側から見えないところにひそんでいる。

「ミランダ？」

ミランダははじかれたように椅子から立ちあがり、同時に銃に手をやった。

保安官代理のランス・ブッカーだった。

「よしてよ、ランス」

「びっくりさせるつもりじゃなかったんだけど」

「びっくりしたわけじゃないわ」心底怖かった。ひとり腰を下ろして、ザ・ブッチャーとデヴィッド・ラーセンとシャロンのことを考えていたときに……。「ところで、なあに？」

「ピーターースン捜査官から一日中きみに張りついているように頼まれた。ほら、ラーセンが所在不明だからだと思うよ」

これが先週なら、ミランダはクインの過保護に腹を立てたはずだ。自分の身は自分で守れると啖呵《たんか》を切ったところだろうが、今の混乱した精神状態では相手がザ・ブッチャーに限らず誰であれ、つけいられそうだ。

護身術の訓練を受け、大学の女子学生に指導もしているうえ、つねに体を鍛え、この郡のどの地域の地理にも精通しているにもかかわらず、いざデヴィッド・ラーセンとじかに顔を合わせるとなると、考えるだけで全身が麻痺したように動かなくなる。

「ありがとう、ランス」

　壁に貼った地図の前に行き、じっと目を凝らしながら今日一日を乗り越える勇気をかき集めた。もしラーセンを発見したら、彼は捜査陣をアシュリーのところに案内するだろうか？　ニックの居場所を言うだろうか？　彼の生死についても？

　ニックは登記所で何を探していたのだろう？　あのあたりの土地建物の所有者の記録を調べていたことはたしかだ。クインと全部に目を通したとき、ミランダの父親もその中にふくまれていることに気づいた。彼女には目からウロコが落ちるようなことは何もなかったが、何がニックの関心をそれほど引きつけたのだろう？　その結果、彼は命がけの捜査にでかけた。おそらくさほど危険だとは思わなかったにちがいない。さもなければひとりででかけるはずがない。

　ニックに会いたかった。二人のあいだがうまくいかなかったことを謝れなかったことが悔やまれた。彼を傷つけたくなかったからだ。彼は本当によくしてくれた。スペースを与えてくれたし、仕事をさせてくれたし、あらゆることで支えてくれた。問題はたったひとつ、ミランダはニックが愛してくれたように彼を愛せなかったこと。

　クインのようには愛せなかったこと。

　昨夜のことや彼の感触が頭の中によみがえり、体が熱くなってきた。やさしく、ゆっくりと触れてくる彼の手。彼女が触れてほしがるところを忘れてはいなかった。胸について神経質になっていること、騎乗位のほうが好きなことも忘れずにいてくれた。少々特異な性癖だが、狂気に満ちた恐怖の一週間にひとりの男によってつくりだされたものだ。

クインとならば、ゆったりと幸せな気分で心を開くことができた。セックスのパートナーとして申し分なかった。

昨夜はもう少しで愛していると彼に言うところだった。実際、そう言いたかったのだが、言葉が出てこなかった。彼女の一部がそれを押しとどめたのだ。なぜなのかは自分でもわからない。

彼女という人間を知っているとクインは言う。自分自身ですら必死で探しているというのに、どうして彼はそんなふうに言えるのだろう？　だから彼の言葉がいかにも本当らしく聞こえ、二度と遠くへ行かないでとすがりたかったのに、ぐっとこらえて何も言わなかったのだ。

たぶん、それがミランダにとっての究極の恐怖なのだ。彼がまた離れていってしまうことが。つきあいやすい人間でないことは自分でもよく承知していたし、たぶん、人にあまり近づいてほしくないから故意に気むずかしくしているときもあるような気がする。あまり近づかれて無防備になるより、誰とでもある程度の距離を保っているほうが気が楽だ。

人は暴力的な死にかたをすることがある。母親のガンとのつらい闘い。シャロンの殺されかた。そして今、おそらくはニックも。みんな去っていく。

もしもクインの身に何かが起きたら、いったいどうしたらいいのだろう？

クインは所属するＦＢＩシアトル支局に電話を入れ、経歴調査のプロであるボニー・ブレアにつないでもらった。デヴィッド・ラーセンの所在を突き止める手がかりが何かあるとしたら、それを見つけてくれるのはボニーをおいてほかにいない。

「やあ、ボニー。報告は受け取ったが、新たな情報はほとんどなかった。きみのマジックでもうちょっと何か探してみてもらえないかな？」

長い間があった。「いったい何が知りたいの？」

ボニーはむっとしているようだ。

「うーん、そうだな、まず、彼の両親と姉の名前や出生地——」

ボニーがさえぎった。「そんなの全部さっき送ったでしょう。十六枚送信したじゃない」

「十六枚？　一枚しか受け取ってないけど」サム・ハリスだ。あいつが隠したにちがいない。でも、なぜ？

そのファクスにハリスが隠したくなる何かが書かれていたのか？　あるいはやつが守りたい誰かのことが？

「申し訳ないが、ボニー、もう一度ファクスしてくれないかな？　ファクス機の前にすわって待ってるから」

「あなたのためならしかたないわね。でも、お帰りの際はチョコレートのおみやげを期待しないでもないわ」

「ああ、必ず」

クインはドアを開け、内勤の巡査部長を手ぶりでニックのオフィスへ呼んだ。「巡査部長、サム・ハリスに連絡をとって、**ただちに**ここへ戻ってくるように伝えてくれ」

巡査部長は眉をきゅっと吊りあげたが、何も言わずにデスクに引き返して電話を取った。

クインがニックのデスクに戻ったとき、一枚目のファクスが送られてきた。すでに見た一枚だ。

そのあとに十五枚がつづいた。ファクスから浮かびあがってきたのは、まさに連続殺人犯の成育歴といってもおかしくないものだった。

彼はオレゴン州ポートランドで生まれ育った。父親カイル・ラーセンはデヴィッドが三歳のときに家族を捨て、以来妻子とはいっさいの連絡を絶ったまま、九年後、麻薬取引のもつれで殺された。

虐待行為を繰り返す母親……デヴィッドは未成年期に二度、児童保護局により自宅から施設へ移されたが、二度とも自宅へ戻されている。それに関するファイルの入手には裁判所への請願書提出が必要になると、ボニーのメモ書きが添えられていた。

少年犯罪歴が二件あるが、内容は封印されている。これに関するファイルも請願書提出が必要となる。

十八歳のときにレイプ罪で逮捕歴。いよいよきたか。オレゴンのルイス・アンド・クラーク・カレッジの一年だったときだ。レイプでの逮捕だが、被害者が主張を撤回した。彼はアリバイを主張しつづける——ひと晩中ずっと姉の家にいたというもので、姉もこれを認める。

もしかすると被害者があまりに深い傷を負ったため、裁判に耐えられなかったのかもしれない。

ある箇所がクインの目をとらえた。被害者の胸部にはナイフによる永久に消えない傷痕が残った。

ぴたりとつじつまが合う。父親不在の家庭、虐待を繰り返す母親――おそらく性的虐待だろう。児童保護局の記録を見てたしかめる必要がある。女性が支配する環境で育った。母親に猥褻な行為を強要された。乳房は女性と母性の二つを象徴している。彼が被害者たちの胸に無残に傷つけたのは、母親に対してそうしたかった、すなわち願望の表れだろう。

十四歳のときに母親が死亡したあとは、かわって姉が保護者になった。死亡理由はたんに〝**事故死**〟と記されていた。レイプを告発された際、姉は彼のアリバイを証明した。これについては、姉が彼をかばった、彼を恐れていた、のどちらかだったとも考えられる。あるいはその両方であってもおかしくない。

姉、姉……クインはページをぱらぱらと繰った。

ディライラ・ラーセン。

ディライラ。最近、どこかで聞いた気が？　リチャード・パーカーか。彼の妻の名がディライラだ。珍しい名前だから、きっと彼女にちがいない。クインにはどうしてもディライラ・**パーカー**が被害者のようには見えなかったが、人は見かけによらないし、彼女にはあのとき一回だけしか会ってはいなかった。あのときの印象では几帳面で、てきぱきとしていて、知的だった。

だが、どれほど卓越した女性であっても、愛する人、あるいは恐れる人に虐待されたり操られたりすることはありうる。パーカー家の人びとに関しては慎重に事を運ばなければならない、とクインは心に留めた。

もしディライラ・パーカーが弟を危険だと感じていないなら、現実を否定している可能性があり、となれば弟に警告しようとする可能性もある。クインはそうした事例をこれまでに数件、目のあたりにした。近しい関係にある家族、友人、あるいは恋人が、自分の信頼する人間が人殺しをするはずはないと思いこんでいることがある。

一方、デヴィッド・ラーセンが女性たちに何をしているかを、もし姉が知っているとしたら、力のベクトルがまったく変わってくる。彼女が疑いを抱きながら警察には行かなかったことは明らかだ。姉が弟に虐待を受けるか、巧みに操られている——おそらくは弟を守るように洗脳されている——可能性がある。あるいはまた、彼女が弟の犯行の共犯者である可能性も。

ディライラ・パーカーをしっかり監視する必要がある。

報告書の残りの部分を読み、要点を確認した。

レイプの告訴が取り下げられたあと、デヴィッド・ラーセンはモンタナ州立大学に転校し、ギャラティン郡の監理委員会事務局に秘書として勤務する姉と暮らしはじめる。

リチャード・パーカーは彼女がそこで働いていた時期に郡政執行官だった。

サム・ハリスがこの報告書を隠匿したのは、義理の弟に関する警告をパーカーに伝えるためだった。パーカーはたしかに大きな影響力をもつ判事ではあるが――ハリスはいったい何を考えているのやら？　パーカーの政治的地位を救わんがために、捜査そのものを危うくするとはいったい？

デヴィッド・ラーセンの所在を姉から聞き出し、自分ひとりで逮捕しようと企んでいるのかもしれない。

ばかなやつ！

クインが勢いよく立ちあがり、巡査部長を呼んだ。「ハリスに連絡はとれたのか？」

「それがまだでして」

「そのまま捜しつづけてくれ。誰か、今すぐぼくと一緒にでかけられる者はいないかな？」

「きわめて手薄な状況なんですよ」巡査部長が紙片に目をやった。「ジョーゲンセンなら呼び寄せられます。交通担当の者ですが」

「頼む」

ライアン・パーカーが昼食後、リビングでテレビゲームをしていると、保安官の車が私道に入ってきて停まった。母親がリビングにやってきて、「ライアン、そこを片付けて自分の部屋に行っててちょうだい。お客さまなの」と言った。

ライアンは、もうちょっとでダース・モールを負かすところだったが、ゲーム機のスイッチを切った。

「サムがちょっと寄っただけだよ」大きな窓の正面に置かれたデスクから父親が言った。

「リチャード」母親はそれしか言わなかったが、**あの表情**で父親を見た。**よけいなこと言わないでちょうだい**。ライアンはその表情をいやというほど知っていた。

ライアンはテレビゲームを片付け、キャビネットの扉を閉じて二階へと移動した。自室のドアを開けて閉める。というのも、母親が一連の音に耳をすましていることを知っているからだ。だが、ライアンは部屋の中にはとどまらず、足音を忍ばせて階段の上の、姿を見られることなく階下の声が聞こえる位置まで引き返した。

これまでにもそうして多くの知識を仕入れてきた。

「いやいや、もっと愉快なお話でこちらにうかがいたかったんですが」サム・ハリスが言った。

「誘拐された女子大生のことかね？」とライアンの父親。

「これがじつになんとも申しあげにくいことでして、それで一緒に来た保安官代理にも車で待つように命じてきたくらいですよ。しかし、判事、こうして早くお知らせしておけば、とりあえずは状況をじっくり考慮なさる機会ができるのではないかと判断しましてね。つまり、この情報を利用してあなたのキャリアをつぶそうとするゴシップや誹謗中傷をはねのけるためには必要かと思いまして」

「いったい何が言いたいんだ？」

不愉快そうな口調の意味をライアンは知っていた。父親は〝**ゴマをする連中**〟が嫌いだ。どうしてかといえば、そういう連中が親しげに近づいてくる理由は、こっちがどういう人間かではなく、どういう地位にいるかだからだそうだ。父親は判事という重要な地位にいるせいで多くの人びとがゴマをすってくるが、そういう連中を快く受け入れられないようだ。

「では、単刀直入に」ハリスが言った。「あのＦＢＩ捜査官がこれから、義理の弟さんであるデヴィッド・ラーセン氏の事情聴取に向かいます。ザ・ブッチャー事件の容疑者と考えられておりまして」

「デヴィッドが？　まさかそんな」父親が言った。

デヴィッドおじさんが？　**ザ・ブッチャー？**　ライアンは壁に手をつき、うなだれた。もしそうだとすれば、ライアンが先週発見した女子大生はおじさんに殺されたということか？　ライアンの夢に出てきては、死んだシカのような目ですがるようにじっと見つめてくるあの女子大生。

デヴィッドおじさんじゃない。おじさんは毎年夏の終わりに釣りに連れていってくれる。ママは釣りはしないが、ママも一緒にビッグスカイ湖のほとりのキャビンに行く。デヴィッドおじさんは鳥や木や動物のことをなんでも知っている。どういうベリーは食べられて、どういうベリーは食べたら死ぬと見分けかたも教えてくれた。

デヴィッドおじさんはライアンの話を真剣に聞いてくれる。ライアンは両親、とくに母親のことはほかの誰にも話せなかった。思うに、母親がじつは自分を好きではないような気がしていた。いや、たぶん愛しているのだろう——母親はみんなそうだ——が、母親が彼のためにしてくれていることはすべて——クッキーを焼いたり、衣類を洗濯したり、教師に会ったり——義務だからこなしているように感じられた。〝**母親のすべきこと**〟リストに則ってやっているような。

おじさんはその点を理解してくれた。「ディライラは誰のことも本当に好きではないんだよ」あるとき、おじさんがライアンに言った。それを聞いたライアンは、たしかにそうだと思った。

ふと気づくと、階下の会話を一部聞き逃したことに気づき、耳をすましました。母親が何か言ったようだが、声が小さくて聞き取れなかったのだ。

「いやいや、じつにお気の毒です、奥さん。ショックだとは思いますが、マスコミに先手を打たれる前にぜひお知らせしておきたかったんですよ。わたしとしてはできるかぎり秘密にしておきますが、何しろあのＦＢＩ捜査官たちがいるもので。彼らが動くとマスコミがあとを追っかけますからね。写真を撮りたくてうずうずしている連中です。おたくのご家族のような善良な市民をどれほど傷つけようが、気にもかけないわけでして」

「わたしから弁護士に連絡して、デヴィッドに助言をと頼んでおくわ、サム」

「わかりました」

副保安官が立ち去ると、くぐもった話し声以外、ライアンにはしばし何も聞き取れなくなった。

「きみは知っていたのか？」父親の声が大きくなった。母親に向かって声を張りあげることなど**一度も**なかった父親なのに。

「とんでもない！」母親が答えた。「デヴィッドが女子大生の事件に関係あるはずがないわ」

「くそっ、ディライラ、ひどい話だ」

「あなたも知ってるでしょ、ＦＢＩのやり口は。いつだってあっという間に罪をでっちあげて無実の人間をブタ箱へ送りこもうとするのよ」

「本当にでっちあげだと思うんだな」

「デヴィッドは事件にかかわってなんかいないわ」

「きみを信じたいが、とりあえず弁護士に連絡しなけりゃならないな」

ライアンはこっそりと奥の階段を下り、キッチンのドアから外に出ると、音を立てないようにそっとドアを閉めた。納屋をめざして駆けだしたが、目の前がぼんやりしてはじめて自分が泣いていることに気づいた。

もしデヴィッドおじさんがあの女の子を殺していないなら、警察はなぜおじさんがやったと思ったのだろう？

ライアンは昨日の夜、裏の牧草地にキャンプしているおじさんを見た。べつに珍しいことではない。おじさんは野外で寝るのが好きなのだ。しょっちゅうここへやってきては、キャンプをしたりキャビンに泊まったりしている。だがいつもなら、おじさんが訪ねてくるときは事前にそのことを知らされていた。

なのに昨日の夜、母親はおじさんが来るとは言っていなかった。たぶん知らなかったのだろう。

ライアンはレンジャーに静かに鞍をつけて納屋からそっと連れ出し、家から見えないところまで歩いてから背にまたがった。

何をするつもりなのか、自分でもわからなかった。デヴィッドおじさんに知らせたかった。警察が勘違いしていると教えたかった。

だが、もし勘違いでなかったら?

キャンプは家から一・五キロほど離れたところだ。デヴィッドおじさんは以前にもそこでキャンプしたことがあったから、ライアンはその場所を精確に知っていたが、いざそこに近づいてみると、あたりに人の姿はなかった。

整然と荷造りされたキャンプ用具が枯れたポンデローサマツの根元に置かれている。おじさんは今朝、なぜいつもキャンプするときのように家まで朝食を食べにこなかったのだろう? そしてどこへ行ったのだろう?

足跡がパーカー牧場の西の境界線となる峡谷に向かって下っていた。ライアンはそっちへ行くことを禁じられていたが、何度となく行ったことがあった。谷底にはすごくきれいな石がいっぱいあるので、ライアンはショーン、ティミーと一緒にママたちの目を盗んでは足を運んでいたのだ。しかし途中に急斜面や断崖があり、とりわけ馬にとっては危険な道のりである。

それでも、あたりのことは知り尽くしていたし、用心すればいいと考えた。

馬から下りようとしたとき、突然何かが動く音が聞こえた。誰かが急斜面を歩いて登ってくる。

「デヴィッドおじさん?」

おじは視界に入ってくると同時に、背中に負ったライフルに手を伸ばした。

その瞬間、ライアンの目はデヴィッドおじさんのベルトのバックルにいった。なんだか変な感じだ。

そして気づいた。デヴィッドおじさんはいつも鳥のバックルがついたベルトをしていた。ライアンが女子大生の死体のそばで見つけたのと同じバックルだ。だが今、デヴィッドおじさんの鳥のバックルはなくなっていた。

29

クインはボーズマンからパーカー牧場に向かって車を運転しながらミランダに電話をかけた。早く到着したくていらいらし、思わずハンドルを指先でこつこつと打っていた。なんだか永久に到着できないような、たまらない気分だった。ビッグスカイというだけあってさすがに広大な土地である。

ミランダにはデヴィッド・ラーセンの家族関係について伝えたが、それを聞いた彼女はしばらく無言のままだった。「それ、ほんと?」長い沈黙ののちにやっと声が聞こえた。

「ああ」

「あの家の人たちは知っていたの?」ミランダの声が引きつっている。

「あそこで一緒に暮らしているわけじゃないから、彼が何をしていたかは知らないんじゃないかと思うが。しかし……」クインが間をおいた。彼女にどこまで話したらいいのだろう?

「しかし?」

彼女を信じて本当のことを言うべきだろう。遅かれ早かれ明るみに出ることだ。

「ラーセンは十八歳のときにレイプ罪で逮捕された。被害者が証言を拒否したために告訴は取り下げになっている。そのときは姉のディライラが彼のアリバイを証言した」

「あなたは彼が有罪だったと思っているのね」

クインが深く息を吸った。「ああ、思ってる」そしてその理由を伝えた。「被害者の胸部にはひどい傷痕が残った」

「つまり、姉が彼のために**嘘を言った**」

「どうしてそういうことになったのかは知らない。もしかすると彼に脅迫されていたのかもしれないし、うまく操られていたのかもしれない。弟は無実だと思って嘘をついたのかもしれないが、アリバイとしてはじゅうぶんとは言えないだろう。とにかく彼女と話をしてみなくちゃわからないんで、それで今、牧場へ向かってるってわけなんだ」

「女性がレイプ犯をかばうなんて信じられないわ。その彼女も病気なんじゃないかしら、弟と同じで」

「きみはまだ大学にいるの？」

「ううん。一時間前にブッカーがロッジまで車で送ってくれたの。あんなふうに一か所にずっとこもってたら頭がどうにかなりそうだったから。これからここの南側の地域へ行こうと思ってるところ。何かしなくちゃやりきれないわ」

「きみは捜査チームの全員と連絡がとれるんだよね？」

「みんな専用の無線機を持ってるわ」

「よかった。それじゃ、もしラーセンがどこにアシュリーを監禁しているのかがパーカーのところで聞き出せたら、全員、予定を変更して新たに指示する場所に移動してもらう。きみはそのままもうしばらくロッジにいてくれ。いいね？」

ミランダはすぐには答えられなかった。「わたしを外へ出したくないんでしょ？」

「きみには無理だからというのじゃなく、きみに連絡をとる必要があるからだよ」

「わかったわ。ごめんなさい」

「パーカー家との関係についてはもうしばらく伏せておいてくれ。サム・ハリスがもうあれこれぶちまけているかもしれないが、とにかくやってみるよ」

「ハリスが！　どういうこと？」

クインはファクスの一件をミランダに話した。「連絡係からの呼び出しにも応じないんで、ぼくは警官全員にハリスを見かけたら逮捕するよう命令を出したよ。さもないとバッジを取りあげるってね。ハリスは公務執行妨害だ。このままですむと思うな」

ハリスが抜け駆けしたと聞いてもミランダは驚かなかった。彼はいつだって危ないやつだった。ニックさえもっとましな人間を副保安官に任命しておけば、こんなことにはならなかっただろうに。

ダイニングホールから彼女のキャビンに向かって歩きながら、ミランダはブッカーに詳しい事情を話して聞かせた。じっとすわっていられる気分ではない。早くクインからの電話が来ることを願った。

馬の蹄の音が聞こえた。小道をまっすぐこっちに向かって疾駆してくるようだ。振り向くとそこに、くたくたに疲れた馬に乗った少年がいた。

ライアン・パーカーだ。

「わおっ！」ブッカーが言った。

ライアンが速度をゆるめ、馬から下りた。気の毒な馬と同じく息が上がっている。

「どうかしたの？」ミランダが訊いた。ミランダの父親の土地は広大なパーカーの所有地にほぼ取り囲まれているが、パーカー邸そのものは十キロ近く南へ下ったところにある。「あなたの家からここまでずっと走ってきたの？」

「ぼくの、ぼくのおじさんが」

ライアンのおじはデヴィッド・ラーセンだ。

「おじさんがどうかしたの？」落ち着き払った声にわれながら驚いた。

「ぼく、知ってたんだよ。知ってたんだ」ライアンが繰り返した。「だってぼく、おじさんのベルトのバックルを見つけたんだから」

「まず落ち着いて」ミランダはバックパックに手を伸ばして水のボトルを引き抜き、ライアンに手わたした。「はい、これ飲んで」

ライアンは何口か飲み、いくつか咳をしたあと、また飲んだ。小道に沿って並べられた丸みをおびた石のひとつに腰かけ、残った水を頭からかけた。ミランダは彼の隣に腰を下ろした。

「いったいどうしたの、ライアン？」

「ぼく、聞いたんだ。サム・ハリスがうちの親にデヴィッドおじさんがザ・ブッチャーだって話してるのを。だけど、ぼくは信じてないよ。だって、おじさんはぼくの親友なんだ」

ミランダはかわいそうな少年の気持ちがよくわかった。彼の世界は今、がらがらと崩れているのだ。ミランダの世界がかつて崩れたように。

「昨日の夜、ぼく、デヴィッドおじさんを見かけたんだ。南の牧草地でキャンプをしてた。ときどきそういうことがあるんだ。キャビンに泊まるときもあるけど」

「キャビン？」

「ビッグスカイ湖にうちのキャビンがあるんだ。釣りやなんかに行ったりするときに使うキャビンが。デヴィッドおじさんはそこに泊まることがあるんだよ」

「その場所を知ってる？」

「もちろん」ライアンはすらすらと住所を言った。

「たぶん彼はそこだわ」ミランダがブッカーに言った。「クインに電話しなくちゃ」

ライアンが激しく首を振った。「そうじゃないよ。そこじゃない。ぼく、おじさんを見たんだよ。バックルも」

「バックルってなんのこと？」

「どっかで見たことがあると思ったんだよ。鳥の形をしているんだけど、思い出せなかった。そしたら峡谷からおじさんが登ってきて、そのときに**はっと気がついたんだ**。おじさんのベルトを見たら、やっぱりなくなってた。馬かなんかのが代わりに付いていたけど、いつも付けてる鳥のじゃなかった」ライアンがポケットから引っ張り出したのは、ベルトからちぎれてはずれたバックルだった。「いつもはこれにそっくりなのをしてた」

ミランダは何がなんだかわからなかった。「あなたがこれをおじさんのところから持ってきたの？　なぜ？」

ライアンは両手に持った金属のバックルを何度もひっくり返しては見ている。「おじさんのところから持ってきたんじゃないよ。殺された女の人の死体のそばで拾ったんだ。つぎの日にまたあそこに行って、警察の人たちのすることを見ていたときに」

言葉が涙でとぎれとぎれになると、ライアンは手の甲で顔を拭った。「ごめんなさい。ぼく、知らなかったんだ。隠すつもりじゃなかった。ただ見つけただけで。パパに話そうとしたけど、またあそこに行ったことを知られたら、すごく怒られると思ったから、自分の部屋に隠しておいたんだよ。

でも、さっきおじさんと会って、このバックルはおじさんのだとわかったから、急いで家に戻って取ってきたんだ」ライアンが鼻をすすった。「おじさんのようすがすごく変だった。ぼくに会ってもちっともうれしそうじゃなかったし、ライフルを持ってた。ナイフも。やっぱりおじさんがあの女の人を殺したんだと思うよ」

ミランダの胃のあたりが引きつった。「おじさんは今、どこにいるの？」

「わからない。おじさんには、ただ馬に乗ってるだけで、もう家に帰らなくちゃって言った。ママとパパは喧嘩してたから、ここに来たんだ。ここがいちばん近いから」

「えらかったわ、ライアン」ミランダが腰を上げた。「おじさんに会ったところまでわたしたちを案内してくれる？」

ライアンがこっくりとうなずいた。「車ですぐ近くまで行かれるよ」

「よかった」ミランダは携帯電話を取り出し、クインの番号に発信した。

クインは出たが、すぐに声がとぎれた。

「んもう！」もう一度かけると、今度は留守番電話になっていた。「クイン、電話ちょうだい。今、ここにライアン・パーカーが来ていて、彼はラーセンがどこにいるか知っているのよ」ミランダはライアンを見た。「どこなの？」

「南の牧草地。ぼくの家から裏のほうに一・五キロくらい行ったところ。道があるからわかるはずだよ」

「パーカー邸の裏手にある南の牧草地。わたし、これからそこに向かうから、そっちで会いましょう、クイン」ミランダは電話を切った。「ライアン、そこならわたしもわかるから、あなたは行かないほうがいいわ。すごく危険だから」

「でも……」

「だめ。ここにいて。グレーのところに連れていってあげるから、一緒に馬の世話をしていて」ミランダはライアンをじっと見た。「それでいいわね？」

ライアンがうなずいた。「デヴィッドおじさんはあの牧草地のいちばん端っこにある谷から登ってきた。谷底は石がごろごろしてて小川が流れてる」

「そこなら行ったことがあるわ、わたし」

「おじさんがどうしてそんなところにいたのか知らないけど」

ミランダは知っていた。


パーカー邸のリビングにすわったクイン・ピータースンは、デヴィッド・ラーセンに対する容疑をリチャード・パーカーに説明していた。

「それはともかく、なぜディライラと話をする必要が？　休暇やたまに釣りにでかけるときなどデヴィッドに会うことはあっても、ディライラがふだん弟の話をすることはまったくない。子ども時代の家庭環境が複雑だったもので、さほど仲のいい姉弟じゃないんだよ」

「弟がレイプ罪での逮捕歴があることは奥さんから聞いてますか？」

リチャードが絶句した。「いや」

「十六年前、オレゴン州でのことです。被害者が証言を拒んだため、告訴は取り下げられました。ラーセンにアリバイもありました。姉と一緒にいたという」

「それならきっと、デヴィッドは事件に関係がなかったにちがいない」

「被害者の女性は胸を切り取られました」

そのとき、リチャードがのぞかせた、思い当たる節があるような表情をクインはじっと観察していた。「でも……ディライラが？　弟をかばっていると？　わたしは……わたしにはそうは思えないが。妻は心やさしい人間ではないんだよ、ピータースンくん。近寄りがたいところがある。弟のためであれ誰のためであれ、妻が嘘をつくとは思えない」

「ご自分をかばっているとしたらどうですか？」

「は？　どういうことだね？」パーカーの口調が怒りと狼狽の中間あたりをうろつく。

パーカー牧場への道すがら、クインは電話でFBIプロファイラーのハンス・ヴィゴから話を聞いてきた。ヴィゴの直感では、ディライラ・パーカーはオレゴン州で彼が告発されたレイプ事件の際に彼をかばっただけでなく、モンタナ州での彼の犯罪についても知っているはずだという。

「彼の居住地は数時間離れているのに、ハンティングの区域はお姉さんの住んでいる土地でしょう」ヴィゴの受け売りではあるが、クインはパーカーに言った。「これは彼が姉を苦しめるため、つまり姉の口封じのためか、あるいはここが彼の縄張りだからか、そのどちらかですよ。もし奥さんが何も知らないというのなら、彼女も最初から怪しいと考えるほかありませんね」

パーカーが両手で頭を抱えた。「息子が……わたしは息子をあいつと一緒に釣りに行かせたことがある。あいつにうちのテーブルで食事させ、泊めたこともある！　キャビンを使わせてやったり、学費を出してやったり、弟のように面倒を見た」コーヒーテーブルを拳で思いきり叩いたため、飾りものがはねた。

クインが問題の一点に狙いをしぼった。「判事、彼にキャビンを使わせてやってるんですね？」

「ここから南へ三十分ほど行ったところだ。イエローストーンの入り口の少し手前だ」

「そこを見せてもらいます。今すぐ。案内してもらえますか？」

「ああ、もちろん。できるかぎりの協力はさせてもらう」

クインの電話が鳴った。「ピータースン」

「彼……」

「ミランダ？　よく聞こえない」電話が切れた。

「この家はそうなんだ」パーカーが言った。「外に出ないと通じない」

「サム・ハリスがここに来たあと、出ていった。デヴィッドのことでひどく動揺していた」

「奥さんはどこですか？」

「サム・ハリスがここに？」

ハリスが何を言いにきたのか、クインはパーカーから聞いた。「すみませんが、判事、奥さんには署に来てもらうことになります。ラーセンの所在に関する情報を追及することになるにせよ、警察が奥さんを保護することになるにせよ、いずれにしても身柄を拘束させてもらいます。ラーセンを逮捕するまでは」

クインは家の外に出ると連絡係に電話を入れ、ディライラ・パーカーの勾留命令を下し、サム・ハリスからの連絡の有無を尋ねた。連絡はまだない。ちくしょう。連絡係にかさねて指示を出す。非番以外の警官全員に連絡を入れ、ハリスがザ・ブッチャー捜査から正式にははずれたこと、公務執行妨害罪で指名手配することを伝えるようにと。ラーセン捜索に関してハリスにこれ以上妨害されてはかなわない。

リチャード・パーカーもあとから出てきた。「出発できますか？」クインが判事に訊いた。

「ご案内します」二人が警察のＳＵＶに乗りこむと、保安官代理のジョーゲンセンが車を発進させた。パーカーが道順を指示する。

「どこなのか、精確に教えてください。捜索チームに連絡をして、向こうで落ちあうようにします」連絡のつくかぎり、なるべく数多く集まってもらう必要がある。

十分後、チームへの連絡、さらにＦＢＩの上司へのここまでの経過報告を終えた。電話を閉じると、留守番電話が入っていた。ダイヤルして耳をすます。

「引き返してくれ」クインがパーカーに言った。声が引きつっている。

「えっ？　どうして？」

「おたくまで戻ります。できるだけ急いでくれ、ジョーゲンセン」

「息子さんがデヴィッド・ラーセンにそっちで会ったそうです。まだ一時間はたっていません」

30

デヴィッド・ラーセンは二階の窓からじっと見ていた。ミランダ・ムーアと警官ひとりが家の周囲を探りまわり、まもなく立ち去った。

だが、二人は私道を引き返しはせず、牧草地のほうへと歩いていく。

血を分けた甥のライアンが密告したのだ。

どうしてそんなことができるんだ。弟のように愛してやったじゃないか。ライアンはこのうえない環境で育ってきた。おれがどう逆立ちしても手に入れることのできなかった環境だ。ま、それはそれでいい。嫉妬してはいない。

しかし、なぜ**あの女**のところへ行った？　ミランダにおれの居場所を教えた？　まずいことをしてくれた。あの二人にあの子を連れていかせるわけにはいかない。アシュリーはおれのものだ。彼女とのことはまだ終わっちゃいない。

ザ・ビッチは帰っていった。よかった。あんなやつにいてほしくない。

ザ・ビッチはなんにもわかっちゃいない。ただそこに突っ立って眺め、けっして手は出さずに興奮したり体を震わせたり。だが、にんまりとほくそ笑んで謎めいたコメントをもらすことがあった。

「デヴィッド、これで気分がすっきりした？」事がすんだあと、まるで子どもに話しかけるような口調で。

ひとりよがりのにやけたすまし顔、銃で吹っ飛ばしてやりたかった。まるでおれにもわかっていない何かをわかってるような顔だった。あの女はおれから何もかも奪っていった。おれの女たちまで。眺めているときのあの女ときたら、おれの女たちが自分のものでもあるような面をしやがって。おまえは監督で、おれはたんなる操り人形か。

いいさ。どうせ人形師の糸を切ってやるつもりだったんだ。今夜ミズーラで落ちあって、そこから車でどこかへ逃げる話にしぶしぶ同意したことはした。そうするほかなかった。これから何をするつもりか、本当のことを話そうものなら、あの女は帰っちゃくれなかっただろう。

だが、見てろ。今夜こそ、待ちに待った狩りだ。今夜、おれは自由になる。狙っていた獲物を手に入れ、これから先も今までどおりにやる。この夏、この土地を何か月か離れて暮らしてもいい。どうしてもというなら、カリフォルニアまで歩いていくさ。

あの女になんか見つかるもんか。ついに自由になるんだ。

おれの狩りも、おれの女たちも、ようやくおれひとりのものになる。

ラーセンは静かに家を出て、牧草地とは逆の方向へ歩きだした。アシュリーのところへ行くにはもうひとつべつの道がある。

第一に片付けるべきことがあった。ミランダ・ムーアのあとをつける。あいつの喉を掻き切ってやったらどんなに爽快だろう。そもそもあいつが逃げたときにすぐ殺したかったのだが、ザ・ビッチがだめだと言った。ひとりとはいえ、逃げきったことを喜んでいるみたいだった。おれを嘲り、からかい、あのときは思わず、あの女の首根っこを両手でへし折ってやりたくなった。鶏を絞めるように。**ポキッ。**死体は道端に投げ捨て、クーガーに貪らせ、虫が口からうようよ出入りするようにしてやるところだった。ざまあみろとばかりに。

しかし、もちろんそんなことはしなかった。あの女がいなくては、ひとりじゃ何もできないとずっと思いこまされていた。あの女がいなければ、とっくの昔に終わっていたはずだと。たしかに数えきれないほど何度も救われていた。感謝もしていた。愛してもいた。

今は憎いだけだ。そしてこの憎悪が、かつてあの女に抱いていたどんな愛情もすべて踏みにじってしまった。

峡谷めざして斜面を下りはじめたころ、頭の中に殺しの構想が浮かんできた。まずはミランダ・ムーアと警官たち。つぎにおれの女を。

そのあとは、いまいましいあの女だ。

二発の銃声が下方で響いた。**おれの女が。**あいつらがおれの女を奪おうとしている。

くそっ。ただですむと思うなよ！

彼は足を速めて山を下った。狩りのはじまりだ。

「クインを待ってるわけにはいかないわ」ミランダがブッカーに言った。

二人はミランダのジープで南の牧草地へと直行し、まだクインの姿が見えなかったため、そのままラーセンのいる家へと車で近づいた。

誰も応答しなかった。

もう一度クインに電話をしてみたが、また留守番電話になっていた。どうしてなの？　割り込み電話サービスはつけてないの？

ミランダは深く息を吸いこんだ。山間部では携帯電話の電波障害が頻繁に起きる。割り込み電話サービスをつけていても、電波塔で信号が混乱するらしく、半分はすぐに留守番電話に切り替わってしまう。電話がこれほど通じにくいということは、天候が変わろうとしているからかもしれない。明るく晴れた朝だったのに、今は山全体が灰色におおわれている。今夜遅くには嵐になってもおかしくない。そうなればいいとミランダは思った。

クインもまもなくここに到着するはずだ。きっと来るはずだが、待つべきだろうか？　空模様はこんなだし、デヴィッド・ラーセンの所在がまだつかめていない状況では、アシュリーの運命が危うい。

時間がない。動くほかない。もしもアシュリーが今日、地元では大岩峡谷《ボールダー》と呼ばれる谷で死んだとしたら、このまま待って捜索を開始しなかった自分をこの先けっして許せなくなる。

それに、単独というわけではない。ランス・ブッカーが一緒だ。彼は有能な警官で、腕っぷしも強い。二対一だ。そのうえ、ラーセンは警察が彼を追っていることを知らない。奇襲となればこちらが有利だ。

「アシュリーはこの下のほうにいる。わたしにはわかるの。もし彼が警察に追われていると知って追いつめられれば、アシュリーを殺して姿を消すかもしれない。今すぐにでも。だから まず、アシュリーを助けることが第一よね。クインや捜索チームの到着を待ってる余裕なんかないわ」捜索チームの面々にはすでに無線連絡を入れ、この場所に集まるように、慎重に行動するように指示した。

「そのとおりだと思います」ブッカーが同調してくれた。

ミランダはほっと安堵の息をついた。ブッカーがボールダー峡谷を一緒に下りると言ってくれなかったら、どうしていたかわからない。だが、ラーセンの足跡をたどるとしたら、まだ明るいうちに動く必要がある。

ミランダは地形図を取り出し、ボールダー峡谷とその周辺が見やすいように折りたたんだ。それをポケットにしまい、斜面を見わたした。ラーセンが登ってきてライアンと出くわした位置から先の落ち葉や泥が乱れているのが見て取れる。

「ここだわね」ミランダはブッカーに手ぶりで示した。心臓の鼓動があまりに激しく、保安官代理にその音が聞こえやしないかと心配だった。

こんなことをして大丈夫だろうか？　いよいよ自分を襲った犯人と顔を合わせるかもしれないのだ。

だが、手をこまねいているわけにはいかない。たとえ十分でもぐずぐずしていれば、ラーセンがアシュリーを拷問にかけたのち、殺すかもしれない。

もしアシュリーがすでに死んでいるとしたら？　しかし、ミランダの勘では彼女はまだ生きている。狩りをはじめるにはまだ早すぎる。ラーセンは自信過剰だ。彼女たちの神経がまいるまで、できるだけ長く監禁しておきたいはず。弱らせるだけ弱らせれば、狩りで生き残る可能性が低くなるからだ。

ミランダはそれでもまいらなかった。殺されなかった。最後まで逃げきり、そして今、こうして彼の獲物、アシュリーを奪いにきた。

捜索チームのリーダー、チャーリーに連絡を入れた。「ブッカーとわたしはアシュリーの監禁場所へ向かいます」

ラーセンの通った道をたどった。転落しないためにだろう、彼は斜面をジグザグに登ってきていた。ところによっては危険な箇所もあり、もし足を滑らせたら、木に激突するまで止まらないのではないかと思われた。

ボールダー峡谷は、ひとつの山に裂け目のようにできた二千エーカーほどの細長い峡谷で、季節によって底部を川が流れる。岩石が信じられないような層を形成しており、ミランダも地質学の授業でオースティン教授とともに行ったことがある。峡谷のもっとずっと東にある斜面の、ここより歩きやすい道から下りていったのに、それでもかなり危険だった。だが今、もしその道に行きたければ、山をぐるりとめぐる道路を車で一時間近く移動しなくてはならない。

谷底へ下りるには、ここからがいちばんの近道だ。

二人は斜面に文字どおりしがみつくようにしながら、ロープなしで十五分下った。ブッカーもミランダもひと言もしゃべらなかったのは、口をきく余裕などなかったからだ。頭のどこかでミランダは、アシュリーにここを登って戻ってこられるだけの体力がないことを考えていた。峡谷から脱出するには遠回りしなくてはならない。それはすなわち、比較的平らな川原の岩の上を何時間かかけて数キロ歩くことを意味していた。

歩くのではなく、走らなければならないかもしれない。

眼下に谷底が見えた。「ブッカー」ミランダは斜面の下方を身ぶりで示した。「べつの道から下りたほうがいいわ」

「やつはここから登ってきたんですよ」とブッカー。

「でも、それは登りだからよ。木につかまって体を引きあげることができるでしょう。谷底まであとほぼ百メートルあるわ。最後の十五メートルは岩場、危険すぎるわ」救難課での何年間かで、山腹の、ときに切り立った面を登ったり下ったりしようとして負傷したメンバーを何人も見てきた。

ブッカーは不服そうな顔をのぞかせた。「少し安全な場所が見つかる前に、ここからはるかに遠ざかってしまうかもしれませんよ」

「あっちに多少は安全そうなところがあるわ。あそこから下りて谷底に着いたら、ここまで引き返すのよ。とにかく急がなくちゃね。彼がいつ戻ってくるかわからないもの」

ミランダは方向転換し、谷底と平行に進んだ。厚く敷きつめられた松葉の下はぬかるんだ土で、思うようには進めなかった。空気は下に行けば行くほど冷たく、いつしか空もどんよりと曇ってきた。そしてそれが合図であるかのように、大粒の雨が顔に当たった。

「注意してね。松葉が濡れると滑りやすくなるわ」ミランダがブッカーに言った。

「ミランダ、ぼくだって生まれも育ちもここなんですよ。山のことは知ってます」

「ごめん」小声で謝る。

ブッカーがにこっと笑いかけてきた。「ここから下りましょう」彼が指さしたのは、さっき放棄したあたりとあまり変わらなそうな斜面だ。松葉、倒木、ときおり岩も顔をのぞかせている。勾配も急だ。

「本気？」ミランダは進行方向を見やった。見える範囲にいいルートはなさそうだ。

「絶対ここですよ。下のほうを見てください。大変なのはあと十五メートルだけですから」

「いいわ」ミランダはさほど確信はなかったが、またひと粒、雨が顔に当たったのだ。こうしているうちにも時間は過ぎていってしまう。

ブッカーが先に下りはじめた。ミランダは一歩一歩彼をまねて足を置き、体は山腹にぴたりと張りつけながらバランスを保った。

ブッカーの足の下で地面が崩れ、彼が滑り落ちるのが見えた。幾重にも重なりあったゆるい土と落ち葉が彼の体重を支えきれなかったのだ。最後の雨から一週間だが、まだ地面は乾ききらず、固まってはいない。

「ランス！」ミランダが叫んだ。彼は滑り落ちながらも懸命に体勢をコントロールしていたが、落下速度はいやおうなく増していき、ついに転落しはじめた。

まもなく彼は谷底に叩きつけられた。土砂や木の葉に体を半分おおわれ、身じろぎひとつしない。

ミランダは速度を上げ、必死で斜面を這いおりた。ゆるんだ土が落ちてしまったあとなので、だいぶ楽に進める。

「ランス、大丈夫？」

彼はごろんと体を横転させたが、ミランダが息を切らして谷底にたどり着くと、ひどく苦しそうだった。

「どこが痛む？」

「肋骨にひびが入ったみたいです。折れたかもしれない」

ミランダの心臓が肋骨を内側から押し広げそうなほど激しくばくばくした。ここは谷底。二人だけ。そして今夜のうちにもザ・ブッチャーが戻ってくるかもしれないのだ。

ブッカーをここから連れ出さなければならないが、彼が山を登れるはずがない。となれば、川沿いに八キロあまり下って谷の反対側にたどり着くしかなさそうだ——頻繁に小休止すれば、なんとかたどり着けるかもしれない。

でも、アシュリーは？　これほど近くまで来たというのに、このまま放っておくわけにはいかない。ザ・ブッチャーはいったいいつ戻ってくるのだろう？

「アシュリーを探しにいってください」ミランダの気持ちを読み取ったようにブッカーが言った。「ぼくなら大丈夫ですから」

「あなたを放ってはおけないわ。わたしのルールのひとつですもの——パートナーに何かあったときは救援が来るまでそばを離れない」

「でも、これはきわめて特殊な状況ですから」ブッカーが上体を起こし、顔をしかめた。「ぼくも一緒に行って、隠れる場所が見つかったらそこに隠れてます」

ミランダは苦痛に顔をゆがめるブッカーに手を貸して立ちあがらせた。「どう、ランス？もし呼吸が苦しかったら動いちゃだめよ。もし肋骨骨折だとすれば、急に動くと肺に突き刺さって穴をあける危険があるわ」

「だんだん楽になってきてます」

二人は岩の上を戻り、またラーセンの足跡が残る位置まで来たが、岩場となると、彼がどこから来てここを登ったのかを調べるのは困難な作業だ。

「そのへんをよく見て、ランス。彼がどこから来たのか、何か痕跡はない？」さっきぽつぽつと落ちていた雨が霧雨に変わった。大粒の雨よりはいいが、もうすぐ視界が悪くなりそうだ。

「あそこだ」ブッカーが小川の向こう側を指さした。谷底の反対側のへり、草木が生い茂ったあたりだ。

間違いない。若木が踏みつけられた跡がある。

クマ、あるいはクーガーのしわざということも考えられるが、そこからすぐのところに小道があるので、二人はそれをたどることにした。道伝いに森の中へと入っていくと、足跡から明らかに二足歩行の動物がそこを通ったことがわかった。

「あなた、ほんとに大丈夫？」

「ええ、今のところは」

それでも、ミランダの思うような速さでは進めなかった。無線機を取り出してチャーリーに現在位置を知らせた。チャーリーはミランダの捜索チームのメンバーで、彼女より十年長い経験がある。雑音が激しかったが、彼の声が聞こえたのでほっとした。チャーリーのチームはパーカー牧場から十分のところにいるという。

つまり、ボールダー峡谷の谷底まで来るには最低一時間はかかることになる。

「チャーリー、以上通信終わり」

「了解。これから——」

「待って」

そのとき、ミランダの目に飛びこんできたのは小屋。

「ミランダ？」

「ここだわ。アシュリーがいると思われる小屋を発見。これから調べます」

「注意しろよ」

ミランダは唾をのんだ。「はい。通信終わり」

荒れ果てた木造の小屋は、モンタナの冷たく湿った冬を何十回となく経てたわんでいた。トタン屋根はあちこちに錆が出ていたが、レベッカの監禁場所とは異なり、ここには少なくとも窓がひとつあった。ミランダの毛穴のひとつひとつが甲高い声をあげた。「注意するのよ！」あの男がこの中にいるかもしれないのだ。デヴィッド・ラーセン。ザ・ブッチャー。

「ミランダ」ブッカーが声をひそめて言った。彼はすぐ後ろに立っていたが、顔面蒼白でおびただしい汗をかいている。

「あなた、すわっていなきゃだめだわ」ミランダも小声で言った。

「だめですよ。もし彼が中にいたらどうします？」

「掩護して」

二人とも銃を抜いた。ミランダの両手は自分でも驚いたことに震えてはいなかったが、全身の皮膚の表面がざわついていた。

両手で銃を構え、そろそろと小屋に近づいていく。ブッカーが手ぶりでミランダにある方向を示しながら、自分は逆の方向へと移動していく。ミランダが窓を指さした。ブッカーがうなずくのを見て、その下方にしゃがみこみ、呼吸が荒くならないよう意識した。恐怖感が一気にこみあげてきて、あやうく激しい喘ぎに襲われそうになる。

今はだめ。お願い、今は抑えて。アシュリーの命が彼女にかかっていた。もしここで失敗したら……

だめ。そういうわけにはいかない。失敗は許されない。

ゆっくりと室内をのぞいた。小屋の中の闇寸前の暗さに目が慣れてくると、全裸の女性が中央に敷かれた汚れたマットレスの上に縛りつけられているのが見えた。ブロンドの髪は泥と血とでどす黒い。

シャロン。

苦痛、怒り、屈辱の記憶が一気に押し寄せ、思わず膝をついた。ああ、神さま、なぜですか？　なぜこんな怪物をおつくりになったのですか？

シャロンではなかった。アシュリー。そしてアシュリーにとって、ミランダはなくてはならない人だった。

もしアシュリーがもう死んでいたら？

深く息を吸いこんで立ちあがり、もう一度窓の中を見た。目を凝らすうちに、女性の胸部が上下しているのが見て取れた。生きている。たぶん神さまはいらっしゃる。

まもなく、アシュリーひとりではないことに気づいた。

ミランダは窓ごしにその男を撃つべく銃を構えた。男はアシュリーの隣に横たわっている。セックスの余韻をあじわうかのように。男を撃ち、タマを切り取り、喉に詰めこんでやりたかった。憎悪と怒りがふくれあがる中、ミランダは男に銃口を向けた。

動きを止めたとき、何か金属らしきものがきらりと光った。男の顔をもっとよく見ようとしたが、はっきりとは見えない。男も後ろにまわした両手両足をロープで縛られ、拘束されているようだ。

見覚えのある体形。黒い髪。ベージュのシャツ。

ニック。
ニックが生きている！

31

ミランダは小屋の脇に駆け足で回りこんだ。ドアにはチェーンがかかっている。ドアを力任せに叩いた。「ニック！　ニック、わたしよ、ミランダ！　今、ロックを銃で壊すから待ってて」

中から弱々しい声が聞こえたが、言葉は聞き取れなかった。アシュリーが甲高い声をあげた。苦痛とも歓喜ともとれるような。

「ブッカー！　どこにいるの？」左右に視線を走らせるが、彼の姿が見えない。

「ここです」小屋の反対側から力ない声がした。怪我の状態が自己申告以上の重傷でなければいいが。

「ニックがアシュリーと一緒に小屋の中にいるの。これから二人を救出するわ。ラーセンの姿は見えないけど、見張っていて」

返事がない。

「ランス？　あなた、大丈夫？」

「大丈夫です。ちょっと休んで、すぐ行きます」

いったいどうしたら？　重傷を負った警官二名と民間人一名をひとりで抱えこんでいるのだ。まず最優先事項。ニックとアシュリーを自由にする。全員そろってここからどう脱出するかはそれから考えればいい。

　錠前に銃口を向けた。二発撃ち、そのあとドアを蹴り開けた。

　鼻をつく、血と暴力的なセックスと人間の排泄物のにおい。吐き気を催させるにおいだが、ミランダはこれがはじめてではない。口を押さえて顔をそむける。ミランダとシャロンもこうした中で命をながらえたのだ。

　全身が凍りついた。中に入って、ニックが大丈夫なことを確認したかったが、足に鉛が詰まっているような、セメントで地面に固定されてしまったような感じで、動かそうとすればするほど重たくなっていく。

　震えが止まらない。ドアの中のおぞましい空間へ足を踏み入れることを考えるだけで、全身の感覚が奪われた。ゆっくりと周辺視野が狭まっていく。

だめ。今はだめ。お願い。

へなへなとへたりこみ、膝をついた。**わたしならやれる。入っていける。二人を救える。**

だめよ、できない。この意気地なし。あいつに負けたってことになるのよ。あいつはまたやってきて、仕事を終わらせるつもりよ。シャロンはあいつに命を奪われたけど、わたしは逃げた。あのとき、わたしはシャロンを救えなかった。今度は自分自身すら救えなくなるわ。

「ミランダ？」

　ニックの声だ。かすれて痛々しい。

「ミランダ！」まだかすれているが、命令口調だ。

「ニック。わたし……」ミランダは深く息を吸いこんだ。用心しないと過呼吸に陥りそうだ。「頼む、手を貸してくれ。アシュリーもきみがいなくちゃだめだ。こっちへ来てくれ。そのうち、やつが戻ってくる」

これほどの年月を経てザ・ブッチャーに負けるとは。ミランダを閉所恐怖症にしたのはあの男だった。あの男が彼女を恐怖のどん底に突き落としたのだ。

「わたし。やっぱりだめ」

「きみならできる、ミランダ。おれはきみを知ってる。きみを信じてる。深呼吸して」ニックが早口で言ってから咳きこんだ。うまく言葉が出ないのだ。「きみならできるよ」最後はぜいぜい喘いだ。

できる。そうよね？　恐怖くらい克服できる。克服しなくちゃ。ニックのために。彼がこれまでしてくれたことのお返しをしなくちゃ。彼が与えてくれた支え、励まし、友情に対して。こんなところまで来ておいて失敗はないでしょ。

今さらのようだが、ニックを愛していた。ここに至ってはっきりとわかった。ニックとクインの違いが。ミランダは二人とも愛していた。これまではそれに気づかなかったが、二人の男性を同時に愛することができるのだ。ひとりは恋人として。もうひとりは兄として。

息を吸って。息を吐いて。吸って。吐いて。

最後にもう一度深呼吸をしたあと、無理やり恐怖の部屋に突入した。一歩ごとに周囲の壁が彼女に向かって迫ってくる。胸が締めつけられ、呼吸ができない。空気が吸えない。

今はだめ。だめよ、今は。

ニックを縛っているロープに震えながら手を伸ばした。入念な結び目に悪戦苦闘するあいだにも、四方の壁はぐんぐん近づいて彼女をとらえようとしていた。

「ミランダ」ニックの声は差し迫っていた。

「わたし、あなたをここから助け出すわ」ミランダの声は力なく、全身ががたがた震えていた。必死で結び目に焦点を合わせる。それだけに集中していれば、じわじわと迫りくる壁、悪臭、むごたらしい記憶を忘れることができた。なんとしてでもやりぬかなければ。ニックのために。アシュリーのために。

ミランダ自身のために。

「おれはいい。アシュリーを先に助けてやってくれ。おれにはあとから人をよこしてくれればいい」

「そうはいかないわ、ニック。ザ・ブッチャーはデヴィッド・ラーセンで、ディライラ・パーカーの弟なのよ。警察は彼の所在を突き止められなかったけど、このあたりで彼と会った人がいるの。あなたをここに置き去りにはできないわ。あいつは必ず戻ってくる、今夜にも」あるいはもっと早く。

「おれには脱出は無理だ」ニックの声が引きつった。

「あなたを置き去りにはできない」ミランダはうまくいかなかったときの恐怖と屈辱をぐっとのみこんで結び目に意識を集中し、入ったときよりはるかに狭くなった部屋のことは頭から追い払った。「みんな、あなたは死んだものと思っていたの」

「おれのミスだ」

「話はあとから聞かせて」ミランダが言った。

んもう。結び目はあまりにも複雑で、しかも固い！　そうだ、ナイフ。どうして最初から思いつかなかったのだろう？　思考力を失っていた。その部屋ではどうにも息苦しくて。汗が顔から噴き出し、全身がパニックのせいでぐっしょりだった。

ここで気持ちを落ち着かせなければ、アシュリーとニックの命はない。そしてここから脱出する手段を見つけないかぎり、彼女とブッカーも二人に加わることになる。

だが、人数的には有利だ。四対一。たとえ四人のうち三人は絶好のコンディションとはいえないにしても。

ミランダはナイフを取り出し、ニックを傷つけないよう用心しながらロープを切った。一分後、彼が自由になった。ミランダはつづいてアシュリーに取りかかった。

アシュリーはしくしく泣いている。「あの男がわたしたちを殺しにくるわ」

「大丈夫よ。安心して。わたしがそうはさせないから」まずアシュリーの目をきつくおおっていた目隠しをはずした。アシュリーが目を開けようとしたが、うまくいかない。「無理に目を開けないで。しばらくそのままにして」

「いやよ！　あの男がまた来るわ！　あの男がわたしをつかまえにくる！」

「わたしは一度、あいつから逃げたわ。もう一度逃げてみせる」言葉どおりに自信がもてたなら、と願いながら言った。「そのあと、あいつにあなたにしたことの代償をきっと払わせてやる」

そしてわたしにしたことの代償も、と内心でつけくわえた。

アシュリーは小柄で、ミランダでも簡単に抱きあげることができた。「いやよ！　いや！」彼女がわめきたてる。

「アシュリー、とにかくここから出なくちゃ。あなたはまず筋肉を伸ばすことからね」

ミランダはアシュリーを小屋の外に運び出し、ドアの外に下ろした。

しゃくりあげる彼女の体には、乾いた血がこびりつき、痣がそこここに見て取れた。ミランダにとっては十二年前の自分を鏡で見ているようだった。どっとあふれてきた涙をこらえようと、あわてて唾をのみこんだ。アシュリーは両手で胸をおおったが、どんな傷を受けたのか、ミランダは見なくてもわかった。思わず下を向くと、両手が無意識のうちに胸を押さえていた。胸に火でもついたかのように、あわてて手を離す。

アシュリーに静かにするよう言いたかった。あの男に聞こえるかもしれない。だが、デヴィッド・ラーセンが小屋からどれだけ近くに、あるいは遠くにいるものやら見当もつかなかった。彼が今夜――あるいは今すぐ――またここに来るのかどうかも。

ミランダは無言のままバックパックを下ろしてファスナーを開け、予備のセーターを取り出した。それをアシュリーに頭から着せ、つづいて水のボトルを差し出した。「ゆっくり飲むのよ」

アシュリーはべそをかきながら受け取り、だぶだぶのセーターの中で背中を丸めた。

つぎにミランダは厚手のソックスを二足引っ張り出して、アシュリーの横に膝をついた。

「体温を保つには足をあたたかくしないと」

「触らないで！」

「わかった」そう言ってソックスを差し出した。アシュリーがびくついた動物のようにおずおずと手を伸ばし、さっとそれをつかんで抱えこむ。「それ、はいて。二枚重ねて」

ミランダはブッカーを探したが、姿が見えない。「ランス！」声が大きすぎないよう注意して呼びかけた。

「ここです」かすかに声が聞こえた。小屋の反対側からだ。ミランダが中に入ったときからまったく動いていないらしい。小屋の外壁に寄りかかるブッカーのところへアシュリーを抱いて運び、そばに下ろす。

ミランダはブッカーのほうを向いた。「どうしてそんなにひどいって言わなかったの？」彼のシャツをまくりあげると、胸部に挫傷があり、腫れていた。肋骨にそっと手を触れた瞬間、彼が苦痛に顔を歪め、悲鳴をぐっとこらえるのがわかった。

「最低一本は折れてるわね」

呼吸がつらそうなようすに、ミランダは肺に穴があいているのではないかと心配になった。

「ニックだけど、ここに置き去りにするわけにもいかないでしょう」

「保安官、大丈夫なんですか？」ブッカーが訊いた。

ミランダは肩ごしに小屋を見やり、顔をしかめた。彼女のあとから小屋を出てくるものと思っていたのだが。

「さあ、どうかな」ミランダはまたブッカーのほうを向いた。「無線でこの位置を知らせて、救援隊の到着時刻を訊いておいて。山岳救難用のフル装備が必要だとも伝えておいて。わたしはニックを連れてくる」

もう一度、入り口へと取って返した。「ニック？」

彼はあいかわらず床に横たわったままだ。さっきはそれほどひどい傷を負っていることに気づかなかった。ミランダは深く息を吸い、一瞬ためらったのち、呼吸のできない小屋の中に突入した。

ニックの横にひざまずいた。「ニック、起きて」

「無理だ。頭が。何も見えないし」

「これからここから連れ出すけど、あなたも協力して。歩ける？」

「少しならたぶん」

ニックを小屋から連れ出すのに貴重な数分を要した。そしてブッカーの隣にすわらせる。彼の頭部は乾いた血におおわれていた。触れてみると熱がある。すごい熱だ。目は焦点が合っていない。ひどい脳震盪だろう。ものすごく痛いはずだ。

彼が歩いてこの峡谷から脱出する道は断たれた。

病院へ連れていかなければ。

「ミランダ、行け。やつが戻ってくる前にアシュリーをここから連れ出してくれ」

「でも、あなたをここに残していけない。あいつはあなたを殺すわ」だが、彼女もほかの方法は思いつかなかった。

「いいか、おれの命令をよく聞け、ミランダ」

「わたしにまで階級を押しつけないで」ミランダは頭を抱え、深呼吸をした。

「ひどいわ、ニック。わたし、あなたは死んだと思って、胸が引き裂かれる思いだったのよ。そんな言いかたしないでよ。ばかみたいなこと考えないで」

ニックが目を閉じて、ため息をついた。「おれは歩いては戻れないよ、ミランダ」

彼の頭の、あふれ出た血が固まった醜悪な裂け目に手を触れた。「ニック——すごい熱よ。医者に見せなきゃ」

「ああ。きみが町に着いたら呼んでくれよ」

「ランス、無線で誰かと連絡とれた？　いつごろ到着するって？」

「チャーリーとやりとりしました。四十分から四十五分後です」

それまでミランダひとりで何ができるというのだ？　こんな岩場で大の男二人を安全な場所まで何キロも運ぶとか？　アシュリーは？

デヴィッド・ラーセンが五分後にここに来るかもしれない。救援を待って、いつまでもここにすわってはいられない。あいつにひとりずつ狙い撃ちされてしまう。だから、誰ひとり残していくわけにはいかない。救援隊とともに引き返してきたときには、時すでに遅しとなりかねない。

ミランダはアシュリーのようすをちらっと見た。あいかわらず背を丸めて膝を抱え、前後に体を揺すっている。ミランダが——寒さしのぎとカムフラージュのために——与えたダークグリーンのセーターが、体を包んで伸び縮みしていた。

顔は痣だらけで、髪は汚れてもつれ、全身から排泄物のにおいを放っている。体についた切り傷と痣はとりあえずセーターに隠れているが、さっきそれを目のあたりにしたミランダにはアシュリーが味わっている心身の苦痛が痛いほどわかった。ミランダ自身もああだった。しかし時間がたつにつれ、傷は消えた。どの傷も。

アシュリーにもその強さがありそうだ。そのアシュリーが今、ミランダを必要としていた。いつまでもここにすわって救援を待っているわけにはいかない。ラーセンがどこにいるかわからないとあっては。

ミランダは唇を噛んで憤りを抑え、あたりを見まわした。小屋は峡谷のどんづまりにあり、二十メートル後方では谷の幅がぐんと狭まる。その方向からの脱出はおそらく無理だ。小屋の前方で谷は幅を広げ、広いところでは三十メートル以上、狭いところでも十メートルくらいはある。だが、この先どこへつづいていくのか、ミランダはよく知っていた。このあたりに隠れる場所はほとんどないうえ、大人四人ともなれば、ひとつとしてないと断言できた。

とはいえ、負傷した男たちとアシュリーを残したまま、救援隊到着までの、ここよりましな隠れ場所を探しにいくわけにはいかないし、ニックとランスが長距離を歩けるはずもない。

ミランダはニックのほうを見た。「はい、これ」予備の銃を彼に手わたした。

「きみの銃をもらうわけにはいかない」

「わたしはもうひとつ持ってるわ、ニック。あなたにこれを預けなきゃ、ここを離れられないでしょ」ニックの手を取り、グリップを握らせると、彼はしっかりと握った。

ミランダは地図が雨に濡れないようビニールカバーに入れ、ブッカーにルートを示した。

「これから東に向かって谷を進むわ。ここで南にカーブしてるでしょう。谷はビッグスカイ近くまで何キロもつづいてるけど、この曲がり角に近道があるのを知ってるの。ここを行くと……」地図を指さす。「……ここに出る」ミランダがまずブッカー、つぎにニックの顔を見た。「できるだけ谷を進むつもりだけど、わたしたちが来た痕跡を消すために少しは斜面を登るかもしれないわ。無線機は持っていくけど、六十四にセットしておくわね。いい？音がするとまずいから交信はしないこと。とにかくあなたたちは命をつないでてくれたら、それでいいわ」

ミランダはあたりを見まわし、斜面の十五メートルほど上を指さした。「ランス、あの上の岩、見える？」

ブッカーがミランダの指先が示す方向に目を向けた。「はい」

「あなた、あそこまでニックを連れて上がれる？」

「できると思います」

「そうするほかなさそうなの。あなたたち二人、ここにいたら絶好の標的だもの。あそこに上がって隠れてて。隠れたらチャーリーに無線で連絡して、こっちの計画を説明しておいて。もしラーセンを見たら、わたしの周波数を呼んで、どれくらい時間があるか知らせて」ミランダは無線機の周波数をセットした。「もしあいつがあなたたちに気づいたら……射殺して」

最善の策とはいえないが、時間がない。

ミランダはニックの手をぎゅっと握った。「大丈夫？」

「ああ、大丈夫」

腕時計にちらっと目をやり、霧雨に濡れた表面をこすった。四時三十五分。小屋を最初に見てからまだ十五分しかたっていなかった。もっとずっと長く感じられたが。

日没まで三時間ある。谷を走り抜けたとしても、それまでに脱出は無理だろう。

「アシュリー、行くわよ」

「いやよ、いや。できない。わたしもこの人たちと一緒に残るわ」

「あいつはあなたを捜しにくるのよ」それはともかく、斜面の岩の陰には男二人がやっと隠れられるくらいの空間しかない。

ミランダは小屋の中で恐怖に直面し、打ち勝った。閉所恐怖症を克服できたのだから、アシュリーを安全な場所まで連れていくこともきっとできるはずだが、それもアシュリーが協力してくれたらの話だ。

「さ、行きましょう」ミランダが声をかけた。

「わたしはだめ」アシュリーが涙を流しながら悲痛な声をあげた。

「あなたならできるわ。あいつに勝たせちゃだめよ」

ニックが言った。「きみは自分が思っているほど弱くないよ、アシュリー」

彼の口調ににじむ何かに、ミランダは思わず振り返って彼を見た。彼は目を閉じていたが、その表情はつらそうだった。それだけではない。無言のうちの理解。彼は知っているのだ。アシュリーの隣に横たわり、レイプを目撃した。彼にはそんな光景を絶対に見てほしくなかった。

だが、ミランダはこのときはじめて、ずっと昔に起きたことへのこだわりが吹っ切れた。あのときザ・ブッチャーから逃げきったのだから、今度もつかまらずに逃げてみせる。

「さ、急ぎましょ。ランス、あの上に隠れたらすぐ、忘れずにチャーリーに連絡してね」

「了解」

アシュリーは全身を上下させながらしゃくりあげているが、ミランダについていくほかないとあきらめたらしく、ぐずぐずと立ちあがった。あいかわらず両手できつく体を抱いている。

ミランダは最後にもう一度ニックに目をやり、バックパックを背負った。「わたしがこの谷の端までたどり着いたとき、おたがい生きて会いましょうね」

32

クインは保安官代理のジョーゲンセンとともにパーカー邸内を調べ、周辺の敷地をべつの二名が調べた。

「異状なし」クインが大きな声で言った。

リチャード・パーカーは青ざめた顔を引きつらせ、ポーチに出たクインに向かって言った。

「ライアンはあいつに殺されたかもしれない。ディライラも殺されたかもしれない」

「ライアンなら無事ですよ」クインがすでに伝えたことを繰り返した。「保安官代理をひとり、ムーア邸に派遣して警護させています。そのほか余裕のある者全員がディライラとデヴィッドを捜しています」

「彼女は知らなかった。知っているはずがない」

車内でもそれをマントラのように繰り返すパーカーを、クインが一発殴ってやろうかと思ったそのときだった。

「ピータースン捜査官！」

ニックの部下のひとりが駆け寄ってきた。「指示どおり南の牧草地を調べていたところ、峡谷からかすかな銃声が聞こえました」

「どのあたりだ？」

「反響のせいで特定はしにくいんですが、おそらく谷底からだと思われます。少し前に数人が斜面を下りていったことは、土や草木の痕跡からして間違いありません」保安官代理が手で顔を拭った。さっきまでの霧雨がだんだんと雨脚を強めてはいたが、まだ大降りには至っていない。

四駆トラックがずらりと連なって私道へと入ってきた。先頭のトラックの運転手はクインにも判別がついた。チャーリー。彼が降りてくるのを待っていられず、クインは納屋の脇の砂利敷きの区画まで行って出迎えた。

「今、ランス・ブッカーから連絡がありました」チャーリーが言った。「アシュリーを発見し、身柄を確保したそうです。ニックも一緒です」

クインはチャーリーのトラックのボンネットを拳で叩いた。あんな峡谷へ単独で下りていくとは、ミランダはいったい何を考えている？　保安官代理がついているとはいえ、そんなことは関係ない。彼女は警官でもなければ、ＦＢＩ捜査官でもない。なのに、なぜ？

そうか。思い当たることがある。彼女はアシュリーを救えると思ったのだ。同じ状況に置かれれば、彼も同じようにしたはずだ。

「牧草地を下りましょう。一緒に乗せてください――雨が激しくなれば、四駆でなければまずい」

「そうですね」チャーリーがいかめしい顔で言った。

でこぼこした牧草地を突っ切る短いドライブが終わり、トラックが停まったとたんにチャーリーの無線機がうなった。「GCSR、GCSR、聞こえますか？」GCSRはギャラティン郡救難課の略だ。ミランダの部署である。

チャーリーが応答した。「聞こえます。こちらチャーリー・ダニエルズ」

「チャーリー、ランス・ブッカーだ。周波数の変更を知らせるので、メモの用意を」

チャーリーがバイザーから鉛筆とメモ帳を取り出した。「どうぞ」

ブッカーが周波数を伝えた。それがすんだところで、クインが無線機を取った。「ブッカー、ピータースン捜査官だ。ミランダに代わってくれ」

「それはちょっと」

「どうして？」

「付近に四人全員が隠れる場所がなかったので、彼女はアシュリーを連れて谷沿いに下流方向へ歩きだしました」

「どういうことなんだ？　説明してくれ」

ランス・ブッカーとのやりとりを終えて無線機を切ると、クインはそのまま目を閉じた。

くそっ、くそっ！　ミランダに選択の余地はなかった――たしかに選択肢はほとんどない状況だ。とはいえ、傷を負い、怯えたアシュリーを連れて逃げるとは……

「さ、急ごう。ブッカーによれば、谷底まで下りるのに四十五分かかるそうだ」

「時間は半分以下に短縮できます。ラペル（二重ロープで岩壁を下りる懸垂下降）の経験は？」

デヴィッドは開け放たれたドアをじっとにらみつけた。胸で怒りが爆発し、激しい憎悪が全身の血管を駆けめぐった。

あの女がおれのあの子を奪い去った。

いったいどこへ？

あの女は頭がいい。峡谷を上流方向へ行くはずはない。行けば行くほど、勾配は急になり、幅が狭まる。罠といってもいい。あの女はあのときもおれの罠にかからなかった。ボールダー峡谷を下ればビッグスカイの近くに出る。岩場は歩きにくいうえ、川を数回渡らなければならない。先週降った雨で増水している。浅くとも腰までの深さがある。そう速くは進めまい。

おれのあの子を連れて山の斜面は登れない。勾配がきつすぎる。ここを監禁場所に選んだのは、西方向に罠があるからだ。そこにあの子を追いつめたかった。出口なしと悟ったときのあの子の目に浮かぶ激しい恐怖を見たかった。おれに向かって駆けてくるのか？　それとも、けっして登ることはできない急斜面を背にただ立ちすくむのか？

なのに、あの女はおれの獲物を連れ去り、谷伝いに下っていったにちがいない。広い場所で二人を狙い撃ちするのはあんまりおもしろくない。以前にもやったことがあった。

何か新しいことをしてみたい。

あの女に落とし前をつけてもらおう。ミランダ・ムーア、やっぱり十二年前に殺しておかなきゃいけなかった。

心臓を切り刻む前に命乞いをさせてやるからな。

ミランダは無線機のうなりに顔をしかめた。音量を下げたが、それでも雑音がする。

「ムーアです」こだまを気にしながら答えた。かなり本降りになってきた雨の音が雑音を隠してくれてはいるものの、ザ・ブッチャーに尾行されているかもしれないとなれば、どんな注意も怠るわけにはいかなかった。二人は北側の斜面に沿いながら進んでいるため、オープンスペースに姿をさらしてはいなかったが、雨のせいで地面が滑りやすくなっていた。ハイキングブーツをはいているミランダでさえ一度は足を滑らせたほどで、アシュリーを引きあげた回数はすでに数えきれない。

当然、思ったほどの速度で進んではいなかった。

「こちらブッカー。ザ・ブッチャーがここを通過、そちらに向かいました。九十秒前に早足で。むかついているようです」

ブッカーの声は不明瞭ながら聞き取れた。

「了解」

「射殺のチャンスを待ちましたが、ありませんでした」

「よかったわ、見つからなくて。一発目がはずれたら、あなたたちの居場所がわかってしまったもの。ニックのぐあいはどう？」

「意識があったりなかったりです。眠らないようにずっと話しかけていましたが、ラーセンの姿が見えたので静かにしていたら、そのあと朦朧としてしまったみたいで」

ああ、どうしよう。ニックを早く医者に診せないと。

「さっき、ピータースンと話しました」ブッカーが先をつづけた。「今、谷を下りているはずです」

よかった。少なくとも救援部隊はこっちへ向かってくれている。

「無線機は切るわ。雑音を聞かれたくないから。それじゃ、終わります」

ミランダはアシュリーをちらっと見た。静かに、という意味が通じない子だ。足を滑らせるたび、甲高い悲鳴をあげ、引っ張りあげたあともまた、自分はどんなふうに死ぬのかと泣きわめく。

彼女を責めることはできなかった。アシュリーは死ぬほど怯えている。ザ・ブッチャーの犠牲者たちの身に起きたことを知っているのだから。この二日間に起きたおぞましいことの数々も理由のひとつだ。

しかし、アシュリー・ヴァン・オーデンには生きることの現実——そして死——を説いておく必要があった。

ミランダは無線機のスイッチを切り、ポケットにしまった。アシュリーはとがった岩に足をかけ、足を滑らせて膝をついた。「ああっ！」泥の上に顔を伏せてすすり泣く。

ミランダはアシュリーを抱きあげようとしながら、筋肉が引きつるのを感じた。身長はミランダより十数センチ低く、体重も四、五キロは軽そうなアシュリーとはいえ、全身がぐっしょりと雨に濡れている。その水の重みとバックパックの重量のせいで、ミランダの動きは緩慢にならざるをえなかった。

　雨が体についていた汚れを落とし、血と悪臭を洗い流したあと、アシュリーからは濡れたウールのセーターと恐怖――彼女に揺さぶりをかけてくる恐怖が手に取るようにわかった――のにおいがした。

　あるいは、ミランダ自身の恐怖だろうか？

　アシュリーを葉が茂るポンデローサマツの根元に運び、木に寄りかかるようにすわらせた。

「よく聞いて、アシュリー」心して厳しい声で切り出した。

「あいつがわたしたちを殺しにくる」アシュリーがさえぎった。「わかってるでしょ。あいつが追ってくるってわかってるんでしょ。聞こえたわ。無線の声が聞こえた。保安官代理が言ってたわよね。あいつがわたしたちを殺しにくるって。わたしたち、死、死、死ぬんだわ……」

　ミランダはアシュリーの両腕をぎゅっとつかみ、強く揺さぶった。「黙って。静かに」かっかとしたくはなかったが、心臓が早鐘を打っていた。時間がない。ラーセンは彼女たちの三、四倍の速度でここへ向かってきている。いくら二十分リードしていたとはいえ、たちまち追いつかれてしまうはずだ――あと十分かもしれない。それも前進をつづけていれば、の話だ。

　しかも、駆け足で。

無理だ。もうこれ以上走れない。逃げるのはもうこれまでだ。勢いを増す雨の中、ミランダは周囲のようすをチェックした。地形を利用して優位に立てるかもしれない。

このあたり、谷の幅は広い。中央に積み重なる岩が山をなし、その北側と南側を浅い川が流れている。南側の斜面は勾配がよりきついが、今いる北側には倒木の数がより多い。隠れ場所ならこちら側だ。

「アシュリー！」

「どうしてわたしに無理なことばかり言うの？　あなたはわかってないのよ」腫れあがった唇をとがらせ、目から涙をぽろぽろこぼす。「あなたなんかなんにも知らないのよ。離してよ！」

ミランダはつかんだ手を離しはしなかった。「わたしが誰か、知ってる？」

「ミ、ラン、ダ」アシュリーの声が震える。

「そう、**ミランダ・ムーア**。昔、あの悪党から逃げきったことがあるの。今度だって殺させるつもりはないわ。わたしも、あなたも」

自分でも驚くほど力強い声だった。内心はよれよれなのに。ラーセンの姿を見たときに自分がどんなことになってしまうのか、見当もつかなかった。パニックのせいで固まってしまうかもしれないし、怒りのあまり金切り声をあげるかもしれない。

アシュリーと二人、あいつより速く走れるはずがないことはわかっているが、今度は武器があり、体力もあり、さらに大きな利点は、こちらから不意打ちをかけることもできる状況にある点だ。

二度と犠牲者になるつもりはなかった。

アシュリーが目をしばたたいた。雨が顔に何本もの流れをつくって伝い落ちていることを忘れているようだ。体が震えているが、それにも気づいていないようだ。

小さな声が幼子のような口調で訊いてきた。「約束してくれる?」

「ええ、神に誓って。あなたには指一本触れさせない。命をかけて守ってあげる。でも、そのためにはわたしの言うとおりにして。できるわよね」

アシュリーがゆっくりとうなずいた。「わかった」

あと十分。計画が成功するにせよ失敗に終わるにせよ、あと十分。

もし失敗すれば、クインは彼女の遺体を発見することになる。

33

クインは山頂に停めたトラックで登山用具を準備するチャーリーを手伝った。これからロープを使っての懸垂下降で、谷底まで所要時間を大幅に短縮しようというわけだ。じゅうぶんな長さのロープが二本しかなかったため、クインとチャーリーがまず先に下り、つづいて二名のチームが下りることになった。

「かかっても十分だな」チャーリーが言った。

いよいよ下降開始というとき、チャーリーの無線機が音を立てた。「はい、チャーリー」

「保安官代理のブッカーです。ラーセンが今さっき小屋に来て、ミランダと同じ方向に向かったところです。彼女に警告はしましたが、今はもう彼女の無線機は切ってあります」

くそっ。クインは彼女と交信したかった。精確な位置を知りたかったし、どんなようすかを知りたかったし、後ろに気をつけろと言いたかった。ついでにミランダの体力と精神力があれば大丈夫だと伝えたかった。

何よりも彼女の声が聞きたかった。

「トマス保安官の容態が悪化しています。医師をお願いします」ブッカーが言った。

「了解」

チャーリーがクインの顔を見た。「それじゃ、行きますよ」

体を使うことは得意なクインだが、ロープを使っての懸垂下降にはこれまで存在すら知らなかった筋肉の動きが要求され、谷底に到達したときにはもう息切れを感じていた。

だが、そこでひと息ついているわけにはいかない。峡谷内をざっと見わたした。ミランダはいったいどこに？

ラーセンはどこに？

チャーリーがブッカーを無線で呼んだ。彼とニックは約三百メートル西にいるらしい。「いいか、ブッカー、そのままじっとしていろ。医療チームがまもなく到着する」チャーリーがクインのほうを向き、地面を指さした。「見てください」

分刻みで雨脚が激しくなり、クインには自分の足すらはっきりとは見えなかったが、チャーリーが示したところに目を凝らす。

落ち葉の上についた深い足跡が岩場へとつづいていた。「こっちだな」クインが言った。

ミランダは男の姿がまだ見えないうちにハンターの存在を察知した。

森の中のこのあたりにいるのが自分たちだけではないことを**どうやって**察知したのかはわからないが、突然、湿った空気に電流が走るのを感じたのだ。灰色の雨は激しさを増したが、彼女の耳はどんな音も聞き逃さなかった。水かさを増す流れに囲まれた眼下の岩に雨が叩きつける音。大雨に揺れる木々のかすかなきしみ。

自分の鋭い息づかい。

自分たちの足跡を消そうとがんばってはみたが、限られた時間内では文字どおり不可能だった。となれば、アシュリーが静かにしていてくれることを願うほかない。彼女に望むことはそれしかなかった。身をひそめて静かにしていてくれればそれでいい。

十二年前、ザ・ブッチャーから逃げたあのとき、ミランダはシャロンに深い憤怒を覚えた。シャロンが悲鳴をあげるたび、その声がザ・ブッチャーに居場所を知らせはしないかと身のすくむ思いをした。その声に導かれたザ・ブッチャーに捕らえられ、殺されるのではないかと。

シャロンはそのとおりになった。

時が流れた。アシュリーがめそめそ泣くたび、ミランダは顔をしかめこそすれ、理解できた。怯えているからといってアシュリーを恨むことなどできなかった。

同じ恐怖がミランダの背筋をじわじわと這いあがりはじめ、固い決意をしだいにそいでいく。

やはりあのまま前進をつづけるべきだった。そうすれば、最後にはラーセンに追いつかれたかもしれないが、ひょっとすると追いつかれなかったかもしれない。あのままニックたちと一緒にあの場にとどまるべきだったのかもしれない。もっとよく調べれば、隠れ場所をほかにも見つけることができたかもしれない。もう一度あの小屋に引き返して、入ってくるラーセンを待ち伏せする手もあったかもしれない。

今さら考えてもしかたのないことを考えるのはやめた。**あいつ**が近づいてくるにつれ、恐怖はどんどんつのっていく。

んもう、今、どこだろう？　そろそろ現れてもいいころなのだが。

谷の真ん中をのんびり歩いてくるはずはない。わたしたちの足跡をたどり、不意打ちをかけるため、木々のあいだに身をひそめながら近づいてくるはず。ミランダは北側の斜面に足跡を偽装し、実際には反対側に身を隠していた。

あいつは自分の姿をカムフラージュするはずだから、きっとあたりの木々と簡単には見分けがつかない。ミランダは全身の筋肉を硬直させ、周囲に目を凝らして待った。

来た。

左側で何かが動く気配。かすかに。アシュリーが隠れている場所のすぐ前あたりだ。そっちを見たが、何も見えない。たぶん雨のせいで周辺視野が錯覚を起こしたのだろう。

太陽は空をおおった灰色の雲にほとんど隠れ、視界はきわめて悪い。急場しのぎの作戦は名案とはいえないかもしれない。こちらからもあいつの姿がはっきり見えないだろう。

だが、きっとうまくいく。あいつがここを通り過ぎたあと、アシュリーとともに静かにじっとここでクインの到着を待てばいい。

そう。きっとうまくいく。

左手のかなり離れたほうで何かが動くのを感じた。しまった、アシュリー！　伏せて。体を低くして。わたしの話を聞いていなかったの？　**動いちゃだめ。頭を低く。ようすを見たりしちゃだめ。**

ミランダの正面、距離にして十二、三メートルのところに彼が見えた。じっと立っている。隠れている位置から先の五、六十メートルまで足跡をつけておいたというのに——なぜそこで立ち止まったのだろう？

何か聞こえた？

何かにおった？

アシュリーが動くのが見えた？　アシュリーなら倒木の陰に手を尽くして隠したつもりだった。

いったい何に気づいたのだろう？

ミランダはパニックに襲われた。あいつがこっちの隠れ場所を知るはずがない。アシュリーの隠れ場所も。

お願い、じっと伏せていて、アシュリー。どうかお願い、静かにしてて。

ラーセンは聞き耳を立てている。身じろぎひとつしないその姿に、もしあいつがそこにいることを知らなかったなら、ミランダは自分が正気かどうか疑っていたところだ。だが、彼女はあのときもあいつの姿をちらっとだけは見たことがあり、目を凝らせば、あいつのシルエットを判別することができた。

逃げろ。逃げろ！

いやよ、逃げたりするもんか。この低い岩の陰にじっと隠れつづけてみせる。うつ伏せになり、高い位置からあいつのようすをうかがっていた。確実に射貫くには距離がありすぎるが、ミスはけっして許されない。たった一回ミスをすれば、あいつはどこかに逃げ、また二人を襲ってくる。二人がどこにいるかを知ったうえで。

通り過ぎて、ラーセン。そのまま通り過ぎて。

ラーセンが通り過ぎたあと、来た道を引き返す。それがミランダの作戦だった。十分間以内に作戦を立てなければならず、とにかく捕まらないことが最善の策と判断した結果だ。あいつをやり過ごしたあと、来た道をできるだけ早くニックのいる場所へ引き返す。ニックのところまで戻る途中で、クインや救援部隊の面々と合流できるかもしれない。

最優先すべき任務はアシュリーを守ること。ザ・ブッチャーを捕まえることではない。しかし、これほどの恐怖の中にあっても、ミランダは彼を阻止したかった。ただちに。つぎの女子学生を傷つけるチャンスを彼に与えたくなかった。

とはいえ、アシュリーを無事に山から救出するのがミランダの任務で、それについては真剣に考えていた。

早く通り過ぎて。ほら、ほら！　いったい何をぐずぐずしてるの？

彼は微動だにせず、立ち尽くしていた。なぜ？

アシュリーがパニックをきたしている。見えてはないが、感じ取れた。

それから先のことはすべてがスローモーションで展開した気がする——アシュリーが倒木の陰から突然身を乗り出し、すぐまた隠れた。

ラーセンがくるりと振り向き、その倒木をじっと見た。ライフルを手に取った。

アシュリーが悲鳴をあげ、倒木の後ろから這い出した。ミランダは銃でラーセンに狙いをつける。ラーセンが膝をつき、ライフルをアシュリーに向かって構えた。

ミランダは引き金を引いた。一度、二度、三度。

ラーセンの体が地面にぺったりと倒れた。命中？

アシュリーがまた悲鳴をあげると、ラーセンはライフルを使って地面を這い、移動したのち、ライフルをくるりと大きく回転させてアシュリーに向かって発砲した。

「アシュリー、伏せて！」ミランダは声を張りあげながら、ラーセンを狙ってさらに三発を撃った。だが、ラーセンはすでに地面を転がって距離を取り、岩の陰に姿を隠した。

しまった！　あいつはどこへ？

アシュリーがおぼつかない足取りでミランダの隠れ場所へとやってきた。「ごめんなさい、ごめんなさい。あいつがわたしを見つけたと思ったの。逃げなくちゃと思ったの。ごめんなさい」

「しいっ。黙って」

「ごめんなさい」

「静かにして」命令口調だ。ミランダは考えなければならなかった。前方十二、三メートルのところにある岩に目を凝らした。視界はきわめて悪く、それより先は見えない。あいつは岩の後ろにしゃがみこんでいる？　それとも、這いつくばって岩から離れた？　わたしたちを右側から襲ってくるのだろうか？　左側？　あるいは後方から？

もう二人が隠れている位置はわかっているはずだ。だが、ミランダはあえて動かなかった。あいつをじっと待つことにした。選択の余地はない。

34

一分が過ぎた。

ミランダは微動だにしなかった。呼吸できているのかどうかすらあやしかった。雨音以外に聞こえてくるのはアシュリーが体を震わせる音だけ。

ひとわたり周囲を見わたした。前方と後方も。何かが動く気配を探した。あいつがどこにいるのかを教えてくれる気配を。

何ひとつない。

また一分が過ぎた。

恐怖が口の中を膜でおおった。唾を吐き捨てたくなる不快な味。だが、あえて口を開くことは避けた。後方から前方、また後方へと視線を走らせながら、胸が締めつけられていく。原始の恐怖のせいで固まってしまった獲物の気分。動くことができず、わが身を救うこともできない。結局のところ、抵抗ひとつできない子羊よろしく、ここで最期を迎えることになりそうだ。われながらふがいなさすぎる。

だめだめ。戦いもせずに死ぬわけにはいかない。

「アシュリー」ミランダはアシュリーの耳もとでささやいた。「わたし、下の川まで下りてみるわ」

「だめよ！」

「しいっ」ああ、もう！　この子ったらほんとに！　獲物はおとなしくしていなくちゃならないってことがどうしてわからないの？　何はともあれ、おとなしくしててよ。

ミランダは思わずかっとなった。**抑えて。**

「いいわね、これからわたしが……」

そのとき、隠れている岩の、顔からすぐのところに鋭い音をたててライフルの弾が当たった。ミランダは悲鳴をぐっと押し殺したが、アシュリーはそうはいかなかった。

「だめ！」がばっと岩陰から起きあがり、斜面を駆けおりだしたアシュリーにミランダが叫んだ。

バンバンッ！

アシュリーがつまずいて転び、山腹を転げ落ちる。

あの子があいつに殺された。ああ、神さま、やめて！

ミランダが自分という標的のサイズを最小限にとどめるため、腹這いで斜面を下りはじめると、まもなくアシュリーが動くのが見えた。

死んではいない。転んだおかげで命は助かったのだ。

視界の隅で何かが動くのが見えた。くるりと振り向き、斜面下方に銃を向けた。ラーセンは部分的に岩の陰に隠れ、やはりぴたりと地面に伏せている。

ライフルが上方に向けられた。

アシュリーが立ちあがって駆けだした。

ミランダはラーセンの気をそらせるため、銃を一発撃った。銃弾はラーセンの前方すぐの地面に当たったというのに、彼はひるみもしない。

アシュリーを背後から撃とうとしている。シャロンのときと同じように。

ミランダがはじかれたように体を起こした。「デヴィッド・ラーセン！」ありったけの大声で叫んだ。

ラーセンが声のするほうを振り向いた。ミランダにライフルを向けると同時に、岩の陰から姿を見せる。

発砲は同時だった。

ミランダはとっさに左に横転、頭をからくもはずれた銃弾が頬をかすめた。あたたかい。

ラーセンのうなるような声が聞こえた。弾丸が当たった？　どこに？

ミランダはあえて振り返らず、多少安全そうなマツの木まで素早く這い進んだ。

ラーセンの姿は見えない。

また一分が経過した。空になったクリップをはずし、新しいのを装塡、スライドを引いて準備する。

アシュリーも彼女の位置からは見えなくなった。ということは、ラーセンからも見えないということだ。彼がアシュリーを追っていったのでないかぎり。

とにかく、あいつの注意をそらさなければ。

「あんたが誰だかわかってるわ！」ミランダは声を張った。「あんたが誰か、もうみんな知ってるのよ、ラーセン」

ライフルに弾丸をこめなおす音がはっきりと聞き取れた。思ったよりずっと近くにいるが、言葉はいっさい発していない。

あいつはそもそも言葉が少なかった。

「この谷はもうＦＢＩに包囲されてる。ずいぶん前に無線で連絡したから。この場所も精確に把握している。もうこの谷から出られないと思いなさい」

あいつの息を首筋に感じた。氷の戦慄が首の付け根から背筋を駆けおりた。近づいてくる足音すら聞こえなかったのだが。

かすかな含み笑いが耳に届いた。「逃げろ」

ミランダは素早い左回転で振り向きざま、右脚を大きく高く回し、意表を突かれた男がライフルを落とした。

男はうめきをもらし、銃床をつかんでライフルを拾いあげようとした。ミランダは男がかがんだ瞬間を逃さず腹に蹴りを入れると、そのまま地面を転がって男から離れた。手首が岩に当たり、握っていた銃を落とす。

銃に駆け寄るミランダの脚をラーセンがぐいとつかんだ。ミランダの手はまだ銃には届かない。

ラーセンがミランダを力まかせに引き寄せ、上からのしかかろうとする。レイプが目的ではない。殺すためにだ。ミランダのウエストを両手でつかみ、うめきながら自分の体をその上に移動させてくる。

いや！　二度といや。絶対にいや。

ミランダは地面の傾斜と左回転の重力を利用し、必死でラーセンをかわした。ラーセンがミランダの右の腎臓あたりを一発殴り、ミランダが叫び声をあげる。

だがこのとき、ミランダの指先がラーセンのライフルの銃身に触れた。

すぐさまそれを大きく振ると、上からのしかかってきたラーセンの頭部に銃床が当たった。ラーセンは地面にどさっと倒れこみ、体を震わせた。ミランダはせわしく立ちあがり、ライフルを彼に向けた。「どう、狩りの獲物になった気分は？」

全身をアドレナリンが駆けめぐり、ミランダの呼吸は鋭い喘ぎとなった。ついにラーセンの生殺与奪の権を握った。頭に一発ぶちこめば、それで終わりだ。引き金を引いた。

カチッ。

ミランダは目を落とした。スライドを引き忘れた。次弾が装填されていない。

一瞬のすきにラーセンがライフルの先端をつかんだ。ミランダの抵抗にもかかわらず、彼女の両手からライフルを引き抜く。が、そのとき足を滑らせ、その拍子につかんだ銃が地面に落ち、そのまま斜面を滑り落ちた。もう手は届かない。

ミランダはラーセンのベルトできらりと光るナイフに気づいた。こういうことか。接近戦になれば、ミランダに勝ち目はない。ラーセンは瘦せているとはいえ、背は高く、見た目よりもずっと力がある。

ラーセンがクリスタルブルーの目に冷たい憎悪をこめてミランダをねめつけたかと思うと、陰険な薄笑いを浮かべた。

「今日こそ死んでもらうからな」

ラーセンがミランダに飛びかかってきた。

クインは銃声を聞いた。かなり近いが、それでももう手遅れかもしれない。

岩につまずき、増水した流れをしぶきをあげて突っ切り、とにかく全力で走った。

恐怖をおびた悲鳴が聞こえる。ミランダ。姿は見えないが、そう遠くはない。スピードを上げる。ミランダの名を大声で呼びたくてたまらないが、ラーセンを警戒させたくない。

突然木々がとぎれた。あわてて足を止め、岩場での滑落は免れる。目を下にやったそのとき、すぐそこでラーセンがミランダを地面に押さえこんでいた。ラーセンの手にはナイフが。

クインは銃に手をやった。

ミランダの心臓はばくばくし、アドレナリンが全身を駆けめぐった。視覚も聴覚も鋭くなったかのようだ。

ラーセンが全体重を乗せておおいかぶさり、左前腕で喉もとに猛烈な力をかけてきた。右手ではナイフが光り、雨のしずくが刃から顔にしたたってくる。

ミランダの最大の恐怖は麻痺だ。命の危険にさらされている今、自分の身が守れなくなってしまう。何年もかけて護身術のクラスに通ったというのに、習ったことも練習も決意もすべて水の泡。

そのあげく、あいつが勝つ。

つまり、わたしは今日死ぬ。

いやよ。絶対にいや！

ミランダは左手を上げ、できるだけ深くラーセンの目をえぐるように引っかいた。ラーセンは痛さのあまり大声でうめきながら体を浮かし、右腕を頭上高く上げるなり、ダブルエッジ・ハンティングナイフの鋭い刃を振りおろしてきた。

ミランダはラーセンの不安定な体勢を見逃さず、背中をアーチ形にのけぞらせて振り落とした。

ラーセンがどう地面に落ちたか、それを見届けはしなかった。すぐさま起きあがるが、ラーセンはミランダの足をつかみ、再び地面に引き倒す。うつ伏せだ。最悪の体勢。ふくらはぎに焼けるような痛みが走った。ミランダの体からあたたかいものがにじみ出し、ジーンズが脚にぴたりと張りついてくる。

ナイフで刺された。

そのとき、誰かの叫び声がし、ザ・ブッチャーが一瞬動きを止めた。のしかかっていた体重がやや軽くなる。

チャンスだ。

ミランダは両腕で体を押しあげ、同時に傷を受けた脚を彼めがけて後ろに蹴り出した。痛みが全身に広がり、めまいでふらふらしたが、そんなことにかまってはいられない。ラーセンがよろけて転び、ナイフを落とした。二人同時にナイフめがけて突っこむ。

ミランダは握りしめた手の中に生あたたかくべたべたした金属を感じた。血まみれでべたべたした金属。

ラーセンをにらみつけると、二人の目ががっちりと合った。

彼の卑劣な目は、ミランダが知りたいことすべてを語っていた。

おのれの力を示すために殺した。狩りは興奮させてくれる。

狩りもこれまでよ。

ラーセンがナイフを奪おうとした。ミランダは一瞬の迷いもなく、デヴィッド・ラーセンの胸に刃を突き入れた。両手をラーセンの血が染め、ついで彼の手が伸びてきた。ミランダは体がすくんだが、それでもナイフはしっかりと握って離さなかった。

ラーセンの口が動いたが、もれてきたのは喘ぎだけだ。何か言おうとしている。

セロンと聞こえたような気がした。

たとえはっきり聞き取れたとしても、それがギリシア神話にまつわる名であることをミランダは知らなかった。

死にゆく彼を目のあたりにしながら、はじめて彼の顔をはっきりと見た。

凶悪には見えない。

この男がわたしをレイプした。体を苛み、乳房におぞましい傷痕を残した。非情なやりかたで親友シャロンを殺し、そのほか少なくとも六人の女性を殺した。この十二年間にわたってモンタナ州南西部中の女性をびくつかせ、ひとりでは怖くて外出もできない状況に陥れた。ひとりでは車にも乗れなかった。たとえ二人であっても。

いくら死にかけているとはいえ、この男が仕掛けた恐怖の縛りはみなけっして忘れないだろう。

なのに、目の前の男は怪物には見えなかった。怯えた子どものようだ。口から血をしたたらせ、目は空に向いている。

「セ、ロン」

ミランダはナイフから手を離し、よろよろとあとずさった。ラーセンは彼女の前で倒れこみながらも、胸から突き出したままのナイフを両手でしっかりと握っている。

ミランダは地面にへたりこんだ。脚は痛み、胸はどきどきし、頭はじいんとしていた。人を殺した。ただの人間ではない。ザ・ブッチャー。

あふれる涙は顔を伝うにまかせ、まるで何時間ものあいだ酸素を吸っていなかったかのような呼吸を繰り返した。デヴィッド・ラーセンを穴があくほど見つめ、地面にしみこんでいく彼の血を見つめた。どんよりと生気を失っていく目も。

彼の死にざまを見守った。

「大丈夫か、ミランダ」

「クイン？」どこかうつろで、おぼろげな響きだ。目の焦点も合わなくなってきた。アドレナリンを使い果たし、一種のショック状態にあった。

二本の腕が彼女を支えた。力強い腕がしっかりと抱き寄せる。「ミランダ、考えたんだが——」彼の言葉はそこでとぎれた。

ミランダは彼のあたたかな胸に頰を寄せ、心地よい彼のにおいを吸いこみながら、もう二度と彼のそばを離れたくないと思った。溺れかけた人さながら彼にしがみつき、ぴったりとくっついて泣きつづけた。クインはそんな彼女を抱きしめた。ただやさしく抱きしめた。

彼の深みのある静かな慰めが彼女の気持ちを静めていく。「終わったよ、スイートハート。ついに終わった」

35

クインがミランダを連れてロッジに戻ったときはもう、夜中の十二時をとうに過ぎていた。ミランダがいつになく静かだったが、クインは驚きはしなかった。森の中で二度目のすさまじい体験をくぐり抜けたばかりなのだから。

医療チームがニック、ランス・ブッカー、アシュリーの三人を峡谷から引きあげ、救急車が待機するパーカー牧場まで搬送するのに二時間近くを要した。ミランダは仮設シェルター内にすわって脚に包帯を巻いてもらい、三人の救出後、ボードに固定されてゆっくりと山の上まで運びあげられた。

ミランダはそのまままっすぐ家に帰りたかったが、クインは彼女を車で病院へ連れていき、傷口を縫合してもらった。そのあいだ、一瞬たりとも彼女から目を離すことなく、治療中もずっと彼女の手を握っていた。

デヴィッド・ラーセンが死んだとはいえ、クインの頭の中は、今度はどんな形でミランダを失うのかという恐れでいっぱいだったのだ。

ビルとグレーはバーで帰りを待っていた。クインに支えられて足を引きずりながら入ってきたミランダの姿を見るなり、ビルが駆け寄った。「ランディー」思いの丈が声に詰まっていた。

「パパ、わたしなら大丈夫」

間違いなく、もう大丈夫だった。ミランダこそ、まさしくサバイバー。クインには昔からわかっていたが、今回、彼女は凶悪犯との対峙で勇気を証明してみせた。

これを機に彼女が自分自身を信じてくれたら、とクインは願った。自分を疑ったりせず、もしああだったらこうだったらとの推測に負けないでほしかった。彼女ならなれると彼が信じていた強い女性へと成長したのだから。

「まあ、すわって」グレーが椅子を二脚引いた。

二人はそこに力尽きたように腰を下ろし、ビルが最高級スコッチを二人にダブルで注いだ。

「おっと、待てよ。鎮痛剤を飲んでるんじゃアルコールはまずいな」ビルはミランダにわたそうとしたグラスを引っこめた。

「そう言わずに飲ませてよ、パパ」ミランダが手を伸ばした。「薬は飲まなかったのよ。ほら、わたしのクスリ嫌い、知ってるでしょう」

ビルはグラスを手わたし、娘の隣にすわった。「これで片が付いたな。もうきみも安心していられる」

クインは自分が何を言い出すものやら不安だった。ラーセンのナイフがミランダの脚を切り裂く瞬間を目のあたりにしたショックからまだ立ち直れずにいた。

連続殺人犯の魔の手にかかった人間はそうざらにはいない。それも二度まで。

クインはビルに峡谷でのできごとをかいつまんで報告した。

「やつがディライラ・パーカーの弟だったとは信じられんな——ライアンがかわいそうでならないよ。そんなことを聞かされたら」ビルがかぶりを振った。

ミランダがこのときはじめて口を開いた。「ライアンは勇気のある子よ。ラーセンはなぜあの子を殺さなかったのかしら。ライアンが気づいたことは察知したはずなのに」

「連続殺人犯たちについていうなら」クインが言った。「彼らには彼らなりの倫理観があるんだそうだ」

ビルが声をあげて笑う。「倫理観ときたか！」

クインが説明をはじめた。「〝主義〟といったほうがぴったりくるかもしれません。例を挙げれば、連続殺人犯の中には動物はけっして殺さない者もいます。ラーセンは野生生物学者で、ぼくの相棒がデンバーで何人もの人から聞いた話では、鳥類を心から愛していたようです。名前までつけていたとか」

「セロン」ミランダがつぶやいた。

クインがミランダのほうを向いた。ミランダが殺されそうになった、あの光景が脳裏によみがえったため、さまざまな激しい感情が怖いほど一気にこみあげてきた。「えっ？　今、**セロン**って言った？」

ミランダがうなずいた。「彼が最期に言った言葉よ。『セロン』って言ったわ。どういう意味なのかわからないけど」

「かわいがっていた鳥の名前かもしれないな」クインはまたビルのほうに視線を戻しながら、

ミランダの手をぎゅっと握った。「ラーセンは甥に親近感を覚えていたのかもしれません。二人はよく一緒に釣りにいっていたようです。ラーセンはおそらく、ライアンも、おじさんはよく話を聞いてくれると思っていたようですし。ラーセンはおそらく、ライアンを殺すなど思いもよらなかったのかもしれませんが、おそらくライアンが自分のことを警察に通報するなどと思ってもいなかったんじゃないでしょうか」

「それにしても、なぜそのまま逃げなかったんだろう？　行方をくらますって手もあっただろう？」

「一度はじめたことは完遂しなければならなかったんでしょうね」

「リチャード・パーカーにスイートルームを貸したよ」ビルが言った。「リチャードとライアンはここに数日滞在することになる。リチャードはディライラのことを心配しているようだ。ラーセンがディライラを殺したんじゃないかと思っているらしい」

「その可能性もあるな」クインはそう言ったが、そのシナリオが時間的にどういう形で進行したかまではまだ考えられなかった。サム・ハリスがパーカー邸を訪ねたとき、リチャードとディライラはともに在宅していた。リチャードによれば、ディライラはそのあと激しく動揺し、まもなく家を出た。ディライラが家を出たのとほぼ同じ時刻に、ライアンはラーセンに出会った。

ラーセンが何をしていたのかわからない時間が一時間あった。ライアンがロッジめざして馬を走らせていた時間でもある。

パーカー邸から収集した証拠によれば、ラーセンがある時点で邸内に入ったことは判明しているが、それがどの時点なのか、クインにはわからない。

ひょっとすると、ディライラ・パーカーはクインとパーカー判事が家を出ていた短時間のあいだに引き返してきたのか？　ディライラとラーセンは顔を合わせたのか？　邸内に暴力行為がおこなわれた形跡はなかったが、峡谷への出動のため、パーカー邸周辺の捜索は中途半端に終了していた。明日はパーカー邸もだが、ニックがラーセンの隠れ家であると突き止めた、ビッグスカイ近くのパーカー所有のキャビンへもじゅうぶんな人員をそろえて出向くことにしよう。

あるいは、ディライラはラーセンに捜されることを恐れて、身をひそめたのかもしれない。だとすれば、彼が死んだと知って、明日は帰宅するものと思われる。

あるいはまた、罪の意識を感じてどこかへ逃げたのかもしれない。弟がやっていることを知っていながら止めることができなかった罪はある。

実際どうだったのか、クインには判断がつかないが、未解決事項を抱えているのが好きではなかったし、弟の生活の中でディライラ・パーカーがどんな役割を果たしていたのかも大きな謎だった。

ニックはあいかわらず意識不明だ。頭部に負った傷と感染症が深刻で、まだまだ予断を許さない状態だ。なんとか乗り切ってほしい。クインは神に祈った。

昏睡状態にあったジョベス・アンダースンはどうやら切り抜けそうだという。アシュリーの両親もすでにサンディエゴから駆けつけており、一両日中には退院してカリフォルニアへ帰ることが決まっていた。

「サム・ハリスはどうしたの？」ミランダがあくびを嚙み殺しながら訊いた。

その瞬間、クインの表情が硬くなった。「最終的には本部に戻り、連絡係から解任を告げられたそうだ。保安官事務所を出るときの彼は頭から湯気を立てていたらしい。彼には明日、ぼくから話をするよ」

正直なところ、ハリスをどう処分したものかは決めかねていた。捜査全体を危険にさらす可能性があったことについては、見せしめのために懲らしめておきたかったが、おそらくニックの全快を待って彼の手に委ねるべきなのだろうと考えていた。この捜査が完全に終結するまでは、とりあえず保安官宛の正式な始末書でも書かせておこう。

捜査はこれで終わりではない。たとえば、ディライラ・パーカーは今どこに？　死んだのか——あるいは生きているのか？

ミランダがあくびをすると、ビルはクインに彼女をキャビンに連れていくよう頼んだ。「面倒を見てやってくれ、ピーターースン」クインはその言葉がもつ含みを聞き逃しはしなかった。

ビルは娘をハグした。「愛してるよ、ランディー」耳もとでささやく父親の声は涙のせいでかすれた。

「わたしもよ、パパ」

ミランダはあれこれ心配されるのが嫌いなのに、クインはしきりに世話を焼いた。ベッドでの寝心地に気を配り、両脚を高くさせ、彼女が薬は飲まないと言ったにもかかわらず、ナイトテーブルに鎮痛剤と水のボトルを用意した。日没後はぐんと冷えこんでいるため、薪ストーブに火をおこし、食事に酒をもう一杯と水を添えて供したのち、もう遅いから早く寝るようにと言った。

行き届いた介護ぶりからやさしさが伝わってきた。

「クイン、すわって」ミランダがベッドをぽんぽんと叩いた。

「脚が痛んだりするといけないだろ」

「大丈夫よ。ほら、早く」ミランダが彼の手のほうに手を伸ばすと、彼はそれを取った。

ベッドに腰かけた彼の深みのあるチョコレート色の目には疲労がうかがえる。疲労と心配と安堵。

そして愛。

ミランダの目に涙があふれたが、苦痛や寂しさゆえの涙ではなかった。

ザ・ブッチャーに人生を変えられて以来はじめて、生きていることはすばらしいと心から感じていた。

その喜びをすべてクインと分かちあいたかった。

クインの手が頬に伸びてくると、ミランダは顔を寄せ、ため息をもらし、目を閉じた。

「愛してるよ、ミランダ」

ミランダが目を開けると、彼女の答えを待っているクインがいた。これまで一度も言えなかった言葉。彼への想いの丈が足りなかったからではなく、怖かったから。彼を二度までも失うのは耐えられないだろうと思っていたし、背信行為に対する憤りを払拭できるかどうか自信もなかった。

しかし今、そうした戸惑いとともに恐ろしさも消え去った。過去はすっかり――消え去った。

「わたしも愛してる」声がかすれた。「クイン、わたし、ほんとにばかだったわ。あの事件で受けた傷があまりにも深かったから、あなたがしてくれたことやその理由が理解できなかったのね。あなたが正しかったのかどうかはわからないけど、もうそんなことどうでもよくなったわ。ただわたしって頑固で強情だから、自分でもどうにもならなかった。あなたが**わたしを**疑っていると思った、そのことに何よりも傷ついたのよ」

「ごめん。きみを傷つけてしまった」クインの目に涙が光った。「でも、きみを疑ったことは一度もなかった。信じてほしい」

「ええ、信じるわ。わたしだってあなたを傷つけたもの。ひどいことをいろいろ言って、後悔してるわ」しばし間をおいた。いくら相手がクインでも、彼の表情から痛いほどの愛が伝わってきてはいても、いざ心を開くとなるとそう簡単ではなかった。

深呼吸をひとつしたあと、ミランダは自分が望んでいることを彼にぶつけてみた。

「わたしたち、元に戻れないかしら？」

　クインがそっと顔を寄せて軽いキスをした。

「ランディー、元には戻れないよ。二人とも昔とは違う。でも――」もう一度キス。「――もっと前には進める」

　ミランダの胸で希望がぱっと花開いた。だが、もっとはっきり言ってほしかった。きちんと言葉にして。「それ、どういう意味？　あなたはどうしたいの？」

「きみが必要だ。いつもそばにいてほしい。きみなしでぼくの人生は考えられない。きみ以外の人とは恋に落ちることもできなかった。いつだって胸の中にきみがいた。もっと早い時期にここに来なければいけないことはわかっていたが、ぼくもきみと同じように強情を通してしまった。

　そのうちきっときみから電話がくると思っていた。そしてたぶん、さんざんわめきちらしたあと、ぼくを愛していると言ってくれて、いつ会いにきてくれるのか訊いてくるものと思っていたんだ」

「つまり、二人ともどうしようもなく頑固っていうことよね」

　クインが彼女の手をぎゅっと握りしめ、それを自分の胸に当てた。「ランディー、きみはほんとにすごいよ。意志の力で悪魔を撃退してきた。きみを見るたび、きみが自分を疑う心に負けて、その強い精神力を見出せないんじゃないかと心配していた。耳にタコができたかもしれないが、ぼくにはきみは勇気ある人間だと言うことしかできなかった。それを証明できるのはきみ自身しかいないんだから」

クインが唇を重ねてきた。柔らかく、あたたかく、甘かった。「でも、ついに証明してみせたね」

「怖かったのよ。私から多くのものを奪った怪物と向きあうことができるかどうか、不安でたまらなかった」

ミランダは服の上から自分の胸をなで、目をうるませた。永久に消えない傷痕があるかぎり、ザ・ブッチャーが体に残した痕跡にこれからもずっと耐えていくのだ。

「スイートハート、ぼくは傷痕なんか見ていないよ。見ているのはきみだけだ。そこに傷痕があることは、きみと同じように知っている。でも、そんなのはごく表面的なことにすぎないよ。心の傷はもうほとんど消えたじゃないか。それがまたひどくなったりしないように、ぼくにできることはなんでもするつもりだ」

ミランダの目にあふれた涙をクインがそっと拭った。

そしてやさしく唇を重ねてきた。ミランダも羽根のような愛撫だけでは物足りず、彼に体をすり寄せた。彼のすべてが欲しかった。今だけでなく、これからもずっと。

クインはミランダの傷の痛みを心配して体を離した。

「いや」ミランダが彼を引き戻した。

二人の唇の距離が十センチあまりに近づいたところで、彼の目がミランダの目をしっかりととらえた。ミランダは固唾《かたず》をのんだ。

「結婚しよう、ミランダ。愛してる。今度こそきみを離したくない」

ミランダがこっくりとうなずいた。胸がどきどきしている。「ええ、いいわ。あなたがわたしに我慢できるなら」懸命に笑おうとしたが、ほとんど泣いているようだった。「だってわたし、なんていうかちょっと――物ごとにこだわりすぎるところがあるでしょ」ささいなことに聞こえるように言いはしたものの、本当のことだった。何かが気になりだしたら、意識がすべてそこに集中してしまうのだ。

「とはいっても、重大なことにだけだろ。だったらそれは、**ぼくたち二人にとって**それだけ大きな意味をもつってことさ」

「そうね。そうよね」

36

翌朝早く、クインはビッグスカイに程近いリチャード・パーカー所有のフィッシング・キャビンの前で、コリーン・ソーン特別捜査官ならびに彼女の現在の相棒であるトビー・ウィルクスと待ちあわせた。こぢんまりしたA形の建物は周囲にぐるりとベランダがめぐらされ、湖を見おろす位置にあった。

雨は昨夜のうちに上がったものの、空気はあいかわらず湿って重たく、灰色の霧が地表近くに垂れこめている。

警備のため、保安官代理二名がキャビンの表にひと晩中立っていたが、クインが到着する少し前にさらに二名が到着していた。自己紹介と挨拶がすんだとき、クインの携帯電話が鳴った。保安官代理のザカリーからで、ミランダのロッジの外に配置した警官を休ませて交替するとの連絡だった。電話を切ったクインに、コリーンがいぶかしげに眉を吊りあげた。

「パトロールがロッジもチェック？　なぜですか？」

「いや、パトロールだけじゃない。表にパトカーを一台停めて、保安官代理をロッジにひとり、ミランダのキャビンの外にひとり配置させてる」

「ラーセンは死んだっていうのに？」

クインが居心地悪そうにした。コリーンは事実と理論を大事にするタイプの捜査官で、しかもとびきり優秀ときている。クインの不安はどちらかといえば感情的な発想に基づいていた。「ディライラ・パーカーの件があるからだよ。たぶん問題は起きないだろうが、それでも……」声が小さくなり、言葉もとぎれた。姉であるディライラは弟の犯罪をすべて知っていたような気がするのだが、それをどう説明したらよいのかわからない。「オレゴンでのレイプ事件では彼女が弟のアリバイを証明しているが、その理由がわかるまでは、彼女が何しでかすかもしれないと考えなければならないだろう」

「たしかに要警戒人物といえそうだわ。それじゃ、いいですか？」コリーンがドアを顎で示した。

クインがドアに貼られたシールをはがすあいだ、ウィルクスは地面を調べていた。

「ミランダのぐあい、どうですか？」コリーンが訊いた。

「すごい回復力だよ」

「それじゃ、元どおりに？」

クインがにこりとした。「残る大問題はひとつ。このまま一気に祭壇の前に立てるかどうか」

コリーンもにっこりした。「よかった」

キャビン内は暗くひんやりとしており、人の気配はなかった。玄関のドアを開けると、そこは多目的の広い部屋になっており、左手がリビングのエリア、右手がキッチンとダイニングのエリアだ。キッチンのドアは裏手のベランダへと通じており、その他二か所のドアはバスルームと大きめな収納庫である。収納庫には缶詰や釣り道具などがぎっしりと詰めこまれていた。

階下は飾り気のない実用的なしつらいである。ダークな色合いの布を使った頑丈なパイン材の家具。大きな丸テーブルと六脚の椅子。部屋の隅には小ぶりなキャビン全体をすぐに暖められそうなストーヴ。

個人的なものは階下には見当たらなかった。シンクに置かれた一個のコーヒーマグを除けば、ここで誰かが暮らしていた気配はいっさいない。クインはそれを証拠として袋に入れた。

螺旋階段はロフトにつづいている。保安官代理がこの家をずっと警備していたとはいえ、それでもクインは油断をせずに階段を上がった。

ざっと見わたしたところでは、その部屋は誰も使っていないように見えた。ベッドはきちんとメークしてあり、唯一のドレッサーに個人的なものは何ひとつ入っていない。床にちらばっている衣類もなく、隅に置かれた洗濯かごにも何も入っていない。

窓からはささやかな牧草地とマツの木におおわれた山の斜面が見える。恋人たちの隠れ家とでもいったロマンチックな雰囲気がなくはない。

窓の下にデスクが置かれていた。浅く長い引き出しが一個だけ付いたシンプルなデスク。木製の椅子がライティング・エリア側に寄せて置かれていた。

クインは手袋をはめた手で引き出しを引いた。家の中に何もない点から考えて、ここに何かがあるとは期待していなかった。

中にはペン、ルーズリーフ、ペーパークリップといったものと箱がひとつ。ごちゃごちゃの中央に置かれたその箱も文房具を入れておくような種類のものだが。

直感的にぴんとくると同時に、胸が締めつけられた。慎重に箱を取り出し、デスクの上に置いた。

「それなあに?」コリーンが背後から肩ごしにのぞいた。

クインは質問には答えず、蓋を開けた。

日記帳のたぐいだ。革表紙は使いこまれてくたびれ、色褪せている。クインは注意深くそれを箱から取り出した。

数枚の名刺がデスクの上に落ちた。いや、違う。名刺ではない。

運転免許証。

心臓をどきどきさせながら、そのうちの一枚を拾ってひっくり返し、ペニー・トンプスンの写真をじっと見た。

計二十二枚の運転免許証と身分証明書を数えるうち、吐き気がこみあげてきた。十五年間にわたり二十二人におよぶ犠牲者。シャロン・ルイス。エレイン・クロフト。レベッカ・ダグラス。ミランダの若い顔写真の付いた免許証を持つ手が震えた。

日記帳を開く。

ペニーがおれに嘘をついた。あの体育会系野郎とデートなんかしていないと言っていたの

に、おれはこの目で見た。長いキスをしていた。あいつがペニーに何をしたかったのか、おれにはわかった。あいつはファックしたがってた。彼女の胸に……

いやます恐怖感と闘いながら、クインはページを繰った。

ザ・ビッチがペニーを自由にした。おれには殺す以外の選択肢はなかったのに。もう少し一緒に過ごす時間さえあれば、ペニーはこれからもずっとおれと一緒にここにいてくれたかもしれないってことをディーはわかっちゃいない。おれがどれほど彼女を愛してるかってことを、おれがどれほどやさしく世話してやれるかってことを、もっと時間をかけてわかってもらわなきゃいけなかったのに。

ディー？　**ディライラ？**

クインはミランダとシャロンの誘拐とレイプについて記された箇所は飛ばした。今は読むことができない。もっと早くこの事件をコリーンに任せるべきだった。私的なかかわりが深くなりすぎた彼にはつらすぎた。

だが、そうはしないまま、ラーセンが死んだ。

ディーはあの女を殺させてくれなかった。

あのムーアって女は強すぎて、おれの手に余ると言った。あの女が勝ったのだから、負けを認めろと言う。

ディーを恨む。あいつはおれを愛してるふりをしながら、おれを憎んでいる。ママにそっくりだ。いつだってママそっくりだ。口ではやさしそうなことを言うくせに、手と胸でおれを拷問にかけるんだから。

そこから数ページ先の記述を見たとき、クインはぞっとした。

もう少しであのムーアって女を殺せそうだった。あの女がひとりで歩いていた。あいつの家の近くの、あいつがよく行く野原だ。おれのすぐ目の前を歩いてた。あいつのせいでおれがなくしたものを取り戻すチャンスだったのに。

だが、ディーが言った。彼女は正々堂々と勝ったのよ。記念品を手にする資格なんか、あんたにないわ。

二人とも憎い。あの女が憎い。にくいにくいにくいにくいにくいにくい！

だが、ディーの言うとおりだ。今回、おれに獲物を手に入れる資格はない。もたもたしていて追いこめなかった。失敗だった。つぎは失敗しないぞ。

もうつぎの獲物は見つけてある。きれいな子だ。あの子もきっと嘘をつくんだろうな。みんな嘘つきだ。

あの女が憎い。にくいにくいにくいにくいにくい……

その先は手書き文字がぞんざいになり、同じページに二か所、筆圧による穴があいていた。ラーセンが憎んでいたのがディライラなのかミランダなのか、あるいは二人ともなのか、クインには判断がつかなかった。ページをめくると、新たな記述は一週間後の日付になっており、奇しくもミランダがクアンティコのアカデミー入学のためにここを出発した日だった。またきちんと丁寧な文字になっている。

女の子をひとり、カースンの古ぼけた小屋に置いてきた。あんな小屋じゃいくらなんでもと思ったが、ディーがおれたちのゲームにはちょうどいいと言い……

クインは日記帳をぱたんと閉じ、コリーンに手わたした。このまま自分が持っていたら、引き裂きかねないからだ。

「ディライラ・パーカーを全国に指名手配してくれ。銃を所持していると思われるし、危険だ」

悪いのはミランダ・ムーア。

ディライラはデヴィッドを思ってしくしく泣いた。かわいい弟が死んだ。ヴォート家の別荘に身をひそめていたとき、ニュースを聞いて大声で泣いた。別荘の持ち主はカリフォルニアにおり、子どもたちの学校が休みに入る来月までここにはやってこない。金曜日まではここにいられるが、金曜日は管理人が通気と掃除のためにやってくる。しかし、警察があたり一帯の別荘を調べにくる恐れもあった。

警察はもうすべて知っているとディライラは考えていた。刑務所に入る気はなかった。動物さながら檻に閉じこめられるなんて。とんでもない。あたしは動物じゃない。これまで最善を尽くして生きてきた。どうしてそれをわかってくれないのだろう？　一生懸命がんばってきたのに！

テレビのニュースで詳細は伝えられなかった。ただ、ボーズマン・ブッチャー事件の犯人はデヴィッド・ラーセンだったことが判明した、彼はディーコネス病院到着時に死亡が確認された、の二点のみである。

吐き気がした。デヴィッドを守ることができなかった。あの子が傷つけられたり逮捕されたりすることがないよう守らなければいけなかったのに。

彼が憎かった。

激しい頭痛に襲われる。弟を憎いとは思っていない。それどころか、弟は彼女を必要としていた。彼女が憎んでいたのは、成長してからの彼が目を向ける先だけだった。

成長期、デヴィッドは内気でおとなしかった。大学に行くまで、背丈も彼女より低く、栄養失調児さながらに痩せていた。だが、母親が交通事故で死ぬと、彼は一気に元気になった。

身長が十五センチ伸びただけでなく、筋トレもはじめて、一人前の男になった。

ディライラはそれが気にくわなかった。冗談じゃない。デヴィッドは**あたしのもの**。あたしが支配し、操縦する。すべきこと、してはいけないことを命令するのもあたしのはずだ。弟はいつも姉の言うことをよく聞いた。いつだってそうだった。弟は姉に言われるとおりにし、姉は弟を最大限守った。**最大限**ではなかったかもしれない。たとえば、弟に手を出す母親をどうしても止めることができなかった。

十四歳のあるとき、彼女はクロゼットに隠れた。母親に打擲されるデヴィッドをじっと見守っていると、母親がデヴィッドの陰部をまさぐりだした。デヴィッドは**気持ちよさそう**だった。ペニスが硬く大きくなり、やがて母親の乳房の上にぺっとりと精液を放った。

いけないことだと思った。母親がデヴィッドにいけないことをさせている。でも、誰に言ったらいいの？　あたしの言うことを誰が信じてくれるの？　それに、ディライラはディライラで問題を抱えていた。たとえば、メアリー・スー・ミッチェルのロッカーにどうやって誰にも見つからずにヘビを入れるかとか。

毒へビ。だって、メアリー・スーは先週の全校集会のあいだずっと、マット・ドレークの手を握っていた。あの女、あたしが気づかないとでも思ってるの？

デヴィッドにはいつだって、いろんな形でママの目が向けられていた。ディライラはずっといないほうがいい娘だった。ときには、いないほうがいいと思われていることに付随する自由がいやではないと思うこともあるが、そんなとき以外はデヴィッドと母親を交互に憎んだ。

しかし、彼女は何度となくいきり立つ母親の前にデヴィッドをかばって立ちはだかり、母親が振りあげた拳の矛先を自分に向けさせた。弟を愛していなかったなら、彼の代わりに叩かれることなどできなかったのでは？

あんただってあの子をレイプしたでしょう。

そうじゃない！　あたしはあの子を愛していた。あの子もあたしを愛していた。あの子はいつだってあたしのところへ戻ってきたじゃない。ね？　いつだってあたしが必要だと言っていた。

あなたは彼を傷つけたわ。

そうじゃない！　あたしはあの子に傷痕を残したりしなかった。あの子はわかっていたわ——苦痛と快楽を。悪いのはあの女よ。ミランダ・ムーア。あの女があの子を殺した。あの女があの子を刺した。あの子の血があの女の手を染めた。

あの女を殺すのよ。

結婚して十六年、意外にも夫に対しては苛立ちしか覚えなかった。夫に愛されたことはなかった。彼女は夫のためになんでも引き受けた。家を守り、子どもを育て、料理と掃除をこなし、ばかげた社交の場にもつきあって出席した。完璧な妻としてやってきた。

それなのに、夫は他人を見るような目を妻に向けた。

もうひとつ、悩ましいのがライアンだ。実の子を傷つけそうで！　あたしはあの母親とは違う。誘惑に駆られるのを恐れ――誘惑に駆られたわけではない――何があってもライアンに触れることはぐっとこらえて避けてきた。

あたしはあの母親とは違う。

子どもが欲しいと思ったことはなかった――とくに男の子は。だが、妊娠に気づいたとき――失敗に終わった避妊になんの意味があるのだろう？――生まれてくるのはきっと女の子だと**信じた**。

女の子の育てかたならわかるような気がした。あれやこれやと世話を焼き、きれいな服を着せ、おしゃれなレストランへ連れていき、派手な社交界デビューのパーティーを開いてやる。

苦笑するほかない。

生まれたのは男の子。もうひとりのデヴィッド。

それでも、いい母親だったじゃない！　息子のためにはなんでもした。好きでもないクッキーを焼き、不愉快でも子ども部屋を掃除し、学校の父母会にも行き、遊びやサッカーの試合にも連れていった。

これ以上何がほしいの？　あたしの血でも欲しい？　それで満足？　そんなこと、誰も喜びやしないわ。

気持ちを静めるため、深く息を吸いこんだ。取り乱してはだめ。ばかなことをしないためにも冷静でいなくては。

ベビーベッドに横わたるライアンの息をもう少しで止めるところだった夜のように。あのときは最後の最後で、ライアンの顔にのせた枕をどかした。もしもリチャードが知ったら、刑務所に送りこまれていただろう。

ポートランドの女の子のことを警察に話すと脅したときもそうだ。デヴィッドのアリバイ工作などしてやるつもりはなかった。あの子はばかよ！　ばか！　あの子は、デルタなんとかいう女子学生クラブに所属していた金持ち娘のためにすべてを棒に振ろうとしていた。

だが、最後の最後で彼のアリバイを、きわめて説得力のある形で警察に話した。なぜなら、デヴィッドなしでは自分の人生が壊れてしまうと思ったからだ。弟が彼女を必要としていたように、彼女にも弟が必要だった。

二人一緒なら強くなれた。

なのに、あの子は死んだ。

悪いのはミランダ・ムーア。この罰は受けてもらう。

37

ミランダがゆっくりと目覚めたとき、ピクチャーウインドーからはすでに陽光が射しこんでいた。眼下の谷には灰色の霧が垂れこめていたが、もうすぐ晴れそうな気配がした。今日はきっときれいに晴れる。

かたわらにクインが寝ているものとばかり思って寝返りを打つが、そこには彼の代わりにメモが置かれていた。

ミランダ――

きみを起こしたくなかった。これからコリーンとビッグスカイで落ちあい、キャビンを簡単に調べてくる。昼までには戻る予定だが、遅くなりそうなときは電話する。

病院に電話を入れた。ニックの容態はあいかわらずだそうだ。考えようによってはいいニュースだともいえる。ジョベス・アンダースンははっきりと意識を回復した。アシュリーはきみの安否を心配している。だいぶ落ち着いたらしく、きみに感謝しているとのこと。

ロッジで待っててくれ。保安官代理四名を配置してある。ディライラ・パーカーの所在が判明するまでは安全策を取ろうと思う。

愛してる。Q

追伸・脚にくれぐれも負担をかけないように。どうしてもシャワーを浴びたいなら、短時間ですますこと。

ミランダは思わずにやりとした。これが先週なら、警官による警護のやりすぎと考えたところだろうが、今日はクインのこだわりを許す気になれた。

笑顔はいつしか不安な表情へと変わった。今、この瞬間にディライラ・パーカーが何をしているのか想像もつかない。自分の弟がレイプ犯、ザ・ブッチャーだったと知ったのだから。クインの不安も根拠がないとはいえなかった。たとえ口出しはしなかったにせよ、ディライラはどんな形で弟のレイプや拷問にかかわっていたのだろう？

いずれにしても病的だ。デヴィッド・ラーセンの行為に負けず劣らず病的。

そんなことを考えながら、ぐずぐずとベッドから起き出した。注意して立ちあがる。傷を負ったほうの脚は痛いうえに動きがままならないが、ゆっくりならば松葉杖なしでも歩くことができた。動かすことがいちばんの薬なのだ。実際、岩にぶつかったときにできた肩のひどい打ち身と痛さはさほど変わらない。

シャワーを浴びたかった。病院でも浴びることは浴びたものの、湯が生ぬるかった。蛇口をひねり、湯が熱くなるまで待った。クインがいないことが残念だ。パジャマを脱ぎ、鏡に映る自分を見る。

胸には十九本の切り傷があり、長さはどれも約二、三センチといったところだ。傷の数は数えたことがある。何度となく。乳首にほとんど感覚がないのは、神経が永久的な損傷を受けたことによる。目を閉じた。醜悪な傷だらけの胸は見るたびにつらくてたまらない。それに比べれば、鎖で拘束されていた手首と足首に残る傷痕や太腿の内側の長い切り傷が引き起こす心の痛みは胸の傷の半分程度か。

それでも思いきってもう一度、鏡の中の自分を無理やり見つめるうち、湯気が鏡をくもらせ、そこに映っていた自分が見えなくなった。

傷痕は今やもう彼女の一部となっていた。自分をかわいそうだと思うのをやめなければ。クインは傷痕に関して彼女ほど嫌悪感を覚えてはいないようだ。怒り。そういえばそう。彼の目に怒りが燃えあがるのは見たことがあった。

怒りならやり過ごすことができた。憐れみはそうはいかない。

勝手な思いこみで思い悩むのはもうよそう！　今の自分の皮膚に日々抵抗が薄らいできてはいるし、ザ・ブッチャーはもういない。このへんで自己憐憫もあの男への怒りも葬らなければ。目の前にクインと一緒の人生が開けたのだから。

その彼がありのままの彼女を愛してくれているのだから。

熱いシャワーの下に入り、クインとの結婚生活を想像してみた。きっと楽しい。さまざまな意欲をかきたてられそうだし、わくわくしそうだし、いらいらもしそうだ。ミランダは頑固で、彼も頑固。でも、仲直りも喧嘩のおもしろさの半分を占めてもいるし。

二人がこうしてよりを戻す道を見つけるまでに長い年月がかかったことを思うと、ミランダはもう一分たりとも無駄にしたくなかった。できるだけ早く結婚式を挙げたい。ワシントトン州で救難関係の仕事を探すこともできそうだ。シアトルには数々の川や水路、カスケード山脈がある。ミランダはあらゆる地形に関して経験豊富だった。

それに、この十年あまりを経てはじめて、子どもを持つことも考えた。

クインとならば。

シャワーを止めて、シャワー室の外のフックに掛けてあるタオルに手を伸ばしたが、ない。

変だ。間違いなく掛けた記憶がある。床に落ちたのかもしれない。ドアを大きく開けて外に出た。

目の前に九ミリ口径のセミオートマチックがあった。

顔を上げると、そこにディライラ・パーカーの冷たく燃える目があった。ミランダが知っている上品な判事夫人の面影はもはやまったくない。

「弟の血が付いた手はもう洗ったってわけ？」

ミランダの電話が通じないと知り、クインは無線機を使ってロッジに配置した保安官代理を呼んだ。

「ディライラ・パーカーを全国手配した。おそらく銃を所持し、警戒を要する。彼女は被害者たちの誘拐に関して弟のデヴィッド・ラーセンに協力した。強力な証拠もある」

「おいおい」誰だかわからないが、保安官代理の声が聞こえた。

「状況報告をどうぞ。名前と持ち場から」

「ジョーゲンセン。正面玄関の外。敷地内を二十分ごとに巡回」

「ザカリー。正面玄関の中。屋内は異状なし」

「レスラー。私道、納屋、駐車場——異状なしです」

沈黙。

ジョーゲンセンの声。「ウォルターズ、報告を」

無言。

クインの心臓が口から飛び出しそうになった。「レスラーとジョーゲンセン、直ちにミランダのキャビンへ！　ザカリー、リチャード・パーカー親子の部屋へ大至急。ロッジの客と従業員を全員、ダイニングホールに集めて、連絡がいくまでそのままにしろ。援軍を送る。十分後に到着予定」

腹立たしげに無線機を置く。「ちくしょう！」なぜ彼女を残して出てきたんだ？　安全だと思ったのに。四名の保安官代理がロッジを警備していた。警官を白昼堂々殺す犯罪者はめったにいない。すきを狙って、ひっそりとやるはずだ。

それでもウォルターズはやられ、ディライラ・パーカーはミランダのキャビンに侵入した。

クインはアクセルをめいっぱい踏みこみ、トラックを猛スピードで走らせた。

ようやくミランダとの関係が修復できたというのに。今、彼女を失うわけにはいかなかった。

38

「きゃあきゃあわめいたりしたら殺すからね。ゆっくり時間をかけて。そのあと、あんたの恋人も」

　ミランダはディライラの脅しを真に受けた。死にたくない。ようやく悪魔の息の根を止めたというのに。今はいや。ミランダの遺体を発見するクインを想像するだけで耐えられなかった。

　それにしてもディライラ・パーカーは病的だ。

　後ろ手に縛られながら、シャワーを浴びたばかりのミランダの濡れた肌に鳥肌が立った。薄手の綿のローブだけは羽織っている。

　全身を震わせ、裸足で小道をつまずきながら進むと、脚の傷が痛んだ。ディライラがどこへ向かおうとしているのか見当もつかないが、まだ命はある。チャンスを見つけて逃げよう。

「どうしてこんなことを？」ミランダが訊いた。

「こうしたいから」ディライラの返事は反抗期の子どものようだ。「ほら、さっさと歩いて」

　このままディライラにしゃべりつづけさせなければ。ミランダは犯罪心理学の授業を思い出していた。

「弟が女の子を誘拐するのを手伝ったのはなぜ？　あなただって女性なのに。それなりに同情するんじゃないかと思うけど」

ディライラが肩をすくめた。「愉快だったから」

愉快？　女の子をレイプしたり背中から射殺したりするのが**愉快**だと思った！

「昨日は弟の追跡をわたしたちに任せて、逃げたわけでしょ？　そんなことしたら弟が何をしでかすかわかっていながら？」

「もっと小さな声で」ディライラが声をひそめて命じた。

ミランダは自分の耳を疑った。背中に突きつけられた銃を意識し、声を抑えはしたが、なおも食いさがった。

「よくそんなことができたわね。自分だけ逃げるなんて」

「逃げたんじゃないわ。そんな卑怯者じゃないわ。デヴィッドとは違う」

ミランダはその意味がよくわからなかった。ディライラがミランダをこづいた。「さっさと歩いて」

「でも、脚が」

「脚がなんだっていうの？　デヴィッドは死んだのよ」

ミランダはこみあげてきた涙をこらえて、本音を抑えこむ。「あなたは知ってたの？　ひょっとして**見てたの？**」

「見てたかったの。どんなことをされれば人間が壊れるのか見てたかった。デヴィッドはいつも言ってたのよ。自分にぴったりの女の子を見つければ、その子は永久にぼくのそばにいったのよ。だっては、あたしもばか言ってるんじゃないって言ってたんだけど、ほらね、やっぱりあたしの言ったとおりだったじゃない」

女の子たちが果てしなくあげる悲鳴をディライラはどうして無視できたのだろう？　弟がくわえるレイプや拷問をじっと観察して、それを**愉快がっていた**とは。どんなことをされれば人間が壊れるのかを見たかった？　ミランダは胸がむかつき、胆汁が喉までこみあげてきた。それを無理やりのみこむと、苦さのあまり顔が歪んだ。

ディライラの屈折も弟に負けてない！

彼女がさらに先をつづけた。「あたしは悪くないわ。デヴィッドったら、最初の子はあたしに何も言わずに連れこんだのよ。信じられる？　ただ誘拐してきてレイプしただけ。自分がどれほど彼女を**愛しているか**をわかってもらえば、そのままずっと一緒にいてくれると思ったんですって」目を白黒させる。

「ペニーね」ミランダが独り言のように言った。

「だから、つぎからはあたしの許可なしに手を出しちゃだめって言い聞かせたわ。でも、気づいてたのよ。妻が夫の浮気に感づくようなもので、あの子がまたべつの女に手を出したのに気づいたわ。あとをつけてみたら、やっぱりいた。廃屋になった小屋の汚物がにおう床に縛りつけられてた。窓からようすをうかがっていたら、あの子ったら、愛してると言ってくれとかなんとか言って懇願してたわ。

一時間くらいしてデヴィッドが出ていったんで、あたしは女を解放してやった。山を下る道を教えてもやったわ。でも、その子ときたら、一緒に連れてってと懇願してきた。あたしが助けたがってるとでも思ったのかな？　あたしはその子を谷のもっと奥へ行かせてやった。そうすれば、デヴィッドがトラックに乗る前に追いつくかもしれないと思ったからよ」ディライラが高らかに笑った。話の内容のわりには驚くほど軽やかな笑い声だ。

「弟には、とにかく女は殺さなくちゃだめと言ったのよ。もし殺さなければ、警察に通報されるってね」ディライラがかぶりを振った。「あたしは弟を待ってた。時間はたいしてかからなかった」

そう言ったあと、ミランダを後ろからぐいっと押した。ミランダは木の根っこにつまずいて膝をついた。縫合した傷口が引きつり、脚に血が細い線を描いた。ディライラがミランダを蹴る。「さあ、立って！」

ミランダはふくらはぎをかばい、両脚を広げてバランスをとりながら立ちあがった。否応なく怒りがこみあげてきた。ディライラならなんでもやれると思うと恐ろしかった。他人の痛みや苦しみに対して完全に無関心でいられる女だ。

「あなた、病気よ、ディライラ。弟が女性をレイプするのを見て興奮するなんて」

ミランダは攻撃にそなえて身構えたが、その瞬間は来なかった。ディライラは無言のままだ。やがて自分たちがどこへ向かっているのか、ミランダはぴんときた。ミランダの野原。考えごとをしたいとき、気分転換したいとき、生きていることを祝福したいときに行く特別な牧草地。

広々した野原の真ん中に彼女がすわっているのをディライラは見たことがあるのだろうか？　あとをつけて？　こっそりと？　弟はどうだろう？　彼もだろうか？

開墾地のいちばん奥のへりまで来ると、ディライラがミランダを上から押した。ミランダはつまずき、そのまま顔面から地面に倒れこんだ。涙が出た。痛みよりも憤りと恐怖のせいで。

ディライラは繊細な外見をしているが、意外に力がある。ミランダを起こし、木に背を押しつけるようにして立たせると、そのますわらせた。石ころとがった松葉が尻と脚を突き刺して猛烈に痛かったが、ミランダは大声で泣きたい衝動をぐっとこらえた。ディライラに満足感を与えてはならない。ディライラがミランダの両手を縛っていたロープをほどいた。

チャンス到来だ。

ミランダは両腕をそろえたまま、ディライラめがけて大きく振った。その動きを予期していたように、ディライラが銃のグリップでミランダの側頭部を叩く。地面に叩きつけられたミランダの呼吸が荒くなった。歯がみして痛みと吐き気をこらえる。ディライラはミランダを起こして木に寄りかからせ、両手を木に回して縛った。腕をあまりに強く引っ張られ、ミランダが声をあげる。

「どうするつもり？」ようやく訊くことができた。

「待つのよ」

「何を？」

「あんたの恋人が現れるのを」

「こんなことしたって、うまくいくわけないでしょ」なんて間抜けなことを言うの！　自暴自棄なディライラが何をしたっておかしくないというのに。

ミランダは頭の中でいくつかのシナリオを素早くイメージした。悲鳴をあげることはできるが、その場合、ディライラが彼女を気絶させるのは簡単だ。銃を握っている手を蹴っ飛ばせば銃を落とすかもしれないが、その場合、木に縛りつけられているミランダが銃を拾えるチャンスはない。最大のチャンスは、クインが近づいてきたときに警告を発することだろう。これが罠だということを。手遅れにならないうちにクインがそのことに気づいてくれることを願うばかりだ。

「あんたとあの捜査官を見てたのよ」ディライラがつづけた。「昨日の夜、あんたたちがやってるとこをね」

この女があそこにいた？　それほど近くにいたのに気づかなかったなんて。クインとのあいだに取り戻した最高に親密な時間、それをこんな病的に屈折した人間にのぞかれていたなんて、あの幸せなひとときを汚された気分だった。

「子どものころはセックスがどんなに気持ちいいことなのか理解できなかった。汚らわしく思えてね。汗びっしょりの体とかいろんなことが。父が出ていったあと、よく母を見てたのよ。いろんな男とやってたわ。デヴィッドとも」

ミランダの耳がぴんと立った。母親が実の息子に性的虐待をくわえていた？　どいつもこいつも乱れきった家族。ミランダの胸を一瞬、同情がよぎりかけたが、そのまま抑えこんだ。**誰にだって選択の権利はあり、この人たちは悪の道を選んだのだ。**

それから長いこと、ディライラは黙りこんだままだった。そのあと、「あたしは昔、デヴィッドを憎んでた。ママがあの子のほうを愛してたから。べたべたくっついたり、ハグしたり。あたしは欲しくもなかった娘だったのよ。パパはかわいがってくれたけど、出ていったきり帰ってこなかった。一度も帰ってこなかった。ほんとに出ていったきり」ディライラは深く息を吸いこみ、子どもみたいな口調を振り払った。「でも、ママはデヴィッドをそれまで以上に愛して、あの子と一緒に寝るようになった。あの子のためならおよそなんでもしてたわ。だから、あたしはあの子が憎かった。むろん、母親があの子にセックスを強要しているとわかったときは、さすがにあの子がかわいそうだと思ったけど。あの子はそういうとき、嘘をついたり泣いたり。そりゃあ、哀れだった。どうしてやり返さなかったのかしら？ どうしてすぐに家を出なかったのかしら？」ディライラがかぶりを振った。

「あたしがあの子にあんたを殺しちゃだめって言ったのよ」とディライラ。

ミランダは喉まで出かかった言葉をぐっとのみこんだ。今、つっかかってはだめだ。

「あんたに逃げられてから、弟はずっとあんたを殺したがっていたのに、逆襲されちゃったってわけね。やるじゃない。大したもんよ。というわけで、今度はあたしに恩返ししてもらう番ね。あたしがあんたを生かしといてやったのに、あんたは弟を殺したんだから！」ディライラがミランダの顔を思いきり殴り、ミランダの頭は木に叩きつけられた。文字どおり星が見え、苦痛の悲鳴があがる。

「あなたって人は病気だわ！」

「失礼な」ディライラはポケットからハンカチを出し、ミランダの口に詰めこむと、ミランダの顔にロープを巻いて縛り、さるぐつわを固定させた。

これでもうクインに警告を発することはできなくなった。胃がむかついてきた。お願い、どうか近づいてこないで。

あなたが死ぬのをじっと見ているなんて耐えられない。


ディック・ウォルターズ保安官代理は後頭部を撃たれ、死亡していた。そしてミランダの姿が消えていた。

ミランダのキャビンの小さなポーチに倒れている顔を吹き飛ばされた保安官代理の遺体から目をそらしたクインは、すでにそこに集合していた保安官代理六名に命令を下した。さらに現在こちらへ急行中の者もいれば、ＦＢＩ捜査官も何名か駆けつけることになってはいるが、問題は時間だ。クインはさらなる援軍を待ってはいられなかった。

ディライラは足跡を消そうとした気配すらなかった。追跡させたいのだ。さあ、ついていらっしゃいとばかりに。

目的はいったいなんなんだ？　連れ去ったミランダはおそらく生きているのだろう――キャビン内に血痕はない――が、なぜ彼女を生かしておく？

おそらくディライラは、誰かあるいは何かを手に入れるため、その手段として人質を取ったのだろう。

クインは人質を取られての交渉が大嫌いだった。罪もない人びとの命に関して責任を負わなければならない強度のストレスに耐えかねて、おかしくなってしまった優秀な捜査官を何人か知っていた。今回の場合、知っている人間が人質なのだからなおきつい。

それも、愛する人とあっては。

「くれぐれも慎重に」保安官代理二名に右手から、二名に左手から、そして二名に彼とともにまっすぐディライラの足跡をたどるよう指示したのち、そう念を押した。

万が一待ち伏せされたときのことを考え、できるだけ木々に身を寄せながら足早に進むと、二百メートルと行かないうちに足跡は開けた牧草地へと出ていたが、クインらは生い茂る木々の陰で足を止め、身をひそめてようすをうかがった。

いやでもミランダが目に飛びこんできた。木々に囲まれた牧草地のグリーンと茶色を背景に白いローブが輝き、ここにいますと知らせるのろしのようだ。木にもたれる位置にすわっている。クインは双眼鏡を取り出し、詳細をチェックした。

ミランダは木に縛りつけられ、さるぐつわをかまされている。髪が濡れているうえ、身に着けているのは薄いローブ一枚だけ。寒さだけでもやりきれないだろう。

ディライラの姿はどこにも見えない。クインは罠のにおいを嗅ぎ取った。

今すぐミランダに駆け寄りたかったが、その場にとどまった。駆け寄ったりしたら、おたがいのためにならない。

無線機に向かって小声で言った。「罠のようだ。いいか、絶対に、繰り返す、絶対に草地に出るな」

つづいてジョーゲンセンを見た。「拡声器を」

ジョーゲンセンが手わたす。

クインはひとつ深呼吸をした。さ、行くぞ。

「ディライラ・パーカー」拡声器に向かって言った。大きな声だが、うわずっている。

「ディライラ、連邦捜査局特別捜査官、クインシー・ピータースンだ。おそらく憶えていると思うが、はじめてお宅を訪問したとき、レモネードとバナナブレッドをごちそうしてもらった」

とりあえず頭に浮かんだことを口にしたが、間違ってはいないはずだ。保安官代理たちにそれぞれの位置で身をひそめるように手ぶりで指示する。ジョーゲンセンを見てうなずくと、それを合図に彼がくるりと向きを変え、急いでロッジに引き返していった。最後の手段、プランBの準備のために。

選択肢はそれしかなかった。さすがのクインも怖かった。

ディライラ・パーカーは主導権とイメージを何よりも優先する。ニックが言っていたことを思い出した。パーカー夫人は女主人としての体面が大切だから、飲み物や食事を断ってはいけないというような話だった。

クインは彼女のそういう面に訴える必要があると感じた。二十人あまりの女子学生をレイプする弟をじっと観察していた面ではなく。

「ディライラ？　話したいことがあるので出てきてもらえませんか？」

「うるさいっ！　なんなのよ、あの男は！」

ディライラがいきりたつと、ミランダはフットボール場ほどの距離を隔てたディライラとクインを交互にちらっと見た。

ディライラは枯れ木のうろ穴に隠れ、ミランダを助けにやってきたクインを撃つべく待ち構えていた。ミランダに彼の死にざまを見せつけるのが狙いだ。

だが、クインがその手に乗らなかったことでディライラは腹を立てていた。地面を叩き、口をすぼめる。

クインの声がスピーカーから聞こえてくる。「ディライラ、これはあなたとぼくのあいだの問題だ。ほかの人間には関係ない。いったいどうしてほしいのか言ってもらえば、どうしたらそれをかなえられるか考えます。いいですね？」

「冗談じゃないわ！」ディライラがはじかれたように立ちあがり、大股でミランダに近づいて銃口を頭に突きつけた。ミランダは震えが止まらなかった。少し前にディック・ウォルターズの遺体を見たばかりだった。ディライラは本気でわたしを殺すつもりだ。

もしチャンスがあれば、クインも。

「銃を置いて話しましょう」そう言いながら、クインは草地のへりにそって移動した。遠ざかるかに見えるが、ミランダには彼が何をしているのかわかっていた。近づこうとしているのだ。ディライラの目を彼以外の動きからそらそうとしている。ミランダからは木々の陰に警官が一人いるのが見えるだけだが、ほかにもっといるにちがいない。

「そうじゃないでしょ！」ディライラが地団太を踏んだ。「これが見えないの？」大声でわめく。「どういうことかわかってる？　この女には死んでもらうけど、先にあんたが死ぬのを見せてからじゃなきゃ意味がないの。この女がデヴィッドを殺したんだから、弟を奪った罰を受けてもらう。それがわからないの？」

「ディライラ、つらい気持ちはよくわかる。悲しみは強烈な感情だ」クインが言った。

「悲しみがどんなもんか、あんたなんかにわかるもんか」

「そんなことはないと思うが」

「うるさいっ。そうやって時間稼ぎして。どうするつもり？　ＳＷＡＴチームでも呼び寄せて、あたしを撃つとか？　言っておくけど、そんなことしたらあんたの恋人も死ぬわよ」

ディライラの手は震えることもなくしっかりしていたが、汗の量はおびただしかった。目は齧歯《げっし》類さながら、きょときょとと周囲を見まわしている。何かできるかもしれない。ミランダはチャンスを待ったが、何ができるのかはまったくわからない。クインから何か合図が送られてこないかと彼のほうをじっと見ていたが、彼はミランダのほうを見てはいなかった。彼の目はディライラに釘付けだ。

彼がじりじりと距離を縮めてくる。

「ディライラ、あなたがまさかそんなことを。たしかにあなたがしてきたことは間違っているが、あなたは女の子を誰ひとり殺してはいない。そうでしょう？」

「どうせあたしの言うことなんか誰も信じちゃくれないわ。母がデヴィッドに何をしているか話したときだってそう。誰も本気で聞いちゃくれなかった。あたしを信じてくれなかったじゃない」

「ぼくは信じますよ、ディライラ」

「あたしだってばかじゃないわ、ピーターースン特別捜査官」ディライラが声を張った。「そっちのしていることくらいわかってる。自責の念でまいらせて、後悔してるって言わせようってわけよね。でも残念だけど、後悔なんかしちゃいないわ。たったひとつ後悔してるとすれば、デヴィッドから逃げたこの女——」横にいるミランダを足蹴にする。「——を殺させなかったことだわね」

いよいよ銃弾をぶちこまれる瞬間にそなえ、ミランダが目を閉じようとしたそのとき、クインが手を動かすのが見えた。合図だ。ＦＢＩアカデミーで習ったサインランゲージ。

伏せろ。

草地の反対側から大声が響いた。「ママ！　やめて！」

ディライラがくるりと振り返り、ミランダの頭部に突きつけられていた銃が動いた。ミランダはできるだけ低く前かがみになった。

「ライアン？　あなたまであたしを裏切るの？」ディライラが息子に銃を向けた。

その瞬間、銃声が響いた。

バン！　バンバンバンバンバン！

銃弾を受けたディライラの体が後ろへ飛び、木に激突した。ミランダの膝の上に倒れこむ。目はまっすぐにミランダを見ていた。

「じゃあね」ディライラの喉がゴボゴボと鳴った。

全身がびくびくっと痙攣《けいれん》し、息絶えた。ミランダはことときれたディライラ・パーカーをじっと見つめた。

クインがかたわらに駆け寄り、死んだディライラを膝から押しやり、ミランダのさるぐつわをはずした。木に縛りつけていたロープをほどきながら、抱きしめようとした。

それより早く、両手が自由になったミランダがクインに抱きつき、ぎゅっと引き寄せた。頬を涙が伝っている。クインは彼女を抱きあげると、死体から離れ、林の中へと運んでいった。

ミランダにキスをし、しっかりと抱きしめる。「ライアンを呼んだのは不本意だったが——最後の手段はそれしかなかった」

「わかってるわ」

「ミランダ、これで本当に終わったよ」

39

二週間後。

六月一日は青空が突き抜けるように晴れわたり、時季はずれのあたたかさだった。ミランダのドレスはシンプルなクレープ地——スパゲティーストラップ付きのバックレスで、身頃はドレープが飾り、スカートはゆるやかなフレアで床丈だ。エレガントでクラシックだが、かといって形式ばらない式でも浮くことはなさそうだ。まとまりの悪い髪を時間をかけてアップスタイルにし、いつもはマスカラだけですますメークも念入りにした甲斐があった。きれいだよ、と誇らしげに微笑みかけてくるクインの顔が思い浮かぶ。なんだか初恋に浮かれるおばかなティーンエージャーみたいな気分。

でも、クインが初恋の人であることは間違いなかった。最初で最後の恋。

鏡に映る自分に笑いかける。心からわきあがる本物の笑み。歩いているうちにいつしか舞いあがってしまいそうな気がした。すっかり変わった自分がいる。目の前の世界がいきなり開け、心にのしかかっていた重みがはずれると、どこもかしこもが軽くふわふわと感じられた。

キャビンの玄関をノックする音がし、ひとり物思いにふけっていたミランダは現実に引き戻された。クインはドレスを着る前に出ていった——花嫁と花婿は式まで顔を合わせてはならないというが、こんな幸せなときなんだもの、ばかばかしいルールを破るくらいなんでもないわ。

「どうぞ」ミランダはベッドルームから大きな声で言った。「たとえ十分でも離れていられないってわけ？」

「十年離れててごらんなさいよ」

ミランダは手にしていたメーク用ブラシを落とし、玄関に向かって駆けだした。

「ローワン！」ミランダは親友をそっとハグした。「来てくれたのね。嘘みたい」

十年前、ＦＢＩアカデミーでオリヴィアとともにルームメートだったローワン・スミス。彼女はＦＢＩを辞めて、最初の犯罪小説を発表した。ごく最近、凶悪犯が彼女の小説に登場する殺人事件を再現し、それをほのめかす品を彼女に送りつけてくるという残忍な事件が起き、その悪夢から命からがら逃げのびる経験をしたばかりだ。

そんな試練も完全に乗り切ったのだろう、ローワンはミランダに負けないくらい幸せな顔をしていた。

「クインが電話をくれたのよ」ローワンが目をきらきら輝かせた。「わたしがあなたに会いたがっているだろうと思って、あの頑固者がついにあいだを取り持ってくれたんじゃないかしら？」

「こうなると思ってたわ」オリヴィアも顔をのぞかせた。ミランダは彼女の手を取り、ぎゅニアへ帰ったものとばかり思ってたけど」

「ええ、いったん戻ったのよ。昨日の夜、またモンタナへ来たってわけ」オリヴィアがにこりとした。「幸せそうね」

「ええ、幸せよ」ミランダが周囲をちらちらと見まわした。「ローワン、クインが話してくれたその人、一緒なの？　ジョンだったかしら？」

「彼なら今、ロッジでクインやおたくのパパと話してるわ。わたしたち、ここで着替えさせてもらってからあなたを向こうへ連れていくことになってるの」ローワンは、肩のあたりにのしかかっていた重しが取れたらしく、表情が穏やかになった。ミランダはそんな彼女の気持ちがよくわかった。それなのに、ローワンはまだつらくてたまらないかのような歩きかたで椅子のところに行って腰を下ろし、あえて無表情な顔をつくっている。

「どうかしたの？　クインからあなたは元気だって聞いていたのに」

ローワンが手をひらひらさせ、心配はいらないことを伝えてきた。「元気なのよ。ただ、こんなふうにちょっと大変な一日を過ごすと、昔みたいにすぐには体調が戻らないの。八年前、銀行強盗に撃たれたときなんか、二週間で完全に元に戻ったっていうのにね」声をあげて笑う。「歳ってことだわ」

「ちょっと、それはないでしょう」オリヴィアが腕組みをした。「わたし、あなたより五歳も上なのよ」

「でも、五歳若く見えてよ」ローワンが切り返す。

ミランダはボーズマンのドレスショップのガーメントバッグ二個に気づき、鼻にしわを寄せた。シンプルな白のウエディングドレスは大いに気に入っているが、パーティーのあとはジーンズに着替えるつもりでいた。「それ、なあに？」

「わたしたち二人、花嫁の介添えよ」リヴが破顔一笑した。

「うそっ」

ローワンが肩をすくめた。「クインにこんなロマンチックなところがあるなんて思いもよらなかったけど、すべて彼のアイディアよ」

ローワンがゆっくりと椅子から立ちあがった。「そろそろ着替えたほうがよさそうね、リヴ」

ミランダも二人のあとからベッドルームへ行きかけたとき、キャビンのドアが開き、そこに最愛の彼が立っていた。

ミランダはにこりと笑った。「式の前に花嫁に会ってはならないってルールがあるみたいだけれど？」

クインは部屋を横切って近づき、彼女に腕をまわした。「きれいだよ。ドレス姿のきみを見るのははじめてだと思う」

「いつもドレスがいいなんて言わないでね」

ミランダが彼にキスをすると、彼の両手が彼女の首から肩へと下りていき、ミランダは期待に全身が震えた。

「愛してるよ、ミランダ」

「知ってるわ」ふざけたつもりだったが、クインが笑っていないことに気づいた。「どうかしたの？」

「あやうくきみを失うところだった。すぐには忘れられないできごとだよ」

「もう大丈夫よ」

「そう？　ほんとに？　だって、ぼくは大丈夫じゃないから」クインは落ち着かないようすで髪をかき上げた。

「わたしならほんとに大丈夫。昔のあの事件からはじめて、自由を満喫してるの。デヴィッド・ラーセンと顔を合わせてもパニックは起きなかったし、逃げもしなかった。力を出しきって対決できたでしょ」

「たしかにそうだ。しかし、十年前を振り返ると、あれはいったいどういうことだったのか考えてしまう」

「言ったでしょ、過去は過去」なぜ彼は何度も蒸し返したがるのだろう？　いったい何が目的なんだろう？

「何かが起きて、ぼくらはずっと引き離された」

「悪いのはあなたじゃなくってわたし」ミランダは心からそう思っていた。「わたしが戻ればよかったのよ。もっと状況が違っていたら戻っていたかもしれないけど」しばし間をおき、自分の気持ちをどう説明したらいいのか、頭の中を整理した。こうした考えが形をとりはじめたのは、デヴィッド・ラーセンとディライラ・パーカーが死んでから今日までの二週間のことである。

「わたし、運命ってものが理解できないの。なぜシャロンが死ななきゃならなかったのか。でも、わたしがクアンティコに戻らなかった理由はあったと思ってるわ。あのときは安易にあなたと精神科医と自分自身の恐怖感のせいにしてしまったけど、今になって振り返ると、アカデミーへは戻らないというわたしの決断は正しかったとわかるの。当時はこんなふうに考えてはいなかったんだけれど、あとから考えてみれば、もしわたしがここにいなかったら、たぶんアシュリーもニックも発見が遅れていたはずよね。

今回の捜査へのわたしの貢献を割り引いて考えるつもりはないわ。同じように、もしあなたがまたここへ戻ってきて協力してくれなかったら、状況はまるで違っていたかもしれないことも承知している。つまり、すべてが起こるべくして起こったことだと思えるの。わたしは自分のいくつもの選択を、たとえ理由は間違っていたとしても、後悔することはこれからもないわ」

クインがミランダの腰にやさしく手をまわし、唇を重ねてきた。長く、穏やかで、あたたかなキス。ミランダが望んでいた居場所はまさしくここだった。

「ハネムーンだけど、ほんとにそんなに先でいいのかな？」

「あたりまえでしょ」九月まではハネムーンに行かれないことを、どういうわけかクインは申し訳なく感じているようなのだ。この二週間は結婚式の準備のため、彼は休暇を取っていた。「式の前にハネムーンをすませたようなものじゃない」ミランダが楽しそうに笑った。

クインが苦笑を浮かべる。「そういえばそうか」

「愛してるわ、クインシー・ピータースン。これからはずっと、あなたがわたしのそばにいてくれる。長所も短所もそっくりそのまま受け入れてくれて」

「短所って？」クインがにこっとし、ミランダの耳にキスをしてから耳たぶを口にふくんで吸った。

「そこまでにして。さもないと新郎新婦が式に遅刻しちゃいそう」

「そうかな？」彼がぼそぼそと言った。「新郎新婦がいなくちゃ式ははじまらないだろう」

ミランダが声をあげて笑った。この二週間というもの、それまでの十年分以上をまとめて笑っていた。これからもずっと、喜びに満ちた日々を愛するこの人とともに過ごしていこう。

式はごく親しい友人たちを集めて、ロッジでなごやかにこぢんまりと執り行われた。クインの両親もこの日のために飛行機でやってきて、ミランダの父親、グレー、ニック、そのほか二名の保安官代理とミランダが所属する救難チームのメンバーにくわわった。

「グッド・アフタヌーン、ミセス・ピータースン」

クインがミランダに軽くキスをしながら微笑みかけた。

ミランダは眉をきゅっと吊りあげた。「ミセス・ピータースン？　これからも旧姓で通そうと思っていたんだけれど」

「どちらでもお好きなほうを、ミズ・ムーア」

ミランダは笑いながらクインに腕をまわした。「ミセス・ピータースンってすごくいい響きだわ」

クインがくるりと自分のほうを向かせると、ミランダがまた笑い声をたてた。これほど心が自由になったのはいつ以来だろう？

視野の隅のほうに、近づいてくるニックが見えた。ミランダがクインの肩をぎゅっとつかんで合図すると、彼が彼女から離れた。

「ニック、来てくれたのね。うれしいわ。ぐあいはどう？」

ニックが無表情でうなずくと、ミランダの心は彼を思って痛んだ。視力はあいかわらずじゅうぶんに回復してはおらず、眼鏡でも完全な矯正はできない状況だ。感染症がなかなか治まらないらしく、げっそりやつれてうつろな面持ちである。彼は何も言わないが、ミランダは知っていた。あのとき、単独でリチャード・パーカー所有のキャビンに行こうと決断した、そのことに悩まされているのだ。

ミランダはニックをぎゅっとハグした。彼女が友だちを必要としていたとき、彼は心から信頼できる人だった。「おかげで全部終わったわ、ニック。ついに彼を仕留めたんですもの」

「この何年かはずっと、あれがおれの生活だったからな」ニックが当てつけるようにミランダを見た。「きみの生活もだけど」つづいてクインにちらっと目をやり、「きみたち二人が誤解を乗り越えることができてよかったと思ってる。本当にうれしいよ」

「もし何か言いたいことがあったら電話をくれよ。わかってるだろうが、きみのためならなんでもするつもりだ」

「わかってるさ。だが、きみたちはシアトルで暮らすんだろ?」

「シアトルにだって電話くらいあるよ」

「ま、そうだな」ニックが力なく笑った。「そうするよ」

ミランダはうなずきながらも、ニックのことが心配でならなかった。彼女が思っていたように速やかには回復せず、再選への出馬も口にしなくなっていたが、ミランダはニックが考え直してくれることを願っていた。とりわけ、副保安官サム・ハリスを解任しないとニックが決断してからというものは。

「彼女をよろしく頼む」ニックがクインに真剣な表情で言った。

「ああ、任せてくれ」クインは左腕をミランダにまわしてぎゅっと力をこめ、右腕をニックに差し出した。二人はしっかりと握手し、ニックはその場をあとにした。

「彼のこと、心配だわ」ミランダは去っていくニックの後ろ姿から、クインのチョコレート色の目へと視線を移した。

「わかってるよ。大丈夫、元気になるさ。今しばらくは自分探しの時間が必要なんだよ」クインはそう言い、花嫁にキスをした。「愛してるよ」

ミランダが笑顔でうなずいた。「わたしも愛してるわ」

「こっそり抜け出してきみのキャビンに行こうか?」クインが耳もとでささやいた。ミランダは首への軽いキスを受けながら、全身がぞくぞくっとした。

「うーん、誘惑しないでよ」

「だめ? どうして?」今度は耳へのキスだ。

「お母さまが見てらっしゃるわ」

「だから?」

「クインってば!」

クインが笑い、ミランダをぎゅっとハグした。「それじゃ、最長で一時間。そしたら、きみをベッドに連れていく」

「一時間も待てるかしら」ミランダもクインをベッドに連れていきたくてうずうずしていた。今すぐにでも。

彼がにこりとした。「十分後に抜け出すことにしようか」

「それじゃ、それまで我慢するわ」

訳者あとがき

女子大生を誘拐し、山中の小屋に全裸に目隠しで監禁、チェーンで拘束した状態で拷問とレイプを繰り返す。そして数日後、わずかなパンと水を与えたのち山に放ち、二分のリードタイムをおいて男の狩りがはじまる。彼女たちを獲物に見立て、ハンターさながら銃を手にあとを追って仕留めるのだ。これがモンタナ州立大学周辺で過去十五年間に二十件あまり発生した、ザ・ブッチャーと呼ばれる犯人による連続殺人事件だ。

本書のヒロイン、ミランダの場合は十二年前、ザ・ブッチャーの魔の手から命からがら脱出したトラウマをいまだ払拭できずにいる。唯一のサバイバーとして、ザ・ブッチャーの犯行を止めたいとの一心からFBI捜査官をめざしたものの、アカデミー卒業を目前に故郷モンタナに帰ったのは、心から信頼していた恋人クインシー・ピータースン捜査官の背信行為にショックを受けてのことだった。そして今回、新たにザ・ブッチャーの犠牲となった女子学生の遺体が山中で発見され、現場に駆けつけたミランダの目の前に、保安官事務所から捜査協力の要請を受けたクインシーの姿が……。断ち切れない想いを抱きながら十年という歳月を経て再会した二人は、ともにザ・ブッチャーを追うこととなる。タフな外面とは裏腹に恐怖と不安でいっぱいのミランダ……エリート捜査官クインシーの複雑な胸中……事件捜査と恋模様が微妙にからみあう。

アリスン・ブレナンの〝元FBIアカデミー〟シリーズ三部作。第一部『ザ・プレイ』は、FBI捜査官から作家に転身したローワン。第二部『ザ・ハント』は、モンタナの山岳地帯で救難の仕事に携わるミランダ。第三部『ザ・キル』は、FBI研究所で証拠分析の専門家になったオリヴィア。FBIアカデミーの同期でルームメートだった強く美しいヒロイン三人の共通点は、いずれも凶悪犯罪の犠牲者であるという点だが、本作は、前作『ザ・プレイ』とはまたひと味違ったスリリングな展開に著者のパワーがみなぎる。

それにしても、この種の犯罪が負の連鎖であることをつくづく感じさせられる本作だった。しかも、めでたく解決したかに見えるこの事件の結末もまた、さらなる負の序章になりかねない危うさをはらんでいる。このへんの問題提起にも、作品をたんなるロマンチック・サスペンスに終わらせないアリスン・ブレナンの骨太な一面がのぞいている。

第三部『ザ・キル』にもぜひご期待いただきたい。

二〇〇七年九月

安藤由紀子

止まらないジェットコースター・サスペンス

3部作第3弾を試し読み！

『ザ・キル』

アリスン・ブレナン　安藤由紀子・訳

（'07年11月刊行予定）

プロローグ

リヴィーは小首をかしげて日没前の空を見あげ、顔をしかめながら両腕をおなかの前で組んだ。「ミッシー、ねえ、はやくぅ。おうちに帰りたいよぉ。もうちょっとで雨が降ってくるよぉ」

「もうすぐ雨が降ってくるから、早くおうちに帰りたい、でしょう」ミッシーは読んでいる本から顔を上げずに言った。

四年生で〝オールA〟、優等生名簿に載っているミッシーは、妹の言葉づかいをいつものように直した。リヴィーはそうされるのが大嫌いだったが、お姉ちゃんは先生になるのだから、練習させてあげなくちゃと思っていた。

それまで吹いていた突風がくすぐったいような微風へと変わっていた。「ミッシー、**寒いよぉ**」

ミッシーは目をきょろきょろさせ、リヴィーに**いらいらさせられた**ときにいつもつく大きなため息をついた。リヴィーがなんとも邪魔くさかった。

「あと十分だけ、いいわね？　この章だけ最後まで読んでしまいたいのよ」

「わかった」リヴィーが口をすぼめた。

リヴィーはもう一度シャベルを手に取り、砂を掘ってはそれがゆっくりとこぼれ落ちるのをただぼんやりと眺めて時間をつぶした。公園は大好きだが、ほかに子どもがいないときはつまらなかった。

いちばん好きなのはブランコ。いつも力いっぱい速く強く膝を屈伸させて、てっぺんまでこげるかどうかがんばったけれど、まだ成功したことはなかった。パパには、怖いもの知らずと言われていた。ミッシーには、ばかみたい、と言われていた。母親には、そのうち脚でも折らなきゃわからないのかしらね、と。

明日はハロウィーン。リヴィーはけっして臆病ではなかったが、先週幽霊の映画を見たせいで、暗くなったあとは外にいたくなかった。家族の決まりでは、街灯がともってから五分後には家に帰ることとなっていたけれど、リヴィーは**今すぐ**帰りたかった。太陽はすでに、窓やドアの枠がきれいなピンクに塗られたパタースン家の二階屋の向こう側に隠れていた。

「**ミッシー**」リヴィーは懇願した。

それでも姉が無視すると、リヴィーはシャベルを放り出して立ちあがり、公園内の反対側にあるブランコへと移動した。今日は思いきり高くこぎたい気分ではなかったから、ただ軽く前後に揺らしていると、またときおり突風が吹きつけるようになり、腕に鳥肌が立ちはじめた。赤、橙、茶色の葉が風に追われ、地表をかすめて飛んでいく。

リヴィーは秋より春のほうが好きだった。何もかもが緑で明るく陽気だし、霧のせいで毎朝湿っぽくないからだ。霧はときによっては昼食時まで晴れないこともある。しかし、春はまだ丸々六か月先だ。来年の春、リヴィーは六歳になる。頭の中で月の名前を唱えながら数えてみた。**メイ、ジューン、ジュライ、オーガスト、セプテンバー、オクトーバー……**そうだ、五歳半！　ちょうど昨日、五歳半になったばかりだ！

計算したてのこの新事実をミッシーに教えたくてブランコからぴょんと飛びおり、くるりと振り向いて駆けだしたが、すぐに足を止めた。

ミッシーはひとりではなかった。

男の人が姉に話しかけていた。すごく背が高いけれど、パパみたいには高くないし、パパみたいに歳をとってもいない。上着を着ていない。こんな天気の日に上着を着ないで外に出たら、ひどい風邪をひくかもしれないって知らないのかしら？　**それに**あの人ったら、腕に青いマーカーで何か描いてある。

また二人のほうに向かって歩きだしながら、なんだかいやなことが起こりそうな気がした。ミッシーは怖がっているようには見えないが、考えてみれば**お姉ちゃんは**先週、あの幽霊が出てくる映画を見なかった。リヴィーは唇を噛んだ。弱虫だと思われたくはないけれど、家に帰りたかった。今すぐ。大泣きして帰りたいとぐずらなければならないのなら、そうしたっていい。泣けばミッシーも折れてくれる。

「ミッシー？」大きな声で姉を呼んだ。

男がくるりと振り返ってリヴィーを見、奇妙な目つきをした。横目で何かを見るような。そしてミッシーの腕をぐいとつかんだ。「さ、来るんだ」

「いやよ**！**」ミッシーが悲鳴をあげ、腕を引き抜こうとした。

リヴィーは二人のほうへと駆けだした。「お姉ちゃんを離して！　離して！」

男がミッシーを抱えあげたのは、リヴィーが二人のすぐそばまで来たときだった。どうしたらいいのかわからなかったが、見知らぬ人がみないい人だとはかぎらないことは知っていたし、腕に青い鳥の描かれているその男はミッシーを片方の肩にかつぎあげているのだから普通じゃない。

リヴィーがミッシーを引っ張ろうとすると、男はリヴィーを叩いた。リヴィーは地面に倒れ、恐怖に息をのんだ。口の中で変な味がした。夏にはじめて歯が抜けたときのような味。大きな声を出そうとしたが、唾が喉に詰まって声が出ない。

よろよろと立ちあがったものの、涙で視界がぼやけた。男がミッシーをかついだまま、芝生を横切って通りのほうへと走っていく。「パパァー！」リヴィーは泣きながら叫んだ。「助けてぇ！　助けてぇ！」

悪者は黒いトラックのドアを開けてミッシーを放りこんだ。ミッシーが夢中で降りようとすると、男は太い棒のようなものでミッシーを殴り、すぐさま運転席に駆けこんでトラックを発進させた。

ミッシーは二度と降りようとはしなかった。

リヴィーはわんわん泣きながら走って家に帰った。

「パパ！　パパ！」

勢いよく玄関ドアを開けた父親の顔はひどく心配そうだった。「オリヴィア！　どうした？　メリッサはどこなんだ？」

「お、お、男の人に連れていかれたの！」

ママは甲高い悲鳴をあげ、パパはリヴィーの腕をつかんで家の中に引き入れた。「警察に電話を！」父親が声を張りあげるかたわらで、リヴィーはママの腕の中に飛びこんでようやくひと息ついた。

が、それもつかのま、ハグはそれまでだった。

リヴィーにとって母親のハグはそれが最後となった。

（つづく）

THE HUNT by Allison Brennan
Copyright © 2006 Allison Brennan
Expert from THE KILL copyright © 2006 by Allison Brennan
Japanese translation rights arranged with Allison Brennan
c/o Trident Media Group, LLC, New York
through Tuttle-Mori Agency, Inc., Tokyo

集英社文庫

ザ・ハント

2007年10月25日　第1刷
2007年12月11日　第3刷

定価はカバーに表示してあります。

著　者　アリスン・ブレナン
訳　者　安藤由紀子《あんどうゆきこ》
発行者　加藤　潤
発行所　株式会社 集英社
東京都千代田区一ツ橋2-5-10　〒101-8050
電話　03-3230-6094（編集）
03-3230-6393（販売）
03-3230-6080（読者係）

印　刷　図書印刷株式会社
製　本　図書印刷株式会社

フォーマットデザイン　アリヤマデザインストア　　マークデザイン　居山浩二

本書の一部あるいは全部を無断で複写複製することは、法律で認められた場合を除き、著作権の侵害となります。

造本には十分注意しておりますが、乱丁・落丁（本のページ順序の間違いや抜け落ち）の場合はお取り替え致します。購入された書店名を明記して小社読者係宛にお送り下さい。送料は小社負担でお取り替え致します。但し、古書店で購入したものについてはお取り替え出来ません。

© Yukiko ANDO 2007　Printed in Japan
ISBN978-4-08-760540-2 C0197